O MARIDO PERFEITO

TODO MUNDO TEM UM SEGREDO... ATÉ AS PESSOAS QUE VOCÊ MAIS AMA.

KIMBERLY BELLE

TRADUÇÃO
AMANDA MOURA

ÚNICA editora

Diretora
Rosely Boschini

Gerente Editorial
Carolina Rocha

Assistente Editorial
Natália Mori Marques

Controle de Produção
Fábio Esteves

Tradução
Amanda Moura

Preparação
Fabiana Medina

Capa
Thiago de Barros

Projeto Gráfico e Diagramação
Balão Editorial

Revisão
Renata Lopes Del Nero

Impressão
Gráfica Rettec

Única é um selo da Editora Gente

Titulo original: *The marriage lie*
Publicado mediante acordo com a MIRA Books

Rua Wisard, 305, sala 53
São Paulo, SP — CEP 05434-080
Telefone: (11) 3670-2500
Site: www.editoragente.com.br
E-mail: gente@editoragente.com.br

Dados Internacionais de Catalogação na Publicação (CIP)
Angélica Ilacqua CRB-8/7057

Belle, Kimberly
O marido perfeito: todo mundo tem um segredo... até as pessoas que você mais ama/Kimberly Belle; tradução de Amanda Moura. – São Paulo: Única, 2018.
320 p.

ISBN 978-85-9490-030-2
Título original: The marriage lie

1. Literatura norte-americana I. Título II. Moura, Amanda

17-1800 CDD-813

Índice para catálogo sistemático:
1. Literatura norte-americana 813

Dedico a Kristy Barrett,
uma pessoa linda,
por dentro e por fora.

Iris e Will vivem o casamento perfeito. Felizes e apaixonados, os dois são a pessoa favorita um do outro.

Mas algo não está certo. O que parecia um evento totalmente sem ligação com a vida dos dois – um acidente de avião rumo a Seattle – se torna o pior pesadelo de Iris.

Para acompanhar essa trama repleta de reviravoltas, nada melhor do que músicas envolventes escolhidas a dedo. Pode deixar, nós fizemos isso por você!

É só acessar:
http://bit.ly/playlist_o-marido-perfeito

CAPÍTULO 01

Acordo com sua mão envolvendo minha cintura, me puxando para perto da pele quente, adormecida. Suspiro e me aconchego no corpo do meu marido, apoiando as costas no tórax dele, mergulhando no calor dessa pele. Will fica quente feito uma fornalha quando dorme, ao contrário de mim: tem sempre alguma parte fria no meu corpo. Hoje são os pés, por isso eu os enfio por entre suas panturrilhas quentinhas.

– Que pé gelado! – Will exclama em meio à escuridão do quarto, e a voz dele ressoa por todo o meu corpo. Do outro lado da cortina, ainda não amanheceu totalmente, um tom violeta que separa o dia da noite cobre o céu. Ainda falta mais ou menos meia hora para o alarme tocar. – Dormiu com os pés descobertos, pra fora da cama?

Falta pouco para o mês de abril, mesmo assim, o frio de março ainda não deu a menor trégua. Nos últimos três dias, o tempo tem se mantido cinzento, chuvoso, e as tempestades e o vento gelado fizeram a temperatura despencar mais do que de costume. Os meteorologistas preveem pelo menos mais uma semana de mau tempo. Will é a única alma viva de Atlanta que recebe o frio de janelas (e braços) abertos – é como se houvesse um termostato em temperatura escaldante dentro dele.

– É porque você insiste em dormir dentro de um iglu. Acho que todos os meus dedos congelaram.

– Vem cá. – Os dedos dele deslizam pela lateral do meu corpo, e a mão me puxa para ainda mais perto. – Vamos te esquentar, então.

E assim ficamos, deitados, em um silêncio aconchegante. O braço dele aperta minha cintura, e o queixo se apoia no meu ombro. Will está molhado e pegajoso de tanto suar à noite, mas não me importo. Esse é meu momento favorito, quando nosso coração e respiração estão em sincronia. Gosto de momentos assim, tão íntimos quanto fazer amor.

– Você é minha pessoa favorita no mundo – murmura no meu ouvido, provocando-me um sorriso. Escolhemos essas palavras em vez do tradicional "eu te amo", e, para mim, elas significam muito. Toda vez que essa frase sai da boca de Will me atinge feito uma promessa, é como se ele dissesse: "você é tudo pra mim e sempre será".

– Você também é minha pessoa favorita no mundo.

Minhas amigas asseguram que esse mel todo não vai durar para sempre, essa atração que sinto pelo meu marido. Elas dizem que, muito em breve, a convivência vai pôr um fim em todo esse fogo e que, de repente, vou começar a me interessar por outros homens. E que vou passar blush e gloss para chamar a atenção de algum estranho por aí, outro homem que não seja o Will, e que vou imaginá-lo tocando partes do meu corpo que só ele pode tocar. É a tal "comichão" dos setes anos, como elas mesmas dizem, mas eu não consigo sequer imaginar uma coisa dessas, porque hoje – sete anos e um dia de casamento – Will está aqui acariciando a minha pele; e a única comichão que posso sentir é por ele.

Fecho os olhos, e as pálpebras dançam de um lado para o outro com o toque dele. E essa comichão que estou sentindo mostra que provavelmente vou me atrasar para o trabalho.

– Iris? – sussurra ele.

– Hmm?

– Esqueci de trocar o filtro do ar-condicionado.

Abro os olhos.

– O quê?

– Esqueci de trocar o filtro do ar-condicionado.

Dou risada.

– Foi o que imaginei. – Will é cientista da computação com forte tendência ao distúrbio de déficit de atenção. Tem tanta informação em seu cérebro que ele acaba se esquecendo de coisas pequenas... o que não ocorre durante o sexo, geralmente. Acho que esse esquecimento de agora se deve ao fato de Will estar trabalhando demais, o que não é muito comum, somado ao fato de que ele está de malas prontas para passar três dias em um congresso na Flórida. Não é de se estranhar que sua lista de tarefas esteja maior do que de costume. – Deixe pra fazer isso no fim de semana, depois que você voltar.

– Mas e se esquentar até lá?

– Não é o que diz a previsão do tempo. E, mesmo que esquente, com certeza o filtro do ar-condicionado aguenta mais alguns dias.

– E acho que está na hora de trocar o óleo do seu carro. Quando foi a última vez que fez isso?

– Sei lá.

Meu marido e eu nos organizamos e dividimos as tarefas domésticas de acordo com os papéis sociais tradicionalmente associados a cada gênero; a manutenção dos carros e da casa são responsabilidade dele, já a comida e a limpeza são atribuições minhas. Nenhum dos dois se incomoda com essa divisão. Sei que, na faculdade, aprendi a ser feminista, mas o casamento me ensinou a ser prática. Preparar lasanha é muito mais prazeroso do que limpar calhas.

– Pode verificar os recibos de manutenção pra termos certeza? Estão no porta-luvas.

– Tudo bem. Mas por que essa pressa toda agora? Já está de saco cheio de mim?

Reconheço de longe o sorriso do meu marido, mesmo quando ele está assim, atrás de mim, sorrindo na minha nuca.

– Talvez seja isso que os livros sobre gravidez chamam de "instinto de nidificação".

Uma sensação de alegria invade o meu peito quando me lembro do que estamos fazendo – ou do que, talvez, já tenhamos *feito* –, e eu me viro para olhar Will de frente.

– Não posso ter engravidado. Faz menos de vinte e quatro horas que nossas tentativas oficiais começaram.

Uma vez ontem, à noite, antes do jantar, e duas depois. Talvez tenhamos exagerado nessa primeira rodada oficial do projeto "vamos ter um bebê", mas há uma boa justificativa: ontem foi nosso aniversário de casamento, e Will é o tipo de pessoa cujo desempenho sempre supera todas as expectativas.

Os olhos dele brilham, satisfeitos. Se houvesse um espacinho aqui entre nós dois, provavelmente Will bateria no próprio peito.

– Tenho certeza de que meus espermatozoides são excelentes nadadores. É muito provável que já esteja grávida.

– Duvido – opino, embora as palavras dele me deixem meio agitada. Will é a pessoa prática da nossa relação, é quem mantém a cabeça no lugar diante do meu entusiasmo de labrador. Não conto para ele que já fiz as contas. Já analisei o meu ciclo, contei os dias desde a última menstruação, criei um gráfico num aplicativo no celular. Will tem razão. É muito provável que eu já esteja grávida. – No aniversário de sete anos, a maioria dos casais costuma dar de presente alguma coisa de lã ou cobre. E você me deu esperma.

Meu marido sorri, mas dessa vez com certo nervosismo, aquela cara que ele faz quando apronta alguma coisa.

– Mas não foi a única coisa que eu te dei.

– Will...

Ano passado, depois de ele insistir muito, investimos todas as nossas economias e uma boa parte da renda mensal numa hipoteca que nos deixou praticamente falidos. Mas morando numa casa e tanto. A casa dos nossos sonhos, estilo vitoriano, numa rua tranquila em Inman Park, com três quartos, varanda frontal e acabamento de marcenaria feito de madeira original por toda a parte. No momento em que entramos na casa, Will decidiu que queria comprá-la, mesmo sabendo que metade dos cômodos permaneceria vazia a médio e longo prazo. Por isso, esse aniversário teve de ser comemorado sem presente.

– Eu sei, eu sei, mas não consegui me conter. Tive de comprar uma coisa especial pra você. Algo que vai te fazer se lembrar desse momento pra sempre, quando ainda somos apenas dois. – Ele vira de lado, acende o abajur, tira da gaveta do criado-mudo uma caixinha vermelha e, com um sorriso tímido, me entrega. – Feliz aniversário.

Qualquer pessoa reconhece o logotipo da Cartier. Até mesmo eu. Não temos condições de bancar nem um grãozinho de poeira sequer daquela loja. Como fico paralisada, não mexo nem um dedo sequer para abrir o embrulho, Will empurra o fecho com o dedão e abre a caixinha.

Dentro dela, há um anel com três elos, um deles reluzindo com fileiras e mais fileiras de pequenos diamantes.

– É um anel da trindade. Rosa para o amor, amarelo para fidelidade e branco para amizade. Gostei desse simbolismo triplo, você, eu e o bebê que está chegando. – Tento conter as lágrimas, e Will segura o meu queixo, me fazendo olhar para ele. – O que foi? Não gostou?

Passo o dedo pelas pedras brancas brilhantes, que reluzem contra o couro vermelho. A verdade é que Will não poderia ter escolhido uma peça mais linda que essa. O anel é simples, mas, ao mesmo tempo, sofisticado, deslumbrante. É exatamente o tipo de joia que eu compraria para mim, se estivéssemos nadando em dinheiro, coisa que não estamos.

Mesmo assim, desejo esse anel mais do que deveria – não por ser bonito ou caro, mas porque Will o escolheu a dedo, especialmente para mim.

– Amei o anel, mas... – Faço que não com a cabeça. – É demais pra mim. Não posso aceitar isso.

– Não é demais. Não para a mãe da minha filha. – Ele retira o anel da caixinha e o encaixa no meu dedo. Sinto a temperatura fria e o peso do metal, que encaixa perfeitamente, envolvendo meu dedo como se tivesse sido feito sob medida para mim. – Me dê uma menininha que se pareça com você.

Com o olhar, percorro os traços e os ângulos do rosto do meu marido, me atendo às minhas partes favoritas. A cicatriz discreta que corta a sobrancelha esquerda. A curvatura no osso nasal. O maxilar largo, quadrangular, e os lábios espessos, de dar água na boca. Os olhos continuam sonolentos, o cabelo, bagunçado, e, no queixo, uma barba rala. Entre todos os hábitos e estados de humor, de tudo aquilo que conheço do meu marido, o que mais gosto é quando ele está exatamente assim: doce, sereno, desgrenhado.

Em meio às lágrimas, sorrio para ele.

– E se for menino?

– Aí, vamos continuar tentando até vir a minha menina. – Will sela a frase pressionando os lábios contra os meus, um beijo intenso e profundo. – Gostou do anel?

– Amei. – Passo o braço ao redor do pescoço dele, e os diamantes cintilam, apoiados em seu ombro. – É perfeito. Como você.

Will sorri.

– Talvez seja melhor a gente praticar um pouco mais antes de eu ir... Nunca se sabe.

– Seu voo sai daqui a três horas.

Mas os lábios de Will já estão percorrendo todo o meu pescoço, a mão dele desce, desce, e continua descendo...

– E qual é o problema?

– O problema é que está chovendo. O trânsito vai ficar péssimo.

Ele me envolve, me coloca de barriga para cima e, com o próprio corpo, me prende na cama.

– Então, é melhor a gente se apressar.

CAPÍTULO

2

Para estudar na Lake Forrest Academy, num subúrbio frondoso de Atlanta, o único colégio de sistema K-12, ou seja, que oferece ensino da pré-escola ao último ano do ensino médio, onde trabalho como orientadora pedagógica, é preciso investir a bagatela de 24.435 dólares por ano. Prevendo um índice de inflação de cinco por cento, treze anos nessas salas de aula sagradas custarão mais de quatrocentos mil verdinhas por filho, e isso antes de ele colocar o pé dentro do campus de uma universidade. Os alunos da nossa escola são filhos e filhas de cirurgiões, de presidentes de grandes organizações, banqueiros, empresários, âncoras de telejornais e de atletas profissionais. Pertencem à elite, a uma fatia privilegiada da sociedade, e são uma porção de crianças e adolescentes perturbados. Você não faz ideia do quanto.

Atravesso as portas duplas um pouco depois das dez da manhã – duas horas atrasada graças à (não tão) rapidinha com Will e a um prego na estrada que furou o pneu do meu carro no meio do caminho – e ando pelo corredor acarpetado. O prédio está silencioso, o tipo de sossego que só se tem quando os alunos estão em aula, atrás de seus MacBooks novinhos em folha. Cheguei no meio da terceira aula, então, não há motivo para pressa.

Quando viro no corredor, não me surpreendo ao deparar com dois alunos do penúltimo ano do ensino médio, parados no corredor, em frente à porta da minha sala, cada um com a cara grudada no próprio celular. Os alunos sabem que adoto a política de portas abertas e se aproveitam dela com frequência.

De repente, mais e mais alunos começam a sair da sala e aparecerem no corredor, falando alto, e, diante da expressão de espanto deles, paro para perguntar:

– O que está acontecendo aqui? Por que não estão dentro da sala?

Ben Wheeler tira os olhos do iPhone e responde:

– Um avião acabou de cair. Estão dizendo que ele decolou de Hartsfield.

Uma onda de pavor irrompe no meu peito. É como se o meu coração parasse. Encosto num armário.

– Que avião? Onde caiu?

Ele encolhe um dos ombros.

– Ainda não tem muitos detalhes...

Eu me enfio no meio da multidão de alunos, corro até a minha mesa, sento e, com as mãos trêmulas, remexo o mouse.

– Vamos, vamos – sussurro, chacoalhando o dispositivo para ligar a tela. Enquanto isso, minha mente gira, tentando lembrar os detalhes do voo de Will. Faz meia hora que ele embarcou, e o avião deve estar em algum lugar perto da fronteira da Flórida. Com certeza – *com certeza* – o avião que caiu não foi o dele. Quais são as chances de ser o voo em que meu marido estava? Todo dia, milhares de aviões decolam do Aeroporto de Atlanta e não caem do céu assim, do nada. Com certeza, todos estão são e salvos.

– Senhora Griffith, está tudo bem? – pergunta Ava, uma aluna franzina do segundo ano, parada no batente da porta, e as palavras dela mal atravessam o falatório nos meus ouvidos.

Depois de uma eternidade, finalmente consigo abrir o navegador e digito o endereço da CNN, com os dedos tensos, desajeitados. E rezo. *Deus, por favor, que não seja o avião do Will.*

Em poucos segundos, as imagens que preenchem a tela do meu computador são aterrorizantes. Destroços do avião que se partiu ao meio por conta da explosão, uma área imensa coberta de detritos carbonizados e fumaça. O pior tipo de acidente aéreo. O tipo em que não há sobreviventes.

– Coitada dessa gente... – sussurra Ava, olhando o computador por cima da minha cabeça.

Fico nauseada, sinto uma onda de calor na garganta e, com o mouse, desço a tela até chegar aos detalhes do voo. Liberty Airlines, voo 23. O ar atravessa as narinas e a garganta num suspiro audível, e a sensação de alívio faz meus ombros despencarem.

Hesitante, Ava apoia a mão nas minhas costas.

– Senhora Griffith, o que houve? Posso ajudar?

– Estou bem. – As palavras saem meio estranhas, sôfregas, como se meus pulmões ainda não tivessem conseguido processar tudo aquilo. Sei que eu deveria me sentir mal pelos passageiros do voo 23, bem como por seus familiares. Sei que deveria me sentir mal por essas pessoas que, de repente, se partiram em pedaços em pleno ar, sobrevoando um milharal em Missouri, e pelos amigos dessas vítimas que, tal como eu, souberam da notícia por meio das redes sociais e dessas fotografias terríveis espalhadas pela internet; mas, em vez disso, me sinto aliviada. Uma onda de alívio toma conta de mim como se eu tivesse tomado um calmante, causando um efeito forte, rápido e sublime. – Não foi o avião do Will.

– Quem é Will?

Levo as duas mãos às bochechas e tento afastar a sensação de pânico, mas ela insiste em permanecer.

– Meu marido. – Os dedos continuam trêmulos, o coração, acelerado, por mais que eu não pare de repetir a mim mesma que não foi o avião de Will que sofreu o acidente. – Ele viajou para Orlando.

Ava arregala os olhos.

– Achou que o seu marido estivesse nesse voo? Meu Deus, por isso essa cara de quem estava à beira de um ataque.

– Eu não estava à beira de um ataque, eu só... – Pressiono a mão contra o peito, inspiro o ar e solto. – Mas é claro... Minha reação foi proporcional à situação. Essa sensação extrema de medo que tive agora produz um pico de adrenalina, e o organismo reage a ele. Mas estou melhor agora. Vou ficar bem.

Falar isso assim, em voz alta, expressar a minha reação psicológica em termos científicos, alivia alguma coisa no meu peito, e o nó na garganta afrouxa. *Graças a Deus não foi o avião do Will.*

– Ei, não estou julgando. Vi seu marido. Bem gato. – Ela arremessa a mochila no chão, se joga na cadeira no canto da sala e cruza as pernas, demasiadamente descobertas para os padrões de uniforme estabelecidos pelo regulamento. Como toda garota nessa escola, Ava dobra o cós da saia até que a bainha deixe boa parte das pernas grossas à mostra. Ela fita a minha mão direita, ainda apoiada no peito retumbante. – A propósito, belo anel. É novo?

Apoio a mão no meu colo. É óbvio que o anel não passaria despercebido pelos olhos de Ava. E é muito provável que ela saiba o preço exato dele. Ignoro o elogio e me concentro na primeira metade da conversa com ela.

– Onde você viu meu marido?

– Na sua página do Facebook – responde com um sorriso. – Se eu acordasse ao lado dele todo dia, também chegaria ao trabalho atrasada.

Lanço um olhar de repreensão.

– Por mais que eu esteja adorando esse papo, poderíamos voltar para a aula?

Os lábios rosados de Ava formam uma careta. Mesmo fazendo cara feia, ela é uma garota bonita. No sentido mais genuíno da palavra. Olhos grandes, azuis. Pele cor de pêssego. Cachos longos, sedosos, castanho-avermelhados. Ela é inteligente também e sarcástica quando quer. Ava pode ter na palma da mão qualquer garoto da escola... e tem. Ela não é o tipo que escolhe muito e, a julgar pelo que vejo no Twitter, não é uma garota difícil de se conquistar.

– Não vou assistir à aula de literatura – diz com um tom de voz que mais parece a de um bebê engatinhando.

Lanço um sorriso de psicóloga para ela; amigável e sem julgamento.

– Por quê?

Ela suspira e revira os olhos.

– Porque estou evitando respirar o mesmo ar que a Charlotte Wilbanks. Ela não me suporta, e preciso admitir que a recíproca é verdadeira.

– E por que acha que ela não te suporta? – pergunto, embora já saiba da resposta. Ex-melhores amigas, a rixa entre Charlotte e Ava vem de longa data e está bem documentada. O que quer que tenha provocado essa faísca entre as duas, muitos anos atrás, agora já está esquecido, enterrado debaixo de milhões de tuítes ofensivos e sem graça que levam o termo "garota má" a um patamar completamente diferente. De acordo com o que vi em algum *feed* de notícia por aí ontem, o motivo da última desavença entre as duas foi um colega de classe em comum, Adam Nightingale, filho do ícone da música country, Toby Nightingale. No último fim de semana, circularam na internet fotos de Ava e Adam trocando carícias numa casa de sucos do bairro.

– Vai saber! Deve ser porque eu sou mais bonita que ela. – Ava cutuca o esmalte em gel amarelo-limão da unha que parece ter sido pintada ontem.

Como a maioria dos alunos do colégio, os pais de Ava proporcionam à filha tudo que ela poderia desejar: conversível novinho em folha, viagens em primeira classe para lugares exóticos, cartão de crédito Amex Platinum e o consentimento deles. Mas encher a filha de presentes não substitui a atenção que a criação exige, e, se eu tivesse a oportunidade de bater um papo com os pais dela, os incentivaria a ser um exemplo melhor para a filha. A mãe de Ava é uma socialite de Atlanta com incrível habilidade de desviar o olhar toda vez que o marido, um cirurgião plástico conhecido pela cidade como "O homem dos peitos", é flagrado agarrando alguma garota com metade da idade dele, o que acontece com frequência.

A educação que recebi me ensinou a ver o inato e o adquirido em proporções iguais, mas meu trabalho me mostrou que o adquirido sempre vence, especialmente quando foi negligenciado. Quanto mais perturbados os pais, mais perturbada será a criança. Simples assim.

Mas também acredito que todos, os piores pais do mundo e os filhos mais problemáticos, têm uma qualidade redentora. No caso de Ava, ela não consegue ajudar a si mesma. Os pais a transformaram no que ela é.

– Tenho certeza de que, se refletir mais um pouquinho, vai encontrar um motivo melhor para a Charlotte ser...

– Toc-toc. – O diretor do ensino médio, Ted Rawlings, aparece na porta da sala. Alto, magro e com um punhado de cachos escuros, Ted sempre me lembra um poodle, do tipo que sempre leva tudo muito a sério, menos as próprias gravatas. Ele deve ter centenas desse tipo, sempre com temas escolares e sempre ridículas, mas, sabe-se lá por quê, esses acessórios sempre conferem um certo charme a ele. A versão de hoje é de poliéster, amarelo-limão e cheia de equações de física. – Acho que ficou sabendo do avião que caiu.

Faço que sim com a cabeça, enquanto meu olhar percorre as imagens na tela do computador. Pobres passageiros... Pobres familiares.

– Alguém aqui da escola conhece algum passageiro desse avião – comenta Ava. – Pode apostar.

Sinto um calafrio na espinha. Sei que Ava tem razão. Atlanta é uma cidade grande, mas ao mesmo tempo pequena, já que as fronteiras entre um bairro e outro tendem a ser menores. A chance de que alguém no colégio conheça, de um modo ou de outro, uma das vítimas não é pouca; o melhor a fazer é torcer para que nenhum membro da família ou amigo próximo esteja entre elas.

– Os alunos estão apreensivos – afirma Ted. – O que é compreensível, claro. Acho que ninguém vai conseguir se concentrar na aula hoje. Mas, com a sua ajuda, eu gostaria de transformar essa tragédia numa oportunidade de aprendizagem diferente para todos nós. Criar um ambiente seguro para nossos alunos falarem sobre o que aconteceu e fazerem perguntas. E se a senhorita Campbell aqui estiver certa, se alguém da Lake Forrest de fato perdeu um ente querido nesse acidente, já estaremos preparados para oferecer o apoio de que precisar.

– Parece uma ótima ideia.

– Excelente. Fico contente em poder contar com você. Vou convocar uma reunião no auditório, e nós dois vamos abordar o assunto.

– Claro. Preciso de uns minutinhos para me recompor e já, já vou para lá.

Ted dá um toquinho na porta e sai. Depois que a aula de Literatura foi oficialmente cancelada, Ava pega a mochila e começa a vasculhá-la enquanto procuro pelo pó compacto na gaveta da mesa.

– Aqui – diz Ava, despejando um punhado de tubos e frascos de maquiagem na minha mesa. Chanel, Nars, YSL, Mac. – Não me leve a mal, mas acho que você está precisando disso mais do que eu – acrescenta, tentando atenuar as próprias palavras com um sorriso largo.

– Obrigada, Ava. Mas tenho minha maquiagem.

A garota não move um dedo sequer para guardar a maquiagem dela, apoiando o peso do corpo alternadamente entre cada um dos pés, ora o direito, ora o esquerdo, segurando com uma das mãos a alça da mochila. Ava morde os lábios enquanto olha para os sapatos oxford. Acho que por trás de toda essa pose e bravura, há uma pessoa tímida.

– Estou muito feliz por saber que seu marido não estava naquele avião.

A sensação de alívio dessa vez é mais gradual e me aquece exatamente como fez o calor do corpo adormecido de Will hoje de manhã; acalma feito a luz do sol em contato com a pele.

– Eu também.

Assim que Ava sai, pego meu celular e procuro nos registros o número de Will. Sei que pela próxima hora ou mais ou menos isso ele não poderá atender, mas preciso escutar a voz dele, mesmo que seja pelo correio de voz. Sinto os músculos relaxarem ao ouvir o som suave e familiar.

Você ligou para Will Griffith, deixe seu recado...

Espero o sinal do bipe e desmorono na minha cadeira.

– Oi, amor, sou eu. Sei que ainda está no voo, mas um avião acabou de cair depois de decolar do Aeroporto de Hartsfield, e, pelos piores quinze segundos da minha vida, pensei que poderia ter sido o avião em que você está, então, eu precisava só... Sei lá, escutar a sua voz e dizer a mim mesma que você está bem. Sei que é tolice da minha parte, mas, por favor, me ligue assim que desembarcar, tá bom? Os alunos aqui estão meio que surtando, então vamos fazer uma roda de conversa, mas prometo que atendo no momento em que você ligar. Bom, preciso desligar agora, mas nos falamos em breve. Você é minha pessoa favorita no mundo, já estou morrendo de saudades.

Desligo o telefone, guardo-o no bolso e corro até a porta, deixando para trás a pilha de maquiagem de Ava, exatamente do mesmo jeito que ela a despejou em cima da mesa.

CAPÍTULO

3

Sentado ao meu lado no tablado do auditório, Ted alisa a gravata de leve e começa a falar para a multidão de alunos do ensino médio diante de nós.

– Como vocês todos sabem, o voo 23 da Liberty Airlines, que partiu do Aeroporto Internacional de Hartsfield-Jackson com destino a Seattle, Washington, caiu há pouco mais de uma hora. As autoridades informaram que todos os 179 passageiros morreram. Homens, mulheres, crianças, pessoas comuns, como vocês e eu. Chamei-os até aqui para que possamos falar sobre o assunto em grupo, de maneira aberta e franca, sem julgamento. Tragédias como essa despertam a nossa consciência para os perigos do mundo em que vivemos. E também nos mostram o quanto somos vulneráveis e o quanto a vida pode ser frágil. Esse auditório é um espaço seguro e ideal para fazer perguntas, chorar, ou fazer o que for necessário para processar esse acontecimento. Tudo que acontecer aqui nesse auditório fica aqui, está bem? Todos concordam?

Qualquer outro diretor de escola proporia um momento de silêncio e diria aos alunos para voltarem para suas respectivas salas de aula. Mas Ted sabe que, para os adolescentes, uma catástrofe é uma prioridade muito maior que ficar fazendo cálculo na classe, e é justamente por ele ver tudo, seja bom ou ruim, como uma oportunidade de aprendizado, que os alunos concordam com a ideia sem questionar.

Olho para os mais de trezentos adolescentes que compõem o corpo discente da Lake Forrest, pelo que vejo, dividido exatamente ao meio – metade deles consternada com as imagens de um avião que explodiu no ar, lotado com prováveis vizinhos, e a outra metade eufórica porque todas as aulas do período da tarde foram canceladas. O burburinho animado ecoa pelo ambiente cavernoso.

A voz de uma garota emerge na multidão:

– Então, isso aqui é tipo uma terapia em grupo?

– Bom... – Ted me lança um olhar de indagação, e eu faço que sim com a cabeça. Se há um mundo que os alunos da Lake Forrest se sentem confortáveis em habitar, esse mundo é o da terapia, seja ela em grupo ou não. Para nossos alunos bastam dois toques no celular para acionar seus respectivos terapeutas. – Sim, exatamente isso. Uma terapia em grupo.

Agora que sabem o que está por vir, eles parecem mais relaxados, cruzam os braços e recostam nas poltronas macias e confortáveis do auditório.

– Ouvi dizer que foi terrorismo – diz alguém sentado ao fundo. – Que o ISIS já reivindicou a autoria do atentado.

Jonathan Vanderbeek, aluno do último ano bem perto de se formar, se vira e olha para trás.

– Quem te disse isso, Sarah Palin?

– A Kylie Jenner acabou de compartilhar no Twitter.

– Ah, legal! – comenta Jonathan em tom de sarcasmo. – Claro, a segurança da nossa nação é a especialidade das Kardashians.

– Pessoal, pessoal – chama Ted, dando uns tapinhas no microfone para chamar a atenção dos alunos. – Não podemos agravar ainda mais a situação sustentando boatos e fofocas. Estou acompanhando atentamente as notícias e não há nenhuma outra informação além da certeza de que o avião caiu. Não foi divulgado ainda o *motivo* da queda nem quem estava a bordo. E nem será revelado até que consigam contato com os parentes mais próximos. – As últimas três palavras de Ted, *parentes mais próximos*, caem no auditório feito uma bomba. Por um ou dois segundos elas pairam no ar, tórridas, pesadas. – E, além do mais, vamos concordar que há fontes de notícias mais confiáveis que o Twitter, não é mesmo?

Alguém na primeira fileira solta uma risadinha.

Ted balança a cabeça, pedindo silêncio.

– Prestem atenção. A senhora Griffith tem algumas palavras pra dizer a vocês e depois vai abrir o assunto para discussão. Enquanto isso, vou acompanhar o site da CNN aqui do meu laptop e, assim que a companhia aérea fornecer alguma informação nova, posso interromper a conversa e ler a notícia em voz alta, assim, todos nos manteremos informados em tempo real.

Todos assentem. Ted passa o microfone para mim.

Gostaria de poder dizer que passei as próximas horas olhando para o meu celular, esperando a ligação de Will, mas uma hora e dezesseis minutos após o acidente, tendo passado apenas dez minutos do início da roda de perguntas e discussão, e quinze minutos antes do primeiro pronunciamento oficial da companhia aérea, a CNN divulgou que o time de lacrosse da Wells Academy, composto por alunos do ensino médio, com dezesseis integrantes e equipe técnica, estava entre as vítimas. Ao que tudo indica, eles viajavam para disputar um torneio de meia temporada.

– Ai, meu Deus! Não pode ser! A gente jogou com eles semana passada.

– Então, seu besta. O que significa que eles tiveram tempo suficiente para embarcar no avião hoje de manhã.

– Besta é você, trouxa. Estou falando que como a gente foi perder aquele jogo... Se não tivéssemos perdido, o Wells não teria avançado um ponto no campeonato... Faça a conta.

– Esperem aí – reprimo, e as palavras atravessam o auditório antes que a discussão avance ainda mais. – A dúvida é uma reação normal ante à notícia da morte de um amigo, mas não é sentindo raiva e fazendo piadinha que vamos lidar da melhor forma com a situação. Tenho certeza de que todos vocês aqui sabem disso.

Os alunos trocam olhares de arrependimento e voltam a recostar em seus assentos.

– Olha, entendo que é mais fácil se esconder atrás das emoções negativas em vez de encarar o fato de que nossos amigos e colegas escaparam por um triz – digo com a voz branda. – Mas é normal que se sintam confusos, tristes, chocados ou até fragilizados. Essas são reações normais diante de uma notícia tão chocante, e ter uma conversa aberta e honesta vai nos ajudar a lidar com esses sentimentos. Tudo bem? Bem, aposto que a Caroline aqui não é a única que está pensando na última vez em que viu um dos jogadores do Wells. Mais alguém aqui participou do jogo?

Uma por uma, mãos se erguem, e os alunos começam a falar. A maioria dos relatos não inclui nada de muito relevante, como "mesmo campo", ao "mesmo tempo", mas é evidente que eles estão assustados com a proximidade, em especial os que jogam lacrosse. Se o time da Lake Forrest tivesse ganhado o jogo, se tivesse avançado no torneio, provavelmente seriam nossos alunos as vítimas do acidente. A conversa tensa exige toda minha capacidade de concentração até mais de uma hora da tarde, quando fazemos um intervalo para o almoço.

Os alunos se dispersam, e eu pego o celular do bolso e faço uma careta ao ver que não há nenhum registro de mensagem nem de chamada não atendida na tela. Will desembarcou do avião há mais de uma hora e ainda não ligou, nem mandou mensagem, não deu sinal de *vida*. Onde diabos ele está?

Ted apoia a mão no meu antebraço.

– Está tudo bem?

– O quê? Ah, sim. Estou esperando meu marido me ligar. Ele viajou para Orlando hoje de manhã.

Ted esbugalha os olhos e faz uma cara de quem acabou de entender tudo.

– Nossa, isso explica sua expressão quando cheguei à sua sala naquela hora. Você deve ter levado um baita susto.

– Sim. E a pobre da Ava sofreu o impacto junto comigo. – Com o celular na mão, digo: – Vou tentar localizá-lo.

– Claro, claro. Vá lá.

Desço do tablado e caminho pelo corredor central, discando o número de Will antes mesmo de atravessar as portas duplas. A estrutura da Lake Forrest é semelhante à de um campus universitário, com seis edifícios cobertos por trepadeiras espalhados por uma área enorme. Saio pelo caminho de lajota que leva até o prédio do ensino médio. Parou de chover, mas as nuvens carregadas ainda pairam no céu e um vento gelado açoita a minha pele. Ajeito a blusa e aperto-a contra o peito para me proteger do frio, subo as escadas correndo, atravesso a porta e sinto o calor do ambiente me envolver no mesmo momento em que mais uma vez a ligação para Will cai na caixa postal.

Droga.

Enquanto aguardo o sinal do bipe, tento estabelecer uma conversa interna. Digo para não me preocupar. Que há uma explicação simples para Will não ter ligado ainda. Os últimos meses têm sido particularmente estressantes no trabalho, e ele não tem dormido bem. Talvez Will tenha tirado um cochilo. Além disso, ele é muito distraído, um viciado em tecnologia que dificilmente consegue se concentrar em uma única coisa. Imagino meu marido digitando uma mensagem para mim, mas se esquecendo de clicar em "enviar". Imagino-o fazendo amizade com os mandachuvas do evento à beira da piscina do hotel, sem perceber o telefone tocando. Ou talvez a bateria do celular tenha acabado, ou ele esqueceu o aparelho no avião. Penso em tudo isso e quase chego a sentir alegria.

– Oi, amor – digo ao toque do bipe da caixa postal, tentando não demonstrar preocupação no tom de voz. – Só estou ligando pra ter certeza de que está tudo bem. A essa altura, você já deve estar no hotel, mas acho que o sinal de celular no seu quarto deve ser ruim, ou algo assim. Enfim, assim que tiver um tempinho, me ligue. O acidente aéreo me deixou meio apreensiva e quero escutar sua voz. Bom, nos falamos em breve. Você é minha pessoa favorita no mundo.

Quando chego à minha sala, corro para o computador e abro meu e-mail. Will me enviou os detalhes do congresso há alguns meses, mas há mais de três mil mensagens na minha caixa de entrada, e elas não estão organizadas em pastas, nem nada. Depois de tentar algumas buscas, encontro o e-mail que estou procurando:

De: w.griffith@appsec-consulting.com

Para: irisgriffith@lakeforrestacademy.org

Assunto: Enc: Aspectos essenciais da segurança cibernética: cúpula de inteligência

Olha meu nome aí! Minha palestra é a da quinta-feira. Vamos torcer pro pessoal não dormir que nem acontece com você quando começo a falar do meu trabalho. Bj

Will M. Griffith
Engenheiro de software
AppSec Consulting, Inc.

Uma onda de alívio percorre a minha pele, e eu me sinto mais tranquila. As palavras estão aí, bem diante dos meus olhos. Will está em Orlando, são e salvo.

Abro o anexo, que contém uma página inteira com a programação completa. A palestra de Will aparece da metade para baixo, perto de um texto que destaca toda a experiência dele com gestão de riscos. Envio o arquivo para impressão, escrevo o nome do hotel num post-it, depois, abro o navegador e pesquiso o telefone do hotel na internet. Enquanto copio o número num papel, meu celular toca, e o número da minha mãe aparece na tela.

Uma sensação súbita de mal-estar assola meu peito. Minha mãe, que é fonoaudióloga, sabe como é trabalhar em uma escola. Sabe como meu dia a dia é agitado e nunca me liga quando estou trabalhando, a menos que seja caso de vida ou morte. Como da vez em que meu pai passou em cima de um buraco com o pneu dianteiro da bicicleta e capotou no asfalto, e a queda foi tão brusca que ele quebrou a clavícula e o capacete partiu-se ao meio.

E é por isso que decido atender a ligação dela:

– O que aconteceu?

– Ah, querida... Vi as notícias.

– Sobre a queda do avião? Estou sabendo. Passamos o dia aqui na escola conversando sobre o assunto. Os alunos estão muito abalados.

– Não, não é disso que estou falando... Bom, não exatamente. Eu me refiro ao Will, querida.

Alguma coisa no tom de voz da minha mãe, nesse modo cauteloso e cheio de voltas como ela pergunta e ao mesmo tempo responde sobre Will, provoca um arrepio em cada um dos meus pelos.

– O que tem o Will?

– Bom, pra começo de conversa... Onde ele está?

– Em Orlando, foi para um congresso. Por quê?

A força do suspiro da minha mãe do outro lado da linha penetra meu tímpano e sei o quanto ela está pisando em ovos.

– Ah, graças a Deus. Eu sabia que não poderia ser o seu Will.

– Do que está falando? Quem não poderia ser meu Will?

A resposta da minha mãe é abafada pela interrupção de um aluno.

– O senhor Rawlings me pediu para avisá-la que acabaram de divulgar uma lista com os nomes dos passageiros. – A aluna comunica o fato com a voz alta, como se eu não estivesse sentada aqui, a menos de um metro dela, e ao telefone. Peço a ela que fale mais baixo e gesticulo sinalizando que ela pode ir.

– Mãe, comece de novo. Quem não é o meu Will?

– O William Matthew Griffith que está na lista de passageiros do voo.

Não é o meu marido, é essa a frase que irrompe dentro de mim, de algum lugar bem lá no fundo, no âmago. Meu Will estava num avião diferente, de uma companhia aérea diferente. E, mesmo que estivesse nesse voo que sofreu o acidente, a Liberty Airlines já teria entrado em contato. Não revelariam o nome dele assim, sem me avisar primeiro. Eu, a esposa dele, a pessoa favorita dele no mundo.

Mas, antes que dê tempo de dizer tudo isso à minha mãe, meu celular vibra. E as palavras que surgem na tela fazem meu coração parar.

Liberty Airlines.

CAPÍTULO 4

Com a mão trêmula, finalizo a ligação com a minha mãe e atendo o telefonema da Liberty Airlines.

– Alô? – Sinto um nó na garganta, e minha voz sai rouca e vacilante.

– Alô, por gentileza, a senhora Iris Griffith?

Sei por que essa mulher está ligando. Pelo jeito como ela pronuncia meu nome, pelo tom cauteloso, neutro e formal como fala comigo. O ar fica preso na minha garganta.

Mas ela está equivocada. Will está em Orlando.

– Will está em Orlando – digo sem nem perceber.

– Desculpe? Esse é o número da senhora Iris Griffith?

O que aconteceria se eu respondesse que não? Isso impediria essa mulher de dizer as palavras que sei que estou prestes a ouvir? Será que ela desligaria e ligaria para a outra esposa de William Matthew Griffith?

– Sou eu.

– Senhora Griffith, me chamo Carol Manning, sou da Liberty Airlines. William Matthew Griffith forneceu os seus dados para contato em caso de emergência.

Will está em Orlando. Will está em Orlando. Will está em Orlando.

– Sim. – Pressiono a barriga com o braço. – Sou a esposa dele. *Sou* a esposa dele. *Eu*.

– Senhora, sinto em informar, mas seu marido era um dos passageiros que estava a bordo do voo 23, que caiu hoje de manhã e realizaria o trajeto de Atlanta para Seattle. Estima-se que não haja sobreviventes. – A mulher parece um robô. É como se ela estivesse lendo um script. Ela parece a Siri, aquela assistente virtual do iPhone, ligando para avisar que o meu marido está morto.

Meus músculos fraquejam, e eu desmorono. Meu torso se dobra sobre meu próprio colo, meu corpo vem à frente feito um galho de uma árvore quebrado. O impacto faz o ar se esvair dos meus pulmões e tudo que sai pela minha boca é um gemido.

– Sei que deve ser um choque imenso e quero assegurar que a Liberty Airlines está aqui para apoiá-la no que for necessário. Disponibilizamos um número de telefone e um e-mail especialmente para que os familiares dos passageiros entrem em contato a qualquer momento, dia e noite. A todo momento estamos divulgando atualizações em nosso site, www.libertyairlines.com.

Se a mulher disse algo além disso, não pude ouvir. O celular cai no chão e, ali mesmo, no meio da minha sala, com vários alunos aglomerados na porta e com os olhos arregalados, deslizo da cadeira, vou ao chão e começo a me debulhar em lágrimas, tapando a boca com ambas as mãos para abafar o som.

Um par de sapatos grandes aparece na minha frente.

– Oh, Iris. Acabei de saber. Sinto muito, muito mesmo.

Por entre o meu cabelo, olho para Ted, para as sobrancelhas franzidas e preocupadas entre os cachos caninos, e choro de alívio. Ted é um conciliador. Ele vai saber o que fazer. Vai ligar para alguém que, por sua vez, vai dizer a ele que se trata de outro Will, de outro avião, de outra esposa.

Tento me recompor, mas não consigo, e é nesse momento que percebo a minha sala abarrotada de alunos. Eu já tinha escutado o burburinho entre eles no corredor, do lado de fora da minha sala, o cochicho e as palavras sussurradas que eu não deveria escutar. Palavras como *marido, avião, morto*. Sei que eles viram as notícias.

Não. Hoje, pela manhã, enquanto eu enchia nossas canecas térmicas de café, Will verificou no celular a previsão do tempo para Orlando.

– Vai fazer quase 31 graus hoje – disse, balançando a cabeça de um lado para o outro. – E olha que nem estamos no verão ainda. É por isso que a gente nunca vai morar na Flórida.

Ava, com os olhos marejados, me observa.

– Will está em Orlando – digo a ela, e a expressão da jovem se enche de pena.

Fico constrangida por ela, e não só ela, mas por todos os alunos me verem assim, arrasada, jogada no chão. Cubro o rosto com as mãos e quero que todos saiam. Quero que todos me deixem sozinha. Que se dane a minha política de portas abertas.

– Ei, deixe-me ajudá-la. – Ted me segura, me ajuda a levantar e sentar na cadeira.

– Onde está meu celular? Quero tentar ligar para o Will de novo.

Ted se agacha, pega meu celular do chão e me entrega. Nove chamadas perdidas. Tenho uma sensação de náusea ao ver que todas as ligações foram da minha mãe. Nenhuma, nenhuma sequer de Will.

– Pessoal, podem nos deixar um pouco sozinhos, por favor? – Ted olha para trás e conversa com os alunos. – Fechem a porta quando saírem.

Um por um, os alunos começam a sair, murmurando condolências. Ava toca e percorre o meu braço com um dedo enquanto sai, e eu me encolho. Não quero que ela sinta pena de mim. Não quero que ninguém sinta pela de mim. Pena significaria que o que aquela mulher me disse é verdade. Pena significaria que meu Will está morto.

Depois que todos saem e Ted e eu ficamos sozinhos, ele apoia a mão no meu braço.

– Posso ligar para alguém?

Ligar! Eu estava prestes a ligar para o hotel antes de tudo isso acontecer. Meus olhos fitam o panfleto do congresso. Pego a folha na impressora e a meneio para Ted.

– Aqui! Isso aqui prova que o Will está em Orlando. Ele vai palestrar amanhã. Não estava nesse avião que ia para Seattle. Estava no avião com destino a Orlando. – Meu peito se enche de esperança.

– Ele fez check-in no hotel? – indaga Ted, mas a pergunta soa mais como um gesto de quem está apenas querendo agradar.

Com os dedos trêmulos, encontro o post-it em que eu havia rabiscado o número e começo a digitá-lo no meu celular. Vejo que Ted tem poucas esperanças, que ele considera essa ligação uma perda de tempo, e a evidente expressão de resignação dele é demais para eu suportar. Desvio o olhar e fito a minha mesa, me concentrando nas marcas e nos riscos que há na superfície. O telefone chama, chama, chama.

Depois de uma eternidade, uma mulher de voz simpática atende.

– Westin Universal Boulevard, boa tarde. Em que posso ajudar?

– Quarto de Will Griffith, por favor. – Cuspo essas palavras de um jeito irregular, rápido, rude, feito um leiloeiro sob efeito de crack.

– Pois não, um momento, por favor – anuncia a recepcionista. Com certeza ela está acostumada a receber ligações de esposas ensandecidas, mulheres à procura dos namorados negligentes ou dos maridos que pulam cerca. O hotel provavelmente oferece treinamento completo para saber lidar com ligações como a minha. – Griffith, é isso, senhora?

– Sim. Will. Ou pode estar registrado como William, o nome do meio abreviado com “m”. – Respiro fundo e tento me acalmar, mas minhas pernas não param de se mexer e eu não consigo parar de tremer.

Ted tira o casaco e envolve meus ombros com ele. Sei que ele tem a melhor das intenções, mas o gesto soa demasiadamente pessoal e o tecido tem o cheiro do dono; é forte e estranho. Sinto vontade de arrancar o casaco das minhas costas e arremessá-lo pela janela. Não quero a roupa de nenhum outro homem tocando o meu corpo, a não ser a de Will.

Do outro lado da linha, a mulher digita alguma coisa no teclado.

– Hmm... Me desculpe, não estou encontrando nenhuma reserva em nome do senhor Griffith.

Engasgo e contenho o choro preso na garganta.

– Verifique novamente. Por favor.

Mais um momento de pausa, e ouço a recepcionista digitando algo mais uma vez do outro lado. O pavor começa a penetrar a minha pele feito um parasita, de um jeito lento e contínuo, devorando toda a minha certeza.

– Tem certeza de que ele fez reserva nesta unidade do Westin? Temos outra unidade em Lake Mary, ao norte da cidade. Posso passar o número para a senhora, caso queira.

Balanço a cabeça, enxugando as lágrimas para conseguir ler a informação sobre o hotel, localizada na parte inferior do folheto.

– Estou com o folheto do congresso aqui na minha mão. Aqui diz "Universal Boulevard".

A voz dela parece mais animada.

– Ah, se ele veio para um congresso, talvez eu possa entrar em contato com o organizador. Qual é o congresso?

– Aspectos essenciais da segurança cibernética: cúpula de inteligência.

A mulher hesita por um ou dois segundos, tempo suficiente para aquela sensação de náusea voltar.

– Sinto muito, senhora, mas não há nenhum congresso com esse nome acontecendo aqui no hotel.

Solto o telefone e vomito na cesta de lixo da minha sala.

Claire Masters, uma colega do setor de matrículas que fica numa sala do outro lado do corredor, me leva para casa. Claire e eu somos bastante próximas, não exatamente amigas, mas, apesar disso, não preciso perguntar por que estou aqui, sentada no banco do passageiro do Ford Explorer dela, em vez de ter ido para casa com outra pessoa. No começo do ano passado, Claire perdeu o marido vítima de um linfoma de Hodgkin e agora, tenha ela se oferecido para me levar para casa, ou tenha Ted pedido a ela que fizesse isso, o motivo fica claro. Se tem alguém capaz de entender o que estou enfrentando, essa pessoa só pode ser outra viúva.

Viúva. Eu vomitaria de novo, mas meu estômago está vazio.

Eu me viro e olho pela janela, observando os edifícios da avenida Buckhead que passam por nós. Claire dirige devagar, com as mãos firmes no volante, e não diz nem uma palavra sequer. Ela mantém a boca fechada e o olhar no trânsito à frente, e, por mais que eu não suporte a ideia de entrar para o mesmo grupo trágico que o dela, pelo menos Claire sabe que a única coisa que quero agora é ficar sozinha.

Meu celular vibra sobre meu colo. Minha mãe, que deve estar ligando pela centésima vez. Um sentimento de culpa me incomoda. Sei que não é justo evitá-la neste momento, mas não consigo conversar com ela agora. Não consigo conversar com ninguém.

– Não quer atender? – A voz de Claire, estridente e infantilizada, corta o silêncio feito uma faca afiada.

– Não. – Dizer essa simples palavra exige todas as minhas energias. Sinto como se houvesse uma pedra enorme dentro do meu peito.

Claire olha para mim, para o celular e para o trânsito diante de nós.

– Tenho certeza de que sua mãe está desesperada a essa altura.

Estremeço diante desse tom familiar, desse modo como Claire nos coloca no pior time.

– Não consigo – afirmo, e minha voz corta a última palavra ao meio, porque falar com a minha mãe significa ter de repetir aquelas palavras terríveis em voz alta. *Will se foi. Will morreu.* Dizer essas palavras tornaria a coisa real.

O telefone para de tocar e, dois segundos depois, volta a vibrar mais uma vez.

Dessa vez, Claire pega o aparelho do meu colo, desliza o dedo pela tela e atende.

– Olá, aqui é a Claire Masters. Sou colega de trabalho da Iris. Ela está aqui, sentada ao meu lado, mas não quer falar agora. – Um momento de silêncio. – Sim, senhora. Lamento dizer que foi isso mesmo. – Outro momento de pausa, mais longo dessa vez. – Tudo bem. Vou falar para ela. – Claire desliga o aparelho e o coloca de volta no meu colo, com delicadeza. – Seus pais estão vindo para cá. Vão chegar antes de anoitecer.

Eu agradeceria a Claire, mas não consigo reunir forças para isso. Fico olhando pela janela e tento imaginar a situação. Meu Will num campo, em meio a escombros e fumaça, malas partidas, pedaços de metal retalhado por todo o lado. Não consigo. A cena me parece incompreensível, tão abstrata quanto um conceito qualquer da aula de física do doutor Drukker. Will viajou para Orlando, não para Seattle. Ele não pode estar morto. É simplesmente impossível.

Claire pega a alça para a rodovia Georgia 400 e acelera. E assim rumamos para o sul, em meio a um silêncio providencial e apropriado.

CAPÍTULO 5

Por mais que eu diga que não precisa me acompanhar nas escadas até a porta de casa, Claire me acompanha mesmo assim. Vasculho a mochila, encontro a chave e a encaixo na fechadura.

– Obrigada pela carona. Vou ficar bem.

Abro a porta e entro, mas, quando vou fechá-la, Claire a interrompe, posicionando a palma da mão no vitral.

– Querida, eu vou ficar. Até seus pais chegarem.

– Não me leve a mal, Claire, mas quero ficar sozinha.

– Não me leve a mal, Iris, mas eu não vou embora – insiste com a voz aguda e surpreendentemente firme. Mas as palavras são atenuadas por um sorriso. – Não precisa falar comigo se não quiser, mas vou ficar aqui. Quer queira, quer não.

Dou um passo para trás e a deixo entrar.

Claire olha ao redor do hall, observa as paredes cor de mel, o piso lustroso de madeira, feito de pinheiro escuro, o corrimão esculpido e original. Ela estica o pescoço, vira, observando a sala de estar, que não tem nada além de um sofá bege que ainda estamos pagando – um presente de Natal que nos demos, comprado na Room and Board –, e aponta em direção aos fundos da casa.

– A cozinha fica ali?

Faço que sim com a cabeça.

Ela coloca a mochila na porta e caminha pelo corredor.

– Vou preparar um chá para a gente. – E, com isso, Claire entra na cozinha e eu fico sozinha.

Assim que ela sai, me escoro no corrimão da escada, e as lembranças dessa manhã começam a me perturbar. O peso do corpo de Will sobre o meu, me aquecendo com suas mãos e o corpo quente e nu. Os lábios dele no meu pescoço, o toque da barba nos meus seios, na barriga, descendo... Meus dedos enroscados no cabelo dele. A água escorrendo pelo tórax musculoso quando ele saiu do chuveiro, os dedos dele roçando os meus quando lhe entreguei a toalha. Os lábios macios e quentes, ávidos por mais um beijo, por mais que eu alertasse para o risco de ele perder o voo. O último movimento com a mão enquanto puxava a mala pela porta da frente, a aliança reluzindo à luz do amanhecer antes de ele partir.

Will tem que voltar. Ainda temos jantares, reservas em hotel e aniversários por planejar. No mês que vem, vamos para Seaside, uma escapada no Memorial Day, só nós dois, e no verão, vamos para Hilton Head, com a minha família. Faz tão pouco tempo, foi ontem à noite que ele beijou a minha barriga e disse que não vê a hora de vê-la crescer a ponto de os braços dele não conseguirem me envolver por completo num abraço. Will não pode ter partido. Esse fim é completamente irreal, intragável. Preciso de provas.

Despejo minhas coisas no chão, ando pelo corredor e vou até os fundos da casa, onde há uma cozinha com vista externa, uma área de jantar e uma salinha. Tiro o controle remoto de dentro da fruteira e, pressionando alguns botões, ligo na CNN. Uma repórter de cabelo preto está em frente ao milharal, o cabelo ao vento, para todos os lados. Ela está entrevistando um homem grisalho, vestido com uma jaqueta grossa. De acordo com a legenda do noticiário, ele é o dono do terreno agora coberto de destroços e restos mortais dos passageiros.

Claire aparece no corredor, com os olhos arregalados, segurando uma caixa de chá.

– Você não deveria estar assistindo isso!

– Shh! – Pressiono o botão para aumentar o volume, até a voz da repórter e do homem machucarem meus ouvidos quase tanto quanto as palavras deles. A repórter bombardeia o homem com perguntas enquanto procuro atrás deles algum sinal de Will. Um fiozinho de cabelo castanho, a manga da blusa azul-marinho. Prendo a respiração e me esforço para enxergar, mas não vejo nada além de fumaça e pés de milho, estes balançando ao vento.

A mulher pede ao senhor que diga, olhando para a câmera, o que ele viu.

– Eu estava trabalhando numa das extremidades do campo quando ouvi um barulho – explica o homem, apontando para as infinitas fileiras de milho atrás dele. – Era o avião. Escutei o barulho antes de vê-lo. Era evidente que tinha ocorrido algum problema com ele.

A repórter o interrompe.

– Como sabe que o avião estava com problemas?

– Bom, pelo ruído dos motores... Mas não tinha nenhum sinal de fogo nem de fumaça. Não antes de ele atingir o solo e explodir. A maior bola de fogo que já vi. Eu devia estar a um quilômetro e meio de distância mais ou menos, mas senti o chão tremer, depois veio uma bola de fogo enorme, tão forte que chegou a queimar a ponta do meu cabelo.

Quanto tempo dura a queda de um avião? Um minuto? Cinco? Penso no que Will deve ter passado, me debruço na pia e vomito.

Claire pega o controle remoto da minha mão e aperta o "mudo". Eu me agarro na bancada, fico encarando o fundo riscado da pia, esperando meu estômago se estabilizar, e penso: *E agora? O que diabos vou fazer?* Atrás de mim, escuto Claire vasculhar a cozinha, abrir os armários para procurar alguma coisa, e ouço também o barulho da porta da geladeira, abrindo e fechando. Ela volta com um pacote de biscoito salgado e uma garrafa d'água.

– Aqui, tome. A água está gelada, beba devagar.

Ignoro os dois, giro o corpo, ainda apoiada no balcão, e desmorono sobre um banquinho do bar.

– Negação, raiva, questionamento, depressão, aceitação. – Claire me olha com cara de quem não entendeu nada. – São os estágios do luto de acordo com Kübler-Ross. Com certeza ainda estou na fase da negação porque não faz o menor sentido. Como pode um homem embarcar para Orlando e terminar num avião que estava indo para a direção oposta? Mudaram o congresso para Seattle ou algo assim?

Claire encolhe os ombros, mas, pela expressão, ela não tem a menor dúvida. Eu posso estar no estágio da negação, mas é evidente que a minha colega não partilha do mesmo sentimento. Embora não diga em voz alta, Claire aceita a alegação da Liberty Airlines de que Will é um dos 179 corpos que se partiram em pedaços sobre um milharal em Missouri.

– Não é possível. Will teria me dito e definitivamente não teria ficado me falando sobre a viagem para Orlando. Hoje de manhã, ele estava aqui, bem onde você está, e me falou do quanto detestava essa cidade. O calor, o trânsito, os malditos parques temáticos espalhados por todos os lados. – Balanço a cabeça de um lado para o outro, sem conseguir acreditar, o desespero elevando a minha voz feito uma sirene. – Ele andava tão estressado... Talvez não soubesse que o congresso tinha mudado de lugar. Talvez ele esteja lá esse tempo todo, vagando pelas ruas de Orlando, tentando encontrar o novo endereço do congresso. Mas por que não retorna a minha ligação?

Claire pressiona os lábios, mas não diz nada.

Fecho os olhos entre alguns batimentos cardíacos instáveis e sinto as emoções explodirem feito bombas dentro do meu peito. O que devo fazer? Para quem devo ligar? O primeiro instinto é ligar para Will, como faço sempre que tenho um problema e não sei como resolvê-lo. A mente metódica dele enxerga as coisas de um jeito diferente da minha, quase sempre consegue traçar o caminho para a solução.

"Você deveria desenvolver um aplicativo", disse a Will certa vez, depois que ele me ajudou a planilhar um semestre inteiro de um programa sobre conscientização de álcool e outras drogas. "Ficaria rico. Poderia chamá-lo de *Pergunte para o Will*."

Ele deu um tapinha no colo e sorriu daquele jeito que eu mais amava. "Neste exato momento, ele está dizendo que você é muito linda e deve vir aqui me dar um beijo."

Pressiono os dedos contra os lábios e converso comigo, peço para me acalmar e pensar. Deve ter algum número de telefone, alguém que possa me dizer que tudo isso não passou de um enorme mal-entendido.

– Jéssica! – Levanto rapidamente do banquinho e vou correndo até meu celular que está em cima do micro-ondas, conectado ao carregador. – A Jéssica sabe onde ele está. Ela vai saber informar o novo endereço do congresso.

– Quem é Jéssica?

– Assistente do Will. – Disco o número dela que já sei de cor e viro de costas para Claire, evitando olhar para a testa franzida, o olhar descrente e o jeito como ela morde os lábios. Ela não acredita em mim. Tal como Ted.

– AppSec Consultoria, boa tarde.

– Jéssica, sou eu, Iris Griffith. Você...

– Iris? Pensei que estivesse de férias.

O comentário dela é tão inesperado que levo alguns segundos para processá-lo. Jéssica é muito eficiente para atender ao telefone e cuidar da agenda de um bando de nerds desorganizados, mas memória não é seu forte.

– Hmm, não. Por que me perguntou isso?

– Porque deveria estar na lua de mel na Riviera Maya, praticando para "pôr o pãozinho no forno". Will me mostrou as fotos do resort e parece incr... – Jéssica engole o resto das palavras, depois parece engolir em seco. – Ai, meu Deus, Iris, acho que me confundi. Tenho certeza de que misturei as agendas aqui.

Sei o que Jéssica está pensando. Que Will está lá com outra mulher, e eu nem ligo, porque e se ela estiver certa? E se Will estiver vivo, são e salvo, tomando sol numa praia no México? Uma centelha de esperança se acende em mim por um segundo ou dois, mas logo desaparece quando me dou conta de que Will jamais faria isso. Ele jamais me trairia, e, mesmo que o fizesse, o México seria o último lugar da lista do meu marido que não suporta o calor. Um cruzeiro para o Alaska seria uma opção mais provável.

– Ele não pode estar no México – digo a ela e é tudo que posso fazer para manter a voz calma, para sufocar a frustração com um pouco de civilidade. – Ele vai dar uma palestra num congresso sobre segurança cibernética, lembra?

– Que congresso?

Esbugalho os olhos. Onde quem quer que seja da AppSec estava com a cabeça quando contratou essa mulher?

– Aquele em Orlando.

– Espere. Estou confusa. Ele não está no México?

Senhor, me ajude. Perco o controle. Respiro fundo e solto um grito no telefone, tão alto que chega a arder a garganta.

– Eu não sei, Jéssica! Não sei onde diabos o Will está! É esse o problema, porra!

Silêncio. Tanto de Claire atrás de mim, assim como de Jéssica, do outro lado da linha. É como o vácuo que perturba os dois ouvidos. Eu deveria me desculpar, sei que deveria, mas o choro interrompe minha respiração e as palavras terríveis presas na garganta vêm em seguida: – Estão dizendo... estão dizendo que o Will estava naquele avião que caiu hoje de manhã, mas isso só pode ser um engano. Ele estava num avião com destino a Orlando. Por favor, me diga que ele está em Orlando.

– Meu Deus. Eu vi a notícia, mas não fazia ideia disso, Iris. Eu não sabia.

– Por favor, me ajude a encontrar o Will.

– Claro. – Ela permanece em silêncio por um momento, mas logo depois escuto os dedos digitando no teclado. – Tenho certeza de que não fiz nenhuma reserva de voo para ele hoje, mas tenho os dados de acesso das reservas de passagem dele. De que companhia aérea é o avião que caiu hoje?

– Liberty Airlines. Voo 23.

Mais um longo momento de pausa enquanto ela digita.

– Tá, entrei aqui no sistema. Vamos ver... Voo 23, é isso?

Apoio os dois cotovelos no balcão, amparo a cabeça em uma das mãos, cerro os olhos e rezo.

– Sim.

Prendo a respiração e, no momento seguinte, ouço a resposta de Jéssica.

– Ai, Iris... – diz ela, e sinto o cômodo girar. – Sinto muito, mas achei. Voo 23, saindo de Atlanta hoje de manhã, às 8h55, com destino a Seattle e passagem de volta... Hum. Parece que ele só comprou a passagem de ida.

Minhas pernas cambaleiam. Deslizo o corpo para o chão.

– Verifique a Delta.

– Iris, eu não sei se...

– Verifique a Delta!

– Tudo bem, um minuto... Está carregando... Espere, que estranho. Tem uma passagem aqui também. Voo 2069, com destino a Orlando, partindo às nove da manhã, volta na sexta-feira, às oito da noite. Por que ele compraria dois bilhetes com destinos diferentes?

Uma sensação de alívio penetra meus ossos, e eu endireito o corpo de imediato.

– Onde é o congresso? Liguei no hotel Universal Boulevard, mas devem ter mudado o endereço do evento.

– Desculpe, Iris, não estou sabendo desse congresso.

– Então pergunte pra alguém! Com certeza alguém está sabendo desse evento que a empresa onde você trabalha organizou!

– Não. Estou tentando dizer que a AppSec não tem nenhum evento agendado, pelo menos até o começo de novembro.

Penso três vezes antes de abrir a boca de novo:

– E no México?

– Não tem nenhuma reserva para o México nem na Delta, nem na Liberty, mas posso verificar nas outras companhias aéreas, se quiser.

Sinto agora um tom de pesar na fala de Jéssica e não posso suportar isso por nem mais um segundo. Desligo o telefone e acesso o Google para pesquisar o número da Delta. Depois de nove segundos que me pareceram uma eternidade, esperando para ser atendida, consigo explicar a minha situação para uma sequência de atendentes, até que finalmente chego a Carrie, a responsável pelo setor de assistência a familiares de passageiros.

– Oi, Carrie. Me chamo Iris Griffith. Meu marido, Will, fez uma reserva para o voo 2069, que partiu hoje de Atlanta para Orlando, e não recebi nenhuma notícia dele desde que desembarcou. Você poderia, por favor, verificar se ele fez o percurso?

– Claro, senhora. Só preciso do número do e-ticket.

Isso demanda que eu desligue e ligue de volta para Jéssica, mas não vou desligar, óbvio que não vou perder essa ligação depois de esperar tanto.

– Não consegue encontrá-lo pelo nome? Preciso saber com urgência se ele estava nesse voo.

– Lamento, senhora, mas isso não é possível. – A voz da atendente é monótona e pontual e me transmite a má notícia como se eu tivesse acabado de ganhar uma refeição grátis numa promoção de um restaurante qualquer. – Por conta dos termos de privacidade, não estamos autorizados a informar por telefone o itinerário dos passageiros.

– Mas ele é meu marido. Sou casada com ele.

– Compreendo, senhora, se pudesse, eu verificaria seu estado civil por telefone, mas não posso. Talvez seja melhor a senhora se dirigir a um balcão da Delta mais próximo portando um documento válido, alguém lá vai...

– Não tenho tempo de ir a um balcão! – As palavras irrompem da parte mais profunda do meu ser e me surpreendem, tanto pelo modo repentino como pela força com que emergem. A mulher do outro lado da linha fica em silêncio total. Não fosse pelo ruído ao fundo, pelo barulho do teclado e as vozes dos outros atendentes ao redor dela, com certeza eu acharia que ela tinha desligado.

Em seguida, ouço um gemido agudo feito uma interferência na ligação e demoro alguns segundos para perceber que é a minha própria voz. Desmorono diante do peso do meu desespero.

– O problema é que ele também comprou passagem para o voo 23 da Liberty Airlines, entende? Mas ele não pode ter embarcado lá. Ele deve ter embarcado no voo de vocês. E ele não retorna as minhas ligações e não fez check-in no hotel, e o pessoal do hotel também não está sabendo de congresso nenhum, nem a assistente do meu marido está sabendo, embora ela achasse que ele tinha viajado para o México, mas definitivamente não há a menor possibilidade de ele estar lá. E agora, a cada segundo que passa, a cada segundo que passa sem que eu saiba onde meu marido está, fico mais e mais desesperada, estou enlouquecendo... Dê uma olhada aí no seu computador e me diga se ele estava naquele voo. Estou implorando...

A atendente pigarreia.

– Senhora Griffith, eu...

– *Por favor* – digo, com a voz vacilante, tanto que leva um tempo para eu conseguir pronunciar todas as sílabas. As lágrimas agora rolam mais rápido, entupindo as narinas e tapando a garganta. – Por favor, me ajude a encontrar o meu marido.

Silêncio. Uma pausa longa, perturbadora, e eu aperto o telefone com tanta força que os dedos chegam a doer.

– Me desculpe – diz a mulher depois de uma eternidade, com a voz bem baixa, quase como um sussurro –, mas o seu marido não fez check-in para o voo 2069.

Solto um grito e jogo o celular para a frente. O aparelho bate no armário e cai no chão, a tela virada para o piso. Nem preciso olhar para saber que quebrou.

Passo o resto da tarde na cama, completamente enrolada no roupão de Will, me remoendo debaixo do edredom. Will mentiu. Ele *mentiu* para mim. Não, ele não só mentiu, como ainda sustentou a mentira com um congresso que não existe nem nunca existiu, mentira sobre mentira. Para piorar, ele ainda criou um panfleto todo colorido com a programação, tudo feito no computador. Uma onda de fúria queima minha garganta, revolve meu estômago e todos os meus pensamentos. Como meu marido pôde fazer uma coisa dessas? Por que ele se enfiaria numa situação desse tipo? Estou tremendo tanto que é como se meus ossos vibrassem, sobretudo porque agora sei que não havia motivo nenhum para ele viajar para Orlando.

Meus pais chegam ao final da tarde, como tinham prometido. Debaixo das camadas de algodão e pena, ouço a voz quase sussurrada deles, conversando com Claire lá embaixo. Imagino a expressão horrorizada da minha mãe quando Claire conta sobre a minha reação no colégio ao saber da notícia, sobre a ligação que fiz para a Jéssica e para a Delta. Vejo minha mãe esticando o pescoço, olhando para os degraus com uma expressão de ansiedade e o modo desesperado como ela encerra a conversa com Claire para poder vir me encontrar o mais rápido possível. Dois segundos depois de ouvir o barulho de um carro saindo da frente de casa, sinto o colchão afundar, o peso de alguém na ponta da cama.

– Ah, minha querida, minha doce Iris. – A voz da minha mãe é suave, mas as palavras são duras e firmes, junto à paixão por carne e batatas, sinais da teimosia holandesa que ela herdou.

Por mais terrível que possa parecer, não consigo olhar para a minha mãe. Não ainda. Sei o que vou ver se sair debaixo das cobertas: os olhos da minha mãe, vermelhos, inchados, repletos de piedade, e sei o efeito que isso vai causar em mim.

– Seu pai e eu estamos sem chão. Amávamos o Will e vamos sentir muito a falta dele, mas a dor insuportável que sinto aqui no peito é, sobretudo, por você. Minha filhinha, meu docinho...

Lágrimas brotam nos meus olhos. Não estou preparada para falar de Will no tempo passado e também não vou suportar que ninguém, absolutamente ninguém, fale assim.

– Mãe, por favor. Preciso ficar sozinha um pouco.

– Pelo tempo que precisar, *lieverd*. – Quando minha mãe começa a dizer palavras em sua língua nativa, pode ter certeza de que ela está arrasada.

Sinto o movimento do colchão conforme ela se levanta.

– Seu irmão vai chegar aqui por volta das nove. James estava numa cirurgia quando receberam a notícia, então saíram de Savannah há uma hora. – Ela faz uma pausa como se estivesse esperando por uma resposta, mas, como não digo nada, acrescenta: – Ah, *schatje*, tem alguma coisa que eu possa fazer por você?

Sim. Trazer o Will de volta. *Preciso torcer o pescoço dele.*

CAPÍTULO 6

Acordo e a primeira coisa que penso é *Onde está o Will? Onde está o meu marido?*

No relógio, são 00:17. Procuro pelo barulho de água que vem do banheiro, pelo som do pé descalço e molhado no piso de madeira, mas, com exceção do barulho do ar quente que sai pelas frestas do ar-condicionado, nosso quarto está silencioso.

O dia recomeça rugindo feito uma colisão iminente. Will. Avião. Morto. A dor me sufoca e percorre a testa até a ponta dos dedos.

O terror me assola. Tento me levantar da cama, tateio ao redor procurando pelo interruptor para acender a luz, respirando fundo até o momento em que as paredes parecem parar de me empurrar. Afasto o edredom, passo a mão pela cama, procurando a marca do corpo de Will no colchão, porque ontem, ontem mesmo ele estava aqui. Sem o meu marido, a cama *king size* ficou do tamanho de um oceano que parece me puxar para seu vazio. Passo a mão pelo travesseiro de Will, pego um ou outro fio do cabelo escuro, preso em meio ao algodão da fronha. Fecho os olhos e ainda posso senti-lo, sinto fisicamente o calor de sua pele, o roçar da barba deslizando pela minha escápula, o peso do corpo dele se debruçando sobre o meu, meu suspiro enquanto ele me penetra. Em um minuto ele está aqui, no outro, se foi. Feito um truque mórbido de mágica.

E, agora, tenho que aceitar que ele está lá, aos pedaços, em um milharal em Missouri? Simplesmente não consigo entender. É insano demais para ser verdade.

Sair da cama é como nadar contra a corrente. Sinto o corpo pesado, os membros rígidos e tensos e uma fraqueza nos pulmões que quase chega a me impedir de respirar. Ainda estou com o roupão de Will, todo enroscado e preso no meu corpo. Afrouxo o cordão, ajeito o tecido de algodão na parte de cima do corpo e aperto o cordão de novo, ajustando-o na cintura. O roupão parece um saco no meu corpo, mas é quente, confortável e tem o cheiro do Will – o que significa que eu nunca mais vou tirá-lo.

Lá embaixo, a televisão da cozinha chuvisca, lançando flashes de azul e branco em meio à escuridão, ainda no modo "mudo". Permaneço ali por um bom tempo, olhando para o repórter diante de um campo carbonizado, cheio de destroços de metal, e por um momento passa pela minha cabeça que o homem pode estar gostando daquilo tudo. Ele mantém os olhos esbugalhados, a sobrancelha arqueada, uma postura totalmente teatral. Deve ter esperado a carreira inteira para poder cobrir uma história como essa. Precisa dar o seu melhor.

Atrás de mim, o sofá se mexe – meu irmão gêmeo, Dave, com uma blusa de moletom do time Georgia Bulldogs e uma calça de pijama xadrez.

– Estava esperando você descer... – diz em tom profundo e sombrio, parecendo mais um comentarista de futebol do que um corretor de imóveis, que é a profissão dele. Dave acende um baseado do tamanho de um charuto e dá uma tragada profunda, depois tamborila os dedos na almofada ao lado dele.

– Vou contar para a mãe. – Em vez de chorar, é a primeira vez depois de quase sete horas que uso a minha voz. Sinto a garganta irritada e dolorida. E me jogo no sofá.

– Meu marido é médico – comenta Dave com a respiração presa. – É medicinal.

Desdenho:

– Ah, sim, claro.

Ele me oferece um trago, mas faço que não com a cabeça. Já estou baqueada. Melhor não colocar maconha, seja medicinal ou não, no meio desse turbilhão.

Meu irmão e eu ficamos sob uma nuvem de fumaça de aroma doce, em silêncio, por um longo tempo, assistindo às notícias na televisão que continua sem áudio. A carnificina é algo pesado demais de suportar, então tento me concentrar na expressão solene do repórter. Ele gesticula para que o cinegrafista o acompanhe até um pedaço imenso de fuselagem, depois, aponta para um sapato de criança, solto em meio aos destroços, e eu tento fazer a leitura labial das palavras dele. *Que adesivo faminto. Doce de queijo. Uma cabra e três ogros.* Como os surdos conseguem ler o lábio das pessoas?

A testa do repórter se enche cada vez mais de rugas. Dave resmunga:

– Esse filho da puta está curtindo a situação.

Tudo que você já ouviu por aí sobre irmãos gêmeos é verdade; Dave e eu somos a prova viva disso. Somos muito parecidos, agimos de modo parecido, compartilhamos os mesmos hábitos e gestos. Nós dois temos lábios carnudos e as juntas dos dedos grossas, assistimos a todo o tipo de esporte, mas não suportamos a ideia de praticar nenhum deles e nos recusamos a comer qualquer coisa que tenha a menor gotícula de vinagre. Também partilhamos de uma telepatia, essa conexão inexplicável que permite saber o que o outro está pensando sem que ele diga nem uma palavra sequer. Quer um exemplo? Eu já sabia que o meu irmão era gay antes de ele próprio descobrir.

Ele apaga o baseado no pires de uma xícara de chá que já está cheia de cinzas e o coloca na mesa lateral.

– Apenas para seu conhecimento, a mãe está um trapo. E já trouxe de casa toda a compra de supermercado e fez uma lista de quase um quilômetro com tudo o que vai precisar para encher a sua geladeira. Se não deixar ela te consolar logo, em breve você vai ter tanta comida aqui que vai poder transformar sua casa em um restaurante com refeições gratuitas.

– Se eu deixar ela me consolar, a coisa vai se tornar real. – Suspiro e encosto no meu irmão, apoiando a cabeça no ombro dele. – Continuo falando para mim mesma que não é real. Que Will vai chegar, atravessar aquela porta na sexta-feira à noite, quente, amassado, resmungão, e eu vou poder dizer: "Eu falei!". Eu falei que ele não estava naquele avião. Continuo esperando o momento em que alguém vai me beliscar, segurar meus ombros e me chacoalhar para me fazer acordar. Mas, até agora, nada. Estou presa num maldito pesadelo.

– Com certeza parece isso mesmo. Um pesadelo. – Dave segura minha mão, entrelaça os dedos nos meus e, com o polegar, cutuca o anel. – Bela peça da Cartier.

Contenho as lágrimas.

– Will e eu estamos tentando engravidar. A essa altura, você já pode ser titio.

Dave olha para mim por trinta segundos demorados e silenciosos. Meu irmão não diz nem uma palavra, mas nem precisa. *Por quanto tempo mais vamos continuar com esse papo*?, dizem os olhos dele. *Esse papo de que o Will ainda está vivo?*

Por quanto tempo mais for possível, respondo.

Mas, em relação à gravidez, ele não parece nem um pouco surpreso.

– Por que demoraram tanto? James e eu achamos que a essa altura vocês já teriam um time de futebol inteiro.

– Will quis esperar. Ele disse que me queria só para ele por um tempo.

– E o que o fez mudar de ideia?

Para essa pergunta, preciso pensar um pouco.

– Não sei e, sinceramente, nunca pensei em perguntar. Fiquei tão empolgada quando ele me disse que tinha chegado a hora... Will disse que queria uma garotinha que parecesse comigo, mas, se for verdade mesmo que estou presa num pesadelo, quando acordar, torço para que seja um menino e que se pareça com ele.

– Mesmo depois do congresso que não existiu?

É claro que Dave sabe que Will inventou um congresso. Tenho certeza de que minha mãe fez Claire contar a história com todos os detalhes e depois dissecou para alguém que escutasse a mentira contada por Will. Também não tenho dúvidas de que ela criou uma lista imensa com os motivos pelos quais Will faria uma coisa dessas, por que ele se daria ao trabalho de criar um panfleto de congresso, por que ele compraria duas passagens de avião para dois lugares tão distantes um do outro.

Mas é óbvio que já sei a resposta. Ele fez isso para que eu não soubesse para onde ele estava indo, o que estava indo fazer lá e quem iria encontrar. Foi por um desses motivos ou por todos eles.

A fúria inofensiva que me fez permanecer debaixo do edredom, tremendo, ameaça irromper feito um vulcão; engulo em seco e tento conter a erosão. Amo meu marido. Sinto saudades dele e quero que ele volte. As emoções são tão intensas, tão profundas, que não deixam espaço para a raiva. Suplico para um Deus que não tenho certeza se existe: *Traga o Will de volta e prometo que não vou nem mesmo perguntar onde ele esteve. Prometo que não vou me importar com isso.*

– Uma mentira não apaga sete anos de casamento, Dave. Me deixa magoada? Talvez. Mas não pode apagar o amor que sinto pelo meu marido.

Dave encolhe um dos ombros e cede.

– Claro que não. Mas posso fazer uma pergunta? Promete que não vai cortar a minha cabeça fora? – Ele faz uma pausa, e eu, mesmo contra a própria vontade, confirmo com a cabeça. – O que há em Seattle? Além de muita chuva, Starbucks e roupa xadrez?

Levanto as duas mãos.

– Não me pergunte. Will cresceu em Memphis e mudou para Atlanta assim que se formou na Universidade do Tennessee. Ele passou a vida inteira aqui na Costa Leste. Nunca o ouvi comentar nada sobre Seattle. Pelo que sei, ele nunca esteve lá. – Giro o corpo no sofá e encaro os olhos felinos que têm o mesmo tom verde-escuro que os meus. – Mas o que você quer mesmo perguntar é se eu acho que Will estava me traindo.

Dave assente, respondendo que sim.

– Acha?

Meu estômago revira. Não porque ache que o meu marido estava me traindo, mas porque com certeza é o que todos estão achando.

– Não. Mas também não acho que ele estava naquele avião, então é óbvio que ser realista não é o meu forte. O que *você* acha?

Dave se mantém em silêncio por um bom tempo, contemplando a própria resposta.

– Tenho muitas perguntas sem resposta em relação ao meu cunhado. Não me leve a mal, adoro ele, principalmente por ver o quanto ele a ama. É um tipo de amor que não dá pra fingir, o tipo que toda vez que você entra e topa com o cara, ele está lá, com aquele jeito de bobão apaixonado, tão feliz que você até precisa sair de perto. E olha que sou gay. Vai por mim, entendo dessas coisas. Então, respondendo a sua pergunta, acho que não. Não acho que o seu marido tenha uma amante.

Meu coração, que já está por um fio, se parte em dois. Não só pelo fato de Dave acreditar no meu marido, como também por ele falar de Will no tempo presente, considerando que ele ainda está aqui, mas, acima de tudo, porque o amor que meu irmão sente por mim é tão verdadeiro que se estende para outra pessoa. Enrosco minha mão no braço dele e inclino a cabeça para o lado, apreciando meu irmão, certa de que nunca o amei tanto.

– Bom, o que estou tentando dizer é que o Will entrou na sua vida sozinho. Digo, os pais dele são falecidos, ele não tem irmãos, nunca comentou sobre parentes nem amigos. Todo mundo tem um passado, mas é como se a vida dele tivesse começado quando a conheceu.

Dave tem razão, porém em algumas partes. Will tem muitos colegas e conhecidos, mas realmente não é de muitos amigos. Mas todo nerd como Will é assim; eles não se abrem com facilidade.

Ajeito o corpo no sofá, para ficar de frente para o meu irmão.

– Ele perdeu o contato com todos os amigos do ensino médio, exceto com um, que se mudou para a Costa Rica. Ele tem uma escola de surfe por lá, algo assim. Sei que eles trocam e-mails sempre.

– E os outros? Amigos, vizinhos, colegas de trabalho, gente que sai pra beber com ele, essas coisas?

– Os homens não têm pencas de amigos como as mulheres, Dave. – Meu irmão me olha de soslaio, e eu refaço o comentário: – Os homens heterossexuais. Eles não sentem necessidade de andar com um monte de gente a tiracolo, e, além disso, você conhece bem o Will. Ele prefere ficar em casa, com o laptop, do que no meio de um monte de gente no bar, falando alto. – Esse é um dos motivos pelos quais fugimos para as montanhas da Carolina do Norte sete anos atrás, só com os meus pais, Dave e James como testemunhas. Will não curte multidões e odeia que prestem muita atenção nele.

– Mesmo os introvertidos têm um melhor amigo – comenta Dave. – E quem é o melhor amigo do Will?

Essa pergunta é fácil de responder. Abro a boca para responder, mas Dave se antecipa.

– Além de você.

Mordo os lábios. Agora que meu nome está fora de cogitação, a pergunta de Dave me deixa intrigada. Will sempre fala de muita gente com quem mantém contato, mas nunca se refere a essas pessoas como amigas.

Dave boceja e afunda ainda mais no sofá. Não demora muito para ele se esquecer da pergunta e gesticular para deixarmos o assunto de lado. Sento ao lado do meu irmão sonolento e fico observando as imagens terríveis na tela da televisão, mas não as vejo propriamente.

Estou pensando no nosso primeiro aniversário de casamento, quando surpreendi Will com uma viagem de carro para Memphis. Passei semanas planejando a minha versão sobre rodas do "essa é sua vida", com paradas estratégicas de acordo com as poucas histórias que ele me contou sobre a infância lá. O colégio onde cursou o ensino médio, a rua onde morou até antes de a mãe morrer, a Pizza Hut em que trabalhou à noite e aos fins de semana.

Mas quanto mais nos aproximávamos da cidade, mais ele ficava inquieto, incomodado. Até que, por fim, num trecho ermo da I-40, ele contou a verdade. A infância de Will não tinha sido fácil, e ele não gostaria de reviver as lembranças de Memphis. Bastou viver tudo aquilo uma única vez. Fizemos o retorno e passamos o fim de semana explorando os barzinhos com música ao vivo em Nashville.

Então, não, Will não gostava de falar sobre seu passado.

Mas Seattle? O que há lá? Quem mora lá?

Olho para o meu irmão dormindo, observo o movimento do peito dele durante a respiração em meio à escuridão. Por mais que eu queira ignorar as suspeitas de Dave, apagar da mente suas perguntas em relação a Will, elas permanecem lá ao fundo, silenciosas e perturbadoras.

Quanto conheço do meu marido?

CAPÍTULO 7

Quando volto a descer as escadas, já são quase dez horas da manhã. Minha família está espalhada pela cozinha, bebendo café e ouvindo James ler no iPad notícias sobre o acidente. Do lugar onde está sentado à mesa, meu pai leva a mão à boca e tosse. James interrompe a leitura em voz alta no meio de uma frase, e todos olham para mim numa mistura de culpa e preocupação, como quatro crianças que são surpreendidas roubando biscoito do armário.

– Encontraram a caixa-preta? – pergunto sem o menor rodeio.

Minha mãe deixa cair a espátula dentro da frigideira com ovos e vira para mim, e, como eu, parece não ter dormido nada bem. As olheiras parecem mais hematomas, e o cabelo, que quase sempre está com cachos perfeitos feitos com bob térmico, pendem sem forma e sem brilho ao redor do rosto inchado.

– Ah, minha querida. – Ela vem correndo até mim e me envolve num abraço feroz. – Estou arrasada. Há alguma coisa que eu possa fazer por você? Precisa de algo?

Há um milhão de coisas de que preciso. Preciso saber o que fez Will embarcar naquele avião. Preciso saber o que causou a queda da aeronave. Preciso saber como foram os últimos momentos dele, se no momento da queda Will se desesperou ou se foi tudo muito de repente, sem ele nem se dar conta, se estava simplesmente tentando decidir se escolhia amendoim ou pretzels segundos antes de virar pó. Preciso saber onde ele está – com precisão e exatidão. Haverá um corpo para enterrar?

Porém, tudo que mais preciso é que Will esteja exatamente onde ele me disse que estaria. Em Orlando.

Desfaço o abraço com minha mãe. Olho para James, já que é ele quem está lendo a notícia.

– Já descobriram a causa do acidente?

– A investigação vai levar meses, com certeza – responde com cautela e me observa com aquele olhar azul, metódico e criterioso, típico de médico, como se do outro lado do balcão da cozinha estivesse tentando verificar a minha pulsação. – Como passou a noite?

Balanço a cabeça, mostrando que não quero falar. Percebi o modo como todos trocaram olhares quando perguntei sobre o motivo da queda e não estou nem um pouco a fim de falar sobre a minha insônia.

– Pode falar, James.

Ele respira fundo e desvia o olhar do meu ombro direito para Dave, como se pedisse permissão para poder contar. Meu irmão deve ter assentido porque, em poucos segundos, James volta a olhar para mim.

– Não se esqueça de que, por enquanto, não passa de especulação. Segundo a mídia, houve um problema mecânico e também falha humana.

– Falha humana – digo num tom letárgico, como se minha língua tivesse colada com melado. James confirma com a cabeça. – Falha humana. Ou seja, alguém fez merda, e agora meu marido está morto.

Ele faz uma careta.

– Sinto muito, Iris, mas parece que foi isso mesmo.

Sinto aquele gosto familiar de bile subindo pela garganta e tudo à minha volta gira, ou talvez seja o meu corpo girando.

James pula do banquinho onde está, dá a volta no balcão e, segurando meu cotovelo com uma das mãos, me impede de cair.

– Quer que eu receite alguma coisa? Não posso arrancar o sentimento de luto, mas uma medicação pode ajudar a amenizar o sofrimento, pelo menos pelos próximos dias.

Recuso a oferta, gesticulando com a cabeça. O luto, por mais espinhoso que seja, parece ser o único vínculo que resta entre mim e Will. A ideia de perder esse vínculo, ainda que ele seja extremamente doloroso e impetuoso, me causa pânico.

– Eu não recusaria um Xanax – intervém Dave.

James me olha de um jeito como quem diz "esse seu irmão não bate bem da cabeça" e depois acaricia o meu braço.

– Pense um pouco, tudo bem? Posso te receitar o que precisar.

Faço todo o esforço possível para sorrir e agradecer.

– Venha cá. – Meu irmão me acompanha até a ilha da cozinha, que tem comida por todos os lados. Uma travessa com ovos mexidos, uma montanha de bacon e linguiça bem gordurosos, um pacote inteiro de pão de forma feito torrada. Para minha mãe, não há melhor forma de demonstrar amor que não seja comida calórica e feita com todo o carinho, e hoje ela caprichou mesmo, preparou comida suficiente para alimentar um exército. – O que quer comer?

Observo a comida e o cheiro de ovo e carne de porco frita faz o meu estômago revirar.

– Nada.

– Como assim nada? Não pode ficar sem comer. E se eu preparar umas panquecas? Posso fazer aquela holandesa e recheá-la com bastante maçã e bacon, do jeitinho que você gosta.

Dave, que está medindo o pó para preencher a cafeteira, olha para nós.

– Amor, deixe sua irmã. Ela vai comer quando estiver com fome.

– Venha aqui, baixinha – chama meu pai sentado à mesa, dando um tapinha na cadeira ao lado dele. – Guardei esse lugar pra você.

Meu pai é militar aposentado da Marinha, um engenheiro brilhante que está sempre sorrindo e um belo armador de basquete, mas seu maior talento é fazer o meio-campo entre mim, meu irmão e minha mãe.

Sento na cadeira, encosto no meu pai, e ele envolve meus ombros com o braço robusto. Minha família não é do tipo que vive trocando afagos gratuitos. Abraços só acontecem nos momentos de cumprimento e despedida. Beijos são coisa rara e sempre muitos discretos. Só hoje, já segurei a mão do meu irmão, desmoronei nos braços da minha mãe e me aconcheguei no ombro do meu pai. É isso que a morte faz. Impõe a intimidade, ao mesmo tempo em que a arranca de você.

Deparei com o bloco de anotações, cheio de rabiscos do meu pai em letra de fôrma. Páginas e mais páginas com símbolos de topicalização, divididos por categorias e por ordem de importância. Se Will estivesse aqui, ele e meu pai ficariam contemplando a beleza dessa lista, uma obra-prima do hemisfério esquerdo do cérebro. Afasto os óculos de leitura do meu pai para o lado e observo os papéis, sentindo como se houvesse uma sequência de nós apertando as minhas escápulas. É tão injusto ter tanta coisa para fazer, tantos compromissos por cumprir, quando tudo que eu queria mesmo era voltar para a cama e esquecer que o dia de ontem aconteceu.

Noto uma sequência de quatro ou cinco pontinhos de marcador no final de uma das páginas.

– Indenização? – pergunto com certo tom de maldade.

– As companhias aéreas oferecem uma quantia em dinheiro para as famílias das vítimas, Iris. Sei que é duro ter de encarar isso, mas só estou pensando no que é melhor para a minha filhinha amada. Vou cuidar de tudo que for necessário para que seja ressarcida.

Como se a Liberty Airlines pudesse compensar com uma pilha de dinheiro seus aviões fajutos e os pilotos mal treinados. *Ei, olha, causamos a morte do seu marido? Não se preocupe, tome aqui, pegue esse dinheiro e compre uma coisa bem legal pra você.*

– Prefiro morrer de fome a encostar em uma moeda desse dinheiro sujo de sangue.

– Tudo bem, então não toque. Coloque no banco e esqueça-o. Isso não vai me impedir de ir atrás do que é seu.

Agarro a caneta e acrescento mais um pontinho marcador à lista: *procurar instituições de caridade*. Alguém vai fazer bom proveito desse dinheiro da Liberty, mas certamente não serei eu.

A página seguinte contém mais da primeira e, depois de uma passada de olho, vou para a próxima página, e mais outra, e outra, e paro numa em que leio, no topo: MÍDIA. Embaixo do título, meu pai criou uma lista extensa de ligações recebidas e acrescentou a cada uma data, horário, nome da pessoa que ligou e o desfecho. Não conheço todos os nomes, mas alguns não me soam estranhos. *People*. *Today Show*. *The Atlanta Journal-Constitution*. Diane Sawyer. *USA Today*.

– Como me encontraram? Nosso número não é público.

Dave senta numa cadeira da ponta da mesa, com um ovo e um sanduíche de bacon.

– Não sei, mas o telefone não parou de tocar. Tiramos da tomada faz uma hora. E, da última vez que olhei lá fora, havia três carros de reportagem parados aqui em frente.

– Sério?

– Sério. E sabe aquela foto que você tirou com o Will na véspera do Ano-Novo? Está espalhada pela internet.

Poderiam ter escolhido uma foto pior, imagino. Will e eu numa das férias mais legais da nossa vida, animados e fazendo cara de bobos enquanto ele me segura com um braço apenas, suspensa no ar. Gosto tanto dessa foto que a escolhi para o perfil do Facebook, e, pensando melhor agora, só pode ter sido de lá que copiaram.

Minha mãe desliza pela mesa em minha direção um prato com uma pequena montanha de comida.

– Toma aqui, *liefje*. Tente comer pelo menos um pouquinho.

Pego um garfo, corto um pedacinho de linguiça e o remexo no prato, para lá e para cá, até minha mãe voltar para a cozinha.

Meu pai passa para a próxima página do bloco de anotações.

– A Liberty Airlines criou um serviço de atendimento para os familiares no Aeroporto Internacional de Hartsfield. Uma senhora chamada... – Ele coloca os óculos e lê o que escreveu na página – Ann Margaret Myers. É com ela que você deve falar.

Dave dá uma bela mordida no sanduíche e opina:

– Alguém pode ser tão sem noção assim para marcar uma reunião num aeroporto com os familiares das vítimas de um acidente aéreo?

– Ao que parece, a Liberty Airlines – comenta meu pai. – Eles querem que a gente compareça para poder... abre aspas, *oferecer amparo e aconselhamento, discutir planos e responder quaisquer questões.*

– Planos? – indago. – Que tipo de planos?

– Bom, para começar, disseram que vão falar sobre uma cerimônia em memória dos mortos que deve ocorrer já neste fim de semana.

A gentileza na voz do meu pai não me impede de sentir raiva, que desponta dentro de mim feito uma chama de fogo potente. Uma cerimônia em memória dos mortos soa como uma ofensa, feito um vizinho que oferece flores depois de atropelar o seu cachorro. Não vou aceitar essa demonstração de arrependimento e não vou perdoá-los pelo erro que cometeram.

– Então quer dizer que agora devo aceitar a ajuda das pessoas responsáveis pela morte do meu marido? Que absurdo. – Arrasto meu prato para o centro da mesa, e a pirâmide de ovos mexidos escorrega para a borda.

– Sei que parece isso, minha princesa, mas não é só a Liberty quem está por trás disso. A Cruz Vermelha vai estar lá também, assim como todo o pessoal que está trabalhando em tempo integral para conseguir informações sobre o acidente. Quero escutar o que eles sabem que não foi noticiado na TV nem nos jornais.

– Talvez possa perguntar a eles quem avisou a mídia antes de dar a notícia para a minha filha – retruca minha mãe, batendo com força no centro da mesa os potinhos de sal e pimenta. – Porque isso é um erro imperdoável, e eu queria poder falar umas verdades para essas pessoas.

– Quem quer que tenha cometido esse erro será demitido. Vou cuidar disso pessoalmente – pontua meu pai com o tom de militar em serviço, enérgico, assertivo e claro. Ele me olha, e a expressão de irascibilidade dá lugar à extrema preocupação. – Minha querida, queira você ou não, vamos ter de entrar em contato com a Liberty Airlines em algum momento. Posso tomar a frente da situação, se me permitir, ou posso ficar na retaguarda e deixar que você mesma faça isso. É você quem vai escolher. Seja qual for a sua decisão, precisamos pelo menos ir até lá para saber o que a senhorita Myers tem a dizer, você não acha?

Não, eu não acho. Eu me lembro bem daquelas imagens – familiares aos prantos tentando se desvencilhar do mar de câmeras loucas para capturar o desespero deles e transmiti-lo para que o mundo veja. E meu pai acha que devemos ser mais uma entre essas famílias?

Por outro lado, tenho muitas perguntas a fazer, sendo uma das mais importantes: *o que fizeram com o meu marido?* Se essa tal Ann Margaret Myers tiver uma resposta, ela pode colocar a minha cara molhada e inchada num telão de LED de alta definição no estádio SunTrust Field que não vou me importar nem um pouco.

Saio da mesa e subo as escadas para trocar de roupa.

* * *

Na última noite de vida, Will cozinhou. Mas não foi nada pré-pronto nem congelado, não, ele cozinhou mesmo, comida caseira. Para alguém que nem sabia cortar um tomate quando o conheci, preparar o jantar não deve ter sido uma tarefa nada fácil e provavelmente levou o dia inteiro. Talvez algo, lá dentro dele, soubesse o que estava por vir, algum senso de consciência transcendental o alertou que o relógio cósmico estava perto de chegar ao zero, mas naquela noite – do nosso aniversário de sete anos – Will me surpreendeu com um jantar totalmente caseiro, e pela primeiríssima vez preparado por suas mãos.

Quando cheguei em casa, eu o deparei debruçado sobre meus livros de receita, na cozinha, onde pairava um aroma agradabilíssimo no ar.

– O que está acontecendo aqui?

Will girou para olhar para mim, com um galho de tomilho dependurado numa mecha de cabelo e um misto de orgulho e culpa no rosto.

– Hmm... Estou cozinhando.

Dava para perceber. Qualquer um perceberia. Will estava usando todos os refratários e panelas que tínhamos, cada centímetro do balcão estava coberto por comida, ingredientes e utensílios de cozinha. E meu marido estava coberto de farinha e óleo.

Dei risada.

– E o que está preparando?

– Costela assada, batata ao molho de manteiga e salsa e aqueles feijõezinhos que vêm dentro de uma casquinha verde enrolados em bacon... Esqueci o nome daquilo.

– Vagem?

Ele confirmou com a cabeça.

– E tem sobremesa também. – Will aponta para dois bolinhos quentes de chocolate, cada um em uma tigela de cerâmica, que estão esfriando sobre uma grade de metal perto do forno. Até açúcar tinha sido polvilhado em cima dos bolinhos. Como não disse nada, Will acrescentou: – A gente ainda pode sair para jantar, se você quiser, só pensei em...

– Está tudo perfeito – afirmei, com toda sinceridade. Nem me importei que a cozinha estivesse de cabeça para baixo nem que nossa reserva no restaurante de sushi recém-inaugurado em Buckhead tivesse de ser cancelada. Meu marido cozinhou. E para mim. Sorri e dei um beijo nele. – *Você é* perfeito.

Mas não posso dizer o mesmo da refeição. A costela passou do ponto, as batatas estavam molengas, a vagem, fria, mas foi a melhor comida que já experimentei em toda a minha vida. Comi absolutamente tudo, raspei o prato. Depois que terminamos, levamos a sobremesa para o quarto e a devoramos na cama onde trocamos beijos, lambidas e carícias deliciosas entre chocolate e sexo, nos amando como se não houvesse amanhã.

Mas o amanhã chegou.

CAPÍTULO 8

— Senhora Griffith, primeiramente, receba meus mais sinceros e profundos pêsames pela perda do seu esposo.

Meu pai, Dave e eu estamos sentados um ao lado do outro, os ombros colados, uma frente unida diante do contato da Liberty Airlines que nos foi designado, Ann Margaret Myers, uma loira magra com o cabelo penteado num rabo de cavalo que deve causar uma dor imensa para se manter no lugar. O crachá pendurado no pescoço a identifica como especialista de atendimento ao cliente, e minha antipatia por ela é imediata. Detesto a blusa rosa engomada e o modo como ela a abotoou quase até o queixo. Detesto as unhas compridas e pintadas à francesinha e o modo firme como ela entrelaça as mãos, que chegam a ficar brancas. Detesto os lábios finos, os olhos tão carregados de maquiagem que mais parecem duas poças de lama e sua expressão de empatia tão exagerada que preciso me segurar para não meter um tapa na cara dessa mulher.

Meu pai apoia ambos os braços na mesa de madeira.

– Na verdade, senhorita Myers, gostaríamos que começasse explicando como a mídia ficou sabendo da morte de Will antes de a esposa dele receber a notícia de que ele estava no avião.

Ann Margaret endireita a coluna quase de modo instantâneo, como se tivesse uma linha puxando sua cabeça para cima.

– Perdão? Não compreendo.

Meu pai ergue um dos ombros, mas o gesto não é fortuito.

– Qualquer pessoa imaginaria que uma companhia aérea tem um meio melhor que a mídia para comunicar o acidente aos familiares das vítimas, mas quem sou eu para entender dessas coisas, não é mesmo? Imagino que a Liberty Airlines tenha um modo diferente de fazer esse tipo de coisa. Seja ele qual for, permita-me dizer que a política da empresa é uma merda.

– Eu... – Os lábios da mulher se abrem feito a boca de um peixe, e ela olha de um lado para outro, para mim e para o meu pai.

– Ficou sabendo pelo noticiário sobre o que aconteceu com o senhor Griffith?

Nós três assentimos, mais uma vez, em uníssono.

– Ai, meu Deus, eu não sabia. Posso assegurar, senhora Griffith e senhor Stafford, que sob nenhuma hipótese essa é a política da Liberty Airlines. Alguém cometeu um erro grave, gravíssimo, e eu lamento muito, muito mesmo.

Sei o que ela está fazendo. Se distanciando tanto da companhia quanto do erro cometido por eles, mas não vou recuar. Nem um centímetro sequer.

E, a julgar pela carranca do meu pai, tampouco ele.

– Agradeço pela consideração, senhorita Myers, mas tenho certeza de que compreende que um pedido de desculpas não resolve o problema. Gostaríamos de uma explicação e queremos ouvi-la da pessoa responsável. – Meu pai se afasta da mesa e cruza os braços, imponente, autoritário e assertivo. Em dias normais, ele já impõe respeito. Hoje, contrariá-lo será como contestar uma supremacia.

Ann Margaret está visivelmente perturbada.

– Entendo perfeitamente. Assim que terminarmos o atendimento aqui, vou apurar o que aconteceu de errado e providenciar um encontro entre vocês e a pessoa que causou esse transtorno. Vocês três consideram esse encontro viável?

Meu pai assente de um jeito brusco, mas eu nem me mexo. A oferta me soa como um prêmio de consolação, mas estou cansada demais, abalada demais e destruída demais para conseguir fazer alguma coisa além de saltar a mesa e levar minhas mãos ao pescoço de Ann Margaret.

O espaço que a Liberty Airlines reservou para nos acomodar feito gado foi uma sala VIP da companhia aérea, localizada no terminal internacional, novinho em folha, do Aeroporto de Hartsfield. A sala é luxuosa e espaçosa, decorada com tons escuros de verde, vinho, roxo e azul-turquesa, com sofás, poltronas, um bar e uma parede envidraçada enorme com vista para o saguão. Aviões deslizam para lá e para cá na pista do outro lado do vidro feito mísseis, despertando em mim um sentimento muito ruim.

– A imprensa já entrou em contato com a senhora? – pergunta Ann Margaret, e eu me viro de volta para a mesa.

Dave gesticula com a cabeça, respondendo que sim.

– Passaram a manhã inteira ligando para a casa dela, há uma frota de vans plantada na rua, esperando. Alguns repórteres tiveram a coragem de tocar a campainha e pedir uma entrevista.

A moça faz cara de perplexa.

– Fomos enfáticos com as equipes de imprensa, pedimos que respeitassem a privacidade dos familiares, mas nem todos os jornalistas têm bom senso. O que posso fazer é garantir que não tenham contato com nenhum deles enquanto estiverem por aqui. E, se me permitem, sugiro que indiquem um amigo da família para se comunicar com a mídia. Desse modo, só vão precisar falar com esses repórteres quando se sentirem à vontade para isso.

Meu pai acrescenta mais um tópico à lista do bloco de anotações, que já está ficando quilométrica.

Ao nosso redor, as pessoas choram. Um homem de cabelo grisalho e barba rala, uma indiana com um sári azul-turquesa e prateado, um adolescente negro com um brinco de diamante maior que o meu anel de noivado. Lágrimas rolam sem parar, e no ambiente paira um ar de desespero. Ver a tristeza dessas pessoas é como ver alguém bocejar; impossível não se sentir contagiada. De repente, sem o menor aviso, me vejo em prantos também.

Ann Margaret me oferece um pacote de lenços.

– Senhorita Myers, talvez tenha alguma atualização em relação ao acidente. Há algum fato novo? – questiona meu pai.

– Por favor, me chame de Ann Margaret, e, claro, tenho, sim. Como devem ter escutado, as duas caixas-pretas foram encontradas, bem como o gravador de dados de voo e o gravador de voz da cabine. Todos os itens já foram enviados para a National Transportation Safety Board, para análise. Mas preciso alertá-los que o relatório final levará meses ou até mesmo anos para ficar pronto.

Faço uma careta. Um mês já parece uma eternidade. Anos, então...

– Enquanto isso... – A mulher empurra pela mesa uma pilha de papel que deve ter mais ou menos dois centímetros e meio de espessura e aponta para o endereço de um site, especificado no topo da página. – Esse endereço é sigiloso, não é um site que pode ser acessado por meios convencionais, portanto, não está acessível para o público em geral. Não há links na internet que levem a esse endereço, somente as pessoas que digitarem o endereço exato que está aqui poderão acessá-lo. A Liberty Airlines vai utilizar esse endereço para emitir declarações e fornecer atualizações a amigos e familiares dos passageiros assim que a informação estiver disponível. Nesse endereço também haverá uma lista de contatos, números de telefone e endereço de e-mail de toda a equipe de funcionários envolvida exclusivamente com as questões relacionadas ao acidente. Todos estão disponíveis vinte e quatro horas por dia, nos sete dias da semana, assim como eu. Vocês são a minha família e, como tal, são a minha prioridade.

Eu a encaro.

– Como assim, somos a sua família?

Ela sorri para mim, mas sem grosseria ou sarcasmo.

– Cada família de passageiros conta com um especialista em atendimento ao cliente. E eu sou a responsável por atender vocês. Vocês são a minha família. Se precisarem de algo, seja o que for, basta me avisar, e eu providenciarei de imediato.

– Excelente! Pode começar trazendo o meu marido de volta.

Os ombros da moça despencam, a cabeça inclina para o lado, recobrando a máscara da empatia.

– Gostaria de poder fazer isso, senhora Griffith. De todo o coração.

Odeio essa mulher. Odeio tanto que, por um ou dois segundos, chego a culpá-la pelo acidente. Sei que Ann Margaret não foi a pessoa quem comeu bola ao checar os procedimentos de segurança necessários para o funcionamento da aeronave, nem quem foi para um lado, quando deveria ter ido para o outro, mas esse papo de "estou do seu lado, para o que der e vier" também não me convence. Se essa mulher tivesse mesmo a melhor das intenções como alega, me diria aquilo que mais quero ouvir.

– Como foi que meu marido embarcou naquele avião?

Ann Margaret leva um segundo ou dois para processar a minha mudança de assunto e, quando o faz, me oferece um sorriso pesaroso.

– Desculpe, não entendi a sua pergunta.

– O que quero saber é se alguém o viu embarcar naquele avião. Porque meu marido saiu de casa atrasado e, mesmo que não tenha pegado trânsito a caminho do aeroporto, o que acho pouco provável, teria que furar o bloqueio de segurança para conseguir embarcar. Provavelmente, ele seria a última pessoa a embarcar no avião, se é que conseguiu chegar a tempo antes de a aeronave decolar.

A mulher gira o corpo na cadeira e olha de leve para o meu pai, como que pedindo uma ajudinha. Como meu pai não reage, ela volta a olhar para mim.

– A senhora quer saber como a Liberty Airlines sabe que o seu marido embarcou?

– Sim. É exatamente isso que estou perguntando.

– Entendi. Bom, vamos recapitular algumas coisas, então. Todas as companhias aéreas executam procedimentos no momento do embarque para que erros como o que a senhora está sugerindo nunca aconteçam. O cartão de embarque dos passageiros é verificado na segurança e uma segunda vez no portão de embarque, antes do embarque efetivo. A tecnologia não falha. Ela assegura que não ocorram falsos positivos.

Posso ouvir Will tirando sarro da moça, como se ele estivesse aqui, em carne e osso, sentado bem do meu lado. Se meu marido estivesse aqui, ele diria a essa moça que a tecnologia falha, sim, porque é criada e controlada por humanos. Existem bugs. Acidentes. Falsos positivos e falsos negativos também. Então, Ann Margaret pode até tentar me convencer a não falar sobre o leite derramado, mas a questão é que esse leite está longe de se esgotar.

O sentimento de fúria se transforma numa sensação de autossatisfação. Se a Liberty pode cometer um erro tão grave quanto não me comunicar sobre o ocorrido antes de fazer contato com a mídia, quem pode assegurar que o nome de Will na lista de passageiros não pode ter sido mais um erro da companhia? Um erro boçal, crasso, mas um erro. Mais um.

– E se, no meio do caminho, ele deu meia-volta e desistiu de embarcar? Ele pode ter passado despercebido pela agente de segurança enquanto ela verificava o cartão de embarque de outra pessoa. Talvez ela nem tenha percebido.

– É possível, imagino... – Ann Margaret desvia o olhar e não se incomoda em disfarçar o sentimento de dúvida. A moça não faz a pergunta mais óbvia de todas: o que o faria desistir de embarcar e voltar?, mas, caso ela pergunte, vou responder que ele pode ter se dado conta de que era o voo errado, de que estava a ponto de embarcar para o lugar errado. – A senhora gostaria de falar com alguém?

Agora, sim, estamos falando a mesma língua. Sem titubear, meneio a cabeça, imaginando que a moça se refere a algum chefe ou funcionário ainda superior, o chefe de segurança do Hartsfield.

– Prefere de alguma religião, ou quer falar com um psicólogo, algo assim? Temos aqui na sala o pessoal da Cruz Vermelha, especializado em luto, bem como representantes de todas as principais religiões. Qual dos dois prefere?

Começo a sentir um bolo na garganta, que começa a subir e me faz levantar da cadeira.

– Não preciso falar com psicólogo nenhum. Eu *sou* psicóloga. O que preciso é de alguém que me diga onde o meu marido está.

Ann Margaret fica em silêncio. Ela morde o lábio inferior, olha para os colegas de trabalho ao redor, como ela, posicionados em mesas, consolando os inconsoláveis, como se quisesse dizer: *E agora? No treinamento, não nos ensinaram o que fazer num caso como esse*. Eu a encurralei.

– E aí? – intervém meu pai, como sempre, o líder. – O que fazemos?

Ann Margaret parece aliviada diante da oportunidade de retomar o script.

– Bom, haverá uma cerimônia em memória dos mortos neste fim de semana aqui na cidade. A Liberty Airlines ainda está trabalhando na logística, mas, assim que eu souber a hora e o local do evento, entro em contato. E me disponho a buscá-los na casa de vocês e acompanhá-los até a cerimônia, se quiserem. A decisão é de vocês, claro, mas a imprensa vai estar lá, e, se eu estiver presente, posso contorná-la. E, se tiverem interesse, também posso programar uma visita ao local do acidente.

Ao ouvir essas três últimas palavras, minha garganta se fecha. *Local do acidente.* Mal posso suportar as imagens na televisão. Pensar em caminhar pelos destroços, em pisar no solo onde 179 pessoas despencaram é como levar um soco brutal no estômago.

– Não precisa ter pressa – acrescenta a mulher, preenchendo o silêncio. – Quando se sentir pronta, podemos ir. – Como continuo sem reação, ela consulta sua papelada para verificar qual é o próximo item da pauta. – Ah, sim. A Liberty Airlines está trabalhando com uma terceirizada para providenciar o processo de indenização pelos danos sofridos aos familiares das vítimas. Por favor, preencha o formulário que está no seu kit, na página 23. Quanto mais detalhes puder fornecer, melhor será. Fotografias, tatuagens, qualquer característica distintiva. Coisas do tipo.

Will não é muito fã de joias, mas usa aliança e relógio. Os dois foram presentes que eu dei para ele e em que mandei gravar as iniciais dos nossos nomes e ambos são coisas que quero de volta.

– Mais uma vez, você está supondo que ele estava naquele avião.

Minha recusa, eu sei, é vista como praxe. No entanto, não acredito que eu possa estar errada. O corpo de Will não despencou naquele solo de Missouri. Meu marido está em Orlando, encantando a plateia com sua palestra sobre análise preditiva e reclamando do calor no bar do hotel. Ou talvez ele já tenha voltado para casa, exausto da viagem para onde quer que tenha ido, querendo saber o que tem para o jantar. Eu me imagino entrando pela porta de casa e dando de cara com ele, sentindo uma alegria radiante irromper no peito.

– Senhora Griffith, imagino o quanto isso deve ser difícil, mas...

– Imagina? É mesmo? Por quê? Era seu marido quem estava naquele avião? Foi sua mãe ou o seu pai, uma filha ou filho que explodiu no ar e se espalhou sobre um milharal? Não? Bom, então você *não* imagina e *não pode* saber o quanto isso está sendo difícil. Nem para mim nem para ninguém que está aqui nesta sala.

Ann Margaret inclina o corpo à frente na mesa e franze a testa.

– Não, eu não perdi ninguém da minha família no voo 23, mesmo assim, posso sentir tristeza profunda e compaixão pela senhora, bem como por todos os familiares das vítimas que estão aqui. Compartilho de sua ansiedade e angústia e estou ao seu lado. Por favor, me diga o que deseja que eu faça, e eu farei.

– Traga meu marido de volta! – grito.

Ao redor, as mesas continuam silenciosas, mas dezenas de cabeças se viram em minha direção. Solidariedade, diz a expressão lacrimosa dessas pessoas. Elas também querem seus entes queridos de volta. Se estivéssemos mais perto, trocaríamos um aperto de mão. Fazemos parte de uma sociedade de merda, confusa, desorganizada, mas pelo menos não sou a única nela.

Dave pousa a mão no meu ombro direito, uma demonstração de apoio fraternal. Ele sabe que estou à beira de um colapso, e eu sei que a meta mais urgente dele é me tirar daqui o mais breve possível.

– Mais alguma coisa?

– Sim. Seria muito importante fornecer o nome e o endereço do médico e do dentista que costumavam atender o seu marido. Asseguramos que todas as informações coletadas são confidenciais e serão utilizadas exclusivamente pelas equipes de perícia e sob a supervisão de um médico. E, lamento por ter de pedir isso, mas também vamos precisar de uma amostra de DNA.

Meu pai segura a minha mão.

– Mais alguma coisa? – pergunta entre os dentes cerrados à atendente.

Ann Margaret puxa um envelope do seu kit e o desliza sobre a mesa, em minha direção.

– Esta é a primeira parcela que a Liberty Airlines oferece para cobrir quaisquer despesas relacionadas à queda do avião. Sei que este é um momento muito difícil, e esse valor visa... bom, amenizar o sofrimento da senhora e de sua família.

Pego o envelope e espio o papel impresso que há dentro. Ao que tudo indica, a morte tem um preço, e, de acordo com a Liberty Airlines, ela custa 54.378 dólares.

– Há mais por vir – pontua Ann Margaret.

A raiva que vem fervendo por dentro desde que atravessei a porta dessa sala atinge o ponto de ebulição. As chamas queimam meus órgãos, me incendiando de dentro para fora. Cerro os punhos, endireito o corpo na cadeira.

– Permita-me fazer uma pergunta, Margaret Ann.

– É Ann... – Interrompe-se com um sorriso solidário. – Claro. Pode perguntar o que quiser.

– Para quem você trabalha?

Silêncio. Ela franze a testa como se quisesse dizer: *No que diabos está pensando?*

– Senhora Griffith, como eu já disse, trabalho para a senhora.

– Não. Eu me refiro ao nome que aparece no cabeçalho do seu holerite.

A mulher abre a boca, mas a fecha no instante seguinte, em que respira fundo, e tenta mais uma vez:

– Liberty Airlines.

Rasgo o cheque no meio, pego a minha bolsa e me levanto.

– Foi o que imaginei.

Pelo menos em uma coisa Ann Margaret tinha razão. Assim que atravessamos a porta do Centro de Assistência Familiar, agentes uniformizados da Liberty Airlines nos cercam e nos acompanham até uma porta de saída lateral. Se algum jornalista nos segue até nosso carro, não o vemos. Os agentes formam um escudo humano.

Eles nos acomodam na Cherokee do meu pai, fecham as portas e recuam assim que ele dá a partida no carro. Meu pai engata a marcha a ré, mas sem tirar o pé do freio. Tal como eu, meu pai ainda está chocado, tentando processar toda a informação que recebemos na última hora. Perco a noção de quanto tempo permanecemos aqui, sentados, com o barulho quase imperceptível do motor do carro ao fundo. Em silêncio, fito a janela do carro, vejo a barreira de concreto do estacionamento. Sinto a palma da mão quente do meu pai no meu joelho e a mão de Dave apoiada no meu ombro e só então, depois desse tempo todo, percebo que não parei de chorar.

CAPÍTULO 9

Passo a noite inteira sonhando com Will. Estou sobrevoando as nuvens, acomodada com segurança num assento do corredor quando, de repente, a parte inferior da aeronave se solta e começa a despencar. O avião rodopia no ar, o barulho dos motores é tão ensurdecedor quanto os meus gritos e tão aterrorizante quanto o desespero dos outros passageiros que vejo acima, abaixo e ao meu lado. Somos lançados céu abaixo, o "nariz" do avião embicado, se aproximando do chão numa velocidade irreversível. Acordo no exato momento em que a aeronave vira uma bola de fogo, com o grito de terror de Will na garganta. Será que ele soube o que estava acontecendo? Será que gritou, chorou, rezou? Nos seus últimos momentos, será que ele pensou em mim?

Essas perguntas não vão me deixar em paz. Elas marcham pela minha mente feito um exército em ataque, latejando no meu cérebro, me içando da cama. Por que o meu marido me disse que iria para um lugar, mas pegou um avião para outro destino? Por que inventaria um congresso, com um panfleto falso, uma prova falsa? E quantas outras vezes ele pode ter mentido, dizendo que iria para um lugar, mas ter ido para outro? Sinto palpitação ao pensar nessa última pergunta, e a resposta óbvia soa como tentar encaixar um quadrado dentro de um círculo. Will não me trairia. Ele não faria isso.

Mas, então, o que justifica isso? Por que ele mentiria?

Viro de lado na cama e nessas primeiras horas da manhã tateio procurando o travesseiro vazio do meu marido. Pressiono a fronha de algodão fria contra o rosto e sinto o cheiro de Will. Recordações muito vívidas interceptam os momentos de lucidez. Sua mandíbula quadrangular, iluminada pela luz da tela do laptop. O cabelo sempre bagunçado de um lado por ele ter passado a mão, um gesto involuntário que Will fazia sempre que estava pensando em algo. Aquele sorriso com que ele sempre me recebia quando eu aparecia no ambiente, o qual ninguém ganhava além de mim. Mais que tudo, como era se sentir inteira e ao mesmo tempo dele; como ser dois em um só.

Preciso do meu marido. Preciso de seu corpo quente quando dorme, do calor do seu toque, da voz sussurrada no meu ouvido, me dizendo que eu sou sua pessoa favorita. Fecho os olhos e lá está ele, deitado na cama ao meu lado, sem camiseta, me chamando com um dedo, e um vazio preenche meu peito. Will morreu. Ele se foi e, com ele, eu também.

A ferida recente reabre com uma dor mordaz e não consigo continuar nessa cama – na nossa cama – por nem mais um segundo sequer. Chuto as cobertas para o lado, visto o roupão de Will e desço as escadas.

Na sala, bato o dedo no interruptor e hesito por um instante, apenas o suficiente para meus olhos se adaptarem à claridade súbita. Então, é como olhar para um retrato da minha vida com Will, como congelar o momento antes de ele partir para o aeroporto. O livro de bolso de ficção científica, com as páginas surradas e cheias de orelhas, está na mesa lateral, ao lado da cadeira favorita do meu marido, perto de uma pilha de papéis de bala que tanto insisto para Will não se esquecer de jogar fora. Sorrio ao mesmo tempo que sinto as lágrimas se formando, mas as contenho, porque uma palavrinha atravessa minhas recordações feito um facão.

Por quê?

Eu me afasto da parede e vou para a estante de livros.

Quando mudamos para cá no ano passado, Will não gostou da ideia de ter um escritório em casa.

– Quem trabalha com computação não precisa de uma mesa, só de um laptop com um processador multicore e um lugar para se apinhar. Mas se quiser um escritório para você, a gente manda bala. – Nunca precisei de um escritório. Sempre gostei de me acomodar onde Will estava, no balcão da cozinha, no sofá, num cantinho no deque dos fundos. A mesa da sala de estar se transformou em nosso lugar de separar correspondência, guardar canetas e clipes, colocar nossas fotografias preferidas – registros de momentos muito felizes. Viro de costas para não olhar para tudo isso.

Mas, inevitavelmente, uma casa implica também uma pilha de papel, e Will armazenou os nossos nos armários embutidos da sala de estar. Ajoelho no chão e admiro a lista digna de um verdadeiro armazém. Fileiras coloridas de fichários, repletos de etiquetas que separam os assuntos por cor. Tudo está organizado e classificado por ano. Puxo os fichários e os separo por prioridade no chão de madeira. Qual seria o lugar mais provável para encontrar outra mentira?

No canto esquerdo do armário, há três pacotes separados de cartas. Cadernos com coisas do trabalho, um exemplar amarelado do *Atlanta Business Chronicle*, dobrado numa página do caderno de Segurança de Aplicativos, ingressos para o show dos Rolling Stones, que vai ocorrer no verão deste ano. Uma pilha de contas a pagar no topo, presas com um clipe e um post-it com a letra de Will: pagar o mais breve possível. Meu coração acelera, como se fosse sair pela boca, e começo a suar, apesar do frio que está na sala. Will não morreu. Ele vai voltar. A evidência está aqui, nessas anotações dele. Uma pessoa morta não pode ir a um show, nem preparar lista de coisas a fazer, e meu marido meticuloso nunca deixa de terminar o que começa.

Eu me sento com as pernas cruzadas entre os papéis, examinando os fichários um por um. Extratos bancários. Cartões de crédito. Empréstimos, contratos, declarações de imposto de renda. Estou procurando um... não sei exatamente o quê. Uma pista do marido que pensei conhecer tão bem, qualquer indício de por que, de repente, ele se transformou no tipo de homem que mente.

Uma hora e meia depois, encontro uma. A cópia recente do testamento dele, uma versão que nunca vi, atualizada há um mês apenas. Descobrir isso é como levar um soco no estômago. Will refez o testamento sem me dizer nada? Não temos muitos bens. Uma casa com uma boa hipoteca, financiamento de carros e nada muito além disso. Will não tem nenhum parente vivo, e nós não temos filhos. Ainda. Talvez. Exceto pelo bebê que pode ou não estar a caminho, nossa situação é simples. Folheio as páginas, procurando os motivos de ele ter feito o que fez.

E a encontro na página sete: duas novas apólices de seguro de vida foram adquiridas por Will no início deste ano. Somando com as que ele já tinha, o valor da indenização chega ao total de... Preciso olhar duas vezes para ter certeza... dois milhões e meio de dólares? Apoio a papelada no colo, sentindo a cabeça girar diante de tantos zeros. O montante é surpreendente e completamente desproporcional ao salário mediano dele. Sei que deveria me sentir feliz por toda a precaução que Will teve, mas não consigo deixar de pensar em coisas que me perturbam. Por que duas novas apólices? Para que tudo isso?

– Se incomoda se eu perguntar? – Olho para o lado e deparo com Dave de pé, na porta, com uma camiseta de Harvard emprestada de James e uma calça de pijama, todo amassado e sonolento, bocejando a ponto de quase quebrar o maxilar. Nem são sete horas ainda, e Dave não é o tipo de pessoa que gosta de acordar cedo.

– Estou procurando pistas.

– Foi o que imaginei. – Dave se espreguiça, estica os braços até o teto e gira o corpo, fazendo um barulho que me lembra plástico bolha. – Mas o que quis dizer é se te incomoda perguntar se encontrou alguma evidência de que ele tinha outra vida em Seattle.

– Encontrei o oposto, na verdade. Nenhum pagamento suspeito, nenhum nome que eu não reconheça. Só mais e mais evidências de uma pessoa organizada. Meu marido é uma pessoa extremamente metódica. – Pego o testamento e vou até a página sete. – Você tem seguro de vida?

– Sim.

– De quanto?

Dave passa a mão pelo cabelo escuro, fazendo uns fios se rebelarem.

– Não me lembro. Menos de um milhão, por aí.

– E o James?

– Tem também, mais ou menos a mesma quantia, acho. Por quê?

– Dois milhões e meio de dólares. – Chacoalho a folha, mostrando-a ao meu irmão. – *Milhões*, Dave. Não é uma quantia alta demais?

Ele encolhe os ombros.

– Suponho que a beneficiária seja você.

– Claro – respondo, mesmo que outra pergunta tenha brotado aqui na minha cabeça. Quem garante que Will não tenha estipulado esse valor para beneficiar outras pessoas em Seattle?

– Bom, nesse caso, é e ao mesmo tempo não é. Pelo que me lembro, o valor total é o seu salário anual multiplicado por dez, então, sim, nesse caso, o valor estipulado por Will foi alto demais. Mas ele a amava. Provavelmente só quis ter a certeza de que ficaria bem amparada.

As palavras de Dave despertam de leve o sentimento de luto, mas engulo em seco. Sim, meu marido me amava, mas ele também mentiu.

– Duas apólices foram compradas há três meses.

Dave vira a cabeça para o lado e franze as sobrancelhas formando um "V".

– Ou isso é uma coincidência incrível, ou algo muito assustador. Não sei ao certo.

– Prefiro ficar com o "assustador".

Ele se joga numa cadeira e esfrega o rosto.

– Bom, vamos pensar um pouco. Um seguro de vida não vem de graça, e uma quantia desse tamanho demandaria que ele investisse uns cem dólares ou mais por mês.

Aponto para a pilha de fichários e uma delas contém os extratos bancários do ano corrente.

– Bom, ele não usou nossa conta conjunta para pagar esse seguro. Passei um pente fino nos extratos, olhei um por um, e não encontrei nada de mais, a não ser uma quantidade imensa de gastos no Starbucks.

– Será que ele pode ter alguma outra conta bancária?

– É uma possibilidade. Mas não tem nenhum extrato, nada que comprove outra conta. Como posso descobrir?

– No computador dele. E-mails, sites e histórico de arquivos. Coisas desse tipo.

– Will não sai sem o laptop dele. Nem sem o celular e o iPad.

– Consegue fazer login no e-mail dele?

Nego, gesticulando com a cabeça.

– Sem chance. Will não é como a gente, que usa o nome do cachorrinho de infância como senha. Ele cria uns logins que são impossíveis de serem quebrados e uma senha diferente para cada coisa.

– Até para o Facebook?

– *Principalmente* para o Facebook. Sabe com que frequência as contas de redes sociais são invadidas? O tempo todo. Quando menos esperar, todos os cento e poucos seguidores que você tem no Twitter vão receber DMs suas oferecendo Ray-Ban falsificado.

Will ficaria tão orgulhoso. Essas palavras são dele, coisas que ele me ensinou quando contei que usava *rocky321* como senha para tudo. Repito as palavras dele agora como se fossem minhas.

Suspiro, olho para a pilha de papéis e pastas ao redor. Aqui não vou encontrar mais nada de novo, disso tenho certeza. Agacho no chão e começo a empurrar tudo de volta para dentro do armário.

– Sabe que lugar eu fuçaria se quisesse descobrir algum segredo do meu marido? E digo isso mesmo correndo o risco de confirmar todos os estereótipos que você conhece sobre os gays.

Pego mais um fichário, olho por cima do ombro do meu irmão, e dizemos a palavra juntos, em uníssono:

– O closet.

O closet de Will é meticulosamente organizado, todas as peças são separadas por cor e agrupadas por categoria. Camisas de trabalho, passadas, engomadas e abotoadas. Uma fileira de calças com pregas muito benfeitas, tanto que poderiam cortar um pão. Calças jeans, camisetas e camisetas polo, tudo devidamente pendurado e nos espaços certos. Abro uma gaveta e dentro dela vemos cuecas boxer enroladas e organizadas de duas em duas fileiras.

Este é o território de Will, e ele está em todos os lugares para onde olho. Permaneço aqui por um momento, absorvendo o cheiro dele feito vinho, sentindo uma pontada no estômago. Sinto o meu marido em toda essa organização, na preferência por tecidos macios e de cor escura, no aroma picante e mentolado do sabonete. É como se eu me virasse a qualquer momento e o encontrasse aqui, com aquele sorriso que o fazia parecer mais jovem e mais velho ao mesmo tempo. Na primeira vez em que Will sorriu para mim desse jeito, no estacionamento do supermercado em um dia chuvoso, fiquei tão encantada que aceitei o convite para tomar um café, mesmo que ele tivesse acabado de bater no para-choque do meu carro.

"Você poderia simplesmente ter pedido o número do meu telefone", comentei alguns dias depois, enquanto ele me levava até a porta depois do nosso primeiro encontro oficial. "Não precisava ter acabado com os para-choques dos dois carros."

"E tinha algum outro jeito de chamar a sua atenção? Você estava na minha frente, ia embora."

Dei risada.

"Pobres para-choques. Não tinham nada a ver com isso."

"O sacrifício valeu a pena." Em seguida, Will me beijou e naquele momento percebi que ele estava certo.

– Está tudo bem? – pergunta Dave num tom gentil.

Faço que sim, sem confiar na minha própria voz.

– Tem certeza de que quer fazer isso? – Meu irmão me olha com ar preocupado. – Não precisa ajudar, se não se sentir à vontade.

– Eu sei. Mas quero fazer isso. – Ele parece não ter engolido o que eu disse, então, acrescento: – Preciso fazer isso.

– Tudo bem, então. – Ele aponta para a primeira parte do closet, onde os suéteres de Will estão dobrados e perfeitamente organizados, um em cima do outro. – Vou começar por aquele lado, e você faz o outro. Vamos nos encontrar no meio.

E assim trabalhamos em silêncio. Verificamos cada bolso de cada uma das calças, shorts e jeans. Dave chacoalha os suéteres um por um, e eu retiro as gavetas de dentro do closet. Olhamos dentro de cada sapato, cada meia. Passamos uma hora trabalhando sem parar e, no final, não encontramos nada além de fiapos de pano.

– Sei que o seu marido é meticuloso, mas isso é loucura. Deveríamos ter encontrado pelo menos um papelzinho de bala, cartões de visita, comprovante de compra no cartão de débito, alguma coisa assim. Tem algum lugar onde ele costumava esvaziar os bolsos?

– Tem um pote na lavanderia onde a gente costuma guardar moedas, mas fora isso... – respondo, encolhendo os ombros de tal modo que quase consigo encostá-los nas orelhas.

Meu irmão e eu ficamos sentados no chão, os dois de pernas cruzadas, cercados de pilhas de roupas e sapatos de Will. Parece que um furacão passou pelo closet, arrancando roupas dos cabides e os sapatos das caixas, arremessando tudo pelo chão. Pego um dos suéteres de Will, de cashmere bem macio que lhe dei de presente em seu último aniversário, e o aperto contra o nariz, inalando esse cheiro tão familiar.

Nesse momento, sinto Will tão perto de mim que a respiração fica presa na garganta e os cabelos da nuca arrepiam. *Ei, amor,* diz ele no meu ouvido, como se estivesse aqui, bem ao meu lado. *O que está fazendo*?

Afasto a imagem da cabeça, tentando voltar para a realidade. Jogo a trouxa de pano no meu colo.

– E agora?

Dave faz uma pausa para pensar.

– E o carro dele?

– Está no aeroporto.

Meu irmão confirma com a cabeça.

– Eu e o pai vamos dar um jeito de buscá-lo. Enquanto isso, e as redes sociais dele? Quando foi a última vez que entrou na página do Facebook do Will?

A pergunta de Dave me intriga. Will e eu dividimos uma casa, uma vida e um passado. Nossa relação sempre foi embasada em confiança e honestidade. Ele me deixa livre, e eu não controlo a vida dele.

Deixo cair no colo uma das blusas de Will que estou segurando.

– Nunca e pare de me olhar desse jeito. Nunca bisbilhotamos a vida um do outro. Nunca houve nenhum motivo para sentir ciúmes, nem nunca aconteceu nada que despertasse desconfiança.

Dave faz que vai abrir a boca, mas não diz as palavras em que ambos estamos pensando.

Até agora.

No cantinho da porta, James chama:

– Dave?

– Estou aqui, dentro do closet – responde.

A risada de James chega ao closet antes dele, que segundos depois aparece vestido com roupa esportiva, da cabeça aos pés, segurando uma sacola de presente branca. Com o cabelo loiro grudado na testa, tanto pela chuva quanto pelo suor, ele respira ofegante, como quem acabou de chegar de uma maratona. – Me veio um monte de piadinhas na cabeça, agora.

Dave revira os olhos.

– Saiu para correr e resolveu parar no shopping?

James olha para a sacola como se tivesse acabado de lembrar que está com ela na mão. – Ah, sim. É para a Iris, acho. Achei pendurada na maçaneta da porta. Não tem nenhum cartão.

Pego a sacola e, de dentro dela, retiro um iPhone 6, a versão com maior capacidade de armazenamento, com muito mais gigabytes que eu poderia usar, ainda na caixa, fechado.

– Por que alguém lhe daria um iPhone de presente? – indaga James.

– Porque ela sente pena de mim e sabe que o meu quebrou. – Coloco a caixa dentro da sacola de novo e a devolvo para James.

– Quer que eu configure pra você? – oferece Dave.

– Não, quero que devolva na loja, peça reembolso e compre um diferente com o meu próprio dinheiro.

– Não seria mais fácil fazer um cheque com o valor e mandar depositar na conta de quem enviou?

Como sempre, meu irmão tem razão. Estou precisando mesmo de um celular novo, mas não aceito que ninguém além de mim pague por ele.

– Pode ser, mas vai precisar do meu laptop para fazer a instalação. Acho que ele está numa das gavetas da cozinha. Enquanto faz isso, pode verificar, por favor, quanto custa essa coisa? – Preciso fazer login no sistema da escola para verificar o endereço de Claire e fazer um cheque com o valor.

– Sim, pode deixar.

Feito isso, James apoia o ombro no batente da porta, observando a bagunça que Dave e eu fizemos no quarto. Fileiras de cabides entortados, uma montanha de blusas e camisetas no chão, roupas saindo desarrumadas das gavetas como numa liquidação de loja de departamentos.

– Será que eu quero mesmo saber?

– Estamos fuçando aqui – comenta Dave.

– E...?

– Nada. Nem um recibo de posto de gasolina.

Percebo uma preocupação na voz e na expressão de Dave. O silêncio que paira entre os dois me faz sentir um nó na barriga. *Que pessoa não deixa absolutamente nada, nem mesmo um papelzinho de bala, uma moeda no bolso, nada, nada? O tipo que não quer que a esposa descubra o que ele está aprontando.* Essa indagação vem à tona de forma muito clara, embora nem uma palavra sequer tenha saído da boca de Dave e James.

– Ele não me traiu – comento de modo inflexível, tanto quanto me sinto. Existem coisas que a gente sabe bem lá no fundo, coisas pelas quais somos capazes de apostar a própria vida, tudo, até o último centavo. E, para mim, a fidelidade de Will é uma delas. – Não traiu.

Dave gesticula ao redor, apontando para a pilha de roupas e sapatos.

– Querida, nenhum homem é tão cauteloso assim. Tem alguma coisa de errado nisso.

– Claro que tem uma coisa errada aqui. Will embarcou no avião errado, viajou para o destino errado. Mas não foi por causa de outra mulher. Foi por outro motivo.

James faz que vai falar e Dave olha de soslaio para ele, como quem quer dizer: "boca calada". Sei que, assim que estiverem sozinhos no quarto de hóspedes do outro lado do corredor, vão debater possibilidades e discutir hipóteses e acho que preciso me acostumar com isso. Minha família não vai ser a primeira a fazer mau juízo de Will, a falar que ele tem outra mulher – uma amante, esposa, mãe dos filhos dele – escondida num subúrbio de Seattle.

Uma sensação de fúria parece me sufocar. Como Will pôde fazer isso comigo? Como pôde me deixar aqui, sozinha, por minha conta e risco, para enfrentar essa batalha? Quero defendê-lo, nos defender, mas não sei como. Will não me deixou nada além de perguntas. Como posso provar que todos estão errados?

Dave acaricia meu joelho.

– Vamos continuar procurando, tá bom? Viajaremos para Seattle se for preciso. Vamos encontrar alguma pista.

Faço que sim com a cabeça, embevecida com a demonstração de carinho do meu irmão gêmeo. Ele não se ofereceu para ir a Seattle por acreditar no meu marido, mas por acreditar em mim. Dave é a única pessoa disposta a encontrar outra explicação, porque estou convencida de que há algo para além das suspeitas óbvias.

– Você é minha segunda pessoa favorita no mundo – afirmo segundos antes de me dissolver em lágrimas, porque é a mais pura verdade. Sem o Will aqui, Dave assumiu a primeira posição.

CAPÍTULO

10

O domingo amanhece ensolarado e bonito, um típico e perfeito dia de primavera pelo qual Atlanta é famosa. Céu azul. Sol e calor. Brisa revigorante que carrega o aroma de grama e madressilva. O tipo de dia em que Will e eu adorávamos passear pelo Piedmont Park ou explorar a Atlanta BeltLine. Um dia ensolarado demais, agradável demais para um funeral.

A Liberty Airlines reservou o Jardim Botânico de Atlanta para a cerimônia em memória dos mortos e, enquanto me arrasto com essas roupas e óculos escuros, contra a própria vontade, admito que a escolha foi excelente. Cheio de pontes sinuosas, lagos límpidos e esculturas multicoloridas de Chihuly, o parque é espetacular. E, melhor ainda, não foi autorizada a entrada de nenhum jornalista e não há lente fotográfica capaz de nos alçar aqui, por entre a cobertura das árvores. Imagino Ann Margaret na reunião de funcionários, assentindo entusiasticamente quando isso foi sugerido. E quem resiste a todas essas tulipas desabrochando?

Minha mãe entrelaça o braço no meu e apoia a cabeça no meu ombro.

– Como está se sentindo?

– Estou bem.

Felizmente, não é mentira. Assim que entramos no estacionamento do parque, me sinto totalmente entorpecida, como se tivesse tomado uma dose cavalar de anestésico. Acho que meu corpo deve ter entrado no modo sobrevivência e agradeço por esse momento de alívio. Com certeza é muito melhor do que se desmanchar em lágrimas ou em vômito, estado em que passei o dia inteiro ontem, depois que meu pai entregou a um representante da Liberty Airlines com cara de velório os itens pessoais de Will recolhidos no banheiro – escova de dentes, cortador de unhas, alguns fios de cabelo esparsos. Conclusão – é isso que a genética tem a oferecer às famílias das vítimas do acidente. Mas não quero conclusão nenhuma. Para o inferno essa maldita conclusão. Quero que me digam que não conseguiram encontrar nenhum sinal, nem o menor indício do meu marido naquele milharal do Missouri.

Funcionários uniformizados nos acompanham por um caminho revestido de tijolos até o Rose Garden, um gramado extenso com Midtown Atlanta como pano de fundo. Minha família e eu caminhamos até uma fileira do meio e sentamos nas cadeiras acolchoadas. Ao redor, reconheço de rosto algumas pessoas que vi naquele dia, no Centro de Assistência Familiar. A indiana, hoje com um sári branco. O adolescente negro, hoje sem o brinco de brilhante e com o rosto molhado pelas lágrimas. O sol reflete as lágrimas dos familiares feito um farol, e nesse momento agradeço por ter vindo de óculos escuros, especialmente quando avisto Ann Margaret, nos observando de soslaio. A postura altiva dela me lembra os corredores da Lake Forrest, as adolescentes com o rosto cheio de espinhas, desesperadas para fazer parte dos grupinhos populares. Somos "a família dela" e estamos excluindo-a. Eu a ignoro do jeito mais malvado possível e viro de lado.

A cerimônia se resume em uma hora e meia de tédio e tortura, com uma trilha sonora cafona e uma fila imensa de gente falando ao microfone, pessoas que nunca vi antes na minha vida e que provavelmente nunca mais voltarei a ver. Empacotaram os pêsames da maneira mais ridícula e clichê possível, com frases como: *Que o amor seja melhor que a dor* e *Vamos nos empenhar em curar essa ferida com amor e esperança*. Esperança de quê? Prendo a respiração e cerro os dentes para não berrar essas palavras. *Esperança de quê, meu Deus do céu*? Graças à Liberty Airlines, não faço a menor ideia da resposta.

Liberty Airlines. Duas palavras que não consigo pronunciar sem sentir um turbilhão de fúria por dentro. Detesto-os pela mecânica negligente, pela falsa preocupação, pelos planejadores incompetentes e pela equipe desorganizada. E se o piloto não tivesse morrido no desastre, eu mesma daria cabo da vida dele.

E onde está a família do piloto? Estão aqui? Olho para as pessoas se debulhando em lágrimas ao meu redor, procuro pela esposa ou o marido dele, filhos, filhas. Teriam coragem de comparecer? Teriam coragem de encarar 178 famílias, sabendo que foi esse seu ente querido que provocou o acidente ao cometer um erro?

Depois da cerimônia, minha família e eu levantamos para tomar um pouco de ar e caminhamos até um arco de roseiras, mais apropriado para um casamento do que para um funeral. Os botões não vão abrir tão cedo, uma ou outra pétala despontou, mas as videiras com seus brotinhos verdes tão promissores parecem zombar da minha cara. *Vivos, vivos, vivinhos-da-silva*, gritam, enquanto Will está morto.

– Posso trazer alguma coisa pra você beber? – oferece meu pai, apontando em direção à ponta da multidão, onde um garçom uniformizado está parado com uma bandeja de bebidas geladas.

– Uma Coca-Cola – respondo, mesmo sem sede. Penso que, pelo menos com um copo na mão, consigo me segurar para não socar ninguém. Mas, assim que meu pai se enfia na multidão, reconsidero. – Pai, podemos ir embora? Quero mesmo é ir pra casa.

Minha mãe e Dave trocam olhares.

– Não gostaria de conversar com algum parente ou familiar das vítimas? – inquire minha mãe.

– Não. Não quero mesmo. – Como psicóloga, sou uma grande defensora da terapia em grupo, acredito muito que se pode encontrar consolo ao ter contato com outras pessoas que passaram por uma tragédia similar. Porém, fazer isso significa aceitar que Will estava naquele avião, mas até que o resultado do exame do DNA me prove o contrário, continuo agarrando esse fio de esperança com as duas mãos.

Meu chefe, Ted Rawlings, aparece de repente. Embora eu não esperasse que ele fosse aparecer aqui, não me surpreendo. Ted trata todos da Lake Forrest, funcionários e alunos, como uma grande família. É óbvio que ele não deixaria de comparecer a uma cerimônia como essa.

Com as duas mãos, ele segura a minha.

– Em nome de todo o corpo docente e discente da Lake Forrest, ofereço meus mais profundos e sinceros pêsames. Sinto muito, muito mesmo pela sua perda. Se houver algo que eu possa fazer, que qualquer um de nós possa fazer, por favor, nos avise.

As lágrimas começam a escorrer, não pelas palavras de Ted, mas sobretudo pela gravata dele hoje – preta e sem estampa nenhuma, muito diferente das coloridas que ele está acostumado a usar na escola. Uma gravata de funeral, se é que algum dia vi alguma dessas. Aposto que Ted a comprou especialmente para esta ocasião e pensar nisso me deixa incrível e inexplicavelmente triste.

– Obrigada, Ted. Significa muito pra mim.

– Pode ficar em casa quanto tempo precisar, sim? Quando quiser voltar para a escola, será recebida de braços abertos. – Ele aperta a minha mão e depois vai falar com a minha mãe, tornando-se o primeiro de uma fila improvisada. Mais colegas de trabalho e seus respectivos cônjuges, um homem que demoro um pouco para reconhecer, mas depois me recordo que é o chefe de Will, e alguns colegas de trabalho dele. Todos, um a um, me cumprimentam, reproduzindo quase que a mesma fala de Ted. Na sequência da fila, estão os alunos do time de lacrosse da Lake Forrest, todos com a expressão triste, dizendo o que se deve dizer nessas horas, mas uma irritação se espalha pela minha pele a cada mão que aperto. Não quero a solidariedade dessas pessoas. Não quero suas palavras gentis. Só quero meu marido de volta.

– Oh, Iris – lamenta uma voz familiar, e em poucos segundos me vejo cercada por minhas três melhores amigas, com os olhos inchados e vermelhos. Elizabeth, Lisa e Christy me cercam e me envolvem num abraço que cheira a flores, mel e lágrimas.

– Ele não deveria estar nesse avião – digo, pressionando a testa na delas. – Ele deveria ter embarcado para Orlando.

Não há nada que possam dizer, nenhuma esperança que possam oferecer. Minhas amigas simplesmente me abraçam com força e não dizem nada. Saber que elas me conhecem bem o suficiente para não tentar tapar esse silêncio com frases clichês acalenta meu coração, ao mesmo tempo que o cobre de uma nova onda de angústia.

– Obrigada por terem vindo – sussurro, e minha mãe aparece logo em seguida. Ela também fez isso em seu aniversário de quarenta anos de casamento, ano passado, fazendo a fila andar quando alguém demorava mais do que deveria. Com as duas mãos, ela segura as minhas com firmeza, sorri e me acaricia de um modo autêntico e que conheço melhor do que ninguém.

Um homem loiro, vestido num terno risca de giz, é o próximo.

– Você estava na reunião do Centro de Assistência Familiar aquele dia?

– Estava, sim – respondo e deixo por isso mesmo. Só pela altura desse cara, eu teria me lembrado dele se o tivesse visto. É extremamente alto, do tipo que só se vê numa quadra de basquete, arremessando bola no cesto.

Por outro lado, eu estava um trapo naquele dia, e talvez ele estivesse por lá. Seja como for, ele perdeu alguém naquele avião, disso não tenho dúvida. Apesar da expressão cortês e agradável, os olhos verdes não mentem; estão assustados, entristecidos.

Ele me oferece a mão.

– Evan Sheffield. Minha esposa e minha filha estavam no avião.

Estremeço, ao mesmo tempo em que uma sensação que parece ser alívio percorre minhas veias. Esse cara perdeu duas pessoas no acidente. Ao que parece, há pessoas aqui enfrentando algo pior do que eu.

– Iris Griffith. Meu marido Will... – interrompo a fala. Ainda não consigo lidar com a possibilidade de proferir essas palavras.

Evan assente, e a expressão do homem me mostra que ele entende. Claro que entende.

– Gostaria que soubesse que estou organizando uma associação de amigos e familiares dos passageiros e da tripulação. Acho que, se nos unirmos, podemos nos ajudar e conseguir lidar melhor com isso tudo.

– Como assim?

– Por exemplo, para começar, podemos descobrir o que devemos fazer e quem devemos ouvir. Não sei quanto a você, mas não pretendo seguir sem pensar as orientações da funcionária que a Liberty disponibilizou para me atender. Não sei se um advogado da empresa seria nosso melhor advogado neste momento.

– Concordo.

– Que bom. – Ele tira um cartão de visita do bolso da jaqueta, me entrega e mostra o nome dele escrito em letras azuis. – Por favor, me envie por e-mail suas informações de contato, e eu vou adicioná-la à lista. A primeira reunião vai acontecer na semana que vem, no meu escritório, Rogers, Sheffield and Shea, em Midtown. No e-mail passo o meu endereço e informações sobre estacionamento.

Conheço a Rogers, Sheffield and Shea. Todo mundo no sul conhece a Rogers, Sheffield and Shea, depois que eles, em 2001, derrubaram a condenação de Troy Coles, um morador de Savannah condenado à morte por um assassinato que não cometeu. Olho para o nome no cartão de visitas e me lembro de que se trata do advogado principal do caso.

– Você é aquele Evan Sheffield?

– Sim, mas não sou o único advogado do grupo, se é isso que está perguntando. Também temos uma equipe de enfermeiras, terapeutas do sono e alguns médicos. Se quiser se voluntariar para realizar alguma atividade, me escreva. Não é nada obrigatório, claro. Você pode aparecer sempre que quiser simplesmente para assistir e ouvir.

– Minha filha é psicóloga – intervém minha mãe, sem conseguir se conter. – Estudou na Agnes Scott e na Emory.

– Não sei se estou em condições de fazer o bem a ninguém – comento no mesmo instante. – Estou por um fio aqui.

Evan tenta esboçar um sorriso, mas o máximo que consegue é fazer uma careta.

– Bem-vinda ao clube. Todo mundo não para de me dizer que vou sobreviver a isso, mas a ferida continua aberta. – Ele respira, tentando não desmoronar. – Bom, foi um prazer conhecê-la e vou aguardar seu e-mail.

O homem vai embora e o observo abordar a próxima pessoa, os ombros murchos como se estivessem sustentando uma tonelada, tanto que chego a sentir como se fossem os meus. O sofrimento consome, e esse homem perdeu duas pessoas, em vez de uma. De onde ele tira energia para continuar? Olho para o lado, vejo um espaço de grama grossa e fofa. Será que posso deitar aqui um pouquinho?

Dave se aproxima, envolve a minha cintura com um braço, e eu encosto no meu irmão. Quando disse a Evan que eu estava por um fio, fui muito sincera. É um fio tão frágil que pode se romper a qualquer momento. Também fui sincera quando disse ao meu pai que queria ir para casa. De repente, ir para casa é urgente e inadiável. Não vou suportar nem uma pessoa mais nesta multidão em luto.

– Vamos.

Dave aponta em direção a um lugar em que há bandejas gigantes de comida e uma mesa de bufê.

– Mas...

– Não estou brincando, Dave. Preciso que me tire daqui. Agora.

Meu irmão olha para trás, esticando o pescoço.

– Tudo bem, mas a mãe acabou de sair para procurar um banheiro e não sei aonde o James foi. – Ele olha para mim e aperta a minha mão com força. – Aguente firme. Vou buscar a tropa.

– Ótimo, obrigada.

Assim que Dave sai, alguém puxa a manga da minha blusa. Sem pensar, viro de um jeito brusco e respondo com cara feia:

– O que foi?

Se o homem se sentiu ofendido pela falta de educação, não transpareceu. O sorriso branco contrasta com a pele negra, e, na mão, ele segura um copo com líquido translúcido e espumante.

– Água com gás. Você está com cara de quem precisa tomar alguma coisa gelada.

– Ah. – Fico sem graça e reúno todas as forças para esboçar um sorriso para me desculpar. – Me desculpe, não costumo ser mal-educada assim, mas é quê... – Pego o copo da mão dele e o inclino ligeiramente para cima, agradecendo o gesto. – Obrigada. De verdade.

– Corban Hayes. Sou amigo de academia do Will – informa.

Beberico a água e observo o homem pela borda do copo. Que esse cara frequenta a academia não é nenhum segredo. Alto, magro, os músculos tão torneados que as veias chegam a ficar em relevo sobre a pele, como se houvesse uma corda transpassando os braços negros. É o tipo de cara que consegue fazer flexão de braço numa barra de ferro com apenas uma das mãos, enquanto repete *pouca comida, muito treino, pouca comida, muito treino* para quem estiver passando ouvir. É certo que Will malhava, mas ele não era o tipo rato de academia. Levantar peso e correr na esteira eram males necessários, mas só para poder comer todos os burritos que quisesse. Será que meu marido e Hayes eram amigos mesmo?

– O Will me enchia o saco porque eu colocava os pesos no lugar errado. E eu enchia o saco dele por ser sistemático demais. Foi assim que ficamos amigos.

Sorrio, apesar das circunstâncias.

– É bem ele mesmo. Obcecado por organização.

– E como! – Com a expressão mais séria, ele balança a cabeça e lamenta: – Vou sentir falta daquele cara me vigiando o tempo todo, me atormentando para eu mudar as minhas senhas a cada trinta dias. Minha empresa migrou para o pacote de segurança da AppSec no ano passado e foi o serviço mais rápido e eficiente que já tivemos. Will me assegurou a qualidade do pacote e não me cobrou pelas horas extras em que trabalhou adaptando nosso sistema. Tenho certeza de que a AppSec lamentou muito ter perdido um profissional como ele para uma concorrente.

Sem me dar conta, já estou assentindo, murmurando agradecimentos pelas palavras gentis, até que meu cérebro processa a última frase que ouvi.

– Como assim uma concorrente?

– Sim, o outro trabalho que ele arranjou. Qual é mesmo o nome da empresa? EPM? TPM? Alguma coisa assim. Suponho que ele tenha embarcado para Seattle por isso, para assinar o contrato, não?

O copo desliza e cai da minha mão, provocando um barulho enorme ao cair no chão. As pessoas curvam a cabeça para me olhar, e alguma coisa molha as minhas canelas.

Mas, em vez de recuar e fugir para evitar a possível encrenca, Corban se apressa para me socorrer e segura meu bíceps, no exato momento em que sinto meu corpo cambalear.

– Eu ajudo você.

Penso em dizer que não precisa, que está tudo bem, mas mal sinto a respiração. É como se o ar estivesse entalado na garganta.

– Está se sentindo bem? Está pálida.

Meus pulmões parecem petrificados. Não consigo expandir nem contrair a caixa torácica. Tento inalar um pouco de ar, mas faço tentativas curtas, respirando entrecortado enquanto uns pontinhos pretos começam a aparecer no meu campo de visão.

– Não... estou conseguindo... respirar...

– É porque está hiperventilando. Venha aqui. – O homem me leva até um banco debaixo da sombra e me pede para sentar. – Prenda a respiração. Sei que parece não fazer o menor sentido, mas vai funcionar, confie em mim. Segure o ar o máximo de tempo que puder e depois solte-o, o mais devagar possível. – Ele me pede para repetir o movimento mais algumas vezes e, sentado ao meu lado, enche a bochecha de ar e expande as narinas ao inspirar, me orientando a fazer o mesmo, até que sinto os pulmões mais leves e a tontura diminui. – Está melhor?

Devagar, faço que sim.

Corban traz o corpo à frente e olha para as minhas pernas.

– Se eu disser que está sangrando, vai começar a hiperventilar de novo? – Sem esperar a minha resposta, ele puxa um lencinho estampado do bolso, agacha ao meu lado e o pressiona devagar na minha pele.

– Acho que o corte não foi muito profundo, mesmo assim é bom pedir para alguém lhe fazer um curativo assim que chegar em casa.

Estou consciente, sei que Corban está ali, tentando cuidar de mim, que um grupo começa a se aproximar e a formar um círculo, entre eles um monte de estranhos observando a cena, curiosos e assustados. Mas vejo tudo como num filme com som abafado e a imagem distorcida.

Durante todo esse tempo, venho esperando que apareça alguém para me dizer que esses últimos dias foram um erro, um pesadelo, que Will está são e salvo exatamente onde ele deveria estar: em Orlando. Mas o congresso foi uma mentira, um pretexto para esconder uma verdade difícil. Ele foi para Seattle na tentativa de dar uma guinada na nossa vida, de um novo começo do outro lado da costa. Surpresa, levo a mão à boca, e a verdade chacoalha meu estômago. Havia uma razão para Will estar naquele voo.

O que significa que não há mais motivos para manter as esperanças.

Will conseguiu um trabalho em Seattle?

Devo ter dito em voz alta porque Corban tira os olhos do meu pé e olha para mim.

– Você não sabia?

Arregalo os olhos.

– Claro que não. – As palavras mais parecem dardos, tamanhas a rapidez e a fúria com que são disparadas. E por qual outro motivo eu teria ficado tão abalada assim?

Corban se levanta e volta a sentar no banco, ao meu lado, me observando com seus olhos negros.

– Não percebi que ele não havia lhe contado ainda. Não sei se faz com que se sinta melhor, mas eu sabia da viagem dele para lá. Will só estava esperando o momento certo.

– Quando? Quando eu chegasse em casa e visse uma placa de "Vende-se" pendurada na porta e os caminhões de mudança levando nossas coisas?

– Não exagere. Você sabe bem que Will jamais permitiria estranhos tocando nas coisas dele.

Sei que Corban está brincando, mas as palavras dele me atingem feito uma bola de fogo, repentinas e escaldantes. Esse cara alega que era amigo de Will, mas Will é *meu* marido. Isso soa meio invasivo, desperta ciúmes em mim, como uma terceira pessoa se intrometendo na nossa relação, tentando se enfiar na cama no meio de nós dois. Meu peito começa a queimar.

– Você conhece o Will tão bem assim? – comento num tom mais acusativo do que investigativo.

Depois de arregalar os olhos e franzir as sobrancelhas, ele responde:

– Como falei, nos conhecemos na academia.

– Não quero saber como vocês se conheceram, mas como pode conhecê-lo tão bem assim. É estranho porque ele nunca, nem uma vez sequer, comentou sobre você. Como posso ter certeza de que está me dizendo a verdade?

Corban não parece nem um pouco ofendido. Ele recosta no banco, estica um dos braços sarados e o apoia no encosto.

– Bom, sei que o pai dele morreu quando ele tinha 7 anos, que a mãe morreu quando ele estava no último ano do ensino médio. Sei que ele dormiu aqui e ali por um ou dois meses, até completar 18 anos e que o os assistentes sociais ficaram no pé dele o tempo todo. Sei que ele se bancou na faculdade e na pós-graduação e que foi considerado qualificado demais para o cargo da AppSec. Sei também que ele tinha um coração enorme e era um cara extremamente inteligente, acima da média, uma pessoa muito gente boa que conheceu o amor de sua vida no estacionamento do supermercado.

Fico paralisada. Levei anos para arrancar tudo isso de Will. Ele não gostava de falar de seu passado difícil e detestava se vangloriar de tudo que conquistou. Saber que Will compartilhou tudo isso com Corban não só certifica que os dois de fato tinham uma amizade, como também mostra a extrema afinidade entre eles.

– É, vejo que você o conhece um pouquinho... – murmuro, e o homem ri, provando mais uma vez o quão bem conhecia meu marido.

E cá estou eu, chorando mais uma vez, tanto pelo afeto evidente de Corban por Will, quanto por pensar que meu marido tinha um amigo em quem confiava o suficiente para compartilhar coisas tão íntimas, mas, sabe-se lá por quê, nunca me falou sobre esse tal amigo, decidiu não me contar sobre essa amizade. Por que ele faria isso?

Corban aperta devagar o dorso da minha mão, afastando-se antes que o gesto possa transparecer algo a mais do que amizade.

– Ele ia contar para você sobre o convite para trabalhar em Seattle, Iris. É verdade. Will queria que você ficasse tão animada com a ideia quanto ele. Esse trabalho era a oportunidade da vida dele. Mas ele quis esperar até o próximo fim de semana, no Optimist, porque não queria falar sobre o assunto durante o aniversário de casamento de vocês.

Optimist. Mais um ponto para Corban. Will e eu tínhamos feito uma reserva para jantar em um restaurante badalado no oeste da cidade no próximo sábado, uma noite especial em que seríamos apenas nós dois.

– Ele me contou que viajaria para Orlando. Para um congresso. Até forjou um panfleto com a programação e o nome dele estava lá, como um dos palestrantes.

– Orlando, hein? Quem diria... – Corban balança a cabeça em negativa, parecendo não acreditar. – Disso eu não sabia, embora não possa dizer que me surpreende. Essa vaga que ele estava concorrendo o faria subir de cargo, e ofereceram um salário maior do que ele recebia, mas Will sabia que não seria uma decisão fácil para você. Quase cinco mil quilômetros de distância entre você e o seu irmão. Foi por isso que ele preferiu manter em segredo, por enquanto.

– Nisso ele tinha razão. – Solto um suspiro profundo e trêmulo e enxugo as lágrimas. – Eu teria aceitado, mas não sem antes tentar fazer com que ele mudasse de ideia.

– E vai saber? Talvez ele ficasse para fazer a sua vontade.

Corban sorri, e meus lábios retribuem ao gesto da mesma forma, seguindo a teoria do estímulo e resposta. O sorriso escapa sem a minha própria permissão.

– Está pronta? – pergunta Dave atrás de mim, e eu me viro. Meus pais e James estão com ele. Faço que sim com a cabeça e volto a olhar para Corban.

Ele enfia a mão no bolso, me passa um cartão de visitas. Reconheço o logotipo de um banco famoso.

– Pode me ligar quando quiser. De dia ou de noite. Se quiser me perguntar mais alguma coisa ou apenas para conversar. E só mais uma coisa. Will tinha razão.

– Razão? Sobre o quê?

– Pelo que vocês dois viveram, valeu a pena ter arrebentado os dois para-choques.

CAPÍTULO 11

De acordo com o Google, ESP é a sigla de Enterprise Security Platform, uma das 25 melhores empresas de Seattle para se trabalhar e a principal concorrente da AppSec. A lista de clientes deles é extensa e variada, repleta de grandes corporações e marcas dos setores financeiro, farmacêutico, aeronáutico e industrial. Os consultores da ESP falam 24 idiomas, trabalham em 57 países e passam o tempo livre esquiando, andando de bicicleta e praticando mergulho em falésias e montanhas. É exatamente o tipo de lugar em que Will adoraria trabalhar se tivesse a chance – bem-sucedido, descolado e aventureiro. Tudo nessa empresa corresponde ao perfil de Will, exceto pelo pequeno, minúsculo detalhe de ela estar localizada do outro lado do país.

Fico vasculhando o site deles por um tempo, verificando o perfil dos funcionários e os processos seletivos abertos. A maioria das vagas que encontro são de nível operacional ou para trabalhar nos escritórios da Costa Leste. Será que já retiraram do site a vaga para qual Will se candidatara? De acordo com o site, a chefe de recursos humanos chama-se Shefali Majumdar. Clico no perfil dela e anoto os dados de contato num post-it. É óbvio que ela não vai estar no escritório numa tarde de domingo, e a pergunta que quero fazer não é do tipo que se deixa na caixa postal. *Alô? Por acaso você contratou o meu marido? Sim? Desculpe, mas, ao que tudo indica, ele não vai poder comparecer ao trabalho.*

– Querida? – chama minha mãe, olho para o lado e a vejo parada na ponta do sofá. – O jantar está pronto.

Abro a página do Facebook no meu laptop, pensando em vasculhar a lista de amigos de Will. Talvez o perfil de algum deles me forneça uma pista do que fazer, de qual deve ser meu próximo passo.

– Podem comer. Não estou com fome.

– Fiz purê de batata.

Minha mãezinha. Sabe o quanto sou apaixonada pelo purê de batatas dela e nem que eu tivesse coração de pedra diria a ela que o cheiro da comida está me dando ânsia de vômito.

Ela senta no braço do sofá.

– Venha sentar com a gente à mesa... Pelo menos tente comer algo... Uma ou duas colheradas.

Por mais que eu queira insistir e manter minha postura, provavelmente minha mãe tem razão para estar preocupada. Além da tigela de mingau de aveia instantâneo que vomitei na manhã do acidente e do punhado de biscoito salgado que me forçaram a comer ontem, mal comi nos últimos cinco dias. A terapeuta que há em mim me diz que a falta de apetite é consequência do estado de choque e da depressão e que há um motivo fisiológico para que sinta gosto de papelão em tudo que toca a minha língua, mas mesmo assim... A última coisa que quero ver na minha frente agora é comida. Assim que minha mãe vira as costas, as bolachinhas que ela me dá voltam para o pacote.

Mas agora ela está me olhando daquele jeito que conheço bem, um misto de preocupação e determinação, uma expressão que mostra que ela não vai dar o braço a torcer dessa vez. Com um suspiro profundo, coloco o laptop no sofá e a acompanho até a cozinha onde todos já estão sentados à mesa.

Minha mãe nos apressa até a mesa.

– Sente, sente. Em um minutinho volto com os pratos. Meninos, podem me dar uma ajudinha aqui?

E lá vão eles, meu pai fica, me abraça de lado, me puxa para perto e beija minha testa.

– Como vão as coisas, lindinha?

– Estou levando...

A verdade é que já liguei para o telefone de Will milhares de vezes, só para ouvir a voz dele na caixa postal, embora isso me faça mais mal do que bem. E não consigo parar de pensar no que ouvi de Corban na cerimônia em memória aos mortos, não tanto pela oferta de trabalho em Seattle, mas pela amizade que os dois mantinham. Por que Will a esconderia de mim? Dave tem razão. Will não era o tipo de cara extrovertido, mas conhecia gente o suficiente para lotar um bar no dia do aniversário de 30 anos. Claro que alguns deles são os maridos das minhas amigas. Mas a questão é que ele falava sobre a amizade com essas pessoas e as convidava para as comemorações.

Então, por que manter segredo em relação a Corban? Será que Will tinha medo de que eu não gostasse dele? Ou a amizade dele com Corban era tão insignificante que meu marido nem sequer cogitou me falar sobre o cara? Não, não pode ser isso. Para contar coisas tão pessoais assim, Will o considerava um amigo. Não se trata de coisas simples, banais. Tento juntar as peças desse quebra-cabeça, pensar na relação entre essas coisas todas – o trabalho, a amizade com Corban, Seattle –, mas estou emocionalmente exausta. Nada parece fazer sentido.

Meu olhar repousa na ponta em que Will se sentava à mesa. Alguém, minha mãe, talvez, colocou uma cesta de vime cheia de cartões com mensagens de pêsames onde o prato do meu marido costumava ficar. Há dias eles não param de chegar; cartões floridos com mensagens elaboradas, mas não consigo ler nenhum deles. Escolho uma cadeira na outra ponta e me sento.

– Tem algum problema pra você? – pergunta meu pai, e só quando ninguém responde é que percebo que ele está falando comigo.

Olho para ele, que fica parado, me observando.

– Problema? De quê?

– Que a gente fique aqui até o próximo fim de semana – explica e com a cabeça aponta para Dave e James, que estão arrumando os pratos fumegantes na mesa, e para minha mãe, atrás deles. – Conseguimos negociar no trabalho e podemos passar a semana que vem aqui com você. Depois disso, sempre que precisar de nós por aqui, é só avisar que nos organizaremos.

– Não posso pedir que façam isso.

– Não seja boba – interrompe minha mãe num tom autoritário e ao mesmo tempo maternal. – Vamos ficar e já está decidido.

Ela desliza o prato em minha direção na mesa, tão cheio que a comida chega a transbordar, o suficiente para alimentar três pessoas. Minha mãe lança um sorriso encorajador, e eu tento conter a careta quando o cheiro de carne, batata e manteiga invade as minhas narinas. Mas ela continua aqui, de pé, esperando, então ignoro a náusea e dou uma garfada na comida.

– Quem era aquele homem com quem estava conversando na cerimônia? Aquele negro, forte, que parecia um leão de chácara – pergunta Dave no momento em que levo o garfo à boca.

Queria poder dar um beijo nele agora. Sim, meu irmão me fez a pergunta em partes porque está curioso, mas principalmente para tentar distrair a nossa mãe vigilante. A estratégia funciona. Assim que ela lança um olhar inquisitivo para ele, devolvo a comida ao prato.

– Se chama Corban. É um amigo de academia do Will. Um bom amigo, ao que parece.

Dave é o único que "fisga" o que eu quis dizer com essa última frase.

– Você não o conhecia?

– Não. Ele me contou que o Will recebeu uma proposta para trabalhar numa das grandes concorrentes da AppSec. – Hesito por um momento ao sentir aquele aperto familiar no peito. – No escritório de Seattle.

Todos olham para mim.

– Vocês dois iam se mudar? – indaga minha mãe, afundando na cadeira de frente para mim. – Quando decidiram isso?

– Não decidimos nada. Will e eu nunca conversamos sobre o assunto. Só fiquei sabendo dessa proposta de trabalho hoje, por meio do Corban.

– Will não lhe contou que havia conseguido outro emprego? – inquire Dave, demonstrando certa revolta, coisa que tantas vezes observei nele, mas nunca em relação a Will.

E a pergunta dele também desperta a revolta em mim.

– Não sei se de fato ele chegou a aceitar a proposta. Na verdade, agora que estou contando pra vocês, tenho certeza absoluta de que foi por isso que ele não me contou. Will sabia que morar do outro lado do país seria uma decisão difícil e não quis me contar até ter certeza de que a coisa daria certo. A questão é que essa proposta justifica o fato de ele estar naquele avião e também esclarece por que ele não me contou sobre a viagem. Essa era a grande oportunidade da vida dele.

Dave e James trocam olhares.

– Alguém pode me explicar o que está acontecendo aqui? – indaga meu pai do outro lado da mesa, o olhar alternando entre mim, Dave e James e volta a se concentrar em mim.

Rapidamente, conto aos meus pais sobre a busca que Dave e eu fizemos no closet de Will e que não resultou em nada além de resquícios de pano.

– Mas, se eu estiver certa, se Will realmente decidiu manter segredo sobre o novo trabalho, está explicado por que não encontramos absolutamente nada nos bolsos dele. Will não queria que eu encontrasse nenhum cartão de visitas, nenhum recibo ou alguma coisa do tipo que pudesse me levar a descobrir seus planos.

Minha mãe não se convence.

– Mesmo assim, não haveria toda essa necessidade de manter segredo em relação a isso. Por que ele se candidataria a uma vaga sem contar pra você?

– Ele não se candidatou. Sou capaz de apostar que o encontraram por meio do Linkedin ou algum *headhunter* chegou até ele. Seja como for, vou entrar em contato com a chefe de Recursos Humanos da ESP, e ela vai me confirmar a informação. É a primeira coisa que vou fazer amanhã de manhã. Ligar para ela.

– Pra quê? – questiona minha mãe. Eu a olho de soslaio, e ela se apressa para corrigir o que disse. – Pense comigo, a resposta dela não vai mudar nada. Há outras questões mais importantes que você deve priorizar agora.

– Sua mãe tem razão – concorda meu pai. – Temos de planejar o funeral e providenciar a papelada. Provavelmente, os bancos vão agilizar o processo se a gente for até lá pessoalmente.

– Não, Stephen, estou falando do luto. A Iris precisa encarar o processo de luto. – Minha mãe se volta para mim, estica o braço e segura a minha mão. – Com ou sem proposta de trabalho, minha querida, o Will pegou aquele avião. Ele se foi. E, por mais doloroso que seja, você precisa encarar essa dor, em vez de arrastar, deixar para depois. Você melhor do que ninguém sabe disso.

As palavras dela fazem as lágrimas despertarem. É óbvio que sei que isso é verdade. Mas também sei que as mentiras de Will estão me perseguindo. Sinto o hálito amargo delas soprando no pescoço, as mãos escorregadias segurando meus ombros, me empurrando para a frente, em busca do porquê. Talvez minha mãe tenha razão. Talvez a minha necessidade de mapear os últimos momentos de Will seja um mecanismo de defesa para postergar o fato de ter de encarar a dor. Mesmo assim, não posso seguir adiante até preencher as principais lacunas.

O que mais não sei sobre o meu marido?

O que mais ele deixou de me contar?

Existem quantas mentiras mais?

Minha mãe aperta a minha mão.

– Só estou preocupada com você, querida. Só isso.

– Obrigada. – A preocupação dela me deixa com os olhos marejados outra vez e, dessa vez, não consigo segurar. – Confesso que também estou preocupada comigo.

À noite, naquele mesmo dia, depois da cozinha limpa e de os meus pais subirem para dormir, peguei meu laptop e fui para o sofá vasculhar o perfil de Will no Facebook.

Meu marido não era o tipo que gostava muito de rede social. "Pra que perder tempo com isso?", era o que ele dizia. "É só um lugar para as pessoas se gabarem e contarem mentiras sobre a vida. Acha que dá pra acreditar que aquele babacão da escola está namorando uma modelo agora? Ah, não, me desculpe, mas prefiro não perder meu tempo com isso." Apesar disso, como quase todo mundo nesse mundo, Will tinha uma conta no Facebook, apenas a ignorava na maior parte do tempo.

Dave se joga ao meu lado no sofá e apoia os pés na mesa lateral, afastando o vaso de flores com o dedinho. Agora sei por que tantos obituários muitas vezes incluem aquela famosa frase "em lugar de flores...". Elas estão por todos os lugares, arranjos emblemáticos de primavera espalhados por todas as superfícies, pelos balcões de cozinha, decorando lareiras, entupindo o ar com seu perfume inebriante.

– Talvez a gente devesse doar um pouco dessas flores. O que acha?

Espio ao redor.

– Por mim, tudo bem. Tem uma igreja na esquina da rua e uma porção de abrigos que ficam a menos de dez quilômetros daqui.

– Legal. Vou pedir pro James me ajudar com isso.

– Ajudar com o quê? – pergunta James que aparece na sala com uma garrafa e três taças. Ele segura a haste das taças com uma das mãos e serve o vinho com a outra, com a precisão de cirurgião, sem derramar nem uma gotícula. Dave conta para ele sobre as flores, e os dois concordam em distribuir o primeiro lote amanhã de manhã.

– Obrigada – agradeço e pego uma taça que James me oferece. Com a outra mão, aponto para a tela do laptop e para a enxurrada de posts com pêsames se amontoando no mural de Will. – Quando foi que as pessoas começaram a usar o Facebook como meio de comunicação com os mortos? Olha essa daqui. *Will, cara, fiquei muito chateado quando soube da notícia da sua morte. Descanse em paz, amigo.* É sério isso? Eles acreditam que o Will vai poder ler a mensagem? Ele mal entrava no Facebook quando estava vivo, imagine se entraria agora, que está... – Sem conseguir terminar a frase, enterro o nariz na taça de vinho.

Dave apoia a mão no meu punho.

– Pare de se torturar, querida. Desligue este laptop.

– Não posso. Estou procurando por mais pistas. – Abro a lista de amigos de Will. Ele tem 78 amigos no total, sendo que sessenta deles também são meus amigos. Usando a barra de rolagem, desço a tela, vou até os amigos que não temos em comum e encontro alguns colegas, o ex-namorado de uma amiga minha, um vizinho que mora um pouco mais à frente de casa, o barista que trabalha na cafeteria do nosso bairro.

Dave chega mais perto e olha para a tela por cima do meu ombro.

– Que tipo de pista está procurando, inspetor Bugiganga?

– Pistas como as que Corban Hayes me deu. – Meu irmão faz uma careta e acrescento: – Aquele, lembra? O bancário sarado que conheci na cerimônia hoje de manhã e que me contou todas aquelas coisas sobre o Will.

– Está procurando por curiosidade ou por suspeitar de alguma coisa? – pergunta James.

Penso um pouco antes de responder, mas não preciso matutar muito. Sim, é por curiosidade, mas, depois de conhecer Corban, não consigo deixar de pensar que há mais coisas que não sei. Se há mais algum Corban Hayes por aí, quero falar com ele.

– As duas coisas.

Mas sei que não vou encontrar nada aqui. Will detestava o Facebook e não há nenhuma pessoa aqui que eu não reconheça ou que pareça estranha. Frustrada, fecho o laptop.

James recosta no sofá e apoia a taça de vinho em cima do abdômen plano.

– Você olhou os cartões?

– Que cartões?

Ele aponta para o arranjo em cima da mesa lateral e para todos os vasos no bar da cozinha, enfileirados feito um grupo de soldados em guarda.

– Você deve ter recebido flores de pessoas que conhece. Pode ser que tenha recebido também de alguém que não conheça.

Claro, os cartões. Os mesmos que minha mãe guardou dentro de uma cesta de vime e colocou na mesa, exatamente no lugar de Will, as mensagens que não suportei ler. Dou um pulo do sofá e pego a cesta em cima da mesa.

James repõe o vinho nas taças, e, entre um gole e outro, lemos com atenção as mensagens de pêsames, parando apenas para apontar alguma ilustração de muito mau gosto ou alguma frase exagerada, coisas que não faltam nesses cartões. Deve haver mais ou menos cem deles aqui, mensagens piegas e textos religiosos extensos tanto de colegas meus quanto de Will, velhos amigos e vizinhos, tios, primos e colegas de escola, pessoas de quem não tenho notícias há anos.

Dave me mostra um cartão coberto de glitter verde.

– Quem são Terry e Melinda Phillips?

– Também conhecida como Melinda Leigh. Nossa prima – digo.

Dave esbugalha os olhos e abre um sorriso de orelha a orelha.

– Aquela que veio pro seu casamento vestida de baile de formatura?

Sorrio quando me lembro da cara que Dave fez ao ver Melinda entrar na igreja com um vestido azul cheio de babado.

– Terry é o terceiro marido dela. Ou seria o quarto? Já perdi a conta. E aquilo não era vestido de formatura.

– Claro que era! E era horrível, sem contar que ela deve ter comprado dois números menores que o tamanho dela. – Dave descreve o vestido para James, conta sobre o laço, as pregas, o babado, o tamanho justo demais até para conseguir respirar, e eu volto para a minha pilha de cartões.

Algumas mensagens depois, deparo com um nome desconhecido, assinado no canto inferior de um cartão bem simples. Olho para James.

– Você estudou na Hancock?

Ele parece intrigado.

– Esse cartão diz: "Meus mais profundos pêsames pela perda. Hancock High School, turma de 99". Foi lá que você estudou?

James faz que não.

– Nunca ouvi falar desse lugar. Talvez o Will tenha estudado lá, não?

– Não, Will estudou na Central. Sei porque consegui arrancar isso dele naquela viagem surpresa para Memphis, no nosso primeiro aniversário de casamento. Lembra?

– A viagem que nunca aconteceu. – Dave sabe que Will e eu nunca fomos para Memphis como eu havia planejado, e também sabe por quê. Agora, pela cara que ele faz, sei que meu irmão e eu estamos pensando a mesma coisa. Quem estudou na Hancock?

De repente, Dave arregala os olhos e dá um pulo do sofá.

– Já venho.

Ele sai correndo pelo corredor, sobe as escadas e o barulho dos passos ecoa. Ao meu lado, no sofá, James coloca a taça em cima da mesa lateral, tira o celular do bolso e começa a digitar alguma coisa.

Dave retorna alguns instantes depois, segurando uma camiseta que reconheço ter visto no closet de Will. É uma peça bem surrada, rasgada e manchada que ele usa quando está em casa para cuidar do jardim, pintar. As letras quase não aparecem mais, mas sei o que está escrito ali antes mesmo de Dave segurá-la para me mostrar. *Hancock Wildcats.* Sempre achei que fosse só uma camiseta velha, uma coisa genérica dessas que vendem em lojas de roupas mais baratas.

Por que Will me diria que tinha estudado na Central se cursou a Hancock?

– Alguma vez já digitou o nome do seu marido no Google? – pergunta Dave.

– Claro que não. E você, já?

– Sim – respondem Dave e James em uníssono.

– Talvez tenha a ver com a morte da mãe dele – opino, ainda tentando conceder ao meu marido o benefício da dúvida. – Sei que ele teve de se mudar de casa. Talvez tenha precisado mudar de escola também.

– Ei, vocês – diz James com o sotaque carregado. Ele cresceu em Connecticut e, embora tenha morado em Savannah por quase dez anos, ainda não pegou o sotaque daqui. – Você disse que o Will era de Memphis, certo?

Confirmo com a cabeça, mas Dave está mais preocupado com o cartão que está entre os meus dedos.

– A pessoa que mandou assinou? Ou tem o nome da floricultura aí?

Leio a mensagem mais uma vez e confirmo.

– FTD.com. Mas acho que isso é meio que um número de referência. A gente pode tentar verificar o pedido on-line.

James faz uma nova tentativa, dessa vez mais insistente.

– Gente, eu...

– Ou a gente pode simplesmente ligar para eles. E se dissermos que queremos entrar em contato com a pessoa para enviar um cartão de agradecimento? Não sei se vai funcionar, mas vale a pena tentar – acrescenta Dave.

– Também podemos tentar entrar em contato com a escola. E eles podem nos ajudar a encontrar alguém dessa tal turma de 99.

– *Iris.* – Ouço meu nome feito um tiro, e o tom persistente de James chama a minha atenção, bem como a tela do celular que ele por pouco não esfrega na minha cara. – Olhe.

Olho para a página do Google que contém os resultados da busca por Hancock High School. No topo da busca, logo na primeira linha da lista, há um endereço. Sinto um arrepio, que começa no peito, desce para os braços e depois para as pernas feito os primeiros sinais de uma gripe. *600 23rd Avenue, Seattle, Washington.*

Passo o telefone para o meu irmão e abro o laptop depressa.

– Se a proposta continuar de pé, vou reservar passagem para a gente embarcar amanhã de manhã.

CAPÍTULO 12

Por um milagre, passo as cinco horas de voo dormindo. Meus olhos ficam pregados do momento da decolagem em Atlanta até a aterrissagem em Seattle. Imagino que o corpo por fim venceu a mente e se rendeu à exaustão. Atingimos um bolsão de ar no momento da aterrissagem o que me faz arregalar os olhos de imediato, não por medo, mas pela consciência. Será que foi isso a primeira coisa que Will sentiu também? Ao redor, os passageiros agarram com toda a força os braços das poltronas, inclusive Dave. Sei que estão pensando no voo 23, calculando a probabilidade de dois aviões com destino a Seattle caírem na mesma semana. Por que será que estou tão calma assim? Por que não estou assustada como os outros passageiros? O luto paralisou meus sentidos? O avião chacoalha, as rodas rangem ao tocar o solo, até que a aeronave enfim pousa e os passageiros relaxam em seus assentos.

Dave estica o braço por cima de mim para abrir a cortina da janela e a luz do sol faz meus olhos arderem.

– Bem-vinda ao planeta Terra. Cheguei a pensar que ia precisar te carregar no colo.

– Não seria a primeira vez – comento, me lembrando daquele dia, no segundo ano do ensino médio, quando Joey Mackintosh me ensinou como encher a cara de cerveja em pouquíssimo tempo e eu desmaiei no jardim frontal da escola. Dave me jogou por cima dos ombros e me carregou até o quarto antes que nossos pais, que tinham ido ao cinema, voltassem. Dou um beijinho no ombro do meu irmão. – Obrigada por ter vindo. Não consigo me imaginar fazendo tudo isso sozinha.

– Ah, fala sério. Até parece que eu te deixaria sozinha numa coisa dessas. – Ele aperta meu braço de leve, depois remexe o bolso à frente de seu assento e me joga um saco de salgadinho que trouxe do Aeroporto de Atlanta. – Tome. A mãe disse que ia me pôr de castigo se você voltasse ainda mais magra.

Dou risada, apesar de saber que Dave está falando sério. Nossa mãe seria bem *capaz* de dizer isso para ele, e eu *emagreci* um pouco mesmo. Depois de quase seis dias sem comer nada, sinto a calça folgada na cintura, a barriga seca e lisa, e a bunda – que, sejamos sinceros, nunca foi lá grande coisa, mas também jamais foi uma tábua, também está encolhendo, parecendo uma bexiga murcha. Algo de bom a viuvez me trouxe: três quilos e pouco a menos, e o número tende a aumentar.

Rasgo a embalagem e belisco um salgadinho. Como meu estômago não reclama ao sentir o gostinho do sal, mastigo mais um e, nesse exato momento, avisto Seattle pela janela pela primeira vez. Não é à toa que é conhecida como a Cidade Esmeralda. Quilômetros e mais quilômetros de grama verdinha, campos cercados de árvores, lagos verde-abacate perfilam os vales feito dedos compridos e ficam ainda mais verdes por conta da chuva constante. No alto, nuvens acinzentadas estampam a paisagem de fundo.

Quinze minutos depois, adentramos o Aeroporto de Seattle com a bagagem de mão e caminhamos até o terminal de ônibus para fazer o trajeto curto até o balcão da locadora de carros. Como não sabemos ao certo o que estamos procurando nem quanto tempo levaremos para encontrar seja lá o que for, Dave e eu decidimos embarcar nessa viagem por contra própria. Sem carro, sem reserva de hotel, nenhum plano nem passagem de volta. Will teria condenado com todas as forças essa ideia, mas os sites de viagem que consultamos asseguraram que a chuva constante do mês de abril e os ventos árticos espantam os turistas nessa época, por isso, sobram quartos disponíveis nos hotéis.

Entramos no carro alugado, e Dave liga o motor e acelera, até o ar quente começar a escapar pelas frestas do ar-condicionado e soprar na nossa cara. Quem mora em Atlanta não é acostumado a encarar esse frio todo, do tipo que atravessa a pele e atinge os ossos, fazendo você se sentir molhado, mesmo quando não está. Tremo no banco do passageiro enquanto Dave tenta ligar o rádio. Ele sintoniza numa rádio de música country que toca Willie Nelson e coisas do tipo enquanto procuro pelo endereço no meu iPhone.

– Precisamos pegar a I-5 e seguir em direção ao norte – instruo, mas Dave não dá a partida. Olho para o lado e vejo meu irmão me observando. – O que foi?

– É quê... – Ele suspira e olha fundo nos meus olhos. – Tem certeza de que quer fazer isso?

– Isso lá é hora pra fazer essa pergunta?

Dave ergue as mãos e, no momento seguinte, segura o volante.

– É, meu timing não é dos melhores, admito, mas, sim, estou lhe perguntando agora porque ainda temos a chance de dar meia-volta e desistir disso. Ir para casa e esquecer seja lá o que houver aqui em Seattle antes que entre para o catálogo das recordações sobre o seu marido. Porque você bem sabe que é isso que vai acontecer. Ainda mais se o que encontrarmos aqui não for algo bom. Você pensou nessa possibilidade?

– Claro que sim, sei que posso não gostar do que vou encontrar aqui. Pra ser sincera, presumo que não seja nada de bom. Nenhum homem esconde a tralha do seu passado porque são coisas legais.

Dave me olha de um jeito como quem diz *touché*.

– Tudo bem, então, deixa eu perguntar outra coisa agora. E se o que você descobrir por aqui não for ruim? E se for mais do que isso, terrível? Digo, numa escala de zero a dez, e se essa coisa ruim for "dez"? Mesmo sem o Will aqui, para poder se defender ou se explicar, ainda assim você quer saber?

Pela janela, olho para o estacionamento e os arredores e avisto um avião de pequeno porte decolar, zunindo pelo céu, enquanto reflito sobre a pergunta do meu irmão. Dave tem razão. Ainda dá tempo de desistir disso tudo. Ainda dá tempo de descer desse carro, voltar para o aeroporto e tentar esquecer todo o passado de Will em Seattle. Posso me ater às boas lembranças do meu marido – ele, que me fazia rir até a barriga doer, que pensava que as manhãs de domingo eram sinônimo de cama e café, ele, cujo cantinho abaixo do lóbulo da orelha esquerda parecia ter sido feito especialmente para eu encaixar o meu nariz – e tentar ignorar o resto. As partes sobre as quais ele mentiu. As partes sobre si que escondeu. Posso voltar para casa e começar a encarar o luto pelo meu marido.

Mas como é possível lamentar a morte de uma pessoa que talvez nem conheça tão bem?

Penso nas possíveis descobertas que eu classificaria como nível "10", como sugerido por Dave. Will pode ter outra família aqui, uma esposa linda e dois bebês com a mandíbula quadrangular dele e seus olhos azul-ardósia, escondidos numa casinha em Seattle. Will pode ser um criminoso procurado pela polícia, um serial killer ou um estuprador, ou ainda um terrorista com uma lista enorme de homicídios no currículo. Toda hipótese que surge na minha cabeça soa ridícula. Ninguém que esteja escondendo uma segunda esposa ou fugindo da polícia cria uma conta no Facebook.

Então, o que justifica as mentiras?

Ainda não tenho a resposta. Mas tenho certeza de que quero descobri-la.

No banco do passageiro, viro para o meu irmão.

– Sim. Vamos em frente.

– Tem certeza?

No mesmo instante e de maneira decidida, faço que sim.

– Absoluta.

Sem dizer nem mais uma palavra, Dave dá a partida no carro, acelera e seguimos o caminho.

Assim que pegamos a estrada, digito no celular o número da chefe de recursos humanos da ESP e aciono o botão do viva-voz.

– Shefali Majumdar, bom dia.

Com exceção do nome, Shefali soa tão americana quanto torta de maçã. Tem a voz suave e agradável, nenhum traço de sotaque que eu possa ter notado, embora, não se pode negar, ela tenha agido com estranheza quando contei o motivo da ligação.

– Bom, basicamente, a senhora quer saber se eu contratei o seu marido? – pergunta num tom hesitante quando termino de explicar toda a situação.

– Exatamente isso.

– E ele era um dos passageiros do voo 23?

– Infelizmente sim.

– E ele nunca lhe contou que foi chamado para a entrevista nem que estava procurando outra oportunidade de trabalho?

– Exatamente. Só fiquei sabendo por meio de um amigo do meu marido que ele recebera uma proposta para trabalhar na ESP. Meu marido contou sobre a oportunidade para esse amigo.

Shefali fica em silêncio, e Dave e eu trocamos um olhar de preocupação. Recosto no banco do carro e dou um tempo para a mulher pensar, sentindo o coração pular pela boca. Estou preparada para suplicar, já desenhei o discurso na minha cabeça, quando ela começar a dizer que não pode me fornecer a informação.

– Qualquer manual de recursos humanos em qualquer lugar do mundo diria que não posso passar essa informação para a senhora sob nenhuma hipótese. Que a candidatura a qualquer cargo implica o direito de privacidade para o candidato, seja ele contratado ou não. Se o seu marido não a comunicou que estava em busca de uma oportunidade, então, eticamente falando, não posso confirmar nem negar que ele tenha se candidatado para essa suposta vaga.

Um sentimento de decepção me revolve por dentro. Estou prestes a começar a argumentar, insistir, mas nem mal abro a boca e Shefali me interrompe.

– O que *posso* dizer é que faz mais de oito meses que a ESP não abre vaga para cargos de alto escalão, e o último processo seletivo que houve desse tipo foi para preencher a vaga de vice-presidente de marketing. Em relação às vagas operacionais que abrimos no ano passado, um engenheiro de software não seria chamado para o processo, por ser considerado qualificado demais para a posição.

Dave arregala os olhos e olha para mim. Fecho os meus, sentindo a resposta me atingir feito um trem em alta velocidade.

– Então, você não o contratou.

Ela fica em silêncio.

– Conversou com ele recentemente sobre uma oportunidade de trabalho?

Shefali faz uma pausa de um, dois segundos no máximo e responde:

– Senhora Griffith, até quinze minutos atrás, nunca tinha ouvido falar do seu marido.

Dave e eu passamos o resto do caminho pensando no que Shefali quis dizer com aquelas palavras.

– Por que o Will mentiria? – indaga Dave, naquela que deve ser a quinta vez que ele pergunta isso. – Por que ele contaria ao Corban sobre uma oportunidade de trabalho para a qual nem se candidatou? Uma vaga que nem existia?

Ofereço a mesma resposta que dei a ele na última vez em que me fez a mesma pergunta.

– Vai ver que não foi o Will quem mentiu. Talvez quem esteja mentindo é o Corban.

– Isso não faz sentido. O que o Corban ganharia em mentir?

– Não sei – digo, e a resposta soa mais ríspida do que minha intenção porque faz quinze minutos que estamos batendo na mesma tecla. Não tenho resposta para as intermináveis perguntas de Dave. Não sei, não entendo e não posso cogitar o motivo que levou um ou outro a mentir.

Sou salva de mais uma rodada de perguntas quando o celular de Dave emite o sinal sonoro, indicando que chegamos ao nosso destino. Ele freia de repente, no meio da rua, e aponta pela janela.

A Hancock High School é um complexo enorme de tijolo e argamassa no Central District de Seattle, um bairro no centro da cidade no extremo confuso de uma região hoje nobre, mas que já foi habitada por classes com menor poder aquisitivo. Trata-se de um bairro cuja identidade é meio confusa – numa esquina, projetos de obras inacabadas, na outra, mansões reformadas de estilo vitoriano, em outra, ainda, lojas de conveniência protegidas por tapume. Paramos na rua de frente para a entrada principal, descemos do carro e subimos os degraus de cimento.

Como qualquer outra escola do país, a Hancock teve de reagir à onda de tiroteios e esfaqueamentos com procedimentos de segurança cada vez mais rigorosos, sobretudo numa vizinhança como essa. As portas do colégio ficam trancadas, há uma câmera nos filmando do alto e um segurança uniformizado lá dentro, nos encarando. Aceno, e ele destrava a porta para liberar a nossa entrada.

– Posso ajudá-los? – pergunta e se levanta para que possamos vê-lo com a arma.

Mostro a ele o crachá da Lake Forrest, estampado com o emblema do colégio e uma foto colorida minha bem acima do meu título de orientadora pedagógica. A Lake Forrest é uma escola relativamente pequena, tanto que não se exige que os funcionários utilizem o crachá em serviço, mas hoje me sinto grata por estar com ele aqui, dentro da bolsa.

– Sou Iris Griffith e faço parte da Lake Forrest Academy, em Atlanta, Geórgia. Estou pesquisando o histórico de um aluno que estudou aqui e gostaria de procurar na biblioteca de vocês. Presumo que é lá que vocês mantêm uma cópia dos anuários antigos, certo?

Como era de se esperar, o homem aponta para o outro lado do saguão, em direção ao balcão de informações.

– Vão precisar retirar um crachá de visitante antes. A biblioteca fica no corredor, à esquerda. Não tem como se perder.

Agradeço e, poucos segundos depois, lá estamos, Dave e eu, com a barriga grudada no balcão. Tem tanto livro e papel detrás dele que mal dá para ver a mulher sentada ali, e também é possível ver uma torre de caixas de papelão e a tela de um computador tão velho que deveria se transformar em peça de museu.

A mulher não se parece nem um pouco com uma bibliotecária. Cabelo bem cacheado num penteado rebelde, roupa toda de couro e a pele cheia de tatuagem, e ainda bem que essa escola não tem detector de metais porque, com todos esses piercings, ela com certeza não passaria por ele. No lóbulo da orelha, nariz, sobrancelhas, enfim, por todo lugar há fileiras de brincos, e, quando ela abre um sorriso, duas bolinhas de prata reluzem na gengiva do lábio superior.

– Vocês não são alunos – comenta, nos observando. – Deixa eu adivinhar. Jornalistas? Recrutadores de universidade? Ativistas do bairro?

Mostro meu crachá da Lake Forrest e começo meu discurso preparado, mas ela gesticula mostrando decepção e me corta antes mesmo de eu concluir a primeira frase.

– Ah, que pena! Eu estava torcendo para que fossem recrutadores. Sessenta e dois por cento dos nossos formandos já foram aceitos em universidade, e, se não conseguirmos aumentar esse número em dez por centro até a formatura, vou passar as férias de verão cortando grama por aí. Bom, como posso ajudar vocês?

– Estamos procurando uma cópia de um anuário antigo de vocês, de 1999, talvez 1997 ou 1998...

– Estão procurando informações sobre quem?

– Sobre o meu marido. – Engulo em seco uma dor intensa que sei que pode me desestabilizar. – Ele se chamava Will Griffith.

A mulher arqueia uma sobrancelha ao ouvir o verbo no passado com que me referi a Will, mas não faz perguntas. Ele levanta a parte de cima do balcão, passa pela fenda e faz sinal para que Dave e eu a acompanhemos pela direita, passando por um espaço de leitura aberto e iluminado até chegar a um espaço mais escuro, cheio de prateleiras abarrotadas de livros.

– Nem me apresentei. Me chamo Índia, prazer.

– Iris. E este é meu irmão, Dave. Obrigada pela ajuda, Índia.

– Não há de quê. – Ela aperta o passo, e o coturno ressoa no carpete velho e surrado. Sem interromper o passo, Índia continua conversando com a gente, vez ou outra olhando por cima do ombro. – A Hancock começou a funcionar nos anos 1920, mas o primeiro anuário só foi feito em 1937. Acho que levou um tempo para eles conseguirem organizar as informações. Naquela época, só tínhamos doze salas de aula e cento e poucos alunos, a maioria judeus, japoneses e italianos. – Índia aponta para uma parede cheia de fotografias com várias turmas de formandos, uma série de rostos morenos e bronzeados e, entre eles, um ou outro de pele clara.

Paro e começo a procurar pela foto da turma de 1999. A imagem está muito alta para que eu consiga identificar Will, mas os alunos seguem o mesmo padrão, há mais alunos morenos do que brancos.

Índia vira à direita de repente, entrando numa fileira de prateleiras cobertas de livros de capa dura cor de vinho, e, em muitos deles, as páginas estão presas por fita adesiva.

– Que ano é mesmo que está procurando?

– Formandos de 1999.

– Ah, é mesmo. Foi o ano em que conseguimos nosso primeiro National Merit Scholar, nosso time de futebol ganhou o campeonato estadual, e um cano estourou na quadra, bem no meio de uma partida de basquete. – Diante da nossa cara de surpresa, ela encolhe os ombros. – Eu sou a historiadora não oficial da escola. Acho que isso acaba sendo parte da profissão de bibliotecária. Enfim... – Com a unha pintada de preto ela percorre as lombadas até encontrar o que estamos procurando. Índia retira o volume da prateleira e me entrega. – Aqui está. Tem umas mesas ali no canto. Podem ficar o tempo que for preciso. Vou voltar para o meu posto.

Dave a agradece, e eu, com as mãos trêmulas, carrego o livro até uma mesa no final do corredor das prateleiras. A diagramação é típica dos anos 1990, as letras douradas e corpulentas e um molde arrojado cor de vinho. Os dois salgadinhos que comi começam a subir pela garganta. Num gesto brusco, entrego o livro para o meu irmão.

– Não consigo. Olhe você.

Sentamos, e eu observo o desenho na mesa feito a caneta enquanto Dave folheia o anuário. Ele para numa foto em que há uma porção de adolescentes vestidos de cor de vinho, com beca e capelo, cuja franja dourada resvala nas bochechas sorridentes.

Apenas Will, o único rosto branco na página, não está sorrindo.

– Desculpe, Iris. É ele. – Meu irmão vira o livro para eu poder ver. – William Matthew Griffith.

Sim, é o Will. Cabelo mais claro e o rosto mais magro, mas os olhos são tão familiares quanto os meus. Vê-lo assim – *aqui*, neste anuário de uma escola em Seattle – é como levar uma facada no peito.

Levo a mão ao estômago agitado e tento pensar no que eu sei.

– É. Está claro que a história de ter crescido em Memphis era mentira.

– Não podemos ter certeza disso. Vai ver que ele mudou de escola e cursou o último ano aqui – pontua Dave, bancando o advogado do diabo. – Aguente aí, me deixe ver o anuário dos anos anteriores. – Ele dá um pulo da cadeira e se enfia no meio das prateleiras de livros.

Mas Will está lá também, nas fotografias dos três anuários anteriores, fazendo uma careta para a câmera, coisa que nunca vi, mesmo quando estávamos em Cancun e nosso voo de volta foi adiado cinco vezes em doze horas.

Dave apoia a mão no encosto da minha cadeira e inclina o corpo à frente para espiar as fotos.

– Por que ele está com essa cara de bravo?

– Porque o pai dele tinha morrido e a mãe estava doente. Ela morreu no verão, antes de Will começar o terceiro ano. Além de dar conta da escola e de cuidar da mãe, ele estava trabalhando em dois lugares diferentes, respondendo pela casa e pagando todas as contas. – Enquanto conto a Dave, uma pergunta paira na minha cabeça: E se toda essa história for mentira também? – Pelo menos foi isso que ele sempre me contou.

Dave se ajeita na cadeira, pega o anuário de 1999, período em que Will cursou o último ano do ensino médio, e dá um tapinha no espaço em branco sob a foto do meu marido quando era mais jovem.

– Por que tem uma citação favorita embaixo da foto de todos os alunos e uma lista de atividades extracurriculares, mas na foto do Will não tem nada? Ele não era campeão de luta livre? – Dave vai até a página dedicada aos alunos praticantes desse esporte e não há nenhum sinal de Will.

Nunca passou pela minha cabeça perguntar para ele, mas agora, refletindo sobre o assunto, como sobraria tempo para Will participar de luta livre? Pressiono ainda mais o estômago, agora com os dois braços, e engulo a sensação iminente de náusea. Quem é o homem com quem me casei?

Dave recosta na cadeira e passa a mão pelo cabelo.

– Tá legal, vamos pensar um pouco. Não se passaram tantos anos assim. Aposto que pelo menos um professor daquela época ainda trabalhe por aqui. Talvez algum se lembre do Will.

– Índia deve conhecer alguém pra quem a gente pode perguntar. – Pego a bolsa e levanto.

Dave reúne os anuários.

– Fale com ela. Vou colocar isso aqui de volta no lugar.

Encontro Índia atrás do balcão de informações, separando em um carrinho livros devolvidos. Ao ouvir os meus passos, ela ergue a cabeça.

– Encontrou o que queria?

– Mais ou menos. Queria saber se tem algum professor no colégio que já trabalhava aqui em 1999.

– Ah, sim, um monte. Quer saber se algum deles se lembra do seu marido?

Faço que sim.

– Bom – diz, apoiando o corpo no carrinho para pensar um pouco. Segundos depois, Índia se anima e conta: – Tenho certeza de que o treinador de beisebol se formou aqui em Hancock, em 1999. Não sei se ele conheceu o seu marido, mas acho que pode ser um ótimo começo. – Ela olha para o relógio de pulso, tamborila o dedo duas vezes no rosto. – O treino começa daqui a uma hora, o que significa que provavelmente vai encontrá-lo na quadra.

CAPÍTULO 13

Dave e eu avistamos um homem com as características do treinador Miller em um corredor escuro atrás da quadra da Hancock High, carregando uma cesta de metal cheia de bolas de beisebol. Um pouco acima da cabeça dele, uma lâmpada zune.

– Oi, o senhor é o treinador Miller? – pergunto me aproximando o suficiente para sentir o perfume dele. O cara deve ter tomado banho com isso, o fedor chega a queimar as narinas e a garganta e se mistura ao odor de Gelol e chulé.

O homem olha para mim, mas mal dá pra ver os olhos dele escondidos debaixo do boné estampado com o símbolo da Hancock High.

– Ele mesmo.

Bem que Índia disse que ele fazia o tipo jogador de futebol americano. Robusto, um metro e oitenta e dois mais ou menos e grandalhão, o treinador Miller usa roupas largas e casuais, calça jeans e camiseta polo de manga comprida. Ele se enfia no quartinho de novo e reaparece dois segundos depois segurando mais uma cesta, desta vez, cheia de luvas.

– A bibliotecária disse que você se formou aqui em 1999.

– Sim, isso mesmo. – Ele tranca a porta e enfia a chave no bolso de trás da calça. – Quem quer saber?

– Me chamo Iris, e este é meu irmão, Dave. Gostaríamos de perguntar se conheceu uma pessoa, um ex-colega de classe, Will Griffith.

– Não. Não o conheço. – Ele agacha para pegar mais uma cesta.

Tiro o celular do bolso, o desbloqueio e mostro a ele a minha foto com Will.

– É este aqui. William Matthew Griffith. Não o reconhece?

Com um suspiro profundo, o treinador olha para a tela, coloca a cesta no chão e depois volta a olhar para o celular.

– Este aqui? É o Billy Griffith.

Meu coração começa a bater mais forte.

– Lembra dele?

– Todo mundo que estudou na Hancock naquela época se lembra dele. – O homem inclina a cabeça para o lado e me olha com ar de desconfiança. – Quem é você mesmo?

– Iris Griffith. Esposa dele.

De repente, Miller, surpreso, bafeja de maneira tão rápida e intensa que uma mecha do lado esquerdo do meu cabelo chega a esvoaçar.

– Sem chance.

– Não entendi?

– É quê... – Devagar, ele me olha da cabeça aos pés, mantendo os olhos fixos por mais tempo nas partes mais curvilíneas do meu corpo, o que me deixa constrangida e torna difícil ficar parada, de pé. Depois, ele sorri, e eu fico sem entender nada. Apesar do olhar aparentemente contemplativo, a risadinha não soa nada agradável. – Você não parece nem um pouco o tipo dele.

Talvez ele tenha razão, mas se tem um tipo que conheço bem, é o desse cara. Ele é aquele que todos os garotos queriam ser e que toda garota queria namorar. O tipo que passava pelo corredor com uma bola e uma mochila vazia, quase tanto quanto a cabeça, que só conseguia pensar no jogo da semana seguinte. É o tipo que aconselho meus alunos da Lake Forrest a não se tornar.

Viro a chave para o tom neutro.

– Como assim?

– Tem uma arma na bolsa ou no bolso de trás da calça? Escuta vozes pedindo pra você, sei lá, provocar incêndios ou furar pneus por aí?

De repente, um sentimento de indignação começa a ferver nas minhas veias, mas me contenho e me mantenho inexpressiva.

– Claro que não.

– Viu só? Não faz o tipo dele. – Miller agacha de novo e pega do chão a cesta com bolas de beisebol. – Agora, se me dão licença, preciso me preparar para o treino. – E, sem esperar por uma resposta, ele se vira e sai andando pelo corredor.

Confusa, olho para Dave, que encolhe os ombros. Juntos, vamos atrás do treinador.

– Treinador Miller, espere. – O homem não espera, nem diminui o passo. Cada passo meu equivale a dois passos das pernas longas dele e preciso trotar para conseguir alcançá-lo. – Por favor, só preciso de dez minutos do seu tempo. Não sei se ouviu falar, mas meu marido era um dos passageiros do avião que caiu, e eu...

– Olha, senhora – afirma, girando o corpo de um modo tão rápido que quase trombo nele –, sou a última pessoa para quem deve perguntar sobre Billy Griffith. Não gosto de falar mal de quem já morreu, o que significa que não vou dizer nada. Tire suas próprias conclusões.

– Não estou pedindo para colocar panos quentes em nada. Só estou em busca da verdade.

O homem balança a cabeça de um lado para o outro devagar, como quem não está gostando da conversa e não vai dar o braço a torcer.

– Nós dois não éramos amigos. Não éramos da mesma turminha e não nos dávamos bem. Não sei mais o que a senhora precisa saber.

– Me diga como ele era. Há quanto tempo o conhecia, quem eram os amigos dele e onde ele morava. Me conte tudo o que puder sobre ele, porquê... – Ainda mexendo a cabeça, fazendo que não, o treinador dá um passo para trás, depois mais um, como que batendo em retirada e sinto que vou perdê-lo. Respiro fundo e crio coragem para não desistir, para contar a esse estranho o que realmente quero saber. – Porque meu marido mentiu, entendeu? Mentiu em relação a um monte de coisas. Me disse que estava indo para Orlando, não para Seattle, quando aquele avião caiu. Eu não fazia a menor ideia de que ele tinha morado aqui nessa cidade. Até então, achava que ele era de Memphis.

Como é o sotaque de quem mora em Memphis? A pergunta atravessa meu pensamento de um modo repentino e inesperado. Will não tinha muito sotaque do sul, ainda mais se comparado ao meu, mas é fato que eu nunca o vi usando nenhuma gíria típica dos sulistas. Talvez ele não tivesse nenhum traço do sotaque da região de Memphis? Não faço a menor ideia.

O treinador Miller para de se afastar e as sobrancelhas desaparecem sob a aba do boné.

– O Billy disse pra você que cresceu em Memphis?

– Sim.

O homem reclina para trás e me olha com os olhos tão semicerrados que a pele do nariz chega a enrugar.

– É, *isso* é o que se espera de uma pessoa como ele mesmo. – Dando-se por vencido, ele arqueja, empurra a cesta com as bolas de beisebol no peito de Dave, abaixa para pegar a outra com luvas e gesticula para que Dave e eu o acompanhemos. – O treino vai começar daqui meia hora, então, vocês têm que me acompanhar. – Miller nos conduz por um labirinto de corredores atrás da quadra, falando enquanto caminha. – Como eu já disse, me lembro de Billy Griffith, mas não porque ele era um cara legal. Era o tipo que, quando passava pelo corredor, todo mundo de repente arranjava alguma coisa importante para procurar no armário. Está entendendo o que quero dizer? Qualquer um que o encarasse ele pegava pra cristo e ninguém queria virar alvo de Billy Griffith. Nem mesmo os professores.

– Por quê? – pergunta Dave. – E se ele te pegasse para cristo, o que acontecia?

– Às vezes, um empurrão, às vezes um corte no lábio, outras vezes nada, até voltar a acontecer. Era isso que mais assustava nele, a imprevisibilidade de comportamento. A única coisa que todo mundo sabia é que mais cedo ou mais tarde se tornaria alvo dele. O Billy era perverso, revoltado, e os pais dele viviam brigando, se matando entre eles, ocupados demais para conseguir prestar atenção no filho.

Os pais dele. Billy me disse que o pai havia morrido quando ele tinha apenas 7 anos. E me contou que a mãe o criara sozinha.

– Em que época aconteceu tudo isso? – pergunto quando entramos numa área cheia de escritórios com janelas. – Há quanto tempo conhecia o Will... Billy?

O treinador reflete por um momento.

– Bom, eu me mudei para Rainier Vista no verão, antes de entrar para o segundo ano, então... Sete anos mais ou menos?

Ao ouvir a resposta de Miller, sinto um nó na garganta porque é nesse momento que a verdade vem à tona. Memphis era mentira. Não uma mentirinha qualquer. Sem importância. Uma meia-verdade. Não. Uma declaração falsa, criada intencionalmente para enganar. Will nunca morou em Memphis. E me pergunto se alguma vez na vida ele botou o pé lá. Não é de se estranhar que a gente tenha passado o primeiro aniversário de casamento em Nashville.

Um sentimento de fúria serpenteia minha barriga, me revolvendo por um segundo ou dois antes de trazer à tona a memória do silêncio de Will naquele dia da suposta viagem surpresa a Memphis. Penso no pânico que ele deve ter sentido ao ver que eu, sem querer, vasculhara a mentira dele e o quanto ele teve de rebolar para encontrar uma desculpa até chegar a essa tal história de que as lembranças de Memphis eram "dolorosas demais para ser recordadas". Engoli a desculpa sem titubear e dei meia-volta com o carro sem pensar por nem um segundo. Agora, caminhando aqui nesse corredor sombrio e fedido da escola em que Will estudou, me sinto uma imbecil.

Paramos em frente à porta de um escritório, e o treinador Miller a empurra com a mão gigante que mais parece uma pata. Ele nos conduz com certa pressa pela sala pequena e abarrotada de coisas, cheia de papéis, mapas e caixas com equipamentos esportivos apinhadas nas colunas estreitas ao longo da parede, depois pega a cesta das mãos de Dave, a coloca no chão perto da porta e nos convida para sentar em duas cadeiras caindo aos pedaços, diante da mesa dele. Eu me jogo numa delas e tento fazer o ar atravessar essa bola de fogo que queima no peito e chegar até os pulmões.

O treinador se senta, crava os pés no carpete, se ajeita entre a cadeira e a mesa, fazendo as rodinhas do assento ranger no chão feito o movimento de unhas numa lousa. Ao olhar para mim, parece assustado.

– Está se sentindo bem?

Como que por um milagre, minha a voz consegue atravessar a garganta, apesar de sair um tanto esganiçada.

– Estou bem. Por favor, continue.

– Tudo bem – diz, mas parece não muito convencido, depois, tira o boné, esfrega a mão no cabelo cacheado e retoma a conversa. – Como eu estava dizendo, Billy não recebia educação em casa, o que significa que ele fazia o que bem quisesse e nunca respondia pelos próprios atos, tanto na escola quanto fora dela. Ele se metia em brigas, roubava, passava droga nos corredores e nas esquinas por aí. Furtou coisas de um monte de salas, nem sei como conseguiu se formar aqui. Acho que só saiu formado porque provavelmente os professores não o aguentavam mais na escola.

A cada revelação do treinador Miller é como se uma bomba fosse arremessada na minha cabeça, uma por uma, me deixando zonza e sem fôlego.

– O Will me contou que o pai dele havia morrido quando ele era criança. Contou que não conseguia se lembrar dele porque era muito pequeno – digo.

– Deve ser o que ele gostaria que tivesse acontecido. O senhor Griffith era um velho perverso e alcoólatra. Foi a mãe do Billy quem morreu. Pelo que me lembro, foi quando estávamos no penúltimo ano.

Tento me lembrar da primeira vez que Will me contou sobre a morte dela, foi a única vez em que o vi chorar. Melanoma maligno, segundo ele, descoberto apenas quando a doença já havia se espalhado para o cérebro, fígado e pulmões. Uma morte terrível e dolorosa.

– Foi câncer?

Assim que faço a pergunta, me dou conta do absurdo que estou cometendo e penso em tentar consertar a gafe, perguntar de um modo menos ingênuo, menos esposa-tola-que-está-investigando-a-vida-do--marido, e mais assertivo. É óbvio que Will não teria inventado uma história com um apelo emocional tão forte assim. Ninguém consegue fingir ser tão bom ator assim.

Mas, para a minha surpresa, Miller cai na risada.

– Não acredito que ela tivesse câncer. A mãe de Billy morreu num incêndio.

– Ah, meu Deus – exclama Dave. – Coitada. Coitado do Will.

O treinador recosta na cadeira, que balança um pouco com o peso do corpo dele até se estabilizar.

– Coitado do Billy, né? Deixa eu te dizer uma coisa. Cada criança aqui da vizinhança vinha enfrentando algum problema em casa... Pai ou mãe viciado, pai ou mãe preso, pais separados, pais que não pagavam pensão etc., mas todos procurávamos um modo de lidar com o problema. Billy nem sequer tentou. Simplesmente se transformou num garoto perverso e irritadiço.

Dave e eu trocamos olhares e caretas, e sei bem que meu irmão está pensando o mesmo que eu. Como um adolescente que traficava pode ter se tornado um homem graduado e um marido tão amável?

Pigarreio para tentar afastar o bolo de emoções que ameaça atravessar o peito e saltar pela boca. Tristeza pela infância solitária de Will e pela morte trágica da mãe. Raiva pelos pais que só conseguiam enxergar o próprio umbigo e negligenciaram o amor pelo próprio filho. Indignação por qualquer que tenha sido a força maior que transformou Will nesse ser. Fúria. Mas ainda não sei bem por quê.

– E o que aconteceu com o pai dele? – indago e nem sei dizer como as palavras conseguiram se materializar.

– Ouvi dizer que ele está doente, alguma doença que o deixa acamado, precisando de cuidados o tempo todo, só quê... – O treinador ergue as mãos e no momento seguinte volta a apoiá-las na mesa, com um baque. – Era a minha mãe quem costumava me atualizar sobre as fofocas da vizinhança, mas ela morreu faz alguns anos.

Dave e eu ficamos em silêncio. Quando crianças, nossa mãe sempre dizia que para todo argumento há três lados; o nosso, o do outro e um terceiro entre eles, a verdade. Acho que foi isso que Dave quis me dizer hoje, quando me perguntou se eu tinha mesmo certeza de que queria seguir em frente e encarar o passado de Will. Sem ele aqui para se defender das declarações do treinador Miller, não consigo precisar onde a verdade está.

Mas isso não significa que vou engolir essa história toda. É evidente que Miller está guardando rancor, agarrando-o com ambas as mãos enormes, e por causa de coisas que aconteceram há quase duas décadas.

Ele capta nossa expressão de dúvida e descrença e se afasta da mesa.

– Bom, acreditem em mim ou não, não vai mudar o fato de que Billy Griffith era um garoto maldoso que poderia a qualquer momento chegar por trás de você, enfiar uma faca nas suas costas e desaparecer antes mesmo de o sangue começar a escorrer. Pergunte por aí. Tenho certeza de que não vai encontrar ninguém que diga o contrário sobre ele. Agora, se me dão licença, preciso ir para o treino antes que aquelas crianças acabem com o campo de beisebol. – E, com isso, Miller se levanta, passa por nós e, na pressa de chegar até a porta, esquece as cestas com bolas, luvas etc. No meio do corredor, ele para, e a mão gigantesca agarra o batente da porta. – Vocês acreditam em carma? Porque foi a primeira coisa em que pensei quando soube o que tinha acontecido com o Billy.

Dave e eu voltamos para o caminho de onde viemos, percorrendo os corredores da Hancock High, os dois tentando entender a história contado pelo treinador Miller. Eu quis molhar a pontinha do dedão nas águas da vida do meu marido. Mas o que aconteceu foi um mergulho de corpo inteiro nas águas congelantes do Ártico, que me deixou traumatizada e entorpecida.

– Acreditou nele? – pergunto a Dave quando viramos num corredor em que há uma porção de armários encardidos e amassados debaixo de uma faixa enorme. *Vai que é sua Wildcats! Arrebenta!*

Dave ergue um dos ombros e abre um sorriso amarelo que já conheço tão bem. Apesar de não ser sua vontade, ele acreditou em pelo menos algumas partes do que ouviu.

– Podemos tentar investigar numa delegacia próxima. Se Will traficou mesmo, provavelmente ele se meteu em alguma encrenca. A polícia deve ter registro disso.

– Provavelmente. – Suspiro fundo, e meus ombros despencam. – Presumi que o Will não queria falar sobre a morte da mãe. *Presumi*. Mas e essa história de que ela tinha morrido de câncer? Quando ele me contou, Dave, eu chorei, chorei muito. Me emocionei mesmo. Will contou em detalhes, conhecia todo o jargão médico, coisa de quem vivenciou a experiência, sabe? Conhecia todos os sintomas e os detalhes de como o câncer evoluiu. Ninguém consegue fazer isso de uma hora para a outra. Ele deve ter passado semanas pesquisando sobre melanoma na internet. Entende o que quero dizer? Contar uma mentira como essa requer um preparo, não se faz da noite para o dia.

Ao chegar às escadas, Dave empurra a porta e a mantém aberta para eu passar.

– Imagino que sim.

– E, sim, o pai dele não era lá flor que se cheirasse e é compreensível que Will não quisesse tocar no assunto, mas por que não contar que os pais eram separados? Por que mentir e dizer que não conhecia o pai?

– A psicóloga aqui é você. O que faria uma pessoa mentir sobre os primeiros dezoito anos de vida?

– Ou mais. Dos últimos dias pra cá, estou duvidando de tudo que sei sobre a vida que Will tinha antes de eu conhecê-lo. Não estou dizendo que acredito em tudo o que o treinador disse, mas o cara descreveu um garoto muito perturbado, e, mesmo que apenas uma parte dessa história seja verdadeira, ninguém se recupera de traumas assim, se for mesmo esse o caso, sem passar por um processo sério de terapia. E é por isso que não posso contar apenas com uma testemunha ocular. Preciso conversar com antigos vizinhos, encontrar outros professores e colegas de classe. Miller não deve ser o único que se lembra de Will.

Sem dizer uma palavra, Dave assente, concordando. Saímos do outro lado da escadaria, na frente do prédio. Do seu posto, na entrada, o segurança nos avista, empina a cabeça e pergunta:

– Encontraram o que estavam procurando?

– Sim – responde Dave, ao mesmo tempo em que corro para dentro do prédio, em direção à biblioteca.

– Vamos dar mais uma olhada no anuário. Ou melhor, vamos tirar umas cópias dele.

– Não precisa.

– O quê? Por quê?

Meu irmão me olha como se quisesse me dizer "cala a boca" e se aproxima de mim, cerrando os dentes.

– No carro eu te conto.

O segurança grunhe como se não estivesse nem aí para nós dois.

– Assinem o livro antes de ir embora.

Dave assina por nós dois, e logo em seguida caminhamos em direção à porta de entrada debaixo de um frio de bater os dentes. Em algum momento enquanto estávamos ali dentro, o céu nublou, e a temperatura deve ter caído uns dez graus.

Tremendo sem parar, ajeito o meu casaco cobrindo o pescoço com ele, mas Dave abre o zíper do seu, solta uma risadinha travessa e tira das costas o anuário de 1999.

Arregalo os olhos.

– Você *roubou*?

Dave faz um biquinho.

– Prefiro dizer que peguei emprestado.

– A Índia não vai pensar o mesmo. E, assim que ela perceber que o anuário não está lá, vai se ligar quem o roubou. Tanto seu nome quanto o meu estão registrados no cadastro de visitantes, Dave.

– Relaxa. Quando a gente pega uma coisa emprestada, deve devolver, e é exatamente o que eu vou fazer assim que tirar uma cópia pra gente. Vamos colocar o livro de volta no lugar antes mesmo que a Índia dê por falta dele.

– Como pode ter certeza disso? E se ela perceber? E se ela me procurar na Lake Forrest?

Dave revira os olhos.

– Gente, como você consegue viver desse jeito certinho o tempo todo?

Amo meu irmão, mas tem uma coisa em que somos muito diferentes. Vivo num mundo em que as regras foram feitas para ser seguidas, já para Dave as regras são na maior parte do tempo uma chatice. Especialmente aquelas que o desagradam. Meu irmão é o tipo que apoia o pé na cadeira, corta caminho pelo estacionamento, entra no cinema com o lanche que trouxe de casa ou que comprou em qualquer outro lugar, e nunca é pego. É tudo uma questão de atitude, alega ele, e confesso que Dave não está errado. Meu irmão carrega consigo uma ousadia que envolve as pessoas, as faz esquecer que ele acabou de pisar no pé de alguém só para poder furar a fila.

No topo da escada, as portas do colégio se abrem, e uma avalanche de adolescentes começa a aparecer. Eles descem os degraus e começam a se dispersar, se embrenhando entre nós com toda a pressa e a energia represadas depois de mais de oito horas trancados numa sala de aula.

– Venha, antes que eles nos atropelem.

Estamos a mais ou menos um quarteirão de distância, entrando no carro, quando meu celular toca e não reconheço o número. Atendo.

– Alô?

Uma voz feminina, aguda e vigorosa, me cumprimenta.

– Iris Griffith?

– Sim.

– Meu nome é Leslie Thomas. Sou do Centro de Assistência Familiar...

– O que aconteceu com a Margaret Ann?

– Ann Margaret – sussurra Dave, que liga o carro, mas não dá a partida.

Do outro lado da linha, a atendente não dorme no ponto.

– Margaret Ann não está disponível no momento, mas eu gostaria de saber se posso fazer algumas perguntas para a senhora.

Por um momento, me distraio. Seria Ann Margaret ou Margaret Ann? Seja lá como for, essa mulher me pegou desprevenida.

– Er, eu... Me desculpe, não posso falar agora.

– Não vai levar mais que um ou dois minutos. Sabemos que algumas famílias dos passageiros se uniram e estão preparando, injustamente, um processo contra a Liberty Airlines. A senhora é uma delas?

Tanto a pergunta quanto o tom da atendente, este último impositivo e quase ensandecido, acendem todos os tipos de alerta na minha cabeça. Por que alguém do Centro de Assistência Familiar, uma organização sob o guarda-chuva da Liberty Airlines, me perguntaria uma coisa dessas? Faço uma careta e olho para Dave, cujos olhos estão esbugalhados.

– *Quê?* – ele balbucia.

– Eu... eu não sei – respondo ao telefone.

– A senhora não sabe se é uma das famílias que estão processando a Liberty Airlines?

– Não, não sei nada sobre o processo. Como é mesmo o seu nome?

– Leslie Thomas. Hoje de manhã o *Miami Herald* noticiou que o piloto havia participado de uma despedida de solteiro que durou três dias, em South Beach, e que dormiu apenas uma hora na véspera do acidente. Se for verdade, a senhora e as demais famílias vão processar a Liberty por homicídio culposo?

Alguma coisa gelada, que não sei bem o que é, invade meu peito e irradia pelos braços, provocando um arrepio que não é de frio. O piloto quase não tinha dormido e provavelmente estava de ressaca? Sinto ficar pálida. Aperto a mão contra o estômago.

Dave faz uma careta.

– O que foi?

Espere um pouco. Por que uma atendente do Centro de Assistência Familiar está me contando isso? Não são os incumbidos de proteger os interesses da Liberty Airlines?

– Como é seu nome mesmo?

– Leslie Thomas.

– E você trabalha no Centro de Assistência Familiar da Liberty Airlines?

– Isso mesmo.

– Então, por que está me interrogando feito uma jornalista? – Silêncio. A mulher do outro lado da linha se esforça para manter o álibi, mas é tarde demais. Já saquei tudo. – Porque você é jornalista – acrescento, deixando clara a minha irritação. – O que quer dizer que também é uma mentirosa.

Finalizo a ligação e começo a contar para Dave de que se tratava, mas, no mesmo instante, meu celular toca de novo, e a ligação é do mesmo número.

– Sabe como faço para bloquear esse número?

Dave pega o celular da minha mão. Enquanto ele mexe nas configurações de chamada, chega uma nova mensagem. Apoio os braços no console do carro e faço uma careta de espanto ao ler o texto.

Vá para casa, Iris.

– Quem mandou? – pergunto.

Dave tenta verificar o número, mas a mensagem foi enviada de modo privado. Com os polegares, ele digita uma resposta rápida.

Quem é você?

Dave clica em "enviar", e nós ficamos olhando para o celular, aguardando a resposta, deslizando o dedo pela tela toda vez que ela escurece.

– Por que alguém mandaria uma mensagem mandando você ir pra casa? – inquire Dave.

– Não faço a menor ideia.

– Quem sabe que estamos aqui em Seattle?

– Nossos pais e o James só. Não falo com nenhuma das minhas amigas desde o dia da cerimônia e não contei para o Ted nem para ninguém na escola que eu ia viajar, só disse que precisaria de uma ou duas semanas de licença.

Dave reflete.

– Bom, mas se tivesse sido alguém de Atlanta, não teria dito *volte* pra casa, em vez de *vá* pra casa?

Sem abrir a boca, faço que sim e mais uma mensagem de texto chega.

Alguém que sabe o que você está procurando. Mas o que você quer não está em Seattle.

CAPÍTULO 14

Na outra margem do lago em Bellevue, Dave e eu paramos numa assistência técnica de informática na esperança de encontrar ajuda para descobrir o número de quem enviou a mensagem de texto.

Depois da segunda mensagem de texto que recebi, *de alguém dizendo que sabe o que estou procurando, mas que o que quero não está em Seattle*, o assunto virou prioridade máxima. Tanto meu irmão quanto eu percebemos o tom irônico da mensagem. Se Will estivesse aqui, ele descobriria o número em trinta segundos.

O garoto detrás do balcão da loja parece ter mais ou menos 20 anos e é o tipo de cara que Will sempre dizia manchar a reputação dos nerds. Cabelo oleoso. Rosto cheio de espinhas, sobrancelhas de taturana e queixo projetado para a frente. Detrás dos óculos fundo de garrafa, seus olhos parecem dois ovos estatelados.

– Está me pedindo para rastrear um número? – pergunta o geek, negando com a cabeça. – Não posso fazer isso.

– Não pode – resmunga Dave com um sorriso charmoso –, ou não vai?

– Tanto faz. Só tenho autorização para consertar e instalar.

Meu irmão saca cem dólares em notas de vinte da carteira e as espalha em leque em cima do balcão.

– Tem certeza?

Não, o garoto não tem certeza. Ele olha para as notas, depois para nós dois, para as notas, para nós dois, para as notas... Ficou tentado, óbvio. Com cem dólares, dá para comprar muitos gigabytes. O atendente olha para a esquerda, direita, avista um colega finalizando uma compra no caixa, outro debruçado sobre um MacBook no fundo da loja. Como nenhum dos dois olha para ele, o rapaz rapidamente pega as notas e o meu celular de cima do balcão e enfia as duas coisas no bolso.

– Já volto – diz antes de desaparecer pela porta em que se lê "Entrada permitida somente para funcionários".

Depois que o garoto sai, vou até um terminal de computador que há na loja e abro o navegador.

– Como é mesmo o nome do bairro em que o treinador Miller disse que morou? Rainier alguma coisa.

– View? Não, não era isso. – Dave faz uma pausa por um segundo ou dois e estala os dedos. – Vista! Rainier Vista!

– É isso mesmo. – Pesquiso na internet o nome da vizinhança e anoto num caderno que carrego na bolsa o nome de algumas ruas, depois pesquiso e anoto também o correios e a delegacia mais próximos.

– Aproveite que está aí e procure um restaurante decente para a gente. Meu estômago está vazio desde que saímos de Atlanta, estou morrendo de fome.

Para o meu irmão, decente é sinônimo de pratos requintados e um ótimo vinho para acompanhar, o que quer dizer que o jantar vai durar uma eternidade. Faço que não.

– Podemos parar no primeiro drive-thru que tiver pelo caminho, mas quero continuar nossa procura.

Dave faz bico e enruga o nariz.

– Sério mesmo que está me sugerindo pedir comida por uma janela e comer num saco de papel?

– Sim, porque ainda quero ir ao bairro em que Will morou e falar com alguém na delegacia antes de anoitecer e não dá pra fazer isso se você for experimentar todos os pratos do cardápio, o que sei muito bem que é o que vai fazer.

– Não, falando sério, Iris, preciso comer alguma coisa. A falta de açúcar no sangue está me deixando tonto.

– Dá pra parar de fazer drama? Já disse que a gente pode...

– Hmm, senhor? – Olhamos para o lado e lá está o rapaz, com o meu iPhone na mão. – A mensagem de texto foi enviada por um aplicativo de mensagens.

– Legal – exclamamos meu irmão e eu em uníssono e exatamente no mesmo tom, que não quer dizer "ótimo, obrigado", mas, sim, "que bom, agora descubra quem enviou".

Mas o rapaz desengonçado fica com a primeira impressão, deixa meu celular em cima do balcão e sai.

– Ei, espere! E o número? Qual é? – questiono.

– O aplicativo criptografa e depois destrói a mensagem, bem como as informações do remetente – responde, empurrando os óculos, ajeitando-os no nariz com a junta do dedo. – É tipo um Snapchat para mensagem de texto, só que você não precisa se identificar para começar uma conversa.

– E isso significa quê...

– Significa que é impossível rastrear o número. Me desculpe. – E, com isso, ele vai para o balcão atender uma senhora abraçada com um laptop.

Decepção. De nada adiantou o esforço.

– E agora? – pergunto a Dave.

Ele suspira e olha para o atendente desengonçado.

– Agora? Você está me devendo cem dólares.

Acerto a minha dívida com Dave oferecendo o resto do pacote de salgadinhos que ele me deu no avião e uma reserva para as oito e meia no Atmosphere, que, de acordo com o Zagat, é um dos melhores restaurantes franceses de Seattle com vista para o estuário de Puget. Quase sem reclamar, ele dirige o carro que alugamos em direção a Rainier Vista.

– Tem certeza que é aqui? – pergunta, diminuindo a velocidade na metade da rua. – Pela descrição do treinador, eu esperava algo mais pobrinho.

Comparo a placa da rua com o endereço anotado no meu caderno.

– É aqui mesmo, mas você tem razão. A rua é mais elitizada do que imaginei.

Rainier Vista não é de altíssimo padrão como Beverly Hills, mas também não é um bairro de classe baixa. À direita da rua, há residências coloridas com varandas enormes e, à esquerda, casas com terraço e um parque do tamanho de um quarteirão, vazio, não fosse por uma quadra de basquete e uma extensa fileiras de árvores. O pôr do sol resplandece por trás dos troncos, e os galhos secos de tão altos quase chegam a resvalar o céu cinzento. Pelo que dizem, daqui já dá para ver o monte

Rainier, mas se é mesmo verdade, ele deve estar escondido detrás de uma camada espessa dessas nuvens alaranjadas.

Dave vai encostando o carro e aperta o botão para abrir a janela do meu lado do carro.

– Oi, por favor? – chama, se apoiando em cima de mim para falar com um casal de jovens na calçada. Dois adolescentes na verdade, que devem estar cursando o ensino médio ainda, ambos com o rosto quase todo coberto com um capuz grosso. O garoto abraça a moça de um jeito que me parece mais possessivo do que protetor. – Vocês moram por aqui?

Os dois continuam andando e nem viram a cabeça para falar conosco. A garota até faz que vai me olhar, mas o suposto namorado a puxa de volta.

Dave avança com o carro e, com uma dose extra de simpatia no sorriso, continua:

– Somos novos aqui, poderiam nos ajudar a... – O casal dá uma guinada para a direita e desvia do carro, entrando numa trilha que leva até o parque. – É, acho que não podem.

– Vizinhança simpática, não?

Dave solta uma risada irônica, depois olha ao redor, observando as casas. Ele aponta para o meu lado da janela, em direção a um quarteirão de prédios que parecem ser residenciais.

– Está vendo aqueles prédios simples, que parecem ter sido construídos com material de segunda linha? Quer apostar quanto que é um conjunto habitacional? E que esse bairro aqui era todo assim, cheio de conjuntos habitacionais antes dessas casas enormes?

– E o que isso quer dizer?

– Se eu estiver certo, isso quer dizer que a prefeitura deve ter fornecido recursos para os moradores antigos, seja para mudarem para outra vizinhança ou para garantir uma moradia num lugar com baixo custo de vida. Temos grandes chances de encontrar alguém que já morava por aqui antes da reurbanização.

– Tá legal, sabichão. Então, por onde começamos?

– A julgar pela simpatia daqueles dois adolescentes, acho que aqueles apartamentos são a melhor saída, já que, ao que parece, os moradores aqui não costumam receber bem estranhos que aparecem do nada fazendo perguntas. É melhor começarmos por algum tipo de centro comunitário, algo assim. Se a gente fizer amizade com o pessoal, provavelmente eles vão contar quem morava aqui antes que esses caras mais cheios da grana se mudassem para cá. Podemos concentrar nossas perguntas neles.

Dave continua dirigindo, devagar, dando voltas pela vizinhança. Passamos por lugares que seguem praticamente o mesmo padrão, casas de todos os tamanhos localizadas entre parques e playgrounds, um ou outro arranha-céu entre elas. Meu irmão aponta ao avistar o sistema de veículo leve sobre trilhos.

– Transporte público, rampas, espaço aberto, arte urbana. Definitivamente, é um bairro de renda mista.

– E onde pode estar o centro comunitário?

– Se meu palpite estiver certo, deve ser pelo centro.

Circulamos com o carro mais um pouco. No mapa do celular, Dave mostra o quanto já percorremos e continua dirigindo para cima e para baixo pelas ruas, até que, de repente, vira à esquerda e para de frente para um prédio envidraçado e moderno instalado numa rua de mão única. Na placa de acrílico pregada acima das portas duplas, está escrito "Centro Comunitário".

– Bingo.

Dave encontra um canto para estacionar na rua, descemos do carro e, lutando contra a força da ventania, subimos as escadas. Um quadro envidraçado de avisos, à esquerda da porta, divulga um seminário de planejamento financeiro, uma oficina de reciclagem para recolocação profissional e um programa de alfabetização estampado com o logo da organização filantrópica United Way.

– Acertei em cheio – diz Dave enquanto entramos. – Serviço social. Não falei que aqui era um conjunto habitacional?

Faço uma careta, desdenhando dele.

– Que corretor de imóveis mais metido, você, hein?

Sorrindo, Dave abre a porta e a mantém aberta para eu passar.

O lugar é espaçoso e iluminado, dois andares cheios de janelas, luz natural e telas de LCD. Bem no centro, há duas mulheres sentadas atrás do balcão da recepção, conversando com um senhor negro que está de pé, do outro lado. As mulheres são jovens, devem ter vinte e poucos anos, parecem simpáticas, são sorridentes e transmitem otimismo filantrópico.

– Bem-vindos ao Centro Comunitário – cumprimenta uma delas com o sotaque anasalado típico do centro-oeste. – Precisam de alguma informação?

Com o meu melhor sorriso, me aproximo e debruço sobre o balcão.

– Olá, obrigada. Estou procurando informações sobre um antigo morador da região, talvez vocês possam nos ajudar a encontrar alguém que já morava por aqui antes do processo de reurbanização.

– Moro aqui desde que nasci – diz o senhor ao meu lado, olhando para mim com um sorriso que deve ser dentadura. – E conheço todo mundo. Quem está procurando, querida?

Agora, mais de perto, vejo que o homem não é um senhor, mas um verdadeiro ancião. Costas encurvadas, cabelo grisalho, pele flácida com um labirinto de linhas tão profundas que nem sei se podem ser consideradas rugas. E, apesar do olhar meio turvo, provavelmente decorrência de catarata, ele transmite sabedoria e serenidade.

– Ele se chama Will Griffith, mas naquela época tinha o apelido de Billy. Morou aqui com a família até mais ou menos 1999, um ou dois anos a mais, talvez. Não sei o nome dos pais, mas eles...

– Kat e Lewis – interrompe o homem, mas ele não sorri mais.

– A Kat foi quem morreu num incêndio?

– Sim, senhorita. E ela não foi a única.

Meu coração se enche de entusiasmo, e o entusiasmo toma conta de mim.

– Não?

Com os olhos semicerrados, o senhor faz que não e me observa.

– Quem é você e por que quer saber isso?

– O filho deles, Billy... Will é meu marido. Bom, era. Ele estava naquele voo da Liberty Airlines que partiu de Atlanta para Seattle, o avião quê...

Alguém suspira, e, logo depois, minha garganta fecha, meus olhos se enchem de lágrimas e as lembranças do meu marido vêm à tona. Não esse Will que estou conhecendo agora, que mentiu sobre quem era, sobre sua origem, com um passado repleto de raiva e violência. Esse é carta fora do baralho, um homem que não conheço e que não consigo entender. Não, as lágrimas de agora são pelo meu Will, aquele que tinha a mania de beijar a minha bunda toda vez que eu saía do chuveiro, que me pediu em casamento numa tarde de sábado, se ajoelhando no meio do corredor do supermercado, o mesmo em que nos vimos pela primeira vez. É desse Will que sinto saudades. É esse marido que quero de volta.

– Me desculpe – digo, cabisbaixa. Nunca fui chorona e detesto chorar em público, o que, ultimamente, tem acontecido com frequência. – Eu não quis...

Uma das mulheres puxa dois lencinhos de papel de uma caixa e me oferece.

– Querida, chore, desabafe mesmo. Meu Deus, seu marido morreu naquele acidente aéreo... Ninguém aqui vai julgá-la por isso.

A colega dela assente, concordando.

Mas o senhor não mostra o menor sinal de empatia. Os lábios pálidos e finos se comprimem, e o olhar, que reluzia jovialidade, agora parece tão cinzento quanto o céu lá fora. A transformação me faz reprimir as lágrimas.

– O senhor se lembra do meu marido, não lembra?

O homem se vira para as duas atendentes e dá uma palmada firme no balcão.

– Senhoras, tenham uma boa noite. – E assim, sem olhar em nossa direção, ele atravessa a porta e sai.

Apesar da lentidão e das costas arqueadas, o homem caminha a passos firmes, um pouco desajeitado talvez por conta do pé chato. Com uma ou duas pernadas, eu o alcanço.

– Senhor, por favor, espere. Não vou tomar muito do seu tempo, só preciso de um ou dois minutos, por favor...

– Não, o que está me pedindo é para desenterrar um passado desagradável. E o passado deve sempre continuar no lugar dele. – A atitude do homem demonstra que ele não gostava nem um pouco de Will. Agora que sabe que casei com ele, o homem transferiu a aversão para mim. Ele abaixa a cabeça e sai, andando mais rápido dessa vez.

Na saída, o senhor aperta um botão, acionando o mecanismo das portas pesadas que se abrem bem devagar, só um pouco mais rápido do que o velho, tempo suficiente para o alcançarmos.

– Olhe, senhor, entendo que Will foi uma criança problemática, mas...

Ele ergue um dos ombros de lado.

– Isso aqui era cercado de conjuntos habitacionais, muitas crianças eram problemáticas.

Mesmo sabendo de todas as mentiras que ele me contou, o impulso de defender Will irrompe dentro de mim feito um tsunami, mas reúno todas as forças para segurar a língua.

– O que ele fez? – inquire Dave, chegando ao meu lado.

O velho faz uma cara feia.

– Já falei, não se deve desenterrar o passado. O que aparece nunca cheira bem.

As portas do prédio se abriram por completo agora, fazendo entrar um vento gelado. Nesses poucos minutos em que estamos aqui dentro, começou a chover e a ventar muito forte. O velho fecha o zíper da blusa e sai andando, com chuva, vento e tudo.

Dave e eu nos entreolhamos, e sei que meu irmão está pensando a mesma coisa que eu, que esse homem é a nossa melhor fonte de informações. Aponto a cabeça em direção ao velho, e Dave sai atrás dele.

– Por favor, aceite pelo menos uma carona – sugere enquanto o velho se arrasta pela rampa. – O senhor não pode ficar andando debaixo dessa chuva. As calçadas estão escorregadias.

O velho titubeia. Ele fica parado, depois olha para trás.

É a dica para Dave lançar seu sorriso convidativo.

– Nosso carro é quentinho e confortável e posso levá-lo aonde o senhor quiser.

O homem hesita por um momento e nos observa da cabeça aos pés, avaliando minhas botas de couro e o xale de cashmere, a calça jeans e a jaqueta forrada de Dave.

– Qualquer lugar?

Dave e eu assentimos.

A cara feia se transforma numa expressão de interesse.

– Estou com fome.

Ele se chama Wayne Butler, e, seguindo suas orientações, Dave dirige até um pequeno restaurante árabe, situado na Martin Luther King Jr. Way. Apesar do letreiro neon e do toldo vermelho e desbotado, meu irmão não reclama, nem mesmo quando o senhor Butler pede todo tipo de prato com *curry* do cardápio e depois sai de fininho para Dave pagar a conta.

Assim que sentamos numa mesa perto da janela, arrisco a mesma estratégia que utilizei com o treinador Miller: honestidade.

– Senhor Butler, sei que não está disposto a desenterrar o passado, mas o que quer que Will tenha feito quando era adolescente não é nada comparado ao que ele fez comigo, esposa dele.

– Tem certeza?

Confirmo com a cabeça, porque sei o que ele quer. O senhor Butler quer que eu faça parte do grupo dele, ao qual meu marido não pertence. Com o garfo xexelento, empurro um pedaço de carne e elaboro as palavras que ele quer ouvir.

– Meu marido, Will... Bom, fomos casados por sete anos. Ele nunca me falou nada sobre Seattle. Eu não sabia que ele tinha crescido aqui, não fazia a menor ideia do que ele passou em casa. Talvez Will tivesse vergonha do passado, ou talvez estivesse simplesmente tentando esquecê-lo, não sei. Mas a questão é que não estou conseguindo associar o homem que conheci ao que o treinador Miller conheceu e preciso fazer isso para poder vivenciar o sentimento de luto. Preciso conhecer todas as partes dele, inclusive as que ele escondeu, as coisas ruins, para poder seguir em frente – explico e sinto como se houvesse uma pedra no meu peito.

O homem parece amolecer, a expressão muda, fica mais relaxada, solta, e sinto o mesmo acontecer com os meus músculos.

– Falou com Anthony Miller?

– Sim.

– Ele é uma boa pessoa. O que te contou?

– Que o Will era um garoto malvado, perverso e enfrentava problemas em casa. Contou também que houve um incêndio e quê... – Demoro um pouco para conseguir concluir a frase. – A mãe do Will, Kat, morreu nesse incêndio.

O senhor Butler enfia uma garfada de carne na boca.

– Ele te contou sobre o incêndio, então?

Faço que sim.

– Perdi tudo o que eu tinha nesse incêndio e não estou falando só de roupas e móveis. Cartas, fotografias dos meus filhos, receitas que a minha bisavó me passou. O terno do meu casamento, os brincos de pérola que dei de presente para a minha esposa... Que Deus a tenha.

Não me atrevo a perguntar se a casa tinha seguro contra incêndio. O que esse senhor perdeu tem valor inestimável, e, além disso, depois de tudo que ouvi sobre como era Rainier Vista naquela época, presumo que nenhum morador teria condições de arcar com um seguro desse tipo.

– Eu sinto muito – lamento. – Deve ter sido muito doloroso.

O senhor assente e comprime os lábios.

– O Anthony te contou quem provocou o incêndio?

Meu coração bate feito uma bomba prestes a explodir. Foi um incêndio criminoso? Tento responder, mas não consigo falar.

Dave fala por mim.

– Não. Quem?

Para alguém que não queria conversar, o senhor Butler parece estar curtindo ser o centro das atenções agora. Ele recosta na cadeira e, com o garfo na mão, aponta para a janela.

– Como eu já disse, toda essa região era ocupada por conjuntos habitacionais. Não sei de onde vocês são, filhos, mas, a julgar pela aparência, posso apostar que nunca colocaram os pés num bairro como esse era, e, acreditem em mim, é tão ruim quanto podem imaginar. Gangues, violência, prostituição, traficantes em cada esquina. Na verdade, o que não faltava por aqui eram crianças problemáticas, perturbadas. Mas o seu marido superava todas elas porque ele era esperto. Além de ser esperto, era dissimulado, e essas duas coisas juntas o tornaram muito perigoso. Era como uma panela de pressão, que podia explodir a qualquer momento.

Sem movimentar a cabeça, olho para Dave, que se mantém astutamente inexpressivo.

– O que quer dizer com isso, exatamente?

– Acho que vocês entenderam. Vejam bem, a polícia nunca conseguiu provar nada, mas desconfiaram tanto dele que designaram um oficial para vigiá-lo. E esse incêndio não matou apenas a Kat. Duas crianças também morreram naquela noite.

Dave se assusta, e eu começo a sentir aquele gosto azedo e familiar na boca. Viro o rosto e tento respirar fundo, tentando calcular a quantos passos está a lata de lixo, caso eu não consiga conter a náusea. Três, talvez quatro, mas só se eu pular por cima da outra mesa. O pensamento me distrai e me distancia do que esse homem acabou de dizer. Will provocou um incêndio e não só acabou com a vida de duas crianças como com a da própria mãe. Que ele é o responsável por essas mortes. Reclino na cadeira e, bem devagar, balanço a cabeça de um lado para o outro, sem conseguir acreditar.

Não é possível.

O senhor Butler percebe meu comportamento, nota que não estou conseguindo acreditar no que acabei de ouvir, ergue ligeiramente os ombros, como quem diz "acredite se quiser".

– Quanto aos pais, com certeza a corda estourou pro lado do seu marido, e ele sofreu as consequências da educação que recebeu ou da que deveria ter recebido. Kat e Lewis Griffith mal conseguiam cuidar de si, muito menos de outro ser humano.

– Pelo que o treinador Miller disse, Will vivia num ambiente meio violento – comenta Dave.

– Meio violento? Completamente violento. Muito. Mas, mesmo assim, não demorou muito para o Corpo de Bombeiros descobrir que o incêndio foi criminoso. Quem quer que tenha provocado o fogaréu fez uso de catalisador.

Ainda assim...

– Pode ter sido qualquer outra pessoa – pondero.

Minha cabeça dói e de repente sinto uma vontade imensa de voltar para casa, de deixar a minha mãe me paparicar. Por que fui me enfiar nessa tempestade torrencial que parece não ter fim? Quero poder voltar no tempo, desfazer tudo que ouvi daquele treinador Miller. É demais para mim. Não quero saber de mais nada.

– É verdade, mas começou às duas da manhã, depois que ouviram uma briga entre Kat e Lewis, os dois estavam muito nervosos, gritando, e tinham bebido até cair. Nunca vou me esquecer dos gritos dos dois. Um galão de gasolina vazio foi encontrado no apartamento ao lado. E Billy jurou que estava dormindo na hora do incêndio, e o mais estranho disso tudo é que ele escapou ileso, sem nem um arranhãozinho.

Olho para Dave, que parece concentrado e apreensivo ao ouvir o relato. Com o queixo apoiado na mão, ele engole em seco e parece não acreditar, apesar de achar a história plausível.

E mesmo que a psicóloga dentro de mim saiba que uma criança maltratada, que sofre qualquer tipo de violência, tem sessenta por cento de chances de desenvolver algum desvio de conduta, ainda não estou convencida. Estamos falando do meu Will. Ele pode simplesmente ter acordado com o barulho naquela noite ou sentido o cheiro da fumaça. Qualquer um pode ter colocado o galão de gasolina vazio no apartamento ao lado. Meu Will jamais teria sido capaz de cometer um crime como esse.

– Até o momento, a única evidência que temos é circunstancial – pontuo.

– Já falei que ele era esperto. Mas vou contar exatamente o que falei para os investigadores naquela época. O que vi no rosto do seu marido quando os bombeiros saíram carregando o pai dele, inconsciente depois de ser resgatado do prédio em chamas, foi frustração. – O senhor Butler crava o garfo na mesa e me encara com um olhar impetuoso. – Está entendendo o que quero dizer? Seu marido queria que o incêndio tivesse matado tanto o pai quanto a mãe.

CAPÍTULO 15

Acordo assustada quando Dave abre a cortina de uma vez, fazendo um barulho brusco.

– Levante-se e brilhe, princesa. O dia nasceu de novo e está chovendo. De novo. Não, melhor. Ainda está chovendo. Ainda. – Meu irmão vira e dá pra ver sua silhueta na janela. – Como as pessoas conseguem viver aqui?

Resmungo, tentando me proteger da luz e da janela e coloco o travesseiro em cima da cabeça que não para de latejar. Depois de deixarmos o senhor Butler em Rainier Vista, Dave e eu fomos até um bar próximo e lá ele pediu ao garçom vários drinques vodca martíni até eu ficar bêbada e bem. Como eu não tinha comido nada além de um pouco de salgadinho, não precisei beber muito. Já no finzinho do primeiro copo, comecei a ver tudo girando. Lá pelo segundo, as coisas começaram a ficar turvas. Não me lembro se cheguei a tomar um terceiro, nem como saí daquela espelunca com música ruim e vim parar aqui, enrolada nesse algodão egípcio macio.

Deito de lado, flexiono o cotovelo, apoio a cabeça na mão e olho ao redor do quarto. Decoração moderna e janelas panorâmicas com vista para o lago. Ao longe, na linha do horizonte, dá pra ver as montanhas e os topos pontiagudos que parecem atingir o céu acinzentado.

– Onde estamos?

Dave olha para mim e ri.

– Querida, estamos em Seattle, lembra? Terra natal do Starbucks, onde as pessoas amam uma camisa de flanela e todo mundo só anda de Subaru. Aliás, sempre pensei que tinha um certo exagero nessa história do Subaru, mas não tem, não. Curioso que, para uma cidade tão preocupada com sustentabilidade, deveria haver menos carros nas ruas.

– Sei que estamos em Seattle. O que perguntei é em que hotel. Espero que você não tenha me carregado até aqui.

– Ei, é pra isso que servem os irmãos – comenta com um sorriso.

– Perdemos a reserva do restaurante. Me desculpe.

Dave se joga numa poltrona ao lado da janela e gesticula, dispensando meu pedido de desculpas.

– A comida do bar não era grande coisa, mas deu pra matar a fome. Claro, não comi um foie gras, mas a comida lá estava muito melhor do que a carne que a gente comeu naquele fast-food arábe, o que, aliás, não era cordeiro, não mesmo. Mas quero deixar uma coisa bem clara. Não vamos sair daqui hoje sem tomar um café da manhã decente.

– Sair daqui para onde?

– Podemos definir isso durante o café. Temos muitos lugares para ir e um monte de gente com quem conversar, então, levante, o dia vai ser longo.

Volto a me jogar na cama e me cubro com a coberta até a altura do queixo.

– Vá você. Não vou conseguir fazer nada hoje.

– Isso aqui não são férias, Iris. Viemos com um objetivo, lembra? Uma missão. Sua.

– Eu sei, mas amanhã, talvez. Por hoje, vamos ficar aqui, de pijama, pedir comida no quarto e assistir filme o dia inteiro.

– Já estou vestido, Iris.

Tiro um braço de debaixo das cobertas e pego o catálogo de filmes do hotel na mesa de cabeceira.

– Aposto que eles têm *Amigas para sempre* aqui.

– Fala sério, Iris. Esse filme não faz o meu tipo.

– Ah, lamento informar, mano, mas se não faz, vai fazer.

Dave revira os olhos e faz uma careta, mas não discute.

– Pode, por favor, levantar dessa cama e entrar no chuveiro? Liguei para uns antigos moradores da região de Rainier Vista e adivinhe o que encontrei? Seu sogro. Pai do Will. Acho que a gente deve fazer uma visita para ele.

Sogro. Pronuncio a palavra baixinho, que escapa pela boca com a maior facilidade, mas traz a lembrança dolorida de tudo que ouvi ontem, como se, a cada batida, meu coração já pisoteado bombeasse dor e mais dor no meu corpo. E o meu mais novo sogro não é a pior parte disso tudo. Flexiono um dos cotovelos e fico de lado na cama.

– Talvez eu tenha tomado muitos martínis ontem à noite, mas me lembro de cada palavra que ouvi daquele velho ontem. Uma mulher e duas crianças morreram num incêndio que, segundo ele afirma com convicção, foi provocado por Will. Pode ser que tenha sido isso mesmo, ou não, mas sabe aquele ditado famoso, "onde há fumaça, há..."

– Bom, enquanto você dormia aí feito uma pedra, pesquisei bastante sobre esse incêndio. Verifiquei os jornais e li o relatório da perícia divulgado pela polícia. A história que o velho contou é real mesmo, exceto por uma coisa que ele se esqueceu de mencionar. A polícia descobriu que o galão de gasolina fora comprado numa loja em Portland, o que levanta uma questão. Como um adolescente de 17 anos, sem carro e sem dinheiro, consegue comprar um galão de gasolina numa cidade que fica a mais de trezentos quilômetros de distância?

– Eles citam outros suspeitos?

– Só o pai do Will.

Faço cara de espanto.

– O pai do Will era suspeito?

– Claro, para a polícia, o marido sempre é considerado o primeiro suspeito. Não assiste *CSI*, não? Ainda mais no caso do pai do Will, que não tinha uma reputação muito boa. Estava bêbado demais para se lembrar de um álibi, mas ele tinha um. Um vizinho disse que ele estava caído no sofá quando o prédio entrou em chamas.

Chamas. Sinto um arrepio dos pés à cabeça.

– E as crianças?

– Dois irmãos, 3 e 5 anos. Caíram no sono no apartamento do outro lado do corredor. Naquela noite, a mãe deles tinha ido trabalhar.

De tão horrorizada que fico ao pensar no que essa mulher passou, meu estômago vira do avesso. Imagino-a colocando as crianças para dormir antes de sair para o trabalho, dizendo que chegaria na hora que eles acordassem, tentando convencer a si mesma que os dois ficariam bem, ali, protegidos cada um em sua cama. Essa tragédia que aconteceu com eles é o pior pesadelo que qualquer mãe pode ter.

Eu me aninho no travesseiro e me enfio ainda mais debaixo do edredom.

– Sabe, tudo que ouvi desde o desastre de avião é muito confuso. Will embarcando no avião errado, com o destino errado. Forjando um congresso. Aí conheço um amigo dele, Corban, sobre o qual Will nunca comentou. Todas essas mentiras sobre o passado, a infância dele... Nada está fazendo sentido para mim. Exceto a história da casa.

– Que casa? A sua?

Confirmo com a cabeça.

– A gente deve ter visto umas cem. Em cada uma delas, Will encontrava um defeito. Ou a cozinha era velha demais, ou o jardim era pequeno demais, ou, então, a rua era muito movimentada. Nada nunca estava bom o suficiente para o Will. O corretor nos mostrou essa casa mais para provar que tinha razão. Uma coisa tipo: *olha só a casa que vocês vão ter se investirem mais cem mil*? Mas você tinha de ver a cara que o Will fez quando colocamos o pé dentro da casa. – Sorrio ao me lembrar de como Will ficou calado o tempo todo, mas com as bochechas cada vez mais vermelhas a cada cômodo em que entrávamos. – Quando subimos as escadas para conhecer o andar de cima, não restou mais nenhuma dúvida. Will tinha que comprar.

Uma rajada súbita de vento e chuva açoita a janela. Dave apoia os pés numa otomana, cruza os braços e se ajeita na poltrona.

– É uma casa muito bonita.

Penso na primeira vez em que subimos as escadas, na expressão de Will quando empurramos o vitral da porta e no quanto, antes mesmo de colocarmos o pé lá dentro, eu tive a certeza de que tínhamos feito a coisa certa.

– Mandamos uma proposta naquele mesmo dia. Mesmo sabendo que a maioria dos cômodos ficaria vazia e que a hipoteca custaria os olhos da cara. Mas agora entendo por que comprar aquela casa era algo tão importante para ele.

– Porque ela era a prova do quanto ele tinha conseguido chegar longe.

– Exatamente – concordo, e basta essa simples palavra para a raiva começar a me revolver de novo, fazendo eu me contorcer na cama. – Se ele tivesse me explicado por que queria a casa, eu não teria relutado tanto. Não teria reclamado de abandonar meu hábito de ir ao Starbucks, nem das viagens de férias que deixamos de fazer para poder comprar a casa dos nossos sonhos. Não há pessoa no mundo que teria entendido mais isso do que eu. Mas Will nem sequer cogitou a possibilidade de me contar, não é?

Dave suspira e ergue as duas mãos.

– Ah, não comece com isso de novo, vai – murmura.

– Isso o quê?

– Já conversamos bastante sobre isso ontem à noite, no bar. Você até fez uma enquete, e, acredite, a maioria esmagadora dos entrevistados, quase noventa por cento do total de hipsters que já estavam meio bêbados, concorda que não, o Will não tinha a intenção de lhe contar nada.

Num estado normal, eu me sentiria arrasada só de me imaginar bêbada, fazendo perguntas sobre o meu próprio casamento para pessoas que nunca vi na vida. Não sou o tipo desinibida, que sai por aí puxando assunto com estranhos, abrindo coisas sobre mim. Mas agora tenho um problema muito maior com o que me preocupar, o fato de que meu marido não só escondeu de mim, sua pessoa favorita no mundo segundo ele próprio, coisas tão importantes sobre a vida dele, como também não confiou em mim, não confiou que nosso amor fosse suficiente para abrir o jogo.

– Nada sobre a história dos pais, do incêndio, desse passado obscuro e assustador. Ele me encheu de mentiras, lorotas sobre uma infância em Memphis, crescendo ao lado de uma amorosa mãe solteira, e eu engoli tudinho, fácil. Será que ele estudou mesmo na Universidade do Texas? Ou, me pergunto, ele ao menos fez algum curso superior? Não faço ideia porque sou a pessoa mais ingênua desse mundo! Qualquer um me leva no papo!

– Você não é ingênua, querida. Foi enganada pelo homem que amava. Há uma grande diferença entre essas duas coisas.

– Sou psicóloga, Dave. Eu deveria saber identificar pessoas com a personalidade do Will.

– Você não tem culpa nenhuma nessa história toda.

– Tanto faz. – Volto a me aninhar na cama, cubro a cara com o travesseiro e as lágrimas começam a escorrer pelo meu rosto. Sete dias atrás, eu tinha cem por cento de convicção de que conhecia meu marido. Achava que Will me contava tudo sobre a vida dele. Achava que nós dois contávamos tudo um para o outro. E, agora, cada vez mais e mais descubro fragmentos do passado do meu marido que só me fazem pensar em uma coisa: *Nunca conheci de verdade o homem com quem me casei.*

E agora, ao olhar para trás, sinto a necessidade de questionar tudo. Aquela viagem que fizemos para San Francisco, cidade que ele jurou nunca ter visitado, apesar de conhecer o percurso praticamente de cor, quase sem precisar consultar o mapa. Teria sido porque ele já tinha ido para lá? Aquele dia em que jogamos *Cards Against Humanity* e ele contou que não compareceu ao baile de formatura, mas não quis explicar por quê. E quando íamos ao La Fonda e o Will pedia *chiles relleños* e *quesadillas con camarones* com uma pronúncia perfeita. Quando foi que ele aprendeu espanhol?

E é nesse momento que me dou conta de que perdi Will duas vezes. A primeira foi quando ele embarcou naquele avião, e a segunda, agora, que ele se transformou num estranho póstumo. Em uma delas tudo foi repentino e chocante; na outra, as coisas têm acontecido de modo gradual, mas não menos doloroso. As duas feridas estão profundas e expostas.

– Hoje faz uma semana – comento com a voz abafada. – Sobrevivi sete dias e sete noites sem o Will.

– Eu sei. – Dave se mantém em silêncio por um bom tempo, até que o escuto levantar da poltrona e se aproximar de mim. – Ei. Posso perguntar uma coisa?

– Mesmo que eu responda que não, sei que você não vai aguentar se segurar.

– Vejo que todas essas descobertas sobre o passado do Will estão te deixando extremamente abalada.

– Sim, estão. – Não consigo conter um soluço que me escapa pela garganta.

– Mas você chegou a pensar no óbvio?

– O que seria? – Tiro o travesseiro da cara e lá está ele, meu irmão gêmeo, me encarando.

Dave me lança um sorriso encorajador.

– Que talvez ele tenha mudado mesmo. E vai ver que foi por isso que ele nunca te contou. Will queria recomeçar do zero, dar um "*reset*" na vida toda errada para recomeçar com você.

– Certo, suponhamos que seja isso. Por que ele embarcou naquele avião para Seattle?

O sorriso desaparece do rosto dele. A pergunta abalou o meu irmão e, pior ainda, me deixou abalada também. Por que Will estava dentro daquele avião com destino a Seattle? De repente, a ideia de me esconder no quarto de um hotel perde a graça. Com um suspiro, jogo os lençóis e o cobertor para o lado e pulo da cama.

– Ainda bem – diz Dave enquanto caminho até o banheiro – que já assisti *Amigas para sempre* um milhão de vezes.

Vinte minutos depois, enquanto estou saindo do chuveiro, recebo uma mensagem de texto de um número privado.

Por que ainda está em Seattle? Estou falando sério, Iris. Vá. Pra. Casa. Não tem nada pra você aí.

Enrolo uma toalha no corpo, prendendo-a fortemente na altura das axilas, e digito uma resposta com o máximo de agilidade que as minhas mãos trêmulas permitem.

Não vou a lugar algum até você me dizer quem é. A propósito, você está errado. Até agora, a viagem pra Seattle tem sido muito esclarecedora.

Dois segundos depois, a tela do celular acende de novo.

Não acredite em tudo que lhe disserem.

Meu coração parece que vai pular pela boca, e um nó começa a se formar no meu estômago, uma sensação tipo... entusiasmo?

Então, em que devo acreditar?

Fico olhando para a tela do celular, sem piscar. O visor escurece. Nada de resposta.

Encontramos Lewis Griffith na Providence House, um abrigo para pessoas com doença de Alzheimer e sem moradia, e o lugar mais deprimente do mundo. Piso sujo, um cheiro insuportável por todos os lados, teto baixo e todo manchado. Encontramos uma enfermeira sinistra no segundo andar, e ela aponta para um corredor escuro.

– Quarto 238, mas não esperem grande coisa. Ele mal fala, tem Alzheimer, como já sabem.

Eu a agradeço e reflito se essa doença é a melhor ou a pior forma de apagar seis décadas de uma vida difícil. É uma morte lenta e desagradável, mas pelo menos não se tem muita consciência do que está acontecendo.

Encontramos Lewis num quarto do tamanho de um armário e que me faz lembrar de um hotel na beira da estrada em que me hospedei na Guatemala, cujo quarto era um pouquinho maior que a cama em que o senhor Griffith está confinado. Não há espaço nem mesmo para sentar, então, Dave e eu permanecemos em pé, colados um do lado do outro, ombro com ombro e imprensados entre duas paredes frágeis, no pé da cama.

Olho para o meu sogro e um turbilhão começa a sacudir meu pensamento. Procuro por alguma semelhança física, traços de Will, e encontro alguns; a largura da testa, o maxilar quadrangular, uma pequena curvatura nas pálpebras. Deve haver outras semelhanças, mas é impossível perceber nesse estado deplorável em que o senhor Griffith se encontra, com a pele tão cerosa e pálida, coberta de manchas marrons feito uma fatia de rosbife, parecendo mais uma peça do museu Madame Tussaud do que um humano propriamente.

Trêmula, agarro a mão do meu irmão que aperta meus dedos.

– Senhor Griffith, me chamo Iris, sou sua nora. Fui casada com o seu filho, Will. Ou Billy. O senhor se lembra dele?

Silêncio. O senhor Griffith parece nem ter escutado. Ele nos encara com um olhar inexpressivo.

Pego meu celular, seleciono uma foto e a aponto para o senhor Griffith.

– Faz um mês que tiramos essa foto.

Ele enruga a testa. Fez uma careta?

– O senhor se lembra dele?

Nenhuma resposta.

– Isso não vai adiantar muito – opina Dave baixinho, com a mão na boca.

Olho de lado para ele e guardo o celular no bolso de trás da calça.

– Senhor Griffith, mais ou menos há quinze anos, houve um incêndio no apartamento onde o senhor morava, em Rainier Vista. Três pessoas morreram. Se recorda do fato?

O homem não se mexe, mas o jeito como me olha me faz endireitar a coluna.

– Sua esposa, Kat, foi uma das vítimas, além de duas crianças. O senhor e o Billy escaparam ilesos.

Os lábios ressecados se remexem um pouco, como se o homem estivesse tentando falar. Ou talvez ele esteja falando, não sei. Seja como for, não escutamos nem uma palavra sequer.

– O senhor se lembra do que aconteceu naquela noite? Do incêndio? Sua esposa e seu filho?

Ele faz uma careta e remexe os lábios mais uma vez. Dave e eu agarramos a barra de metal da cama e inclinamos o corpo à frente, tentando escutar.

– Billy? Foi isso que ele disse? – inquire Dave, me olhando com cara de assustado.

Meu coração acelera tanto que chego a sentir a pulsação retumbando nos ouvidos. Foi isso que o homem disse, sim. Billy.

– Senhor Griffith, se lembra do Billy?

No momento seguinte, que mais pareceu uma eternidade, tudo que ouvimos é a respiração ofegante, misturada ao som sibilante do ar que atravessa os pulmões com dificuldade. Em seguida, o homem ergue o braço alto e bate no colchão, uma, duas, três vezes. O corpo magro começa a se debater, se contorcer, e ele continua batendo no colchão, agora com as duas mãos. Dave e eu trocamos um olhar de preocupação.

– Ele está bem? – pergunto.

Como se quisesse responder, o senhor Griffith puxa o ar, abre a boca o máximo que pode e emite um ruído longo e assustador, um gemido misturado com um grito.

– Minha nossa! – exclama Dave, puxando o colarinho de sua camisa.

O grito é sufocado, mas não o gemido, e, poucos segundos depois, o senhor Griffith volta a puxar o ar e recomeça a gritaria.

Dave se afasta da cama e caminha em direção à porta.

– Talvez seja melhor a gente chamar uma enfermeira.

– Você fica aqui. Deixe que eu vou. – Vou ter um troço se Dave me deixar aqui sozinha.

Meu irmão faz uma cara de espanto e balança a cabeça, se negando a ficar.

– Sem chance.

Agarro o braço dele e o arrasto até a porta.

– Tudo bem. Vamos nós dois, então.

No momento em que o senhor Griffith está começando a se preparar para a terceira rodada de uma gritaria apavorante, trombamos com uma enfermeira de uniforme rosa-claro no corredor.

– Ai, graças a Deus! – exclamo. – Tem alguma coisa errada com o senhor Griffith.

– Ele está bem. Só ficou agitado. – Ela passa por nós e continua caminhando pelo corredor, o sapato Crocs rangendo no piso de linóleo. – Isso acontece direto.

Direto? Dave e eu fazemos uma careta.

– Você não vai lá ver o que ele tem? – pergunto, chamando-a de volta, enquanto ela avança pelo corredor.

Ela para, suspira profundamente e dá meia-volta, caminhando em nossa direção, se arrastando. Depois de nos olhar com uma cara feia, ela entra no quarto do senhor Griffith, e, logo em seguida, Dave e eu olhamos um para o outro e saímos correndo em direção às escadas.

– Ufa! Não vou mentir – diz meu irmão, enquanto descemos os degraus. – Estou feliz por ter saído dali. Esse lugar me dá arrepios. Que lugar mais deprimente!

– Assim como o meu sogro. – Ao escutar o que acabo de dizer, tento consertar. – Ou melhor, a doença dele é muito deprimente.

Dave, aparentemente mais aliviado agora, acrescenta:

– A vida dele é deprimente também, querida.

Suspiro e viro para o próximo lance de escadas.

– Eu sei.

Em se tratando do meu sogro, o que não faltam são histórias tristes. Impossível contabilizar.

– Podemos tentar de novo amanhã. Quem sabe trazer fotografias ou notícias recortadas de jornal para tentar fazê-lo se lembrar, mas por enquanto...

– Podemos ir à delegacia, acho. Depois disso...

– Ei, espere, estou falando do seu sogro. Você não deveria, sei lá... Fazer alguma coisa para ajudar?

– Tipo o quê? Eu nem sabia da existência dele, só descobri ontem, além disso, Will e ele não mantinham contato. Lamento por esse senhor, mas parece que ele está recebendo os devidos cuidados aqui.

– Nossa, você chama isso de "cuidados"? Fala sério. Pelo amor de Deus, nunca me enfie num lugar que cheire a ervilha enlatada e fralda suja, ok?

As palavras do meu irmão me fazem sentir uma pontada de culpa, mas também certa irritação diante da insinuação dele de que estou negligenciando um sogro que eu nem mesmo sabia que tinha.

– O que quer que eu faça? – questiono, enquanto descemos o último lance de escadas e saímos de frente para a recepção. – Que eu o hospede em casa?

– Não seja cínica, não precisa chegar a tanto. Mas com certeza há lugares melhores para ele ficar.

– Senhora Griffith? – chamam as enfermeiras, interrompendo a discussão entre mim e Dave antes que a coisa tome proporções maiores. Uma das mulheres apoia um fichário no balcão e me oferece uma caneta. – Se não se importar, tenho alguns papéis para a senhora preencher.

– Ah. Tudo bem – respondo com uma careta. – Sobre o que são esses papéis?

– Só queremos manter no nosso registro todas as informações do parente mais próximo do senhor Griffith e notificá-la sobre as opções que o paciente fez.

Pego a caneta e folheio as páginas – um formulário de contato, histórico médico, declaração de privacidade. Coisas normais, nada de muito novo, embora eu não tenha entendido por que ela me pediu pra preencher e assinar tudo isso.

– Pra que serve toda essa papelada?

– A Providence House é uma casa de repouso, o que significa que aqui cuidamos de idosos com todos os tipos de problemas. Nossas enfermeiras podem cuidar de pacientes com demência, mas essa não é nossa especialidade.

– Então, por que o senhor Griffith está aqui?

– Porque os abrigos que atendem pessoas com problemas mentais ou não têm auxílio-doença disponível para receber os pacientes, ou estão com tempo de espera muito grande.

– Entendo. – Não entendo nada. E quer saber? Não gostei dessa mulher. Ou do que ela está tentando me dizer nas entrelinhas. – A senhora está expulsando o senhor Griffith daqui?

– Desde que o senhor Griffith se enquadre no perfil para receber o auxílio-doença, ele é bem-vindo para ficar o tempo que for necessário. Só estou dizendo que, se a senhora tiver condições de custear o tratamento, ele pode se sentir melhor num quarto maior, ou mesmo em outro abrigo, um lugar que seja mais bem equipado para atender às necessidades específicas de um paciente com Alzheimer. Presumo que, como nora dele, seja da sua vontade que ele passe seus últimos meses de vida da maneira mais confortável possível.

As peças enfim se encaixam. Deixo a caneta em cima da pilha de papéis.

– Está me pedindo dinheiro?

– Claro que não. Embora nossa instituição aceite, sim, doações.

– Deixe-me adivinhar. Só em dinheiro vivo?

A mulher lança um sorriso tão falso quanto nota de três dólares.

– O pouco faz muita diferença para nós aqui.

Quando chegamos ao carro, estou tremendo de tão nervosa. Tremendo mesmo, literalmente. Sinto tremores pelo corpo inteiro, que chacoalham meus ossos, da cabeça aos pés.

– Não consigo acreditar que aquela enfermeira estava tentando arrancar dinheiro de mim.

Dave destrava as portas com o controle remoto e, do outro lado do carro, me olha como quem diz: *Mas eu consigo.*

Eu me jogo no assento do passageiro, coloco a bolsa no assoalho e bato a porta com tudo.

– E você viu a reação daquela enfermeira lá em cima, como se acalmar um idoso confuso e agitado fosse um fardo. Não gosto nem de pensar como elas agem quando não tem ninguém por perto. É provável que estejam ocupadas demais assistindo a *Housewives* para prestar atenção nos pacientes. Com certeza não podem ser importunadas para varrer o chão ou pulverizar um aromatizador no ar.

– Tudo isso que você está dizendo deve ser a mais pura verdade – concorda Dave, engatando a ré. Com um braço apoiado no volante e o outro no encosto do meu assento, o olhar dele se divide entre mim e a janela de trás. – E é por isso que me sinto feliz por você ter dado dinheiro para aquela vadia.

CAPÍTULO 16

— Cinco dias úteis? – questiono a oficial do outro lado do balcão, e minha voz sai quase como um grito que expressa apenas parte da minha frustração. A recepção da Delegacia de Seattle é um espaço cavernoso de concreto e azulejo, e o entra e sai de gente faz eu me arrepender de não ter trazido o fone de ouvido. – Por que leva cinco dias para conseguir a cópia de um arquivo de algo que aconteceu há mais de quinze anos?

– Não, são cinco dias para entrarmos em contato com a senhora e passar uma posição sobre o seu pedido e informar se haverá algum custo com o qual terá que arcar. Quando entrarmos em contato, também vamos informá-la se algum registro ou parte dos dados não puderem ser divulgados. Nesse caso, eles serão retidos ou removidos do documento.

Dave apoia o braço no balcão.

– Bom, vamos direto ao ponto. Teremos de esperar cinco dias úteis para saber se vamos conseguir ou não uma cópia do boletim de ocorrência?

– Exatamente.

– Não há nenhuma maneira de acelerar o processo? Pagando uma taxa extra, algo assim?

A mulher olha feio para Dave, como se dissesse: "nem ouse abrir a carteira".

A decepção me dilacera feito uma faca enfiada no peito. Daqui cinco dias estaremos de volta à Costa Leste e, a menos que encontremos alguma outra pista até lá, não estamos nem perto de descobrir por que Will embarcou naquele avião. Cinco dias são como uma eternidade.

A oficial inclina o corpo para a esquerda, olha por cima do ombro de Dave e diz:

– Próximo.

Dave se mexe para chamar a atenção dela.

– O que precisamos fazer para dar entrada no pedido?

Ela nos entrega uma pilha de formulários e uma caneta presa numa prancheta.

– Preencha esses formulários. – Em seguida, ela volta a inclinar o corpo para o lado. – Próximo.

Dessa vez, saímos do caminho, carregando tudo até um par de cadeiras vazias perto da janela. Eu me sento em uma delas, e o sentimento de impotência é tão intenso que chega a me faltar o fôlego.

– E agora? Não sei mais o que fazer, Dave. Onde mais podemos procurar?

– Bom, a gente pode voltar e assuntar a vizinhança de novo, ou talvez tentar encontrar mais alguns colegas de classe. Pode ser que outras pessoas tenham uma história diferente para contar.

– Acha que podemos conseguir alguma coisa?

Dave franze o nariz.

– Sinceramente? As duas opções me parecem completa perda de tempo.

– É... Eu também acho. E agora que temos uma cópia do anuário, posso rastrear essas pessoas a qualquer momento. Não preciso estar aqui para fazer isso. Deve haver um outro jeito, alguma coisa em que ainda não pensamos.

Meu irmão e eu ficamos em silêncio, pensando.

Recosto na cadeira e penso nas conversas com o treinador Miller e com o velho do centro comunitário. Tem algo naqueles dois que me incomoda. Algo que um deles disse, alguns detalhes que o outro contou e que não batem com os fatos, mas meus pensamentos estão feito um gato lutando contra um novelo de lã; toda vez que chego perto, ele se afasta.

Penso em Will adolescente, do lado de fora do edifício em chamas, observando os bombeiros carregarem os pais, com um dos corpos dentro de um saco para cadáveres. Será que ele ficou mesmo surpreso ao ver o pai vivo, como contou o senhor Butler? Mesmo depois de ter tomado conhecimento da vida que ele levava aqui, não consigo imaginar Will provocando um incêndio de propósito para assassinar os próprios pais.

Por mais que a mãe e o pai de Will não fossem bons exemplos, eram pais dele, e, ao provocar um incêndio, Will não colocaria em risco apenas a vida deles. O Will que conheço jamais faria uma coisa dessas.

Mesmo assim, o velho afirmou com todas as palavras não ser o único a suspeitar que Will tenha provocado o acidente. Embora não tenham conseguido provar, a polícia também acreditou na culpa do meu marido, tanto que designaram um investigador pra cuidar do caso dele.

Endireito o corpo, apontando com a caneta para as luzes da recepção.

– É isso.

Dave faz cara de quem não entendeu.

– É isso o quê?

– O senhor Butler disse que mandaram um investigador cuidar do caso de Will depois do incêndio. É com esse cara que a gente precisa falar.

– Legal, mas como vamos encontrá-lo? O velho não citou nenhum nome.

– Não, mas talvez essa informação esteja no boletim de ocorrência.

– Não estava na versão on-line que encontrei, mas com certeza essa informação tem que constar na versão integral. Continue preenchendo essa papelada aí. – Dave aponta para os papéis no meu colo e levanta da cadeira. – Vou ver o que consigo com aquela simpática oficial do outro lado do balcão.

Observo-o atravessar a recepção, caminhando de volta para a fila que deve ter umas dez pessoas, com a tranquilidade de um passeio dominical, e, nesse momento, uma sensação súbita invade meu peito, uma sensação boa, quente, acolhedora. Amor fraterno. Dave largou tudo para vir comigo para Seattle. Deixou o trabalho, o marido, sua rotina, para se enfiar nessa empreitada comigo numa cidade estranha e me segurar nos braços cada vez que uma nova descoberta sobre o meu marido me derruba. Não faço a menor ideia de como posso um dia retribuir a tudo isso que ele tem feito por mim.

Como se percebesse que estou olhando para ele, Dave se vira e gesticula, me chamando a atenção para continuar preenchendo os formulários. Sorrio, jogo um beijo pra ele e volto a me concentrar na papelada.

Estou começando a preencher a segunda página quando meu celular toca dentro da bolsa, e eu começo a vasculhá-la até que o encontro.

Depois da conversa incompleta com o número privado, Dave e eu concordamos que eu deveria manter meu celular num lugar visível e com o volume no máximo. Quem quer que esteja enviando essas mensagens provavelmente morava em Rainier Vista na época do incêndio e parece ter um ponto de vista diferente daquele do senhor Butler e do treinador Miller. Seja um *stalker* ou não, quero conversar com ele. Quero descobrir o que ele sabe. E é por isso que fico frustrada quando vejo o número do meu pai no visor do aparelho.

– Oi, minha querida – cumprimenta meu pai com aquele jeito leve e firme de sempre. Tapo o outro ouvido com o dedo para conseguir escutá-lo. – E aí, como estão as coisas? Onde vocês estão?

– Na recepção de uma delegacia. Não se preocupe, não fomos assaltados nem presos, nada disso. Viemos aqui para tentar ter acesso a um boletim de ocorrência. É uma história muito longa para contar por telefone, mas, tentando resumir da forma mais sucinta possível, aqui meu marido era uma pessoa completamente diferente daquela que conheci. E, ah! Parece que tenho um sogro.

– Hum. Nossa, eu ficaria surpreso no seu lugar. Você o conheceu?

Meu pai sempre foi mestre em atenuar as coisas. Não consigo conter o sorriso.

– Fiquei surpresa, sim. E ele não anda nada bem. Tem Alzheimer e está internado numa casa de repouso péssima. Conto os outros capítulos dessa novela depois. – Meus olhos percorrem a parede de janelas e os pedestres atravessando a rua debaixo de uma garoa constante como se fosse um dia ensolarado. – Enfim. Ligou para bater papo ou precisa de algo?

– Estou ligando porque a sua mãe não para de me aporrinhar, pedindo para perguntar quando vocês vão voltar, mas também pra te passar uns recados.

– E por que ela não me ligou?

– Ah, você sabe como ela é. Não quer bancar a chata.

– Em vez disso, prefere bancar a chata com você.

– É, como eu disse, você a conhece. – Dou risada e meu pai continua: – Tem papel e caneta aí?

Pego um recibo velho no fundo da bolsa e viro o verso. – Pode falar!

– Bom, deixe-me ver... – Ouço um barulho de folhas se mexendo do outro lado e imagino meu pai apoiando os óculos na ponta do nariz, folheando as anotações. – Claire Masters da Lake Forrest ligou para saber como você está, assim como Elizabeth, Lisa e Christy, que pareceram preocupadas porque não tiveram mais notícias suas desde a cerimônia da Liberty. Suponho que tenha o número dessas pessoas, certo?

– Sim. Vou mandar uma mensagem de texto pra elas depois.

– Com certeza vão ficar felizes de receber notícias suas. Leslie Thomas pediu desculpas por ligar e disse que, se você puder retornar, ela tem uma informação pra te passar. Alguma coisa sobre uma tal garçonete da despedida de solteiro... É isso?

– É isso, sim, infelizmente. Ela deixou o número?

Meu pai me passa o número e prossegue com os recados.

– Evan Sheffield ligou, disse que lamenta não ter encontrado você naquele dia, mas falou que quer te atualizar sobre os fatos. Parece um cara legal. Espero que não fique brava comigo, passei seu e-mail pra ele.

– Tudo bem. No dia da cerimônia em memória aos mortos, prometi que ia escrever pra ele, mas, com a história da viagem e tudo, acabei me esquecendo completamente.

– E um homem chamado Corban Hayes passou aqui hoje à tarde. Ao que pareceu, ele sabe bastante coisa sobre você e o Will.

– Sabe. Conversei com ele no dia do memorial também, lembra? É um amigo de academia do Will.

– Foi isso mesmo que ele disse. Ele trouxe uma caixa cheia de coisas. Uns livros que tinha pegado emprestado do Will, fotografias, uma camiseta de alguma corrida de que os dois participaram, coisas do tipo. E disse que quer que essas coisas fiquem com você.

– Gesto gentil da parte dele – comento, e no mesmo momento algo me ocorre. – Não contou para ninguém que eu estava em Seattle, contou? – Não acho que nenhuma dessas pessoas que me procuraram, com exceção de Leslie Thomas, possa ser o contato misterioso que anda me ligando de um número privado, mas, mesmo assim, não custa perguntar. Se meu pai saiu contando onde eu estava para quem me procurou ou ligou, a lista de suspeitos certamente aumenta.

– Não, acho que não contei pra ninguém, não. Por quê?

– Tente se lembrar, pai. É importante.

Ele pensa um pouco, por um ou dois segundos e afirma:

– Não, tenho certeza de que não contei pra ninguém onde você estava, só disse que passaria uns dias fora e que sua mãe e eu estávamos cuidando da casa pra você. Pode me dizer por que está me perguntando isso?

Dave se esparrama na cadeira de frente para mim e faz um sinal de joia, como quem diz: "deu certo!". Faço que sim com a cabeça sem me distrair e começo a contar para o meu pai sobre as mensagens de texto anônimas que venho recebendo. E que seja lá quem for, essa pessoa sabe que Dave e eu estamos aqui para investigar o passado de Will, alega saber o que estou procurando e que estou no lugar errado.

Com a voz firme e intimidadora que herdou dos tempos de militar, meu pai adverte:

– Iris, não estou gostando disso. Quem está enviando essas mensagens pode estar rastreando o seu celular. O que significa que essa pessoa não só sabe que você está em Seattle, como também que está numa delegacia de polícia agora.

– Bom, pelo menos aqui estamos seguros – comento, mas a piada não funciona. Meu pai resmunga enquanto, de frente para mim, Dave faz uma careta. – É sério, pai, estamos bem. Não teve nenhuma ameaça nessas mensagens, só... alguém insistindo para eu voltar para casa, e, de qualquer modo, tudo indica que Dave e eu estamos voltando amanhã mesmo. Encontramos um obstáculo.

– Que bom. A sua mãe vai ficar feliz com a notícia.

Ouço a voz da minha mãe do outro lado da linha, tão clara como se ela tivesse sentada no colo do meu pai.

– Que notícia, querido?

– Que as crianças vão voltar pra casa amanhã. – Minha mãe diz mais alguma coisa do outro lado, mas não consigo escutar direito, só ouço meu pai suspirar. – Ela quer saber se você está se alimentando.

– Sim – respondo, o que não é exatamente uma mentira. Ando me alimentando, sim, só não consigo fazer a comida parar no estômago.

Retomo o assunto da ligação, antes que seja tarde. – Mais alguém me procurou?

– Sim. Nick Brackman ligou quatro vezes.

Hesito ao ouvir o nome. Nick é chefe de Will, um homem com quem encontrei algumas vezes na AppSec, mas isso foi há tanto tempo que, quando ele se aproximou para conversar comigo no dia do memorial, demorei alguns minutos para reconhecê-lo e, quando consegui me lembrar de quem se tratava, ele já tinha ido embora.

– E o que o Nick queria?

– Ele não disse, mas parece que se trata de algo urgente. Deixou o número do celular dele e pediu pra você ligar o mais breve possível, fosse de dia ou de noite. Disse que atenderia a qualquer hora. – Meu pai me passa o número, que rabisco no recibo. – E, mais uma coisa, lindinha.

Alguma coisa no jeito como meu pai diz a última frase soa como um alarme, o que me faz sentir uma onda de frio e de calor ao mesmo tempo.

– Sim.

Ele hesita, depois pigarreia para ganhar tempo, o que me faz deslizar pra ponta da cadeira.

– Pai! Fale logo!

– A Ann Margaret Myers ligou hoje de manhã. – Ao ouvir o nome, agarro o braço da cadeira com força suficiente para parti-lo em dois. – Filha, encontraram a aliança do Will no local do acidente.

Sabe-se lá como, Dave conseguiu duas passagens na primeira classe num voo corujão para Atlanta, onde, de acordo com o meu pai, a aliança de Will me aguarda num envelope com proteção, em cima da prateleira do banheiro. De acordo com Ann Margaret, não há nem um arranhão na joia, nem um risquinho, nada. Penso no impacto que deve ter arrancado a aliança do dedo dele e imagino a peça de platina voando pelo ar e caindo no milharal feito numa máquina de pinball. Mesmo assim, ela permanece intacta, como se tivesse acabado de sair da loja. Um "acaso feliz", nas palavras de Ann Margaret, do mesmo tipo do "mau funcionamento" que derrubou o avião, penso eu.

Suspiro, olho pela janela e vejo a escuridão da noite e a cidade de Seattle lá embaixo. Luzes amarelas cintilam e refletem as superfícies úmidas em meio ao borrão luminoso que se forma no campo de visão dos meus olhos inchados e das lentes escuras dos óculos de sol. Sei que devo estar ridícula com esses óculos às dez horas da noite, aparentando alguém metida a rapper ou algo do tipo, mas foi a única forma que encontrei de esconder as lágrimas. Não parei de chorar desde que meu pai contou que encontraram a aliança de Will com o meu nome gravado.

Nesses últimos sete dias, eu vinha fazendo de tudo para manter acesa a esperança. Dizendo a mim mesma que Will não está morto, pelo menos não ainda, pois não havia nenhuma prova. Ainda não tinham encontrado nenhum sinal dele, nenhuma parte do corpo, nada. Eu me agarrei à esperança com as duas mãos e toda a força possível, mesmo à medida que os dias passavam e a fé começava a escapar por entre os meus dedos. Até que uma ligação da Liberty Airlines arrancou todas as minhas esperanças e levou meu marido – o amor da minha vida, o futuro pai dos meus filhos – pela segunda vez. Com uma diferença. Dessa vez, o sentimento de perda é real e queima como se houvesse uma brasa cravada no meu coração.

Dave envolve meus dedos num copo de bebida gelada, depois coloca uma pequena pílula azul na palma da minha mão.

– Esse trocinho vai fazer você apagar geral, cair num sono profundo até a gente chegar em casa.

Se há uma coisa que nunca falta na bolsa de um gay cosmopolita e requintado, é um arsenal de remédios. Enfio a pílula na boca sem titubear.

Em seguida, viro para a janela, encosto a cabeça no vidro e espero o apagão me derrubar.

CAPÍTULO 17

Dave e eu estamos no meio do caminho quando minha mãe escancara a porta e, de roupão, invade a varanda.

– *Lieverds!* Bem-vindos de volta!

Faz pouco mais de uma hora que chegamos em terra firme, mas continuo grogue e com dor de cabeça, sentindo os efeitos da pílula mágica de Dave. Mas tem um problema muito maior me esperando lá em cima, na prateleira do meu banheiro. A aliança de Will parece ter vida própria, um ser vivo e presente que me chama feito a luz de um farol. Tenho um milhão de coisas para fazer, uma lista imensa de pessoas para quem ligar, mesmo assim, a única coisa em que consigo pensar é na aliança lá em cima.

Reúno todos os meus caquinhos para tentar esboçar um sorriso.

– Oi, mãe.

O olhar preocupado desvia para Dave que me ajuda a me arrastar pelos degraus. Nem preciso olhar para saber que meu irmão gesticula para nossa mãe, pedindo para ela me dar um pouco de espaço. A cara de irritada dela me aborrece e me faz lembrar de um certo Natal, há poucos anos, quando, depois de muito *eggnog*, minha mãe admitiu que às vezes se sente feito um marido abandonado quando está perto de mim e de Dave, de tanto implorar pela nossa atenção. E é exatamente essa cara que ela está fazendo agora. Chego ao topo da escada e me deixo envolver pelos braços dela, me encaixando num raro abraço de urso, no mesmo momento sinto o corpo dela estremecer, e sei que é de frustração. Minha mãe é o tipo que adora consertar tudo, mas a minha vida se transformou numa tragédia que ela não pode reparar.

– Meu doce, meu docinho... – sussurra contra o meu cabelo.

Eu me desvencilho do abraço e ela me leva até o hall, onde meu pai e James estão em pé, os dois de pijama. Meu pai envolve meu ombro com o braço, enquanto James agarra Dave num abraço digno de três meses de separação (e foram três dias). Olho para os dois e sou atingida por uma sensação desagradável. Vai ser assim agora? Toda vez que eu vir um casal se beijando, vou sentir raiva, inveja, rancor? Engulo em seco na tentativa de digerir isso tudo e, em silêncio, faço uma promessa. Meu sofrimento não pode estragar a vida de ninguém mais, muito menos a de Dave.

– Em quinze minutos o café fica pronto – avisa minha mãe.

Não tenho coragem de dizer a ela que acabei de comer no avião um sanduíche de ovo que mais parecia borracha. Pego a minha mala do chão, onde Dave a deixou, e subo as escadas.

– Vou jogar uma água no corpo. Se eu não voltar a tempo, não precisam me esperar, podem comer.

Ainda com cara de preocupação, minha mãe faz que não com a cabeça.

Arrasto meu corpo pesado pelos degraus e caminho até meu quarto. Percebo que minha mãe deu um trato em tudo. Madeira brilhando, janelas reluzindo, cama arrumada, lençóis limpos e meticulosamente ajeitados no colchão, feito cama de hospital. Despejo tudo aos pés da cama, passo um dedo pelo edredom e sinto o perfume forte da minha flor preferida, lírio stargazer, que está em vasos espalhados por todos os lados; nos dois criados-mudos, na mesa da TV, na poltrona perto da janela. Minha mãe deve ter gastado uma fortuna.

No banheiro, o envelope me aguarda em cima da penteadeira feito um bloco de criptonita. Caminho devagar até lá e deslizo os dedos trêmulos pelo envelope protegido, até sentir a temperatura fria do metal.

Antes mesmo de retirar a peça do envelope, sei que se trata da aliança de Will. Sei por conta do formato, do peso, da espessura do metal, do modo como ela desliza pelo meu polegar até chegar à base do dedo. Prendo a respiração ao ler o que há escrito nela em letras minúsculas, que um joalheiro em Buckhead me fez gravar com a própria mão: *À minha pessoa favorita no mundo. Bjo, Iris.*

Um novo turbilhão de tristeza golpeia meu peito. Coloco a aliança no polegar, vou para o chuveiro e entro na água com roupa e tudo. Penso no dia em que a coloquei no dedo de Will, no nó na garganta que senti quando trocamos votos e lembro de como ele me rodopiou até eu sentir que meu coração explodiria de alegria. Foi o dia perfeito, o primeiro do resto de uma vida inteira juntos. Que sorte a minha ter encontrado esse homem, minha outra metade, minha pessoa favorita no mundo entre milhões de estranhos? Naquele dia, eu soube que o nosso amor duraria para a vida inteira.

A vida inteira durou sete anos e um dia.

Digo a mim mesma que eu deveria me sentir agradecida, contente por todos os segundos que passamos juntos, mas quando a água escaldante cai na minha cabeça, tudo em que consigo pensar é "mais".

Droga. Eu queria mais.

Minha pele está vermelha, meus dedos brancos e enrugados quando tiro a roupa e saio do chuveiro e devo estar atrasada pelo menos meia hora para o café da manhã. Imagino a minha mãe no andar debaixo, na cozinha, segurando um prato de panquecas com quase meio metro de altura, com os olhos grudados no topo da escada. Sei que eu deveria estar lá, mas não consigo. A inércia pesa e gruda feito uma cola potente. Deixo as roupas molhadas no chão do boxe, enrolo o corpo numa toalha e me jogo na poltrona da penteadeira, onde fico encarando meu rosto no espelho.

Olhos inchados. Olheiras profundas. Rosto pálido e bochechas murchas. Parece injusto que perder o marido implique perder também a beleza. Não foi suficiente? Já não basta toda a desgraça que tenho que encarar? Viúvas deveriam ganhar como prêmio de consolação um par de bochechas rosadas e uma pele aveludada.

Enquanto procuro o frasco de hidratante, meu cotovelo esbarra no envelope da Liberty Airlines, e então percebo que há um envelope, um menor, embaixo dele. Um envelope de carta liso, azul, simples e genérico. Meu nome e endereço foram digitados em letras maiúsculas no verso, abaixo das palavras: "Pessoal e Confidencial". Viro o envelope e o abro, passando o dedo na etiqueta que o sela.

A folha de papel que há dentro dele pode ter saído de qualquer caderno entre milhões espalhados por aí, desses que se pode comprar em milhões de lojas. Mas são as duas palavrinhas escritas ali, rabiscadas numa caligrafia tão familiar quanto a minha, que faz o ar me faltar.

Sinto muito.

Uma onda de calor irrompe no meu peito. Num gesto brusco, pego o envelope de cima da penteadeira e verifico o carimbo do correio. A carta foi enviada há três dias, no dia 8 de abril. O acidente aconteceu no dia 3. Ou seja, a postagem foi feita cinco dias depois da tragédia.

Depois da tragédia. *Depois.*

Mesmo assim, essa mensagem foi manuscrita pelo meu marido. Não tenho a menor dúvida disso. O formato angular e arrastado da letra, a "perna" puxada ao final de cada palavra. Até a marca da tinta revela que a mensagem foi escrita com a caneta favorita de Will.

Alguém bate forte duas vezes na porta e do outro lado ouço a voz de Dave:

– Iris, está pelada?

Levo alguns segundos para conseguir falar.

– Entre.

O rosto do meu irmão aparece no espelho, e seu olhar preocupado cruza o meu.

– Era dele?

A princípio, penso que Dave se referiu ao bilhete, embora eu tenha acabado de abrir o envelope e não há a menor possibilidade de ele saber do que se trata.

– Ãh?

– A aliança. Era do Will mesmo?

Ah, certo. A aliança. Mexo o polegar e sinto o metal em contato com a pele.

– Sim, era.

– Ah, meu Deus. Sinto muito, Iris, eu estava torcendo para quê... – Dave se aproxima e apoia a mão no meu ombro ainda úmido.

– O que é isso?

– Um bilhete – respondo com a voz e o corpo trêmulos, sentindo a emoção me chacoalhar de um jeito forte que meus músculos chegam a vibrar.

– Acho que foi o Will quem escreveu.

– Certo... – Dave inclina a cabeça para o lado, observando a folha de caderno. – Um pedido de desculpas. Pelo quê?

– Não sei. – Entrego o envelope para Dave e deixo meu irmão tirar suas próprias conclusões.

O que não demora muito. Ele vê o carimbo do correio e ergue a cabeça, com cara de espanto.

– Quem te mandou isso?

Encolho os ombros.

– Foi enviado de Fulton, o que significa que é local.

Dave gagueja por alguns segundos antes de a raiva começar a explodir.

– Que brincadeira de mau gosto é essa? – Ele chacoalha o papel em cima da minha cabeça, o rosto cada vez mais vermelho, furioso. – Isso é psicótico. Quem enviou esse bilhete pra você é um psicopata, você sabe disso, não sabe?

Faço que sim.

– Mas foi escrito pelo Will. É a letra dele.

– Foi postado há três dias! – resmunga, fazendo uma careta no espelho como se *eu* tivesse colocado o envelope numa caixa de correio em Atlanta. – Como pode ter sido o Will quem escreveu isso?

– Deve ter escrito antes de morrer.

– E quem colocou isso no correio?

A raiva de Dave faz a minha despertar.

– Eu não sei! – grito num tom de fúria e frustração. Minha pele fica empolada com o estado de choque em que estou por ter recebido um bilhete do meu marido morto, escrito com a letra dele.

O silêncio impera no banheiro.

Atrás de mim, Dave inspira e solta o ar com força e devagar, até que os ombros despencam e a expressão parece um pouco mais relaxada.

– Desculpe, desculpe, desculpe, tá? Entrei no modo irmão-protetor porque quem quer que tenha enviado isso fez com a única intenção de te enlouquecer.

Deixo escapar uma risada, mas que não tem nada de engraçada.

– E conseguiu.

Outro suspiro profundo.

– Tá legal, vamos tentar pôr a cabeça no lugar e pensar um pouco. *Sinto muito* é uma frase genérica que ele poderia ter dito para qualquer pessoa, mas escrever... Só pode ter sido alguém que ele conhecia muito bem. Alguém que trabalhava com ele?

– Muito provavelmente. Will vivia de casa para o trabalho, do trabalho para casa... E mesmo no trabalho, ou na acade... – A palavra me faz juntar as peças do quebra-cabeça. Sentada no banquinho, giro o corpo e encaro Dave. – Corban.

– Quem?

– O amigo da academia. Aquele que apareceu no memorial com informações sobre o tal trabalho que não existia. Não sei se o cara estava mentindo ou se estava mal informado, mas alguma coisa me deixou intrigada, principalmente porque ele sabia todas essas coisas sobre o Will, mas eu nunca nem ouvi falar dele. Will nunca me falou sobre esse Corban. Nunca.

– Certo. – Dave assente. – Muito suspeito mesmo. E como podemos descobrir se foi ele mesmo quem mandou?

Penso um pouco, mas a resposta não demora muito.

– Vou ligar pra ele, convidá-lo pra tomar um café e pra conhecê-lo melhor.

– Acho que não me ouviu direito. Eu disse "podemos". Como *nós dois* podemos descobrir.

Faço que não com a cabeça.

– Ele não vai se abrir se suspeitar por um segundinho que estamos na cola dele e, se eu for com você, vai se ligar na mesma hora. Sou psicóloga, Dave. Sei bem como fazer as pessoas se soltarem e se abrirem. Mas, primeiro, preciso conquistar a confiança delas e, com você a tiracolo, não vou conseguir arrancar nada de Corban.

– Não curti – resmunga em tom de raiva de novo, mas também de "sem chance, eu vou de qualquer jeito". – Se ele for o cara quê...

– Se esse cara for a peça-chave nessa história, aparecer com você lá do meu lado só vai fazer ele se sentir intimidado. E, por favor, me dê um pouco de crédito. Vou escolher um lugar público pra me encontrar com ele, com muita, muita gente ao redor. Não vai acontecer nada. Vou ficar bem. E, não me leve a mal, Dave, mas nada do que você disser vai me impedir de fazer isso.

Por um ou dois segundos, meu irmão hesita, reflete, respira curto e rápido umas três vezes pelo nariz.

– Tudo bem, mas só se me prometer que, se foi ele mesmo quem postou essa mensagem, vai me deixar quebrar a cara dele.

Prefiro não contrariar Dave e dizer que não há a menor chance de isso acontecer, já que Corban é do tamanho de um tanque. Também não lembro meu irmão daquele dia, no primeiro ano do ensino médio, quando o professor de Educação Física comentou que Dave brigava feito uma menina. Então, apenas gesticulo com a cabeça, concordando, aperto a mão do meu irmão e me dou conta de que nunca o amei tanto como agora.

CAPÍTULO

18

Logo que entro, avisto Corban sentado num banquinho, ao lado da janela, na Octane, uma cafeteria descolada no oeste de Atlanta. O lugar está cheio de nerds e hipsters de cabelo comprido, misturados com alguns universitários que estudam nas faculdades do centro, todos concentrados, cada um com a cara grudada num MacBook Air. Corban desvia o olhar do celular e me cumprimenta com um sorriso rápido e exagerado.

– Oi, Iris.

Aceno rapidamente e aponto para o balcão.

– Posso pedir algo pra você?

Corban ergue a caneca fumegante de cerâmica do balcão.

– Não, já pedi, obrigado.

Caminho até o balcão, faço o meu pedido a uma atendente com o cabelo cheio de dreads e observo Corban de soslaio. Eu tinha me esquecido da pele cor de café lustrosa que ele tem. A cabeça raspada chega a reluzir de tão brilhante, os braços lisos e macios sobressaltam debaixo das mangas da camiseta.

Também não posso deixar de notar que ele é um cara bonito, o tipo que se vê nas capas de revista e nas passarelas de moda. Apesar da roupa casual, uma camiseta colada no corpo e um jeans bem ajustado nas pernas, ele se comporta de modo tão elegante quanto se estivesse vestindo um terno feito sob medida para o corpo torneado. No dia do memorial, eu estava arrasada demais para prestar atenção em tudo isso, mas agora me dei conta de cada detalhe e não sou a única. A julgar pelos olhares e os cabelos que viram de um lado para o outro entre goles de café, não tem nem uma mulher sequer aqui que não percebeu a presença de Corban, e todas estão tentando chamar a atenção dele. Os olhos delas me fuzilam enquanto caminho em direção a ele.

Apoio minha xícara no balcão e deixo Corban me envolver num abraço macio feito algodão e firme como aço. Ele cheira a sabão em pó e loção pós-barba, um aroma picante que chega a provocar cócegas na garganta.

– Que bom ter ver de novo. Tudo bem? Quer dizer... como tem passado?

Simpático. Empático. Sincero. Se for mesmo esse cara quem me enviou aquela mensagem, se ele foi capaz de torturar uma viúva com uma carta escrita com a caligrafia do marido falecido dela, merece ganhar o Oscar tamanha a habilidade de fingir por trás desse charme todo. Isso não significa que estou baixando a guarda. Há muitos atores bons espalhados por aí, nem todos saem de Hollywood.

Eu me jogo num banquinho e penduro a bolsa num gancho embaixo da mesa.

– Bem, na medida do possível, né? Obrigada por ter vindo me encontrar e por trazer a caixa com as coisas do Will. Especialmente o CD com as fotos.

Eu já tinha visto a maior parte das fotografias no celular de Will ou no Facebook, mas algumas eram totalmente novas para mim, cliques espontâneos com Corban, os dois cercados por colegas de academia, todos com a cara brilhando de suor, de ombros dados para a foto. Pelo sorriso sincero e a postura relaxada de todos, essa amizade não se restringe aos aparelhos da academia, e as fotografias trazem de volta aquela sensação de aperto no peito. Por que Will escondeu de mim essa parte da vida dele?

– Will era um excelente amigo. Meu melhor amigo – comenta Corban com voz e expressão melancólicas (mais um ponto para ele). – Já estou sentindo demais a falta dele.

– Eu também – digo e engulo o nó que se formou na minha garganta de repente, me culpando mentalmente por deixar que esse cara me faça sentir assim. Sem chance, não vou permitir que Corban faça esse jogo comigo, não até eu ter certeza de que não foi ele quem me enviou aquela carta. Seguro a xícara de chá, enrosco um dedo na asa e me recomponho.

– Saiu no jornal que começaram a resgatar os restos mortais no local do acidente e que já enviaram alguns itens pessoais para os familiares.

Confirmo com a cabeça, e minha mão livre toca a aliança de Will, que coloquei numa corrente e pendurei no pescoço, aqui, bem acima do coração, e a emoção começa a me invadir, a querer transbordar, e, quando me dou conta, meus olhos estão... Droga. Cheios de lágrimas.

– Poxa vida, Iris. Nem consigo imaginar o quanto deve ter sido difícil pra você. – Corban leva a mão ao meu cotovelo e o aperta de leve. – Eu sinto muito.

Sinto muito. As mesmas palavras escritas na carta de Will.

Apesar da expressão genérica, ouvir essas duas palavras faz as lágrimas evaporarem, e, com os olhos semicerrados, me concentro na xícara. Será que ele falou de propósito? Ou foi simplesmente um acaso? Será que esse homem seria capaz de enviar uma carta com duas palavras e teria coragem de repeti-las assim, aqui, de frente para mim? Só de pensar sinto como se um inseto percorresse sob a minha pele. Dou um gole no chá, mas a bebida quente só faz alastrar as chamas na minha barriga. Corban seria tão cruel assim? Alguém nesse mundo seria capaz de uma crueldade dessas?

– Está tudo bem?

A preocupação dele, por mais sincera que pareça, mostra que preciso me controlar. Tento neutralizar minha expressão e apoio a xícara no pires.

– Está, sim. Eu te chamei até aqui porque queria pedir sua opinião sobre uma coisa. – Faço uma pausa estratégica para aguardar o consentimento dele, e Corban assente. – Eu liguei para a ESP, a empresa que você me disse ter chamado o Will para uma entrevista. Conversei com a chefe do RH. Ela não conhecia o Will e me disse que abriram a última vaga de alto escalão há oito meses.

– Eu não... – Corban não desvia os olhos dos meus, mas as sobrancelhas negras e os cílios (os únicos fios que ele tem do pescoço para cima) franzem. – Está me dizendo que o Will não conseguiu nenhum emprego em Seattle?

– Exatamente.

– Mas... Não entendo. Por que ele me contaria toda aquela história de que conseguiu um emprego na Costa Oeste se não era verdade? Por que me falou que ia trabalhar com um monte de mandachuvas e chegou até a contar sobre as maluquices que faziam quando viajavam a negócios? Ele me disse que o pessoal o levaria para saltar de paraquedas e que tinha uma tirolesa dentro do prédio onde ele ia trabalhar. Percebe? Ele contou tudo em detalhes. Por que ele inventaria tudo isso?

– Ele não inventou nada. Tenho certeza de que Will viu isso no site da empresa.

– Mas e a história de ter passado na entrevista, da mudança para a Costa Oeste, a preocupação com o fato de você não querer abandonar a sua família... Foi tudo armação?

– Tudo indica que sim.

Corban parece ainda mais intrigado e seu olhar transmite algo que conheço muito bem. Decepção. Seu amigo, aquele de quem ele sente tanta falta, mentiu. O homem parece tão aborrecido que decido mudar de assunto.

– Alguma vez Will te contou de onde ele era?

Ele tenta esquecer o que acabou de ouvir, cruza uma perna debaixo da mesa e começa a remexer um dos pés com All-Star vermelho.

– Ah, contou, sim. Tenho uns primos que moram em Memphis, Will e eu sempre trocávamos uma ideia sobre a cidade. Acabamos descobrindo que moramos no mesmo bairro.

– Will é de Seattle.

– Entendi – afirma como quem não entendeu, mas a perna dele para de mexer. – Mas de Seattle ele se mudou para Memphis quando tinha, sei lá, 5, 6 anos? Com certeza a mudança aconteceu quando ele ainda era criança. Will estudou na Central, a maior concorrente da escola onde meus primos estudaram.

– Will estudou na Hancock High. Em Seattle.

Por um bom tempo, Corban não se mexe, não fala, e o silêncio amplifica o ruído da cafeteria ao nosso redor. O rosto dele fica paralisado, como se o homem tivesse acabado de dar de cara com uma porta.

– Tem certeza?

– Absoluta. Encontrei o anuário do colégio que comprova o fato.

– Então... Certo. É... – Corban passa a mão na careca e posso sentir a mente dele girando, tentando encaixar as peças do quebra-cabeça, e o fato de não conseguir parece deixá-lo atordoado. – Me desculpe, mas preciso perguntar. Por que todas essas mentiras?

– É isso que estou tentando descobrir. Não sei se o consola, mas ele também mentiu para mim.

Ele inclina a cabeça para o lado.

– Você também achou que ele era de Memphis?

– Sim.

– E como descobriu a verdade sobre Seattle?

Não vejo motivos para não lhe dizer a verdade, embora eu faça questão de me manter vaga o máximo possível.

– Recebi um cartão com uma mensagem de pêsames assinado pela Hancock. Uma coisa levou à outra.

Corban absorve a informação e assente de modo breve, mas se mantém em silêncio por um bom tempo depois.

– Bom. Por um lado, estou mais confuso do que nunca, mas por outro, por mais estranho e maluco que pareça, as coisas começam a fazer sentido agora.

– Como assim?

– O jeito como o Will vinha se comportando ultimamente. Ele parecia meio... distraído e... sei lá. Aéreo. Mal-humorado, estressado. Há algumas semanas, um cara lá da academia pediu para o Will limpar um aparelho, e ele simplesmente surtou. Começou a gritar e esmurrar tudo, tive de tirá-lo da sala e levá-lo para fora, para tentar acalmá-lo. Nunca tinha visto ele tão nervoso assim. Agora me pergunto se isso tem alguma relação com o que você me contou, se ele estava agindo desse jeito estranho por causa de todas as mentiras, ou se as mentiras foram um meio que ele encontrou para acobertar alguma outra coisa. Faz algum sentido?

Sinto um misto de emoções, uma sensação familiar de mágoa sendo a predominante.

– Faz todo o sentido. Infelizmente.

– Ele também andava estressado em casa?

Uma sequência de acontecimentos começa a passar pela minha mente feito um filme. Aquele dia em que eu estava preparando o jantar e Will não parava de andar de um lado para o outro no quintal, falando ao celular, com uma cara muito feia, conversando com alguém a quem ele se referiu apenas como um "colega". A vez em que desci as escadas e o encontrei dentro do carro, parado na garagem, olhando para o nada por uns vinte minutos. Aquela noite em que virei de lado na cama e o encontrei acordado, me observando com uma expressão que nunca tinha visto antes, um sentimento que não consegui decifrar. Quando perguntei o que tinha acontecido, ele apenas respondeu que queria fazer amor comigo.

Mas a AppSec tinha acabado de fechar uma parceria com a City of Atlanta, e a equipe de Will vinha trabalhando com prazos apertadíssimos. Ele dizia que o estresse era por conta do excesso de trabalho, e, na época, acreditei nele.

Ou talvez essa tenha sido a minha vontade.

Agora? Agora tenho certeza de que havia algo errado. Algo que fez Will embarcar naquele avião para Seattle.

– Você o conhecia melhor do que ninguém – afirma Corban. – O que acha que poderia estar acontecendo?

A pergunta paira na minha cabeça por um bom tempo, por todos os ângulos possíveis. Penso no passado obscuro do meu marido e no rastro terrível que ele deixou em Seattle. O incêndio criminoso que queimou um edifício e causou a morte precoce da mãe dele e de duas crianças inocentes. Penso no pai dele, sozinho e acamado em uma casa de repouso e sendo tratado como indigente. E essas são apenas as pessoas de que fiquei sabendo. Quantas mais deve haver?

Remexo a xícara com o resto do chá e observo a bebida quase transbordar pela borda.

– Acho que algo..., ou melhor, alguém do passado dele possa ter voltado para atormentá-lo. Acho que é por isso que ele estava agindo de modo estranho e pode ser o motivo de ele ter embarcado num avião para Seattle.

Corban não diz nada. Ergo a cabeça, olho para ele, que permanece imóvel.

– O que foi?

– Eu não ia te contar isso, mas pensando no que me disse agora, é melhor contar. – Corban faz uma pausa e me encara com os olhos tão negros que mal consigo distinguir a pupila da íris. – Um dia ou dois antes do acidente, Will me ligou para me pedir um favor. E me fez jurar pelo túmulo da minha mãe que eu cumpriria a promessa.

Silêncio. Corban faz uma pausa, e o mesmo parece acontecer com o meu coração.

– E qual era essa promessa?

– Will me fez prometer que, se algo acontecesse com ele, eu cuidaria de você.

Volto para casa e deparo com uma pilha de sacolas de uma loja de material de construção dependurada na parede do hall e encontro meu pai de joelhos, com uma furadeira na mão e um cinto de ferramentas preso na cintura.

– O que é isso?

– Refletores em ambas as portas. – Meu pai enfia a mão dentro de uma das sacolas e tira dela um punhado de interruptores. – Vou colocar esses caras na parede aqui de dentro, mas lá fora vou instalar sensores. Qualquer um que estiver a cem metros do seu portão vai se sentir sob holofotes. Literalmente.

– Isso é por causa da carta?

– Da carta, das mensagens de texto e porque você mora bem no meio da décima segunda cidade mais violenta do país. Também estou trocando as fechaduras e instalando trancas e correntes. Uma empresa de segurança vai vir ainda hoje para acionar os alarmes e conectá-los à central de monitoramento.

Minha mãe aparece na sala com um livro enfiado debaixo do braço.

– Também pedi pro seu pai consertar a porta da frente, arrumar aquela mesa lateral da cozinha e trocar a borracha daquela coisa que você tem no banheiro do corredor.

– Registro – explica meu pai, levantando do chão. – Ela me pediu pra trocar a borracha do registro. Aproveitei pra trocar todas as outras. Vai me agradecer quando a próxima conta de água chegar.

– Mas preciso agradecer agora também – digo com a voz meio vacilante, porque o que realmente sinto vontade de fazer é me debulhar em lágrimas ao perceber que Will nunca mais terá a oportunidade de zerar a lista de tarefas por fazer em casa. Quais foram as últimas duas coisas que ele acrescentou à lista, naquela última manhã que passamos juntos na cama? Depois de alguns segundos, eu me recordo: trocar o filtro do ar-condicionado e o óleo do meu carro. Vou cuidar disso sozinha.

Meu pai abaixa e nivela os olhos com os meus.

– Não se preocupe com o custo, querida, sua mãe e eu vamos cuidar disso. Vamos nos sentir mais tranquilos se soubermos que está sã e salva, protegida por um sistema de segurança, ainda mais agora que... Bom...

Sei o que ele ia dizer. "Ainda mais agora que o Will se foi." Meu pai parece tão angustiado e preocupado que abraço a cintura dele e o aperto, sentindo os olhos se encherem de lágrimas de novo.

– Agora que vou morar sozinha, também me sinto mais protegida com um sistema de segurança. Obrigada. Mas não precisam pagar. Eu cuido disso.

– Combinado, então. – Meu pai dá um beijinho na minha cabeça e sai para continuar o trabalho, procurando a furadeira em meio à pilha de sacolas. Ele aperta o botão, fazendo a broca zunir, mas desliga a furadeira em seguida. – Ah! Já ia me esquecer. O chefe do Will deixou outro recado enquanto você estava fora. Já é a quinta ou sexta vez que ele liga. Imagino que ainda não teve tempo de retornar para ele.

Confirmo com a cabeça. Desde que soube da aliança de Will, nem parei para pensar em Nick tampouco nas outras pessoas que deixaram recado.

– Talvez deva priorizá-lo, querida. Suponho que ele tenha algum assunto financeiro, alguma coisa desse tipo pra tratar com você, coisas que não podem esperar muito. Sei que é desagradável ter de encarar isso, mas você tem hipoteca para pagar e vai precisar se organizar pra saber como dar conta disso com um salário apenas.

– Venha. – Com a mão no meu cotovelo, minha mãe me conduz pelo corredor. – Enquanto você liga pra esse tal de Nick, vou preparar um chá pra gente. Ah! Eu fiz brownie! Se é que os rapazes nos deixaram alguma coisa.

Olho ao redor, procurando por Dave e James.

– Cadê eles?

– Deram um pulo no correio... Dave comentou que tinham alguma coisa pra postar, um tal de... anuário? E depois eles iam encontrar um amigo da faculdade do James. Parece que ele vendeu sua clínica por uma bolada e tanto e agora é dono de uma hamburgueria na Peachtree Street. Dezessete dólares por um hambúrguer, dá pra acreditar? É chá-preto, tudo bem?

– Ótimo. Obrigada. – Mas, em vez de ir buscar os saquinhos de chá, minha mãe fica em pé, parada, me observando. – O que foi?

– Bom... Andei pensando se você acha que deve preparar um funeral, algo assim. Não sei, talvez uma coisa um pouco mais... pessoal, íntima. Diferente daquilo que a Liberty Airlines fez. Aquela cerimônia que eles prepararam foi muito bonita, mas não tinha a cara do Will, entende? Foi algo genérico, feito para todos, poderia ser para qualquer um.

Minha mãe tem razão. Apesar de toda a pompa, o memorial não teve nada de pessoal. Músicas cafonas, discursos prontos e o único momento em que chamaram meu marido pelo nome foi durante a leitura monótona da lista de passageiros. Will merece algo melhor do que um memorial genérico num parque lotado de pessoas estranhas.

– Quer que eu cuide disso? – oferece minha mãe. – Que eu veja alguns lugares? Não vou fechar nada, claro, sem o seu consentimento. Só pesquisar.

Sorrio ao sentir que essa demonstração de mais puro amor aquece meu coração.

– Obrigada. De verdade.

– Combinado, então. Agora, ligue logo pra esse tal Nick. O número dele está marcado num post-it, ao lado da máquina de café.

Enquanto minha mãe anda de um lado para o outro na cozinha, pego o post-it, digito o número no meu celular e completo a ligação.

Nick atende no segundo toque.

– Nick Brackman.

– Oi, Nick. Aqui é a Iris Griffith. Desculpe não ter ligado antes, as coisas andam meio difíceis por aqui.

– Eu imagino. E como tem passado?

A mesma pergunta que todos os estranhos me fizeram no dia da cerimônia em memória aos mortos, a mesma que vejo nos olhos dos meus pais, as mesmas palavras que ouvi de Corban hoje, mais cedo. *Como tem passado*? Sei que a intenção é das melhores, mas será que Nick está disposto a ouvir que continuo dormindo com o roupão do meu marido, embora ele esteja mais com o meu cheiro agora do que com o de Will? Ou que ligo para a caixa postal do Will vinte vezes por dia para poder escutar a voz dele? Que as lágrimas me acordam quase todas as noites e que, mesmo assim, prefiro isso às madrugadas em que acordo em meio a um ataque de fúria, gritando contra o travesseiro? Que os clichês que todo mundo não para de me dizer, do tipo "tudo nessa vida tem um motivo para acontecer" e "Will quer te ver feliz", me dão vontade de sair esmurrando tudo? Que às vezes sinto a presença de Will de modo tão intenso que o ar fica preso na garganta e os pelos da nuca se arrepiam, mas quando me viro para olhar, tudo que vejo é um buraco vazio no lugar da presença dele?

Suspiro profundamente, desmorono no sofá e digo a Nick o que ele está esperando ouvir.

– Estou levando.

Acho que só haverá uma coisa pior que a pergunta de Nick: o dia em que as pessoas pararem de me fazer essa pergunta.

– Que bom, fico aliviado. Se houver alguma coisa que eu possa fazer...

Mais uma frase clichê. Reúno todas as forças para conter o grito.

– Obrigada.

– A Jéssica guardou as coisas dele aqui do escritório numa caixa. Não é muito... Uns livros, canecas, porta-retratos. Acho que ela estava pensando em te entregar neste fim de semana.

Com certeza, não foi esse o motivo das ligações de Nick. Não, ele não me ligou para lançar meia dúzia de frases clichês e avisar que tinha separado os pertences que Will mantinha no escritório. Sem delongas, agradeço brevemente, o interrompo sem me preocupar muito com gentilezas e o apresso.

Ou Nick se cansou de enrolar, ou morde a minha isca.

– Olhe, preciso tratar um assunto com você, mas acho que o telefone não é o melhor meio. Acha que podemos nos encontrar pessoalmente? Basta me dizer o horário e o lugar que estarei lá.

– Bom, acabei de chegar em casa e...

– Você mora em Inman Park, certo? – Não respondo. Nick sabe muito bem que moro em Inman Park. O endereço consta no holerite que ele assina todo mês. – Pode ser na Inman Perk daqui uma hora? É a melhor cafeteria da cidade, a minha predileta.

Depois da manhã com Corban, não tenho a menor vontade de ir a outra cafeteria e depois dos últimos dias enclausurada ou no quarto do hotel, ou no carro, ou no avião, não suporto nem pensar em ficar presa dentro de quatro paredes.

– Podemos nos encontrar lá, sim, mas se importa se a gente der uma volta na BeltLine? Queria respirar ao ar livre um pouco.

– Combinado. Obrigado, Iris. Te vejo daqui a uma hora.

Enquanto caminho até a porta para encontrar Nick, digito no celular o número de Leslie Thomas que meu pai me passou. Ela atende no segundo toque.

– Antes que você comece a falar – dispara sem nem dizer "alô" ou "oi" –, quero pedir desculpas por ter mentido na primeira vez em que liguei. Eu estava sendo pressionada pra arranjar uma história. Faz poucos meses que estou aqui, e essa foi a minha primeira prova de fogo. Fui longe demais.

– E agora? – pergunto de um jeito ríspido porque não a perdoo. A raiva ainda corre quente nas minhas veias. Essa mulher mentiu na maior cara lavada. Certamente não estou ligando de volta por vontade própria.

– E agora o quê?

Sento nos degraus da porta de casa e semicerro os olhos ao olhar para o sol.

– Continua sob pressão pra arranjar uma história?

Ela ri, mas isso soa mais irônico do que engraçado.

– Bom, meu chefe acabou de sugerir para eu fingir ser a irmã de outro passageiro, então, é você quem escolhe.

Penso um pouco. Essa mulher já mentiu para mim uma vez. Quem me garante que não vai fazer isso de novo?

– Olha, quero dizer que me sinto muito mal por ter mentido, mas quero uma chance para poder reparar o meu erro. Compensar o que fiz.

– Hum, deixa eu adivinhar. Vai me falar o verdadeiro nome da garçonete.

– Ex-garçonete, na verdade. Se chama Tiffany Rivero, e ela serviu um dos pilotos e os amigos baderneiros quase até o bar fechar as portas, umas quinze pras três da madrugada, na véspera do acidente, e eles consumiram mais de seis mil dólares.

Fico perplexa. Tanto pelo que ela me contou, quanto pela quantia.

– Tem gente que gasta seis mil dólares numa boate?

– Tem, sim, quando tomam champanhe como se fosse limonada, o que parece ser o caso desses caras. Também tinha uma pílula circulando entre eles como se fosse Tic Tac.

Respiro fundo e faço as contas na minha cabeça. Supondo que Will tenha embarcado no primeiro voo para Atlanta, por volta das seis da manhã, o piloto teria ido direto para o aeroporto, o que significa que o cara praticamente nem dormiu, isso sem falar em tudo que ele deve ter consumido.

– Não há como ter certeza de que o piloto estava no meio.

– De acordo com a Tiffany, ele estava, sim. Todo mundo estava baqueado. E agora a maior pérola de todas: ela também contou tudo isso para o pessoal da Liberty. E sabe o que eles disseram? Que deve ter havido algum mal-entendido porque há vários procedimentos e protocolos de segurança que devem ser seguidos para assegurar que o piloto não assuma a função se não estiver cem por cento sóbrio e atento. Tentaram convencê-la de que ela se equivocou.

De repente, é como se houvesse um bloco de gelo no meu estômago, se espalhando feito câncer. A Liberty sabe que o piloto ingeriu álcool e drogas numa festa, na véspera do acidente, e a empresa não fez nada. Não disse nada. Penso nas famílias que encontrei no aeroporto e no dia do memorial, nas lágrimas e em todo o sofrimento e sentimento de luto e sou tomada por uma fúria incontrolável, como se um buraco profundo abrisse no chão e ameaçasse me sugar. Will morreu por conta da irresponsabilidade de um piloto e da imprudência de uma companhia aérea.

– Por que está me contando isso? Suponho que essa história seja uma bomba prestes a explodir nas páginas de todos os jornais e sites do planeta.

– É verdade, mas minha consciência pesada e eu queríamos que você fosse a primeira a saber, e que soubesse das consequências disso. – Leslie fica em silêncio por algum tempo, pouco, mas perturbador. Falando ainda mais sério, ela acrescenta: – Eles vão fazer uma investigação, Iris, e se o que essa Tiffany estiver dizendo for mesmo verdade, se o que ela contou aconteceu mesmo, você e os familiares dos outros passageiros têm a Liberty Airlines nas mãos.

CAPÍTULO 19

Quando dobro a esquina da Inman Perk, avisto Nick parado na calçada, com duas garrafas d'água nas mãos. Loiro bem claro, quase platinado, rechonchudo, a barriga esticando a camiseta polo para dentro do cós da calça feito uma bexiga cheia. Eu deveria estar muito mal mesmo no dia do memorial para não ter conseguido reconhecê-lo de imediato. Grande e corpulento, Nick não é o tipo de cara difícil de se lembrar. Calça cáqui e, nos pés, um tênis Nike novinho em folha, é evidente que acabou de sair da loja, o que faz eu me sentir meio mal por ter sugerido dar uma volta pela BeltLine no meio de um dia da semana como hoje.

– Oi, Nick.

– Oi, Iris. Obrigada por ter vindo. Está pronta?

Tento decifrar o estado emocional dele, mas Nick está de óculos escuros e mantém a expressão e a voz inexpressivas.

– Desde sempre.

Seja lá o que Nick tem para me contar, sei que não é bom. Por que ele ligaria seis vezes seguidas em tão poucos dias e insistiria para nos encontrarmos? Se ainda me restava alguma dúvida, o modo como me cumprimentou e a linguagem corporal dele só confirmam as minhas suspeitas e as transformam em um estado de pavor intenso e profundo.

Ele me oferece uma das garrafas, gelada e suando, e caminhamos em direção à viela que leva até a trilha num silêncio sepulcral e perturbador.

Como qualquer dia ensolarado de primavera, a Atlanta BeltLine, um conjunto de parques e trilhas construído por entre as ferroviárias desativadas da cidade, está agitada. Mães com roupa esportiva empurram seus carrinhos de bebê, disputando o espaço com gente praticando corrida, passeando com o cachorro ou andando de skate. Nick e eu entramos atrás deles feito numa fila, caminhando na trilha norte em direção aos arranha-céus do centro da cidade, possíveis de avistar de longe.

– Isso é incrivelmente difícil para mim – comenta assim que passamos por debaixo da passarela Freedom Parkway, e, embora a camiseta de Nick esteja começando a ficar molhada de suor, sei que ele não se refere à caminhada. Nick se mantém cabisbaixo, os olhos grudados no chão. – Contratei o seu marido. Eu o preparei. Nesses mais de oito anos que ele trabalhou para mim, eu o promovi seis vezes. Não porque gostava dele, o que é verdade, mas porque ele mereceu.

– Aham – digo com dificuldade, sentindo o coração bater tão forte que é como se fosse sair pela boca. Sinto que aí vem um "mas..." que paira sobre mim feito uma descarga elétrica, pronta para ser disparada a qualquer momento.

– Não sei o quanto conhece do nosso trabalho, mas a maioria dos engenheiros não está nem um pouco preocupada em saber de onde e como o dinheiro vem. Will era um desses funcionários raros que não só se preocupava com isso, como nunca deixava de pensar em como trazer mais lucro. Esse é um dos motivos pelos quais ele era um profissional tão eficiente, porque conseguia desenvolver coisas antes mesmo que os clientes soubessem que as desejariam. – Nick segura meu cotovelo de leve, nos esgueirando para dar passagem a três ciclistas. – Ele era um gênio, mas tenho certeza que isso não é nenhuma novidade pra você.

– Sim, é verdade.

– Esse é um dos motivos pelos quais levamos tanto tempo para descobrir. Will era a última pessoa de quem desconfiaríamos, jamais imaginaríamos que poderia ser ele.

As palavras de Nick fazem cada um dos meus músculos se contorcer, ao mesmo tempo que a decepção queima meu peito e não consigo mais conter a impaciência.

– Me desculpe, Nick, mas passei a noite dentro de um avião e praticamente não dormi na última semana. Estou arrasada e exausta, então, por favor, pode ser mais objetivo e me contar de uma vez por que me procurou?

Ele para no meio do caminho e vira o corpo grandalhão para me encarar.

– Descobrimos um desfalque nas contas da empresa.

A sensação escaldante no peito dá lugar a um frio intenso e congelante que se espalha por todo o meu corpo quando, de repente, todas as peças se juntam e começam a fazer sentido. É como um desses testes psicológicos que faço com meus alunos, em que se apreende o sentido da frase, mesmo que ela tenha poucas palavras. Nesse caso, as palavras são: *seu marido é um bandido*.

Cruzo os braços, tremendo apesar da temperatura de mais de vinte graus.

– Quanto?

O homem ergue os ombros rechonchudos.

– É difícil precisar. A contadora forense ainda está...

– Contadora forense? – Sinto como se um raio me atingisse em cheio, derretendo as solas de borracha do meu tênis. Não sou nenhuma expert em finanças, mas conheço o termo. Os divórcios dos pais dos alunos da Lake Forrest sempre envolvem um profissional desse, uma espécie de "perito" financeiro especializado em descobrir fundos escondidos. Ano passado, no processo de divórcio, a mãe de Jeannette Davis recebeu metade das ações do ex-marido, graças a um contador forense.

– Como eu estava dizendo, só quando a contadora forense terminar o relatório final é que teremos o número exato.

– Me dê uma estimativa.

– Quatro milhões, quatrocentos e setenta e três mil. Daí pra mais.

– Entendi. Então, o que você quer saber é se, por acaso, não notei que tem sobrando quatro milhões e meio na minha conta conjunta? – A cada palavra é como se eu estivesse mastigando quiabo, grudento e amargo.

– Não, mas... – Nick faz uma careta. – Eu... pensei que talvez soubesse de algo...

Arregalo os olhos.

– Não. Meu Deus, não. Claro que não.

– É o meu que está na reta, Iris. Temos planos de abrir o capital ano que vem, e o conselho está no meu pé. Ninguém vai querer adquirir ações de uma empresa cujos procedimentos internos permitam um desfalque de quatro milhões e meio por parte de um funcionário. Por favor, se estiver me escondendo algo...

– O Will não estava fugindo, Nick. Ele embarcou num avião que caiu. – Penso no que Leslie Thomas me contou, no piloto bêbado e sonolento que assumiu o controle do avião. Uma súbita náusea me invade.

Nick faz cara de desagrado.

– Sei disso e peço mil desculpas por estar aqui, te contando isso. Mas o que estou tentando dizer é que eu via o Will como um amigo, e esse é um dos motivos pelos quais eu queria que essa conversa ficasse só entre nós.

– Não estou entendendo. Aonde quer chegar?

– Quero dizer que se conseguirmos recuperar o dinheiro e endireitar as contas da empresa, o assunto será encerrado. O que conversamos vai morrer aqui, sem mais perguntas. A essa altura, não estou preocupado com os motivos, nem em descobrir como ele fez isso, só preciso recuperar esse dinheiro.

– Acha mesmo que eu sei onde está?

Nick sorri para mim como que se desculpando, mas o gesto não alivia nem um pouco o que ele acabou de dizer.

– Você sabe?

De modo silencioso e ao mesmo tempo rápido, a raiva começa a me revolver.

– Você não pode estar falando sério. – O silêncio de Nick me mostra que sim, ele está falando sério. A náusea se intensifica, o chá e o brownie da minha mãe começam a revirar no meu estômago, e começo a ficar com medo de vomitar nos tênis novinhos em folha de Nick. – Tenho certeza de que tudo isso não passa de um grande mal-entendido.

Nick faz que não com a cabeça, um gesto preciso e irredutível.

– Não é.

– Como sabe que foi o Will quem desviou o dinheiro?

– Não posso te responder isso.

– Quatro milhões e meio não desaparecem de uma conta assim, do dia para a noite. Isso deve ter levado anos. Como ninguém nunca percebeu?

– Também não posso responder essa pergunta. Pra falar a verdade, provavelmente eu já falei muito mais do que deveria. Meus advogados vão surtar quando eu contar a eles sobre essa nossa conversa.

Advogados. Contadores forenses. Com o polegar, cutuco para cima e para baixo o anel que Will me deu no dia que embarcou, um hábito inconsciente que adquiri desde a semana passada e que me pego repetindo toda vez que penso no meu marido. Talvez por causa do modo íntimo e inesperado com que Will me presenteou, ou talvez pelas palavras dele – *você, eu e o nosso bebê*. Por algum motivo, ou por vários, tocar o anel me traz uma sensação de conforto.

Ou trazia. Até agora.

Percebo que Nick observa meu gesto e faz cara de intrigado, franzindo as sobrancelhas.

Enfio as mãos dentro dos bolsos da blusa de moletom no mesmo momento.

– Não sei nada sobre esse dinheiro e posso garantir que não está na nossa conta conjunta.

Por um bom tempo, ele fica imóvel. Várias pessoas passam por nós, de ambos os lados, ouço os passos, as rodas dos skates, o movimento, e Nick permanece parado ali, no meio do caminho com toda sua corpulência, me observando de um jeito inexpressivo. Sei o que ele está fazendo. Está esperando eu insistir que isso não pode ser verdade, que o contador forense deve ter se enganado, que Will Griffith não seria capaz de roubar nada dele nem de ninguém, mas as palavras simplesmente não atravessam a garganta. Se meu marido era o tipo de pessoa capaz de atear fogo num apartamento com gente dormindo dentro dele, quem pode assegurar que ele não desviou dinheiro da conta da empresa em que trabalhava? Fico ali, de pé, parada, reunindo todas as forças possíveis para conter a vontade cada vez mais crescente de chorar.

Nick entende meu silêncio como resposta e me lança mais um sorriso que soa como um pedido de desculpas antes de voltar ao ponto de onde começamos.

– Desculpe, Iris, mas vou ter de ir atrás desse dinheiro, mesmo que isso destrua você e um falecido.

* * *

Assim que Nick vai embora, arremesso a garrafa d'água numa lata de lixo e começo a correr. A tarde de primavera está deslumbrante. No ar, pairam todos os sons de um dia ensolarado na cidade: o farfalhar das folhas, o retinir da coleira dos cachorros, o ruído quase imperceptível do trânsito e o do meu tênis batendo no asfalto. Oito dias praticamente sem comer e sem praticar atividade física deixaram meus músculos fracos e rígidos, e cada pernada recai como um castigo. Mas as palavras de Nick continuam me atormentando e preciso queimar energia para aliviar essa tensão que ameaça corroer os meus ossos.

Will e eu sempre adoramos a BeltLine. A arte urbana, a linha do horizonte, os quilômetros e mais quilômetros de parques e área verde. Era maravilhoso explorar o lugar com nossas bicicletas iguais, estilo retrô, com três marchas, buzina de metal e cesto de vime pendurado no guidão. Will comprou as duas e me surpreendeu certo ano, no dia do meu aniversário.

"Sabe o que isso significa, né?", comentei ao subir na bicicleta e fazer graça, empinando-a ao descer a rua e freando com força.

Will, me observando de longe e com as mãos apoiadas na cintura, parado no começo da rua.

"Fim dos gastos com Uber?"

Dou risada.

"Isso e outras coisas mais. Se a gente for e voltar para o centro de bicicleta, posso comer batata frita no almoço sem culpa."

Will e eu saíamos com as bicicletas sempre que possível. Nos fins de semana, nas noites que fazia calor, para ir a restaurantes e bares ou simplesmente quando dava na telha e éramos aquele tipo de casal sem noção que ocupava a pista inteira da BeltLine porque queríamos andar de mãos dadas.

Agora, se for para acreditar em tudo que ouvi hoje, esse homem é um criminoso. Um mentiroso, bandido, que no último mês de vida andava relapso e mal-humorado. Que arranjava briga na academia e deixava marcas de soco nas paredes da sala de estar. Que Nick e seus contadores forenses estão investigando. Não precisa ser muito astuto para imaginar que Will provavelmente estava se sentindo encurralado.

Enquanto corro, passo por torres de celulares, paredes grafitadas, casas, parques e restaurantes cujos terraços estão abarrotados de gente preparada para o happy hour, embora ainda seja cedo. O sol começa a bater na minha cabeça, e eu saio do meio da pista e vou para o lado para poder tirar o moletom. Enquanto o amarro na cintura, o anel que Will me deu reluz sob os raios de sol.

Semana passada, enquanto verificava o extrato bancário da nossa conta, vi algum débito referente a esse anel? Cerro os olhos e tento lembrar. Com certeza eu teria notado esse tipo de despesa – um diamante de grife não sai nada barato. Abro o zíper do bolso, pego o celular e verifico pelo aplicativo do banco tanto o extrato da conta quanto do cartão de crédito. Nenhum valor extravagante em nenhum deles. Também não há o menor sinal de quatro milhões e meio de dólares.

Então, como foi que Will pagou por esse anel?

A pergunta provoca uma dor terrível no esterno. Volto para o carro.

A loja da Cartier fica no Lenox Mall, no mesmo corredor da Neiman Marcus, em meio a outras grifes. Corro pelo corredor largo, passo pela Tesla, Louis Vuitton e Prada, e nesse momento me arrependo de não ter voltado para casa para trocar de roupa e quem sabe dar um jeito no cabelo.

Atrás da porta de vidro grossa da Cartier, há um segurança uniformizado. Pelo vidro, ele olha para mim como quem diz: “Tem certeza de que está no lugar certo?”. Empino o queixo e estico a mão até a maçaneta de metal, mas o segurança se apressa em minha direção e meus dedos nem chegam a tocar o metal.

– Bom dia, senhora – diz enquanto abre a porta. – Seja bem-vinda à Cartier.

O lugar cheira a luxo e poder. Design interior de madeira escura, carpete felpudo, joias cintilando e flutuando atrás de painéis de vidro. Só os arranjos de flores devem custar mais ou menos o meu gasto anual com a conta de luz. Só de ficar aqui, parada entre eles, me sinto com os nervos à flor da pele, como se todo mundo por aqui pudesse ver que não sou um deles, sou uma intrusa. Olho ao redor e não vejo mais ninguém além de mais um segurança e uma vendedora loira polindo uma pulseira de ouro com um pano vermelho-escuro.

Ela olha para mim e abre um sorriso amarelo.

– Posso ajudá-la?

Ela tem um sotaque russo bem demarcado e é o estereótipo de noiva por encomenda da Europa Ocidental. Alta, magra, cabelo descolorido e parece ter tomado um banho de perfume. As unhas são compridas demais, a maquiagem, exagerada, e as curvas ficam bem acentuadas num terninho justo que deve ser de um tamanho duas vezes menor que o dela. Apesar disso, é uma mulher muito bonita, sem dúvida, embora, ao que parece, simpatia não seja muito o seu forte.

Meus olhos procuram pelo nome no crachá.

– Oi, Natashya, meu marido esteve aqui recentemente e me deu isso de presente. – Ergo a mão e mostro o anel, e as sobrancelhas da vendedora mal saem do lugar, provavelmente tentando disfarçar o estado de surpresa, ou por causa do Botox, ou ainda, quem sabe, uma combinação das duas coisas. – Gostaria de saber se consigo obter os detalhes da compra.

– Foi um presente, não?

– Sim.

– Não gostou?

– Não, não é isso. Adorei. Eu só... – Mantenho a mão suspensa no ar e olho para o anel de ouro e diamante. Eu só... o quê? Desconfio que o meu marido tenha comprado o presente com dinheiro roubado? Imagino que o recibo da compra possa fornecer uma pista de onde ele guardou os quatro milhões e meio? – Preciso do comprovante para colocar a peça no seguro.

– Ah, sim, claro – diz. A vendedora coloca a pulseira de volta na vitrine, a fecha, guarda a chave no bolso do casaco e gesticula para que eu a acompanhe até uma mesa de cerejeira ornamentada, na parede da direita. – Por favor, sente-se.

Eu me acomodo numa cadeira acolchoada, de frente para a mulher.

– Qual é o nome do seu marido? – Ela puxa um teclado sem fio de dentro de uma gaveta e vira para a tela do computador.

– William Griffith. Ele deve ter comprado o anel há umas duas ou três semanas, imagino.

Pela expressão quase sorridente, Natashya deve se recordar imediatamente.

– Que sorte a sua. Um homem muito bonito.

– Se lembra dele?

– Fui eu que vendi o anel para ele.

Tento imaginar meu marido debruçado sobre esses estojos brilhantes, franzindo a testa enquanto Natashya, peituda, o ajuda a escolher o presente perfeito. Deixando a beleza toda dele de lado, Will nunca foi o tipo consumista e sempre detestou shopping. "Por que se enfiar no meio desse monte de gente?", era o que ele sempre dizia. "Dá pra comprar tudo de que preciso pela internet e receber em casa."

– Seu marido fez a lição de casa. Ele já sabia o anel que queria e o tamanho. Foi a venda mais rápida que já fiz em toda a minha vida.

Ao ouvi-la, penso que seu relato faz muito sentido. É óbvio que ele deve ter vasculhado todo o site da Cartier antes de vir à loja e deve ter ligado para ter certeza de que tinham o anel em estoque. E não duvido nada que Will tenha encontrado Natashya na porta, esperando por ele com uma sacola numa das mãos e a máquina de cartão de crédito na outra. Entrou, fez o que tinha de fazer e saiu o mais breve que pôde para ir para o trabalho.

A vendedora aperta uma tecla, e um papel começa a sair pela impressora.

– E trouxe a quantia exata para fazer o pagamento.

Faço que sim, devagar, e em poucos segundos volto a sentir aquela sensação congelante por dentro.

– Espere. Está me dizendo que ele pagou em dinheiro vivo?

Natashya espia a tela, mas logo confirma:

– Isso mesmo.

– Quanto?

– Doze mil e quatrocentos dólares, mais impostos.

A vendedora informa a quantia com a maior naturalidade do mundo, como se estivesse falando do preço de um quilo de açúcar, enquanto tento pensar em alguma coisa minha que custe tanto dinheiro assim. Uma hipoteca das gordas. Uma poupança para comprar um carro seminovo. Nem meu anel de noivado, um solitário simples numa joia de platina, custou tanto dinheiro assim.

O anel do infinito de repente parece apertado demais, feito três tiras de borracha bem justas na base do meu dedo.

– Doze... Doze mil e quatrocentos dólares?

– Mais os impostos. – A vendedora tira os papéis da impressora e os coloca sobre uma pasta de couro vermelha, verificando o número na tela.

– Treze mil, duzentos e sessenta e oito.

Com ou sem impostos, a quantia é inacreditável.

Observo o recibo saindo da impressora e me pergunto se Will comprou algo além do anel, se ele estava louco para queimar os quatro milhões e meio o mais breve possível. Como ele pretendia esconder todo esse montante? E onde ele esconderia esse dinheiro? Caberia em uma caixa debaixo do assoalho? Num cofre no sótão? Ou ele precisaria de um contêiner à prova de fogo desses que a gente vê nos outdoors na estrada a caminho do centro da cidade?

E o mais intrigante ainda: qual seria a minha reação ao encontrá-lo?

A vendedora desliza a pasta pela mesa em minha direção.

– Diga a seu marido que mandei lembranças.

CAPÍTULO 20

De volta ao meu carro popular, abro a pasta de couro vermelha e folheio a papelada que Natashya imprimiu e me entregou. Um certificado de autenticidade e a garantia. Política de devolução. Nota fiscal e recibo dos impostos. Passo o dedo em cima da assinatura de Will que conheço tão bem e engulo em seco. Talvez meu marido tenha comprado esse anel com dinheiro roubado, mas isso não muda o fato de que ele o comprou para mim. Encarou o shopping que tanto detestava e escolheu um presente a dedo, que teria um significado para *mim*. Para *nós*. Rosa para o amor, amarelo para a fidelidade, branco para a amizade. Ele, eu e o nosso bebê. Independentemente do passado dele, de como ele conseguiu esse dinheiro, de como pagou pela compra, o anel é meu. E eu nunca vou tirá-lo do dedo.

Passando os olhos pela papelada, encontro os dados de contato na nota fiscal. Abaixo do nome de Will e do nosso endereço residencial, há um número de telefone que não conheço. Possui os três códigos de área de Atlanta, 678, mas os números são totalmente desconhecidos. Não é o celular do meu marido, que começa com 404.

Será que é o número do telefone do escritório? Will sempre me ligava de diferentes números e sempre me dizia que o único que eu deveria manter era o do celular dele, o telefone direto de Jéssica e o PABX da AppSec. Agora, me arrependo de não ter prestado mais atenção nisso.

Abro os dados de contato dele na agenda do meu celular, verifico os números que tenho do escritório e os comparo com o número da nota fiscal. Nenhum deles coincide.

Como pode? Será que a Natashya pegou o número errado quando acessou o sistema? Will passou um número aleatório para ela para não receber ligações de telemarketing oferecendo coisas? E, nesse momento, algo me ocorre. E se ele tivesse um segundo celular que eu desconhecia? Outra vida, outra esposa? Novamente, é como se eu levasse um soco no estômago.

Antes que eu perca a coragem, digito os números no celular e clico no ícone verde. Prendo a respiração enquanto escuto o toque da ligação no speaker do painel do carro. Chama uma, duas, três vezes. Depois do quarto toque, a ligação cai na caixa postal, mas ouço uma gravação genérica da operadora do celular pedindo para deixar uma mensagem. Desligo antes de ouvir o bipe.

E agora? Mordo o lábio enquanto observo pela janela o vai e vem de gente circulando pelo estacionamento e penso em mil possibilidades. Talvez o número não queira dizer nada, seja um número qualquer, mas e se não for? E se for mesmo de Will? Ninguém adquire um número por acaso, sem nenhum motivo. E se eu rastrear o número e descobrir uma conta bancária que desconheço, uma conta com a fortuna que ele roubou da AppSec?

O celular vibra na minha mão e dou um pulo no banco. Meu irmão. Inspiro com toda a força, tentando acalmar o batimento cardíaco e atendo usando o speaker do painel.

– Só pra você saber, acabou de me dar um baita susto, agora vou precisa voltar para dentro do shopping para fazer xixi.

– Só pra você saber, a mãe está achando que você caiu dentro do rio Chattahoochee. Espere, o que está fazendo dentro de um shopping? Achei que ia encontrar o chefe do Will.

– E fui. – Apoio o telefone dentro do porta-copos, recosto no banco e começo a contar rapidamente, mas ainda assim de modo detalhado, a conversa que tive com Nick. Conto sobre o desfalque na conta da empresa, do modo como Nick olhou para o meu anel e as palavras que ele esperou ouvir de mim: *meu marido não fez isso. Ele é inocente.* – Contrataram um advogado, uma contadora forense, Dave. Nick disse que vai acabar com o Will se precisar, mas que vai trás desse dinheiro, onde quer que ele esteja.

– Óbvio que ele vai fazer isso, ninguém deixa uma pessoa surrupiar quatro milhões e meio de dólares e fica de braços cruzados. O que significa que você também vai precisar contratar um advogado. Precisa se proteger pra não deixar essa bomba explodir na sua mão.

Endireito a coluna no estofamento de couro.

– Explodir na minha mão? Como? Não roubei nem um centavo! – Enquanto retruco, as palavras de Nick pairam na minha cabeça. O homem também ameaçou me destruir e fazer o que for preciso para recuperar esse dinheiro. Sinto um arrepio percorrer a espinha.

– Talvez não, mas se Will usou o dinheiro roubado para comprar coisas que vocês têm em comum, tipo carro, móveis, viagens... e, como esposa dele, você pode ser responsabilizada pelo desfalque também. Eles podem vir atrás de você, Iris.

Com a mão direita apoiada no volante, olho para o anel reluzindo no meu dedo.

– Will pagou pelo anel em dinheiro vivo.

Um silêncio cortante paira dentro do carro.

Abaixo a cabeça e bato a testa no volante, uma, duas, três vezes.

– Como pode isso? Como de uma semana para a outra de esposa feliz e satisfeita me transformei numa viúva que usa joia de procedência duvidosa?

– Agora não é o momento para sentir pena de si mesma, Iris. É hora de encontrar e contratar o melhor advogado da cidade.

De imediato, penso em Evan Sheffield, o advogado de dois metros de altura que conheci no dia do memorial, o homem que perdeu a esposa e a filha bebê no acidente. Penso também no quanto ele deve estar sofrendo, e a sensação de pavor volta a me sufocar. Choque. Fúria. Luto. Eu me imagino sentada de frente para Evan, encarando seu olhar triste enquanto conto sobre os quatro milhões e meio. Só de imaginar a cena, me sinto zonza, aterrorizada.

– Vou fazer umas ligações hoje – digo e ergo a cabeça do volante. É quando dou de cara com um manobrista parado bem na frente do meu carro e com cara de preocupado. Sorrio, ou pelo menos tento, para mostrar que está tudo bem, e o homem desaparece. – Enquanto isso, pode me fazer um favor, Dave? Não conte nada a nossos pais sobre essa história, sim? Papai já se ofereceu para pagar o sistema de alarme, e não quero que eles fiquem ainda mais preocupados do que estão.

– Tem certeza de que é uma boa ideia? – indaga meu irmão no exato momento em que recebo uma mensagem de texto no celular. – Você não pode...

Dave continua falando, mas não ouço mais nada. Olho sem piscar para a tela do celular e leio a mensagem que recebi de um telefone com o prefixo 678.

Oi, Iris. Como conseguiu esse número?

Sinto como se meu estômago virasse do avesso. Com os dedos trêmulos, digito a resposta.

Como sabe o meu nome? Quem é você?

Abaixo da minha frase, aparece um balãozinho indicando que a pessoa está digitando. Prendo a respiração e espero pela resposta.

– Alôôôôô??? – chama Dave do outro lado da linha. – Iris, você está aí?

Aperto com força o botão do speaker no volante para encerrar a ligação, sem tirar os olhos da tela do celular. Alguns segundos depois, recebo outra mensagem.

Só uma pessoa tem esse número de telefone, e ela está morta. Você sabe onde está o que ele me roubou?

De novo, sinto náusea. Quem quer que seja do outro lado da linha está se referindo ao dinheiro desviado. Um comparsa?

EU: *Não vou responder nenhuma pergunta antes de me dizer quem é você.*

678-555-8214: *Isso não é uma negociação. Quero meu dinheiro.*

EU: *Que dinheiro?*

678-555-8214: *Diga onde o Will escondeu o dinheiro, ou então vai fazer companhia pro seu marido.*

Pego o caminho de volta para casa, diminuindo a velocidade pela Lenox Road, me sentindo atordoada e com o celular no assoalho do banco do passageiro, onde eu o joguei feito batata quente. Mal percebo quando os condomínios luxuosos e os gramados bem-cuidados dão lugar a boates, lojas de lingerie com a vitrine escura e prostíbulos da Cheshire Bridge. Passo para a faixa cujo limite de velocidade é menor e sigo atrás de motoristas que presumo estarem conduzindo turistas e de ônibus que fazem paradas frequentes, mantendo as mãos grudadas no volante, segurando-o com tanta força que poderia esmagá-lo.

Nunca antes na minha vida recebi uma ligação com ameaça de morte. Embora a mensagem tenha sido enviada num tom impessoal, já que a pessoa do outro lado pode estar a quilômetros de distância, ainda sinto as palavras dentro de mim feito um bloco de gelo grande e pesado.

Diga onde o Will escondeu o dinheiro, ou então vai fazer companhia pro seu marido.

Ao parar num farol, abaixo para pegar o celular. Nenhuma notificação de mensagem na tela, graças a Deus. Independentemente de quem esteja do outro lado da linha, não tenho a menor dúvida de que a ameaça foi real. Essa pessoa conhece o Will, sabe dos quatro milhões e meio desviados e acha que eu sei onde meu marido escondeu essa quantia. Pessoas já mataram por menos.

Duas perguntas se formam na minha mente de uma vez só. Primeira: como a pessoa do outro lado da linha sabe que fui eu quem ligou? É provável que já tivesse meu número de celular, mas como? Segunda: se esse número não era do Will, por que ele o informou para a vendedora no ato da compra? Por que deixá-lo registrado numa nota fiscal de algo que foi comprado com dinheiro roubado?

O carro atrás de mim buzina, olho para a frente e vejo que o farol abriu. Deixo o celular no assoalho e acelero, seguindo atrás de uma SUV branca.

Uma outra pergunta me faz segurar o volante com ainda mais força. Será que as mensagens que recebi daquele número privado podem ter sido enviadas pela mesma pessoa do número com prefixo 678?

A hipótese me deixa particularmente intrigada, matutando, buscando preencher as lacunas desse quebra-cabeça sinistro. Na assistência técnica, o garoto havia dito que as mensagens de texto anônimas que recebi foram encaminhadas por um aplicativo que apaga o texto logo após enviado, por isso era impossível rastrear o número do remetente. E se esse número com prefixo 678 me mandou essas mensagens por um aplicativo do mesmo tipo? É completamente possível que todas essas mensagens que recebi tenham partido do mesmo aparelho.

Pego a faixa da direita na North Highland e sigo pela rodovia de duas pistas atravessando o centro de Virginia Highlands. Já são quase seis horas da tarde, horário de pico, as ruas e calçadas já estão abarrotadas de gente, e o trânsito começa a se intensificar. Continuo dirigindo em velocidade baixa, tentando me convencer de que todas as mensagens misteriosas que recebi foram enviadas pela mesma pessoa, mas não consigo. O tom do texto em cada situação foi diferente, as mensagens não se parecem.

Desvio para um estacionamento e procuro pelo telefone no chão. Busco as mensagens de texto que recebi do número privado e as comparo com a ameaça do número com prefixo 678; soam inofensivas, diferentes das últimas que recebi. No primeiro caso, a pessoa me orienta a voltar para casa, a não acreditar no que estavam me dizendo em Rainier Vista sobre Will. É como se o anônimo por trás das mensagens não quisesse que eu descobrisse a verdade sobre o meu marido.

Mas quem pode querer me privar de saber a verdade? Quem teria algo a perder ou a ganhar se eu descobrisse o verdadeiro passado de Will? Só consigo pensar em uma resposta, em uma pessoa... Meu marido. Will não queria que eu soubesse que ele mentiu sobre os próprios pais, sobre seu passado, seus laços com Rainier Vista e Seattle. Will é a única pessoa que pode ter enviado esse tipo de mensagem.

O que, óbvio, é impossível. Mortos não enviam mensagens de texto.

E então me recordo das palavras de Corban, de que Will fez o homem jurar pelo túmulo da mãe: *Prometa que, se algo acontecer comigo, você vai cuidar dela.* Será que foi Corban quem me mandou aquelas mensagens, um modo “anônimo” que ele encontrou de me proteger e de cumprir a promessa que fez ao amigo morto? Deixo meu cérebro processar essa possibilidade, mas tem algo que não se encaixa, algo que não cheira bem.

Logo descubro o quê. Assim como eu, Corban não sabia do passado de Will em Seattle. Ficou tão surpreso quanto eu ao descobrir. Ou, então, o cara é um baita de um ator.

Decepção é tudo que sinto, uma após a outra. Engato a ré, pego a estrada de novo e sigo para casa. Será que devo pedir ajuda? Ligar para a polícia para que rastreiem o número com prefixo 678? Talvez eu deva contar sobre a ameaça que Nick fez caso não conseguisse recuperar o dinheiro roubado. Talvez seja Nick quem tenha me enviado as mensagens?

Mas e se Dave tiver razão? E se eu for responsabilizada pelo crime que Will cometeu? E se tentarem recuperar o anel? Estico os dedos no volante, e os diamantes reluzem sob a luz do sol que atravessa o para-brisa dianteiro. Penso em arrancar o anel do dedo e entregá-lo à polícia, mas o pânico me sufoca. Eu me lembro de Will sorrindo enquanto punha a joia no meu dedo, naquela manhã em que ele morreu. Cerro o punho.

Se quiserem tirar esse anel de mim, vão ter de arrancar meu dedo junto.

Meu sistema de segurança está ultrapassado. Ou pelo menos é isso que me diz o cara da empresa que instala alarmes – um homem barrigudo que me pediu para chamá-lo de Big Jim – assim que eu atravesso a porta da frente de casa. Parece que os painéis e os sensores de movimento são muito básicos para comportar o sistema mais atual que hoje em dia funciona via GSM em vez de operar via linha telefônica, como era antigamente. Big Jim me explica tudo isso dando várias voltas, usando palavras demais para a mensagem que está tentando transmitir.

Eu o interrompo no meio da fala, mas tento aliviar a indelicadeza com um sorriso.

– E onde encontro o preço do serviço?

Big Jim retribui meu gesto com um sorriso grande e entusiasmado que revela dentes tão tortos quanto amarelos.

– O preço está aí, mas eu estava tentando explicar antes para não assustar você.

– Isso é que nem tirar o band-aid da ferida. Diga logo o que precisa e acabe com o sofrimento de uma vez. Dói menos assim.

– Seiscentos paus. – Ele me entrega um orçamento escrito à mão, tamborilando uma caneta na boca. – Isso é para instalar o equipamento novo, colocar sensor de quebra de vidro nos cômodos do andar de baixo, substituir os quadros antigos e acrescentar um ao seu quarto. Com isso, seu sistema fica adaptado para instalarmos nosso pacote básico.

Sinto o celular esquentar no bolso, e as palavras ameaçadoras vagueiam minha mente. *Diga onde o Will escondeu o dinheiro, ou então vai fazer companhia pro seu marido.*

– E quanto vai custar esse seu sistema mega-ultra-blaster moderno? – inquiro.

Big Jim ergue uma das sobrancelhas de taturana.

– Vai querer as câmeras, mais dois interfones e os botões de pânico?

– É o melhor que você tem?

– Sim, senhora, top de linha. E também vem com um sistema de monitoramento de vídeo para que possa controlar do seu telefone ou do computador.

– Fechado.

– Mas eu ainda não falei o preço.

– Não importa, aceito. E se instalar tudo hoje, ainda vai ganhar de brinde uma refeição caseira e uma gorjeta gorda. Pelo cheiro que estou sentindo daqui, o prato do dia é espaguete. – Lanço um sorriso para Big Jim do tipo "hoje é seu dia de sorte, garoto". – As almôndegas da minha mãe são divinas.

O rapaz inclina o corpo para trás, se apoiando nos calcanhares e começa a rir.

– Fechado!

Deixo ele trabalhando e vou até a cozinha, onde encontro minha mãe no fogão, mexendo uma panela que tem tamanho suficiente para alimentar um batalhão. Ela me ouve despejar a bolsa no balcão, dá uma olhadinha para trás e sorri.

– Oi, querida. Chegou na hora certa. O jantar sai em quinze minutos.

– Perfeito. – Beijo a bochecha dela e inalo o cheiro de tomate, alho e tempero e sinto uma mistura de fome e náusea. – Chamei o rapaz do alarme para jantar com a gente, espero que não se importe.

Minha mãe abre um sorriso de orelha a orelha. Não há nada que a agrade mais do que compartilhar seus dotes culinários com estranhos e, ao que tudo indica, Big Jim é bom de garfo. Ela enxuga as mãos no avental, vai até o balcão, pega a tábua e começa a cortar o pepino para a salada.

– Por onde você andou a tarde toda? Pensei que ia voltar rápido.

– Ah, fui resolver umas coisinhas, mas você sabe como é o trânsito por aqui. Às vezes, quatro horas da tarde já tem movimento de horário de pico. Fiquei parada quase uma eternidade na volta. – Abro a torneira e lavo as mãos. – O que posso fazer para ajudar?

Com a ponta da faca na mão, minha mãe aponta para a tigela cheia de cebola.

– Pode fatiar uma para mim, por favor?

Minha mãe começa a falar sobre as ideias que teve para o funeral, comenta sobre alguns lugares em que pensou e, por incrível que pareça, a conversa faz os meus músculos relaxarem. Ou ela não percebeu que estou agindo propositadamente de modo evasivo, ou percebeu, mas decidiu não cutucar a ferida. Mas pretendo seguir com o que disse a Dave. Não pretendo contar aos meus pais sobre os quatro milhões e meio de dólares até conseguir averiguar a veracidade das acusações de Nick. Tanto minha mãe quanto meu pai já estão preocupados demais comigo. Contar a eles que recebi uma ameaça de morte e que Will está sendo acusado de ter cometido um crime só vai piorar as coisas ainda mais.

Mas o motivo principal – sim, depois dos acontecimentos dos últimos dias, sei que isso pode ser considerado um absurdo e meio – é que não quero manchar ainda mais a lembrança que meus pais guardam do meu falecido marido. Eles sempre gostaram muito de Will e pelas mesmas razões que Dave: meu marido sempre me amou incondicionalmente. Imaginar a expressão de decepção e de julgamento dos meus pais toda vez que o nome de Will for citado no Natal ou em outras datas comemorativas me faz sentir um peso no estômago, como se houvesse uma rocha dentro de mim.

Dave aparece na porta dos fundos com o iPad e uma garrafa de cerveja nas mãos, e os óculos escuros pendurados na gola da camiseta polo.

– Por que desligou na minha cara?

A coisa mais curiosa de ter um irmão gêmeo é que a sincronia entre os dois é tão forte que seu irmão é capaz de adivinhar o que você está pensando sem você sequer abrir a boca. Até que se trate de um segredo; nesse caso, a sincronia vira maldição.

A questão é que conheço bem o meu irmão e, se contar para ele sobre a ameaça de morte, Dave vai ficar grudado em mim o tempo todo, não vai me deixar sozinha nem na hora de ir ao banheiro.

Por mais que eu ame meu irmão, imaginá-lo grudado em mim o tempo todo me dá aflição.

– Não desliguei na sua cara – minto. – O sinal deve ter caído, alguma coisa assim.

Dave me olha com desconfiança.

– Por que não me ligou de volta?

– A gente já tinha encerrado o assunto, o que mais tinha pra dizer? Além disso, eu estava a caminho de casa. Achei que a gente podia continuar a conversa pessoalmente. – Pego uma garrafa d'água dentro da geladeira e me viro para ele. – Agora, por exemplo. É um bom momento.

Meu celular vibra dentro do bolso e faz o meu quadril tremer. De quebra, o coração acelera e sinto calor.

Abro o zíper, tiro o moletom e o coloco em cima do balcão, ao lado da minha bolsa. Dave inclina a cabeça para o lado e me observa, perscrutando meu rosto.

– O que você tem? Por que está vermelha? Está me escondendo alguma coisa?

– Nada, Dave. Não estou escondendo nada.

Num gesto de raiva, ele estica e bate os braços ao lado das coxas.

– Não estou entendendo.

– Exatamente, nem eu estou entendendo. Não vamos chegar a lugar nenhum com essa conversa maluca.

Minha mãe suspira de um jeito que já ouvi um milhão de vezes. O que para ela soa como uma briga, para mim e Dave não é nada além de um modo de se comunicar... com exceção desse momento. Aporrinhamos um ao outro porque Dave está tentando descobrir o meu segredo, que estou guardando com todo cuidado, debaixo de sete chaves.

– Gente, vocês dois parecem duas crianças brigando. – Minha mãe praticamente despeja uma pilha de pratos nas mãos de Dave. – Pode arrumar a mesa, por favor?

Dave me olha daquele jeito *você não me engana* e caminha até a mesa. Assim que ele vira de costas, tiro o celular do bolso.

678-555-8214: *P/ sua informação, eu sei como desarmar o alarme.*

NÚMERO DESCONHECIDO: *Por que mandar instalar um alarme, Iris? Aconteceu alguma coisa?*

CAPÍTULO

21

Durante o jantar inteiro, mantenho o celular grudado na minha cintura feito uma placa de plutônio, uma coisa silenciosa e mortal dentro do meu bolso. Se ainda restava alguma dúvida de que as mensagens eram de números diferentes, ela certamente não existe mais agora. "*P/ sua informação, eu sei como desarmar o alarme*" e "*Aconteceu alguma coisa?*" não foram digitadas pelos mesmos dedos.

A menos que alguém esteja planejando me enlouquecer. Essa constatação me deixa nauseada, o estômago revolvendo o espaguete e as almôndegas que acabo de engolir, porque se trata de algo completamente possível. Talvez seja a mesma pessoa que me enviou a carta com a letra de Will, e minha experiência me diz que se trata de um psicopata.

– Iris, querida, escutou o que a gente disse? – inquire minha mãe do outro lado da mesa.

Com o garfo cheio de espaguete suspenso no ar, tiro os olhos do prato e vejo minha mãe me observando com a testa franzida.

– Desculpe, pode repetir?

– Estamos aqui falando dos nossos planos, comentando que o James precisa ir para casa este fim de semana.

James confirma com um sorriso pesaroso.

– Tenho várias cirurgias programadas para segunda-feira e preciso de um ou dois dias em casa para me organizar. Me desculpe, espero que não fique chateada....

– Não precisa se desculpar, James, você tem uma vida, uma carreira. É *claro* que deve ir, não se preocupe. Vou ficar bem.

– Volto no próximo fim de semana, vamos ver como as coisas ficam até lá – comenta James, olhando especialmente para Dave, e é nesse momento que percebo que o marido do meu irmão está planejando voltar para Savannah sozinho. Dave vai ficar aqui.

Olho para Dave e meus pais e me pergunto que parte da conversa eu perdi.

– E vocês, o que estão planejando fazer?

– Vamos ficar – respondem todos em uníssono.

– Não precisam voltar para o trabalho? – pergunto, olhando para os meus pais, depois viro para Dave. – E o seu trabalho? Não tem compromissos agendados para a semana que vem?

– Pedi pra um colega cuidar disso – responde, dando de ombros, como se não fosse nada de mais, mas sei que Dave está se metendo em encrenca. O setor imobiliário é bastante agressivo, meu irmão trabalha com verdadeiros tubarões, prontos para atacar a qualquer momento e abocanhar os clientes dos colegas. Começo a ter uma sensação terrível de culpa.

Olho para minha mãe e meu pai seguidamente, e os dois se mantêm em silêncio. Posso ver um milhão de coisa nos olhos dos dois – preocupação, determinação, teimosia. Eles também não têm a menor intenção de ir embora este fim de semana. Na verdade, minha mãe parece pronta para amarrar uma corrente e uma bola de ferro no calcanhar.

– Vocês não precisam ficar aqui. Eu vou ficar bem.

Minha mãe parece ofendida por eu ter ousado pensar nessa possibilidade e balança a cabeça, discordando antes mesmo de eu terminar de falar.

– Seu pai e eu já conversamos no trabalho e queremos ficar. E vamos fazer isso com todo *prazer*, pelo tempo que precisar de nós.

Mais uma demonstração de amor puro e verdadeiro por parte da minha mãe que me emociona. Se seguisse sua vontade, minha mãe se mudaria para cá e me obrigaria a fazer três refeições generosas por dia, até eu me sentir pronta para voltar a namorar. É tão estranho assim querer ficar um pouco sozinha? Não que eu seja uma pessoa introvertida. Amo a minha família e muitas vezes desejei que morassem mais perto de mim. De modo geral, pessoas cujos companheiros morreram temem esse momento, quando chega a hora de as pessoas recolherem suas coisas e voltarem cada uma à própria vida, deixando-a sozinha com seu luto. E cá estou eu tentando convencer a minha família a retomar sua vida.

Apoio o garfo no prato e explico do modo mais gentil possível.

– Adoro ter vocês aqui e, por mais que eu tenha amado a companhia de vocês nessa última semana, o que é a mais pura verdade, estou dizendo de todo o meu coração, não vou ficar aqui por muito tempo. Vou voltar a trabalhar na segunda-feira de manhã.

Minha mãe parece ainda mais preocupada.

– Tão cedo assim?

Confirmo.

– É o que sugeriria a qualquer paciente meu nessa situação, então, estou aconselhando a mim mesma a voltar para a rotina normal, a criar o que vai ser uma rotina "normal" para mim. E, sinceramente, estou ansiosa para me cercar de crianças e adolescentes que estão ainda mais transtornados que eu. Pode ser que isso alivie a dor que estou sentindo. – Como minha mãe não esboça nem uma risadinha depois da minha piada, estico o braço e seguro a mão dela. – Mãe, sei o que estou fazendo. Prometo que vou ficar bem.

Ela olha para o meu pai, que encolhe os ombros mostrando que a decisão é dela.

Minha mãe insiste e a expressão de teimosia transparece ainda mais.

– Não gosto da ideia de deixar você aqui sozinha.

– Vou encontrar a Elizabeth para jantar, ou convidá-la para tomar alguma coisa. Não vi nem conversei com ela nem com nenhuma das minhas amigas desde o dia do memorial. Vai ser bom pra mim.

– É uma ótima ideia. Faça o que for preciso – comenta minha mãe. – Vou continuar cuidando das coisas para o funeral, e agora que começou a esquentar, os vasinhos da sua janela vão precisar de água todo dia e....

Tento chegar num acordo.

– Por que não vai pra casa, cuida das suas coisas, organiza o que precisar e volta pra cá durante a semana? Podemos passar o fim de semana inteiro juntas.

– Tenho uma ideia melhor – intervém Dave, como de costume, para me salvar. – Por que não nos encontramos todos na sua casa, mãe, no próximo fim de semana? É mais perto pra gente, e vocês dois não vão precisar pegar a estrada de novo.

Faço que sim, mostrando bastante entusiasmo diante da ideia:

– Sinceramente, acho que me faria bem sair da cidade um pouquinho.

– Não sei... – retruca ela.

– Jules, ela vai ficar bem – acrescenta meu pai, piscando para mim. – Não vai, lindinha?

– Com certeza. E assim que sair da escola na sexta-feira, pego a estrada para não perder a hora do jantar.

Vencida pelo cansaço e pelo excesso de argumentos, contra a própria vontade minha mãe concorda, e meu pai desvia do assunto com planos para o próximo fim de semana, dizendo que inauguraram uma churrascaria na cidade que ele está morrendo de vontade de conhecer, sugerindo que a gente pode até assistir a um filme no novo Cineplex, um cinema em que servem vinho e as poltronas são gigantes e reclináveis. Sorrio e murmuro "aham", mostrando que adorei a ideia, mas por dentro estou contando os minutos para poder ficar um pouco sozinha.

Preciso fazer uma coisa, e, para isso, nenhum deles pode estar aqui.

Depois do jantar, tiro da bolsa um cheque em branco e uma nota de cem dólares para Big Jim, entrego os dois para o meu pai e vou para o andar de cima. A adrenalina que me perturbou o dia inteiro me deixou extenuada e sinto dores pelo corpo todo, como se tivesse levado uma surra.

Encontro Big Jim agachado no chão do meu quarto, mexendo em sua caixa de ferramentas. Pulo a bota industrial do grandão e perco o equilíbrio.

– Cuidado aí – adverte, segurando meu pulso. – Não quero ninguém com a perna ou braço enfaixado por aqui.

Não digo a ele que logo não haverá mais ninguém aqui além de mim nem que a dor de um osso quebrado é muito menor que a do peito, a qual estou sentindo agora. Eu me recomponho e digo a ele que está tudo bem.

Na parede, bem acima da cabeça de Big Jim, há um novo painel de alarme.

– Eu já ia te chamar mesmo – avisa ao se levantar e limpar as mãos sujas na própria calça. – Tem um tempinho para eu explicar como funciona?

Sinto os olhos queimarem, o cérebro rodar e o corpo implora para eu me jogar debaixo das cobertas, mas, mesmo assim, respondo que sim.

– Vá em frente.

– Ótimo. Registrei uma senha provisória, mas, assim que eu terminar de instalar tudo, aconselho que crie um novo código, que vai usar para acionar e desligar o sistema, então, tome cuidado para criar uma sequência que memorize e saiba de cor. Está vendo esses três botões aqui? – Ele aponta para uma sequência de botões na vertical com os símbolos universais da polícia, dos bombeiros e de emergência. – Esses aqui são os botões de pânico. Tem mais dois ao lado da sua cama, bem atrás de cada um dos criados-mudos. Para acionar, precisa pressioná-los por no mínimo três segundos, e tome muito cuidado para não fazer isso sem querer, porque sempre que acionar os botões, vamos aparecer aqui armados até os dentes, sem avisar. Se for um alarme falso, você vai ter de pagar uma multa bem gorda.

– Entendido.

– Ótimo. Agora, o código que você vai usar toda vez que estiver em situação de perigo, são os números da coluna do meio do teclado numérico, 2580. É provisório, também vai precisar criar um outro assim que eu terminar de instalar tudo.

– E por que eu usaria esse tal código em vez do botão de pânico?

– Para o caso de alguém estar com uma arma escondida e apontada para a sua cabeça, bem atrás de você enquanto desarma o alarme.

Faço cara de espanto.

– Isso acontece?

Big Jim assente, sacodindo a papada carnuda.

– Aconteceu há pouco tempo com um casal que mora em Buckhead. Dois homens armados surpreenderam o marido enquanto ele entrava na garagem e renderam os dois, pedindo dinheiro e objetos de valor. O marido usou esse código para situações de perigo e recebemos o aviso. Do contrário, provavelmente os dois hoje estariam mortos.

– Jesus. – Tento inspirar e soltar o ar devagar para me acalmar, mas não funciona. Imaginar alguém me seguindo até em casa e me rendendo com uma arma, pedindo para eu entregar os quatro milhões e pouco que não tenho a menor ideia de onde estejam, me faz sentir um arrepio nas camadas mais profundas da pele.

Big Jim aponta para o 0800 gravado na parte interna do teclado numérico.

– Ligue para esse número assim que eu for embora e crie uma senha. É uma medida a mais de segurança, e nossos atendentes vão te pedir esse código toda vez que ligarem. Se você estiver rendida, com um bandido ao seu lado, passe o código errado para os atendentes. É o sinal de que está em perigo e eles vão tomar todas as medidas necessárias. Não se preocupe se ficou com alguma dúvida. Está tudo explicado em detalhes no manual do proprietário, que vou deixar com você assim que eu sair.

– Entregue para o meu pai, pode ser? Ele vai acertar o pagamento com você e, assim que estiver pronto, basta descer e minha mãe vai te servir o jantar.

Big Jim dá um tapa na barriga e sorri.

– Estou sempre com fome.

Depois que ele sai, tiro o tênis, pego o celular de dentro do bolso e me jogo na cama. Não recebi nenhuma outra mensagem, nem de número desconhecido, nem do prefixo 678. Não sei se me sinto aliviada ou decepcionada. As duas coisas, talvez. Aliviada por um lado, decepcionada por outro.

Vasculho a lista de mensagens até encontrar as que recebi do número com prefixo 678, com ameaças.

Diga onde o Will escondeu o dinheiro, ou então vai fazer companhia pro seu marido.

P/ sua informação, eu sei como desarmar o alarme.

Não vou entrar nelas.

Volto para a tela inicial do aplicativo e vou até as mensagens que recebi do número não identificado.

Por que mandar instalar um alarme, Iris? Aconteceu alguma coisa?

Penso em quem mais poderia se preocupar comigo assim, além da minha família lá embaixo – os colegas do colégio, minhas amigas, os vizinhos simpáticos que moram do lado esquerdo da nossa casa e os que moram de frente. Nenhuma dessas pessoas me mandaria uma mensagem de texto de um número não identificado. Levo as mãos ao rosto e esfrego os olhos. Talvez eu esteja muito cansada. Estressada. Arrasada e confusa por estar aqui, deitada na cama que dividia com Will. Nada disso faz sentido.

Antes que haja tempo de pensar nos prós e nos contras de cutucar quem quer que esteja do outro lado da linha me mandando mensagens, meus dedos começam a digitar.

Por que se importa? Quem é você?

Recebo uma resposta dois segundos depois, como se a pessoa do outro lado estivesse com a cara no telefone, me esperando esse tempo todo.

Sou um amigo, e quero que fique bem. Diga quem está te perseguindo e por quê. Quero ajudar.

EU: *Chega desse joguinho. Se sabia que eu estava em Seattle e que contratei um serviço de alarme, também sabe do dinheiro que foi roubado.*

NÚMERO DESCONHECIDO: *Sei do dinheiro. Só não tinha certeza de que você sabia.*

Enquanto digito a próxima resposta, meu coração bate com tanta força que é como se meu peito fosse explodir a qualquer momento.

EU: *Foi você quem roubou o dinheiro?*

NÚMERO DESCONHECIDO: *Isso depende de em quem você acredita.*

A última mensagem soa como uma provocação. Até o momento, sei que quem está sendo acusado de ter roubado o dinheiro é Will, o que significa...

Não é possível. Um homem morto não pode enviar mensagens de texto.

Estou pensando no que escrever depois da última mensagem, quando recebo outra.

NÚMERO DESCONHECIDO: *Por favor, me diga como posso te ajudar.*

EU: *Em nada. A menos que me diga quem é você.*

NÚMERO DESCONHECIDO: *Tudo que quero é te ajudar, acredite. Mas é melhor pra nós dois que não saiba quem eu sou.*

EU: *Então, o que você quer? Por que fica me mandando mensagens?*

NÚMERO DESCONHECIDO: *Porque é tudo o que posso fazer daqui de onde estou.*

CAPÍTULO 22

O escritório de advocacia Rogers, Sheffield e Shea fica no centro de Midtown, num arranha-céu com vista para a Peachtree Street. O saguão do edifício é tudo que se pode esperar da empresa de advocacia mais prestigiada de Atlanta. Mobiliário moderno, paredes de vidro que oferecem uma vista panorâmica da cidade e um balcão de recepção enorme. Ao chegar à sala no vigésimo andar, encontro uma recepcionista de cabelo preto que poderia muito bem fazer um bico como modelo.

– Iris Griffith. Tenho um horário com Evan Sheffield.

Ela aponta para uma fileira de cadeiras estofadas e de couro, ao lado da janela.

– A assistente dele já vem. Enquanto isso, aceita algo para beber?

– Uma água, por favor. Obrigada.

Mas o que eu queria mesmo era cair fora daqui. Pegar o elevador e voltar para o estacionamento, entrar o mais rápido possível no meu carro e voltar correndo para casa. Não tanto pelo desconforto enorme que estou sentindo por conta do que vou contar a Evan, embora o fato de admitir que meu marido é mentiroso e bandido seja motivo suficiente para eu querer fugir daqui. Não, a minha vontade de bater em retirada é por conta do medo que estou sentido. Da última vez em que vi Evan, seus olhos eram assustadores e me deixaram apavorada desde então.

A assistente dele me leva até uma sala no canto, onde encontro Evan sentado a uma mesa redonda, na parede do fundo. Ele deixou a barba crescer, da última vez em que o vi, só tinha uns pelinhos loiros perto do queixo; a barba mostra que ou ele apertou o botão do "foda-se" para o mundo corporativo, ou é um sinal de que o sofrimento por conta da perda da esposa e da filha está pesado demais de suportar.

Estico a mão para cumprimentá-lo.

– Olá, Evan.

O paletó está pendurado no encosto da cadeira ao lado dele, e as mangas da camisa, dobradas na altura dos cotovelos. Uma tentativa de demonstrar serenidade, mas não funciona. Os ombros estão prostrados, murchos, e, ao tentar esboçar um sorriso, o rosto pálido e abatido não engana. Evan se levanta da cadeira como se tivesse pesando uma tonelada e estica o braço para me cumprimentar, por cima de um balde de gelo e de uma bandeja com garrafas d'água de todas as marcas possíveis e imagináveis que há em cima da mesa.

– Bom te ver de novo, Iris. Eu perguntaria como você tem passado, mas detesto essa pergunta. Além do mais, tenho certeza de qual seria a sua resposta.

É claro que ele sabe qual seria a minha resposta. Evan sabe que o buraco que a Liberty Airlines abriu é permanente, bem como o vácuo que ele sente por dentro. Sabe o que é ficar horas e horas olhando para o nada, se torturando com uma série de perguntas intermináveis. E se ela tivesse ficado presa no trânsito? E se ela tivesse desistido e vendido o bilhete por quinhentos dólares, coisa que as companhias aéreas sempre fazem em caso de *overbooking*? E se, e se, e se? Evan conhece todas essas perguntas, não há necessidade de dizer nada em voz alta.

– Obrigado por me atender tão prontamente – agradeço. – Sei que seus dias não têm sido nada fáceis.

Evan gesticula, dizendo que não há o que agradecer.

– Você é psicóloga. Seria estranho se eu quisesse vê-la?

Eu me sento numa cadeira de frente para ele, meio na diagonal, e a franqueza de Evan me faz relaxar um pouco os ombros.

– Engraçado, eu estava aqui pensando no quanto seria estranho se eu saísse correndo de volta para o meu carro.

– Por quê? Por causa do meu raciocínio rápido ou da minha personalidade brilhante? – pergunta Evan com um sorriso autodepreciativo, apontando para o corpo maciço. – Ou por causa do meu biótipo de Herman Munster com um charme do He-Man?

– São seus olhos, na verdade. – Eu me preparo mentalmente e o fito. Os olhos de Evan continuam tão assustadores quanto da primeira vez em que os vi. Apesar da cor verde, há um declive no canto das pálpebras, que estão inchadas e cheias de linhas que imagino ser efeito do sofrimento. – Quando olho pra eles, sinto uma dor no peito.

Evan faz uma careta, mas sem desviar os olhos dos meus.

– Posso dizer que a recíproca é verdadeira.

– Você deve ser um cara muito forte.

Evan solta uma risadinha sarcástica.

– Tudo hoje em dia é muito relativo, não acha?

Não sei o que dizer, então faço silêncio. Desvio o rosto para a janela e fico observando um par de falcões voando por entre as nuvens brancas feito algodão. Enquanto Dave e eu escavávamos o passado de Will em Seattle, um grupo de mais ou menos trinta pessoas embarcou num avião fretado pela Liberty Airlines e viajou para o local do acidente. Fiquei sabendo pela notícia que li no Huffington Post e pelas fotografias; Evan com toda sua altura se sobressai entre as demais pessoas, que, na foto, parecem pontinhos negros de mãos dadas e abraçadas num terreno carbonizado onde jaz aquilo que restou de seus entes queridos. Vi as imagens e pensei: *não consigo*. Que espécie de psicóloga sou eu que não consegue enfrentar uma situação como essa?

– O que mais ficou claro para mim nessa última semana – comenta Evan que, com sua voz, me traz de volta para a realidade – é que ninguém entende o que você e eu estamos atravessando. As pessoas acham que sim, que podem entender o nosso sofrimento, mas não. Definitivamente, não. A menos que tenham perdido um ente querido como aconteceu com a gente, ninguém é capaz de entender a dimensão disso.

O sentimento de luto desperta feito um tsunami, intenso e esmagador. O comentário de Evan explica por que tantas pessoas que perdem entes queridos se unem e formam grupos. Somos estranhos dentro do mesmo barco, todos presos num buraco de sofrimento e dor. De certo modo, faz bem saber que não estamos sozinhos.

– Não é só o fato de ter perdido o Will, é... – interrompo a fala, tentando encontrar a palavra certa.

Mas ou Evan já parou para pensar nisso, ou o cérebro dele é muito mais rápido que o meu.

– É o terror que sentimos ao pensar no modo como tudo aconteceu.

Faço que sim de imediato.

– Exatamente. É o terror de pensar como. É para lá que vou toda vez que fecho os olhos. Vejo lágrimas. Gritos. É um pavor que me sufoca. É como se aqueles últimos minutos terríveis passassem em replay, e eu me colocasse no lugar das vítimas no momento em que o avião apresentou uma pane e começou a despencar.

Depois da explicação, vêm as lágrimas. É por isso que eu não queria ir até lá, é por isso que nada nem ninguém nesse planeta conseguiria me fazer colocar os pés naquele milharal. Sei lá quem inventou aquele ditado que diz que Deus nunca lhe dá um fardo maior do que você pode carregar, mas seja lá quem foi estava errado porque o que estou sentindo, essa tristeza visceral, o peso da perda de Will, me sufoca o tempo todo e ameaça me matar a qualquer momento.

Evan puxa uma caixinha de lenço na mesa.

– Todo momento me esqueço que esta é a minha nova vida. Toda hora me pego ligando para o celular da Susanna para escutar a voz dela na caixa postal, toda noite me vejo parado no quarto da minha filha, com a mamadeira quente na mão, e é nesses momentos que a ficha cai. O berço está vazio. Minha esposa e minha filha morreram.

– Deus do céu, Evan – lamento com a voz vacilante. Pego um lencinho da caixa e enxugo as bochechas. – Há alguns dias, recebi uma ligação de uma jornalista alegando que o piloto não tinha dormido na véspera do acidente e que provavelmente estava embriagado. Parece que estava numa...

– Despedida de solteiro, estou sabendo. Tem uma pessoa em Miami agora, investigando o ocorrido. Por enquanto, não temos nada provado.

– E essa pessoa conversou com Tiffany Rivero?

– Quem?

Rapidamente, conto a Evan sobre as minhas conversas com Leslie Thomas, e o homem fica paralisado. Evan parece nem mesmo respirar. Não fosse pelo rubor nas bochechas, eu diria que ele nem me ouviu.

– Essa história ainda não veio à tona, então ela pode...

Evan bate o punho cerrado na mesa, fazendo as pedras de gelo dentro do balde chacoalharem.

– Eu *sabia*. Sabia que aqueles malditos estavam escondendo alguma coisa. Um avião não cai do céu assim, a menos quê... – Ele pausa para respirar, três arfadas que fazem os papéis flutuarem na mesa.

– Se for verdade, se houve mesmo negligência por parte de alguém dentro daquela cabine de comando, vou acabar com essa companhia aérea e com todos os envolvidos nessa história, será minha missão. Dou a minha palavra.

– O meu lado psicóloga diz que a vingança não vai mudar em nada o fato. Sua esposa e sua filha, e o meu Will... eles continuarão mortos. Não vamos conseguir trazê-los de volta.

– E o que diz o seu lado viúva?

Não preciso pensar nem um segundo para responder.

– Meu lado viúva diz que devemos arruinar aqueles desgraçados.

– Fechado. Eu mesmo vou falar com a Tiffany, pego um avião e vou pra lá se for o caso. – Evan esfrega o rosto e a fúria desaparece com a mesma rapidez com que surgiu, dando lugar ao sofrimento. – Meu Deus, se as minhas meninas morreram porque um filho da puta bêbado decidiu assumir o comando em vez de notificar a empresa de que não tinha condições de trabalhar...

Ao falar da família, Evan parece à beira de uma crise de choro, e eu sei exatamente como ele se sente, como se as emoções tivessem vida própria. Por que condensam tudo em uma palavra apenas, luto, quando na verdade é uma mistura de sentimentos terríveis: confusão, remorso, raiva, culpa, solidão?

– Não consigo comer nada – confesso, e só me dou conta depois que as palavras atravessam a garganta. A sinceridade de Evan afrouxou algo dentro de mim e começo a me abrir naturalmente. – Tudo tem gosto de papelão, mesmo quando estou morrendo de fome. Como e, minutos depois, vomito. E toda vez que estou colocando as tripas pra fora, sinto uma ligeira empolgação, porque penso que posso estar grávida.

– Você e o Will estavam tentando?

Com a cabeça, respondo que sim.

– Mas não fazia muito tempo, então não posso dizer que os ventos estejam a meu favor. É provável que a náusea seja psicossomática, ou resultado do desejo de ter engravidado, ou simplesmente mais um sintoma do sofrimento, não sei. Mas não paro de pensar que se eu estiver grávida, se tiver uma sementinha do meu marido aqui, crescendo dentro de mim, as coisas vão ficar um pouco mais fáceis.

– Acho que isso deixaria tudo mais fácil. Você teria um motivo para continuar a viver.

As palavras de Evan acionam um gatilho no meu lado psicóloga.

– Por quê? Você não tem?

– O que quero dizer é que às vezes é muito duro pensar que, sim, devo continuar em frente. Especialmente às quatro da manhã, quando me vejo parado dentro do quarto vazio e escuro da minha filha, encarando o berço vazio enquanto o choro dela ecoa na minha cabeça.

Uma tristeza profunda por esse homem irrompe no meu peito e me diz que, embora eu sinta meu coração quebrado em mil pedaços, as coisas poderiam ser muito piores. Estico o braço até o outro lado da mesa e aperto a mão grande dele, um gesto de empatia, generosidade e solidariedade, tudo ao mesmo tempo.

Evan puxa a mão de volta, abaixa a cabeça e a apoia sobre as duas mãos, soltando um suspiro profundo abafado pelos dedos.

– Me desculpe. Você não veio até aqui pra eu ficar chorando no seu ombro.

Ele ergue a cabeça e é como se colocasse a máscara profissional de advogado.

– Você comentou que precisava da orientação de um advogado. Tem a ver com o acidente?

– Não. Sim. Bom, quer dizer, *mais ou menos*. – Tento sorrir, mas a tentativa se transforma numa espécie de espirro abrupto e alto. Tal como Evan, tento colocar a minha máscara e fico séria. – Gostaria de saber se posso ser responsabilizada pelos crimes do meu marido.

Evan se mantém inexpressivo.

– De que tipos de crimes estamos falando?

– Peculato, principalmente.

– Principalmente? – Evan coloca algumas pedras de gelo em dois copos, desliza um deles em minha direção e me oferece uma entre a dúzia de garrafas d'água que há em cima da mesa. Escolho uma Perrier, e ele retira a tampa com o polegar. – Parece que chegamos à parte em que devo avisá-la que o nosso pacto de confidencialidade só começa a vigorar depois que você me fizer um adiantamento. – No momento em que estou prestes a perguntar se ele está falando sério (sempre achei que esse momento da conversa com um advogado só acontecia nos filmes de Hollywood), Evan acrescenta: – Se estivéssemos num bar, eu te pediria para me pagar uma cerveja, mas, como não estamos, qualquer troco que você tiver serve.

Pego cinco notas de um dólar dentro da carteira e as deslizo pela mesa em direção a ele.

– Me conte do começo – pede Evan, colocando as notas dentro do bolso.

E assim o faço. Conto a Evan a história toda, começando pelo dia do acidente. Falo sobre o congresso em Orlando e do trabalho que não era em Seattle, sobre o cartão que recebi com votos de pêsames que me levou ao treinador Miller, a Rainier Vista e ao incêndio. Conto também sobre a carta que recebi com a mensagem "Sinto muito", sobre o meu café com Corban e o pedido que Will fez a ele, para que cuidasse de mim. Falo sobre a caminhada na BeltLine com Nick e que há uma contadora forense investigando as contas da AppSec, à procura dos quatro milhões e meio que sumiram. Também conto a Evan sobre o anel da Cartier e sobre as mensagens de texto, tanto do número desconhecido, quanto do número com prefixo 678 e que, devido às ameaças, decidi instalar um sistema de segurança de última geração. É um alívio e tanto poder contar tudo para alguém, e as palavras saem sem o menor esforço, sem hesitação. Evan ouve tudo com a expressão séria, mas impassível e sem escrever nem uma palavra sequer no seu bloco de anotações amarelo.

Quando termino de contar tudo, ele afasta o bloquinho de lado e inclina o corpo à frente, apoiando os braços na mesa.

– Certo, então, vamos pelo começo. A Liberty Airlines divulgou o nome do Will na lista de passageiros antes de entrar em contato com você?

– Sim. Mais ou menos uma hora e meia depois, mas, a essa altura, minha mãe já tinha me ligado porque ficara sabendo.

– Cambada de incompetentes – retruca Evan, franzindo a testa. – Você sabe que pode arrancar o que quiser deles, certo? Se ameaçar ir à imprensa e contar o que aconteceu, a companhia vai pagar o que você pedir pelo seu silêncio.

Penso na expressão dissimulada de empatia de Ann Margaret Myers no Centro de Assistência Familiar, quando ela me ofereceu um cheque de 54 mil dólares, e no sorrisinho fingido dela ao me dizer que eu ainda tinha mais para receber.

– Não quero nada da Liberty Airlines, muito menos o dinheiro imundo deles.

– Você diz isso agora, mas já pensou daqui a alguns meses, quando as contas não pararem de chegar e o seu salário não cobrir tudo? E se estiver mesmo grávida? Vai precisar de cada centavo possível.

– Não, não vou. Há alguns dias, encontrei as apólices do seguro de vida de Will. São três e totalizam dois milhões e meio de dólares. Financeiramente, estou bem.

O advogado inclina a cabeça para o lado.

– Está me dizendo que não sabia dessas apólices?

– Só sabia de uma. A menor delas. As outras duas ele contratou sem me dizer.

– Por que acha que ele fez isso e o que explica uma quantia tão grande? A média para alguém da idade dele, casado e sem filhos, é de menos da metade desse valor.

Sem fazer a menor ideia da resposta, ergo os ombros quase que na altura das orelhas.

– Nunca achei que ele roubaria, muito menos que seria capaz de provocar um incêndio, então sei tanto quanto você.

– Assassinato.

– O quê?!

– Se foi ele quem provocou o incêndio que matou a própria mãe e aquelas duas crianças, então ele cometeu homicídio.

Um arrepio percorre a minha espinha.

Evan toma uma boa golada de água e começa a mastigar ruidosamente um cubo de gelo.

– Bom, temos algumas coisas acontecendo aqui. Se o chefe de Will conseguir provar que foi seu marido quem cometeu o crime, ele pode te responsabilizar, mas apenas se for comprovado que Will investiu o dinheiro em bens que vocês dois tinham em comum. A Geórgia é um estado de propriedade equitativa, o que significa que se algum desses fundos beneficiou você de algum modo, a AppSec pode e vai exigir restituição e talvez até cobre multas. Vão vir atrás do anel, não tenha dúvidas.

Puxo o anel do dedo como se fosse tirá-lo, mas o aperto com toda a força e cerro o punho.

– Will me deu esse anel no dia em que morreu. Vão ter que arrancar o meu dedo fora se quiserem levá-lo.

– Vou fazer de tudo pra que não precisem chegar a esse ponto, mas o mais provável é que você tenha de arranjar o dinheiro para cobrir o custo. E se eles descobrirem sobre os dois milhões e meio das apólices que Will deixou, vão vir atrás desse dinheiro também.

– Eles podem fazer isso?

– Eu não diria que conseguiriam, mas que podem tentar, isso com certeza. Sei que não é apropriado, mas, para defendê-la das acusações de desfalque, esse passado obscuro do seu marido pode ser uma ótima cartada. Podemos usar esse argumento para mostrar que havia muitos segredos no seu casamento, partes do seu marido que você não conhecia. A vida dele em Seattle, o sogro que você nunca conheceu, tudo isso vai funcionar a nosso favor. – Evan faz uma pausa para eu poder digerir a notícia e preenche o silêncio repondo a água dos copos. – Bom, vamos falar agora das mensagens de texto. Você comunicou a polícia?

– Ainda não. Queria falar com você primeiro.

– Por mais que seu gesto tenha sido louvável... Não faz ideia de quantos casos perdi simplesmente porque um idiota não pensou e procurou a polícia antes de consultar um advogado... Você sofreu duas ameaças físicas.

– De alguém que está atrás de um dinheiro que não roubei e ao qual não tenho acesso. A polícia não vai me fazer um monte de pergunta?

– Ah, sem dúvida, ainda mais se o chefe do Will já começou uma investigação. Mas, Iris, como seu advogado, preciso perguntar. Me contou tudo que eu preciso saber? Não posso ajudá-la a menos que eu saiba de tudo. Detesto assumir um caso às cegas.

– Sim, claro. Não tenho por que mentir. Estou sendo sincera. Te contei tudo de que me lembro.

Sinto uma pontada de culpa por entre as costelas e desvio o olhar antes que Evan perceba. Há uma coisa que não contei a ele, algo que não me atrevo a dizer em voz alta. É muito absurdo, e Evan vai pensar que sou alguma maluca.

– Nesse caso... – Ele bate as duas mãos na mesa, se apoiando para levantar e começa a caminhar até a porta. – Vamos.

– Vamos para onde?

– Para a delegacia. Abrir um boletim de ocorrência.

– O quê? Agora?

Evan sorri de lado para mim. É um sorriso irônico e forçado ao mesmo tempo, mas que deixa transparecer o homem brincalhão que ele era antes de o acidente aéreo arrancar sua alegria de viver.

– Não vou cobrar nada a mais por isso, prometo.

Vamos para a delegacia mais próxima da minha casa no carro de Evan, que fica num edifício cinza revestido de pedra na Hosea Williams Drive, e o lugar parece pequeno demais para atender uma cidade que tem mais de seis milhões de habitantes. Por dentro, a delegacia parece um banheiro público, lotada, encardida, fedendo a desinfetante misturado ao odor corporal e ao mau cheiro do medo que paira no ar. Homens com roupas surradas, sentados num banco grudado na parede direita da recepção, com as mãos algemadas e presas numa barra de metal. Sinto alguns olhares tenebrosos em minha direção e me aproximo um pouco mais de Evan.

O agente, um homem de cabelos grisalhos, na faixa dos 60 anos, cumprimenta Evan pelo nome. Apesar do gesto cortês e da expressão simpática do meu advogado, o agente não amolece. Evan apoia o cotovelo na mesa como se estivesse num bar, explica a situação e pede ao agente um formulário de tentativa de lesão corporal qualificada, como se o homem fosse um velho companheiro de copo. O agente entrega o formulário sem fazer nem uma pergunta sequer.

– Ele não é um cara muito simpático – sussurro por trás da folha enquanto Evan e eu sentamos em duas das cadeiras enfileiradas na parede dos fundos.

– É porque ele não me suporta – explica o advogado, sem nem se preocupar em falar mais baixo. Evan recosta na cadeira, cruza uma das pernas e dá de ombros, como quem diz: "e daí?". – Sou advogado de defesa. Meu ganha-pão é defender as pessoas que esses caras conseguem com todo custo prender. Para ele, estou brigando para defender o lado errado.

O agente faz um bico e assente, mas não amolece.

– E quem disse que estou do lado errado? – indago, incomodada. – Não fiz nada de errado.

– Vai ficar tudo bem. Preencha essa coisa aí pra gente dar entrada no boletim.

Volto para o formulário, e, dez minutos depois, lá estamos de volta ao balcão da recepção.

– O investigador Dreesch está?

O agente responde sem tirar os olhos da papelada.

– Não.

– E o investigador Willoughby?

Com a caneta apoiada no papel e após suspirar profundamente, ele recosta na cadeira e, com o pescoço, aponta para o lado.

– Oficial Johnson é quem está no plantão.

Evan faz uma careta.

– É novo?

– É ela. E, sim, veio da patrulha.

– Excelente – comenta Evan, mas num tom obviamente irônico.

– Esperem lá – ordena o agente, apontando com a caneta por cima da nossa cabeça para a fileira de cadeiras de onde viemos. Evan e eu voltamos para nossos assentos.

Quarenta minutos depois, o agente nos mostra a investigadora Johnson, uma policial baixinha, com cara de quem acabou de sair do banho e o cabelo preso num rabo de cavalo alto e muito benfeito. De postura rígida e expressão exageradamente séria, é uma jovem que quer mostrar a que veio, mas que tem muitas barreiras para ultrapassar. Ela gesticula, nos pedindo para sentar na ponta da mesa organizadíssima, aliás, a única coisa organizada nessa sala bagunçada e cheia de coisa em que a maioria das superfícies planas parecem escondidas debaixo de pilhas de papel e canecas de café sujas. Ela observa minha ficha e, na sequência, franze a sobrancelha e olha para mim.

– Quem é o perpetrador?

– Esperamos que possa identificá-lo pelo número do celular – explica Evan antes que haja tempo de eu ao menos respirar para responder. Não é a primeira vez que me sinto grata por ele ter me acompanhado até aqui. Nunca entrei numa delegacia antes, nunca tive motivos para isso até viajar para Seattle, e cá estou eu, numa delegacia, pela segunda vez na mesma semana. E me sinto completamente despreparada para essa tarefa.

– Supondo que não seja um número qualquer – explica a investigadora Johnson. Ela folheia as cópias de captura de tela que a assistente de Evan imprimiu e que detalha as mensagens trocadas com o número de prefixo 678. Ao ler a primeira ameaça, a mensagem em que a pessoa diz que se eu não disser onde está o dinheiro, vou fazer companhia para Will, a investigadora olha para mim

– Que dinheiro é esse?

– Houve um desfalque em algumas contas de uma determinada empresa no valor de quatro milhões e meio de dólares, e o senhor Griffith, esposo dessa senhora, é o suspeito. Ele trabalhava nessa empresa.

A investigadora me olha e depois volta a indagar Evan.

– E onde está o marido?

– Era um dos passageiros do voo 23 da Liberty Airlines. A senhora Griffith está viúva.

A investigadora faz cara de espanto, mas não por empatia ou algo do gênero.

– E, então, onde está o dinheiro?

– Minha cliente só ficou sabendo do peculato ontem. Ela não tem ciência de onde o marido pode ter guardado o dinheiro antes de morrer.

O que sabemos é que a quantia não foi mantida em nenhuma das contas conjuntas dos dois. Essa informação pode ser confirmada por meio dos extratos bancários.

A investigadora Johnson recosta na cadeira e, de repente, parece bastante interessada.

– Bom, vamos direto ao ponto. O senhor Griffith desviou milhões...

– Supostamente – interrompe Evan. – Pelo que sei, ainda não foi apresentada nenhuma prova.

A mulher olha Evan com frieza.

– O senhor Griffith *supostamente* desviou mais de quatro milhões de dólares de contas da empresa e desapareceu num acidente aéreo.

– Ele não desapareceu – corrige Evan, tomando todo cuidado com o tom e as palavras. – Ele *morreu* e da pior maneira possível, como pode imaginar.

– Mas, ao mesmo tempo, o dinheiro também desapareceu.

Ao meu lado, Evan endireita a coluna e estufa um pouco o peito.

– Não estou gostando do que está insinuando, investigadora. A senhora Griffith perdeu o marido na semana passada, como ocorreu com outras 178 famílias que perderam maridos, esposas, pais, filhos. Certamente, não pode acusar Will do que penso estar cogitando.

É óbvio que Evan sabe aonde a investigadora quer chegar e do que ela está acusando Will.

E eu também sei. Meu coração fica agitado feito um pássaro se debatendo dentro de uma gaiola. Passei boa parte dos últimos nove dias pensando nisso. Avalio a situação por todos os ângulos possíveis, penso em todas as possibilidades, e, toda vez, uma conclusão surge feito a cereja de um bolo.

Pelo meu rosto, Evan lê o que estou pensando. Ele não diz uma palavra, mas nem precisa. O jeito como o advogado me olha já diz tudo: nem diga uma palavra sequer, uma sílaba, nada do que está passando na sua cabeça.

– Não estou acusando ninguém de nada, senhor. Só estou tentando entender a situação para saber quais providências devemos tomar para garantir a integridade da senhora Griffith. – Ela vira e olha para mim. – Eu gostaria de ouvir a senhora Griffith.

– Não tenho mais nada a acrescentar, só que encontrei o número com o prefixo 678 na nota fiscal. Will o informou no ato da compra.

– Haveria algum motivo para o seu marido ameaçá-la?

Evan bate a palma da mão na mesa e inclina o corpo à frente.

– O marido dela está *morto*, investigadora. Está lembrada?

A mulher não tira os olhos de mim.

– Tinha ou não, senhora Griffith?

– Não, com certeza não.

– E a senhora tem certeza de que o seu marido embarcou naquele avião – diz a investigadora, mas a frase não soa nem como pergunta nem como uma afirmação. Meio lá, meio cá. – Tem certeza absoluta disso.

Sinto vontade de pular em cima da mesa impecável desta senhora, agarrá-la pelas orelhas e lascar um beijo na boca dela porque, não, não tenho certeza de que Will morreu. Duvido desde o momento em que minha mãe ligou para me dar a notícia, antes mesmo da Liberty Airlines. E se tudo não passou de uma grande confusão, e se Will estiver por trás de algum computador em algum lugar e tiver inserido o nome dele na lista de passageiros?

– Não – respondo, mas, ao mesmo tempo, Evan esbraveja:

– É claro que ela tem!

A investigadora o ignora e não tira os olhos de mim.

– Não, ela não tem certeza, não é mesmo, senhora Griffith?

Engulo em seco e lanço um olhar pedindo desculpas a Evan, que faz que não com a cabeça.

– Não, não tenho certeza.

O advogado abaixa a cabeça, segura meu braço, me pede para levantar e me leva até o canto da sala, bem perto da parede. Ficamos entre um armário e um filtro de água.

– Nem sei por onde começar. Melhor dizendo, sei, sim, Iris. O Will está morto.

– Supostamente morto – retruco, usando um termo com o qual ele está acostumado, e Evan faz cara de quem não acredita nem um pouco nisso. – Olha, sei que pode soar muito estranho, mas...

– Não soa estranho, apenas totalmente surreal, impossível. O nome de Will está naquela lista de passageiros. Acharam a aliança dele no local do acidente.

– E sem nem um arranhãozinho. Como pode isso? E ainda não encontraram nada com o DNA dele.

– Porque ainda estão fazendo a perícia nos restos mortais daquelas pessoas! Deus do céu, Iris, pense um pouco! Eles vão levar meses para conseguir identificar alguém.

– Certo, e o que me diz sobre as mensagens de texto que recebi de um número desconhecido? Will é o único que teria algo a perder com a minha visita a Seattle, e ele poderia muito bem ter rastreado meu telefone para me monitorar e saber quando cheguei lá e quando voltei. E com certeza ele saberia como me mandar uma mensagem sem deixar rastros. E também tem a carta que apareceu misteriosamente, escrita com a caligrafia de Will dizendo que sentia muito, e essa carta foi postada no correio depois do acidente. Acho que ele planejou tudo, quer me fazer acreditar que está morto, me deixar arrasada.

– A carta não apareceu misteriosamente, foi entregue na sua casa pelo correio. E pode ter sido escrita, sei lá, dez anos atrás, por tudo que já sabemos sobre o seu marido. Tem ideia do quanto é difícil forjar a própria morte? De tudo que é necessário fazer para isso?

– Sabe, já pensei nisso, já me peguei perguntando tudo isso, uma, duas, três, um milhão de vezes. E é claro que sei o quanto essa possibilidade soa como uma insanidade e foi por isso que permaneci em silêncio até agora, embora devesse escutar a minha intuição que não para de me dizer que Will não morreu. E também me pede para encontrar esse dinheiro, porque é lá que Will está.

Evan leva a mão ao rosto.

– Queria muito que tivesse me dito tudo isso antes de atravessarmos aquela porta.

– Pra quê? Pra você recusar meus cinco dólares e me mandar dar meia-volta? – respondo em tom de provocação e com um sorriso sarcástico, uma tentativa patética de pedir desculpas, sem nem mesmo saber se realmente tenho de me desculpar por algo.

Evan não esboça nem uma risadinha sequer.

– Não, porque aí eu poderia te dizer que forjar a própria morte é algo ilegal, um crime. Além da fraude de identidade e da evasão fiscal, sabe o dinheiro que você recebeu da Liberty Airlines, bem como o que vai receber das apólices que Will deixou? Pode ser categorizado como roubo.

A explicação de Evan faz o meu sorriso desaparecer.

– Ah.

– Pois, é. Ah. – Ele dá uma espiada por trás do meu ombro e com muita destreza se mantém inexpressivo. Eu viro para olhar para a investigadora, que continua no posto, nos observando de um jeito que não consigo definir muito bem. Evan vira de costas para ela e fica bem de frente para mim, ocupando todo meu campo de visão. – Bom, mudança de planos. Vamos voltar lá, explicar à investigadora fulana que você acabou de ficar viúva e que está emocionalmente abalada, tendo alguns devaneios, imaginando coisas demais... E, depois disso, a gente cai fora daqui.

No caminho de volta para o escritório, Evan e eu combinamos uma série de coisas. A primeira delas é deixar suspensa a hipótese de Will ter estado ou não naquele avião, até que a companhia aérea encontre evidências físicas da presença dele, ou até eu receber outra mensagem do número sem identificação. Também combinamos que vou documentar todas as mensagens que recebo, tanto fazendo a captura da tela, como salvando-as numa conta na nuvem que a assistente de Evan criou para nós dois. E, por fim, Evan vai pedir a um detetive que já trabalhou com ele que tente rastrear o número com prefixo 678.

– O pessoal do Departamento de Polícia de Atlanta é muito bom – comenta enquanto estaciona o carro logo atrás do meu –, mas estão sobrecarregados e são mal remunerados. Esse meu colega faz o serviço bem mais rápido. Enquanto isso, deixe o alarme de casa acionado sempre e me ligue assim que receber qualquer outro tipo de ameaça, sim?

Respondo que sim, concordando com tudo, mas ainda não abro a porta do carro.

– Evan, quero pedir desculpas pelo que aconteceu lá na delegacia. Sei que deveria ter compartilhado com você as minhas suspeitas antes de conversamos com a investigadora, mas quem poderia considerar uma possibilidade dessa? Ninguém em sã consciência. Até encontrar alguém que verbalizasse aquilo que estava na minha cabeça, que dissesse que Will podia estar vivo, sendo que nem me permiti ficar pensando nessa possibilidade porque não queria alimentar as minhas esperanças. – Balanço a cabeça, insatisfeita comigo mesma. – Não estou sendo muito clara, estou? Nada disso faz sentido.

– Não, faz sentido, sim. E não é loucura nenhuma pensar nessa possibilidade, a situação em si é insana. Quero esclarecer uma coisa. A minha reação não foi bem a de um advogado que está tentando proteger sua cliente, mas de um ser humano que estava tentando jogar um balde de água fria numa pessoa que acredita que o marido está vivo, alimentando falsas esperanças. Acho que foi pura inveja minha. Sei que isso soa mesquinho, coisa de gente infeliz, mas é o que eu sou. Uma pessoa mesquinha e infeliz.

– Você perdeu sua família no acidente. É completamente normal que se sinta assim.

De repente, o olhar de Evan parece mais anuviado do que nunca e um traço de preocupação acentua a testa franzida.

Nós nos despedimos, eu agarro a maçaneta da porta e me lembro de mais uma coisa.

– Qual era o nome dela?

– De quem? Da investigadora?

– Não – respondo, balançando a cabeça. – Da sua filha. Que nome você e a Susanna escolheram para ela?

Evan fica em silêncio por um bom tempo.

– Emmaline. – Ele pigarreia e repete, dessa vez com um tom de reverência. – Emmaline. Nós a chamávamos de Emma.

– Que nome lindo. – Aperto o braço dele devagar e desço do carro. – Vou me lembrar dela toda vez que ouvir esse nome.

CAPÍTULO 23

Chegou o domingo, e minha mãe não quer ir embora.

– Tem duas bandejas no freezer, com comida o suficiente para alimentar um exército – avisa. Estamos na varanda, observando meu pai colocar os últimos pertences deles dentro da caminhonete que já está estacionada na rua. Dave e James foram embora ontem à tarde, e agora minha mãe está fazendo de tudo para prolongar o máximo possível o momento da despedida. – Por que não convida umas amigas para passarem a semana aqui? Ligue para a Lisa, ou pra Elizabeth.... Ou para a Christy. Peça pra virem te fazer companhia.

– Ótima ideia! – respondo, mas não estou tão animada quanto demonstro. Adoro as minhas amigas, mas, depois de duas semanas com gente o tempo todo ao meu lado, quero um pouco de sossego. Afinal, o luto é uma jornada solitária.

– E eu separei a sopa em potinhos, estão dentro do congelador. Imaginei que gostaria de levar para almoçar no trabalho, alguma coisa assim. Também deixei massa de biscoito no congelador, dentro de uma embalagem plástica, pronta pra assar. Basta colocar no forno quando sentir vontade de comer algum docinho.

– Mãe, tem comida no freezer o suficiente para me alimentar até o Natal.

– Eu sei, é só quê... – Ela parece preocupada. – Tem certeza de que vai ficar bem? Não suporto a ideia de ver você aqui, sozinha assim.

– Vou passar a maior parte do tempo fora de casa. Fico o dia todo praticamente no trabalho e estou pensando em fazer horas extras. Começou a temporada de admissão na faculdade, então tenho certeza de que vai ter muito drama pra eu resolver por lá.

– São só cinco dias, Jules – pondera meu pai, agora do jardim. – A Iris vai ficar bem.

Ela fica irritada e ameaça reclamar, mas, antes que haja tempo, entrelaço o braço no dela e a puxo para perto de mim.

– Papai tem razão, mãe, eu vou ficar bem. Prometo.

Minha mãe abre um sorriso na tentativa de disfarçar a raiva.

– Acho que era eu quem deveria estar consolando *você*, não o contrário, não acha?

– Não sei se pode te fazer sentir melhor, mas prometo que, quando chegar à sua casa na sexta, vou fazer muita bagunça.

Ela ri e, com os olhos marejados, me envolve num abraço.

– Me chame para o que precisar, entendeu? Em três horas e meia chego aqui.

– Eu sei.

– E dê uma olhada naqueles lugares que pesquisei sobre o funeral, promete? Deixei os endereços em cima do balcão da cozinha.

– Prometo.

Eu a acompanho até o carro, trocamos mais uma rodada de abraços, sorrio e aceno até o carro chegar à esquina. Então, volto para o jardim de casa.

A tarde se impõe à minha frente feito uma estrada longa, aberta e vazia.

Ainda não sei como vou percorrê-la.

De volta à casa, tiro o celular do bolso.

– Siri, onde alguém pode esconder quatro milhões e meio de dólares?

Siri me responde com uma lista de possibilidades e me explica que um milhão de dólares caberia numa ecobag, dessas que a gente usa para ir ao supermercado, ou na gaveta da geladeira, ou, ainda, no micro-ondas. Mas, apesar de informativa, a resposta também soa ridícula. Por que alguém guardaria uma quantia dessas em notas de um dólar? Mas, mesmo supondo que Will tenha sacado o dinheiro em notas de cem, ainda daria para esconder aqui e ali. Mesmo com o novo sistema de alarme, essa casa não é a Reserva Federal, e há muitos lugares aqui em que seria possível esconder uma quantia dessas. Mas, lembremos, Will é nerd. Ele jamais teria a ideia de enfiar o dinheiro numa bolsa e sair andando por aí com ele. Qualquer movimentação financeira ocorreria do modo que lhe parecia mais cômodo: on-line. Legal, então, como devo investigar isso? Devo procurar por algum número de conta rabiscado em algum papel por aí? Ou em algum *pendrive* descartado, esquecido? Ou devo tentar encontrar a senha de algum suposto cofre? Eu me desespero porque a sensação é a de procurar uma agulha num palheiro.

Decido começar pelo sótão e vasculhar tudo o que for possível de lá pra baixo. Abro caixas e sacolas, olho atrás das vigas e dentro das malas, procuro nos closets e debaixo das camas. Arrasto móveis e levanto tapetes. Pego uma chave de fenda na cozinha e abro todas as tampas possíveis, de eletrodomésticos, dos ralos etc. Também vasculho o congelador e todas as caixas de descarga.

A casa inteira vira um campo minado de emoções, cheio de detonadores. O casaco de Will dependurado no gancho da porta dos fundos. O suco de laranja favorito dele, guardado na geladeira bem atrás de uma caixa de creme, o qual meu marido nunca terá a chance de colocar no café. O pôster que escolhemos juntos quando viajamos para Nova York, pendurado numa parede do corredor, o monte de almofadas que Will sempre achava demais e sempre ia parar no chão da sala, a lâmina de barbear, o frasco de loção pós-barba na beira do lavatório. Retiro a tampa, encosto a embalagem no nariz, e o aroma que conheço tão bem me faz sorrir, ao mesmo tempo em que os olhos ficam marejados.

De repente, me falta o ar. Sei como a ciência explica essa minha reação. O bulbo olfatório está conectado às áreas do cérebro que controlam as emoções e a memória, mas essa consciência não me impede de sentir uma vontade, uma necessidade incontrolável de ter Will aqui. Vê-lo. Sentir o cheiro dele. Ouço a voz dele na minha cabeça, sinto seus dedos deslizando pelas minhas costas. A sensação é tão intensa que chego a procurá-lo no espelho, mas tudo que vejo sou eu e a parede atrás de mim. Uma tristeza profunda me assola e recai sobre mim feito uma placa de chumbo. Rosqueio a tampa de volta na embalagem, levo o frasco até o meu lado do banheiro e desmorono no banquinho da penteadeira.

As lâmpadas de cem watts em cima da minha cabeça são implacáveis. Cabelo oleoso, pele pálida e abatida, uma espinha enorme no queixo.

Eu me esforço para me levantar, ligo o chuveiro e vou até a gaveta onde guardo as máscaras faciais. Eu a abro de uma vez e nesse momento meu coração para, mas por pouco tempo. Logo ele começa a bater tão forte quanto o motor de um trem de carga ganhando cada vez mais velocidade. Aqui, dentro da gaveta, sobre um monte de caixas e frascos, há um bilhete; desta vez, escrito num post-it azul.

Pare de procurar, Iris. Deixe isso pra lá. Não posso te proteger se você não fizer isso.

Um arrepio percorre cada milímetro da minha pele, apesar do vapor que começa a se formar dentro do boxe. Viro o corpo e sinto como se Will estivesse aqui ainda, de pé, bem atrás de mim. Quem colocou esse bilhete, aqui? Como? Quando? Não abro essa gaveta desde... um pouco antes do acidente? Sim, é isso mesmo.

Sou tomada por um misto de emoções. Euforia. Entusiasmo de quem diz: “eu sabia!”. Um alívio tão intenso e profundo que chega a atingir meus ossos, e meu corpo desmorona no banquinho.

Will está vivo. Ele *tem de* estar. Esse bilhete escrito com a letra dele é a prova disso.

Um brado histérico atravessa a minha garganta – metade grito, metade riso – e advirto a mim mesma para me conter. Se eu estivesse sentada na minha poltrona de psicóloga, diria a mim mesma que o desejo de que Will esteja vivo está me fazendo criar fantasias e ignorar a realidade dos fatos, ignorar que meu marido morreu. E que estou usando a negação como mecanismo de defesa e adiando o que deveria estar fazendo: viver o luto do meu falecido marido. E, mesmo assim, não consigo me convencer de nada disso, porque dessa vez, dessa vez não há como negar.

Pare de procurar, Iris. Deixe isso pra lá.

Desta vez o bilhete não estava dentro de um envelope. O que significa que foi o próprio Will quem o colocou aqui.

Pego o celular em cima da penteadeira e digito a pergunta que não para de martelar na minha cabeça desde a primeira mensagem, feito uma música no modo *repeat*.

Will, é você?

A resposta chega uns trinta segundos depois:

Iris...

EU: *O que foi? É uma pergunta simples, basta responder sim ou não. Ou é ou não é.*

NÚMERO DESCONHECIDO: *Nada nessa situação é simples assim.*

Uma onda de raiva irrompe dentro de mim feito a lava de um vulcão, rápida e abrasadora, e de repente me canso dessa palhaçada. Quero uma resposta. Se Will se deu ao trabalho de entrar escondido em casa e deixar bilhetes escritos de próprio punho, o mínimo que ele deve fazer é admitir. Digito furiosamente.

EU: *Responda à maldita pergunta que fiz. Você é ou não é o homem que, olhando nos meus olhos, prometeu ficar comigo até que a morte nos separasse?*

Prendo a respiração e aguardo a resposta. Que não vem.

EU: *Diga logo! É você?*

Mantenho os olhos grudados na tela, esperando a resposta.

NÚMERO DESCONHECIDO: *Sinto muito. Nunca quis que esses problemas te atingissem.*

Solto um grito sufocado.

EU: *Preciso saber. Preciso que me fale.*

NÚMERO DESCONHECIDO: *Sim, me desculpe. Sou eu. O Will.*

A resposta libera todas as emoções reprimidas nos últimos onze dias. Angústia. Fúria. Dor. Alívio. Desespero. Tudo isso explode dentro de mim numa choradeira medonha e desesperada, me revolvendo feito ondas intensas e rápidas que me fazem perder o ar. Meu marido não morreu.

Começo a ligar para o número, escuto o primeiro toque e então cai a ficha. Will está vivo, mas, apesar disso, armou um plano para fazer todos – inclusive eu, sua esposa, sua pessoa favorita no mundo – pensarem que ele morreu. Sabe-se lá como, conseguiu incluir o próprio nome na lista de passageiros da Liberty Airlines, mesmo sabendo que eu ficaria dilacerada. Desligo o telefone antes do terceiro toque.

A princípio, essa tormenta me atinge devagar, feito uma tempestade que é possível ver à distância. Minha respiração fica curta e rápida. As pontas dos dedos começam a formigar. Olho para o papel nas minhas mãos e alguma coisa fria e incômoda começa a se formar no meu abdômen e percorre meu corpo, provocando uma sensação de ardor, inflamando meu sangue feito querosene. De repente, começo a tremer. Will me deixou de propósito e por dinheiro. Quatro milhões e meio de dólares.

Nunca ninguém me fez sentir tão sem valor.

Depois do banho, desço as escadas descalça e com o cabelo molhado. Em algum momento debaixo da água escaldante do chuveiro, enquanto eu esfregava a minha pele com força o suficiente para fazê-la sangrar, a fúria se transformou em determinação. Will quer que eu pare de procurar? Quer que eu deixe o assunto pra lá? Sinto muito, querido. Não há a menor chance de parar agora.

Na cozinha, ligo a chaleira elétrica e pego uma caneca dentro do armário. Enquanto vasculho a despensa à procura de um saquinho de chá, três mensagens novas chegam em sequência e aparecem na tela do meu celular.

NÚMERO DESCONHECIDO: *Me desculpe por tudo. Você é a última pessoa no mundo que eu magoaria!*

NÚMERO DESCONHECIDO: *Não quero te envolver nos meus problemas e não quero que precise mentir. Se a polícia vier atrás de você, tomar o seu celular e encontrar esse número, não tem problema. Não há como rastreá-lo. Fique tranquila, você não vai se envolver com isso.*

NÚMERO DESCONHECIDO: *Iris, você está aí? Fale comigo, por favor.*

Cerro os dentes, deixo o celular no mudo e o atiro dentro da gaveta de talheres.

Uma vez, quando ainda éramos namorados, Will me deu um bolo. Eu estava no Rathburn Bar com um salto alto e um vestido preto e justo, empolgada tanto pelos martínis de limão quanto pelo namorado novo, que, por sua vez, esqueceu que tínhamos marcado um encontro. Naquele dia, percebi que ele era *workaholic* e soube que Will ficou compenetrado desenvolvendo um software e perdeu completamente a noção do tempo. Deu seis e meia, sete, sete e meia, oito horas. Minha preocupação com o que poderia ter acontecido se transformou em raiva, até que a paciência se esgotou, deixei duas notas de vinte dólares na mesa do bar e chamei um táxi. No caminho de volta para casa, mandei uma mensagem de texto mal-educada, dizendo que era uma pena ele não ter aparecido para o nosso encontro porque tinha sido o último.

Will deve ter visto a mensagem lá pelas onze da noite, porque foi quando meu celular começou a vibrar. Ele pediu desculpas. Implorou para que o perdoasse. Sugeriu que nós dois déssemos o cano no trabalho no dia seguinte para que ele pudesse reparar o erro. E prometeu que ficaria o tempo todo comigo e só comigo. Não respondi nenhuma das mensagens.

Mas o desespero evidente e a insistência dele me acertaram em cheio e, por volta da meia-noite, amoleci. Mandei uma mensagem dizendo que estava indo dormir e que conversaríamos no dia seguinte. Quando Will apareceu na porta de casa quinze minutos depois, ainda atordoado e preocupado, eu o deixei entrar. Tentei me manter firme, Deus sabe como tentei, mas fui vencida ao sentir aquele corpo que conhecia tão bem envolver o meu, a batida do coração na veia do pescoço, aqueles lábios macios e os braços fortes me arrastando pelo corredor até chegar ao quarto. Quando o alarme tocou no criado-mudo na manhã seguinte, Will e eu estávamos ocupados demais para levantar da cama e nem ele nem eu sequer cogitamos a possibilidade de ir trabalhar.

Mas se esquecer de um encontro marcado não é a mesma coisa que me trocar pelo dinheiro, e forjar a própria morte para a esposa é algo infinitamente mais grave. Dessa vez, não há perdão.

Deixo meu celular no lugar onde está, perdido em meio a garfos, facas e colheres numa gaveta escura, e pego meu laptop em cima da mesa. Preciso me recompor, me concentrar nos fatos e retomar o começo de tudo. Quatro milhões e meio de dólares não é qualquer quantia. Não dá pra rapar essa quantia da conta de uma empresa sem que ninguém perceba. Talvez, se eu descobrir como Will conseguiu fazer isso, possa encontrar uma pista de onde o dinheiro está.

Levo meu computador até o sofá e digito “dinheiro desviado da conta de empresa” na barra de busca do Google. Diretor financeiro embolsou quase noventa milhões de dólares. Chefe de um frigorífico conseguiu desviar mais de setenta milhões. Vice-presidente de uma agência de publicidade desviou 65 milhões de dólares por um esquema de propina e depois perdeu tudo em jogatina. Perto de casa, um gerente de RH de Savannah desviou mais de quarenta milhões por transferência bancária.

Então, bato o olho numa história no fim da página e meu coração acelera. Com os dedos trêmulos, clico no link que me leva a um site que registra os maiores mistérios não desvendados do país.

Nos idos dos anos 1990, um homem chamado Javier Cardozo foi acusado de roubar mais de 73 milhões da empresa em que trabalhava, um banco em Boston especializado em hipotecas. Quando a polícia chegou à casa do homem para prendê-lo, arrombaram a porta e encontraram a televisão ligada e um prato de macarrão ainda quente, em cima do balcão da cozinha, mas Javier não estava lá. Tanto ele quanto o dinheiro, cada centavo dos 73 milhões, tinham desaparecido.

Daqui um ou dois anos, o nome de Will vai aparecer na lista desse site também?

Volto para a lista de crimes de peculato e vasculho os links. Por meio deles, me dou conta de duas coisas. Primeiro, quatro milhões e meio são fichinha. Sei que Nick e o conselho da AppSec pensam o contrário, mas o montante é muito insignificante comparado aos casos de desvio que vejo por aqui. Segundo, o dinheiro quase sempre é roubado por alguém que tem acesso direto às contas. O funcionário de cargo importante, o chefe do departamento financeiro, alguém que lida com faturamento ou folha de pagamento. Will era engenheiro de software. A habilidade com programação pode ter trazido muitos resultados para a AppSec, mas como ele conseguiria ter acesso a essas contas? Deve haver alguém mais envolvido nessa história. Alguém com um cargo alto na empresa, que abriu caminho para Will ou ofereceu cobertura para ele.

O que me faz pensar em Nick. Ele não comentou se estão investigando outros funcionários, mas, por outro lado, foi muito evasivo e, ainda que indiretamente, me fez uma ameaça. Nick também fez questão de dizer que seu emprego estava em jogo, então, não é preciso muito para constatar que ele deve estar desesperado. Suspiro e recosto no sofá, deixo o computador de lado e pego o bloquinho de anotações do meu pai. Procuro por uma folha em branco e coloco no papel o que sei:

1. Há um desfalque na conta da AppSec. Quatro milhões e meio de dólares, ou mais.
2. Nick acha que foi Will quem desviou o dinheiro, e, para ser sincera, também acho que foi ele.
3. Will teria de transferir a quantia da conta da AppSec para alguma outra conta que ele controlasse e teria de fazer várias transferências até repassar todo esse valor, o que levaria meses, senão anos.
4. O dinheiro não está aqui em casa, mas aqui deve haver uma pista de onde Will o escondeu.
5. Nick quer recuperar o dinheiro. A pessoa por trás das mensagens enviadas pelo número com prefixo 678 também e está disposta a tudo, inclusive a matar se preciso for. Seria Nick o anônimo que me manda as mensagens?

Ao pensar nessa última hipótese, meu coração palpita e sinto o sangue subir para a cabeça. Seja lá quem for esse estranho, não enviou mais mensagens, mas é apenas uma questão de tempo. Ninguém faz uma ameaça desse tipo (*Diga onde o Will escondeu o dinheiro, ou então vai fazer companhia pro seu marido*) e depois desaparece. E se for para acreditar no que ele me disse (o que acho que devo fazer), o cara sabe como causar pânico.

Ouço o barulho de um cortador de grama lá fora. Um cachorro passa correndo e latindo na rua. Ambos me assustam, e eu tento me lembrar do que fiz depois que meus pais foram embora, se tranquei as portas e acionei o alarme. Digo a mim mesma que estou bem. Que estou protegida por um sistema de alarme de última geração.

Mesmo depois disso, meu coração continua querendo saltar pela boca.

CAPÍTULO 24

O barulho do cortador de grama parece entrar pela janela da cozinha. Ainda no sofá, viro para trás e avisto o vulto de uma pessoa alta, que em questão de segundos desaparece nos fundos da casa.

– Que diabos...

Dou um pulo do sofá, corro até a janela e espio do outro lado do vidro. Vejo Corban sem camisa e suado. Com a cabeça baixa, os ombros se movimentam enquanto ele empurra e puxa o cortador, aparando a grama ao redor da casa aos fundos da minha. Um pouco mais à frente, a grama cortada se amontoa numa fileira perfeita no meio do quintal. A outra metade do gramado continua alta e rebelde, graças à primavera úmida e com temperaturas acima da média.

Sem pensar, abro a porta com tudo, o que dispara a sirene. Corban se assusta, ergue a cabeça no mesmo momento e fica com os pés paralisados no gramado. Protejo os ouvidos com as mãos.

– Ai, merda!

Em meio ao estardalhaço, Corban não consegue me ouvir. Ele agacha e aperta o botão para desligar o cortador, como se fosse adiantar alguma coisa.

– Aguente aí! – exclamo e saio correndo, passo pelo corredor, vou até a porta da frente, onde está instalado o quadro do alarme, e digito a senha no teclado. O ruído ensurdecedor para no mesmo instante, um ou dois segundos antes de o telefone de casa começar a tocar.

Tiro o fone do gancho, pego o aparelho de cima do balcão da cozinha e saio arrastando o fio no caminho até o jardim, torcendo para meu coração se acalmar. Olhando para o lado bom da coisa, pelo menos agora sei que o alarme funciona mesmo. Qualquer intruso que esteja a meio caminho da Flórida agora ou ficou surdo, ou está morto e estirado no chão, depois de um ataque cardíaco.

– Alô?

– Recebemos um alerta da 4538 Ashland Avenue. Precisa que chamemos a polícia?

– Ah, não, desculpe, foi alarme falso. Culpa minha, ainda estou me acostumando com o sistema e me esqueci de desativar antes de abrir a porta.

– Pode, por favor, informar o código?

– Acabei de digitar no quadro. – Eu me esgueiro para o lado e olho para o jardim dos fundos, onde Corban está de pé com as mãos apoiadas nos quadris, na beirada da varanda. Gesticulo para mostrar que está *tudo bem*, e Corban volta ao cortador de grama.

– Preciso que informe a palavra, senhora. A senha alfabética.

Ah, é verdade. A senha alfabética. O código que Big Jim me disse que me pediriam toda vez que eu falasse ao telefone com a central, por meio do qual eles podem ter certeza de que está tudo bem.

– Rúgbi.

– Obrigada, senhora. Tenha um bom dia.

Deixo o telefone numa mesa de pedra e, sem graça pelo susto que provoquei sem querer, me viro para Corban.

– Oi. O que está fazendo aqui?

Corban olha para trás, em direção à grama que acabou de cortar, e depois olha para mim.

– Estou aparando a sua grama.

– Deu pra perceber. Eu só... É que o pessoal da empresa de jardinagem que contratei vai ficar bem confuso quando chegar aqui na quinta de manhã. Vão achar que os sacaneei.

Corban me lança um sorriso como quem diz "foi mal".

– Vai ser bom pra eles ficarem espertos. As pessoas trabalham melhor quando têm medo da concorrência.

Antes que haja tempo de eu dizer alguma coisa, Corban puxa a corda do cortador e volta para o gramado.

Enquanto Corban termina o trabalho, pego duas garrafas de cerveja na cozinha, volto para a varanda e me jogo em uma das cadeiras, bem debaixo de um feixe de luz do pôr do sol. Inspiro, sinto o cheiro da grama recém-cortada e o gosto da cerveja enquanto observo Corban percorrendo o gramado com o cortador, como se o aparelho tivesse o peso de uma pena.

Esse cara é mesmo um homem e tanto. Negro, sarado e molhado de suor, os músculos de tão torneados parecem prestes a extravasar a pele. Vai ver que foi por isso que Will não nos apresentou. Estava com medo da concorrência. Deve ter percebido que as mulheres ficavam caidinhas por Corban na academia. Talvez Will tivesse medo de que o mesmo acontecesse comigo.

Penso no meu marido e meu coração se alegra, ao mesmo tempo em que a sensação ruim persiste, cortante e um pouco mais pesada. A lembrança faz o sangue ferver nas veias. Will preferiu o dinheiro a mim. A nós dois. Que *bom*. Sentir raiva é bom. Porque a dor vai me fazer chorar e, uma vez que o choro comece, não vou conseguir mais parar.

Corban chega à pontinha do gramado, desliga o cortador e tudo volta a ficar no mais pleno silêncio.

Ofereço a ele a outra garrafa.

– Uma cerveja para refrescar a mente.

– Obrigado. – Corban puxa a camiseta presa no bolso de trás e a usa para limpar o rosto, caminhando agora pela grama recém-cortada. – Não tem nada melhor do que uma cerveja gelada depois de aparar a grama. Nada. – Ele pega a garrafa da minha mão, assente gentilmente e brinda comigo. – Saúde.

Nós dois tomamos uma bela golada. Corban senta na cadeira ao lado da minha.

– Então... Aparar o gramado faz parte do pacote da promessa que fez a Will?

– Sim, e enquanto eu estiver aqui, também posso cuidar de alguma outra coisa que precise. Sei lá, pintar algum quarto, desentupir um ralo... Também sei limpar calha. E quando foi a última vez que trocou o óleo do carro?

De repente, me lembro daquela manhã chuvosa, há onze dias, quando Will me fez a mesma pergunta enquanto estávamos deitados de conchinha, mas engulo em seco e dou mais um gole na cerveja.

– Então, você é um faz-tudo que vem com o pacote completo, não é mesmo?

Corban dá um sorriso autodepreciativo.

– Essa é uma das vantagens de ter nascido com déficit de atenção. Você aprende a fazer um monte de coisa quando não consegue ficar parado mais que trinta segundos. Além do mais, meu pai não ficava muito por perto pra cuidar das coisas. Eu era o mais velho entre os cinco irmãos, e minha mãe precisava de toda ajuda possível.

A prática como psicóloga fala mais alto antes que eu tenha tempo de ao menos pensar.

– É uma responsabilidade e tanto para uma criança.

Corban encolhe um dos ombros.

– Não me importava. Até que eu curtia ficar mandando nas outras crianças. Não que as minhas irmãs me ouvissem... Quer dizer, até hoje não me ouvem. São teimosas feito uma mula, iguaizinhas à nossa mãe. – O sorriso de Corban transparece o carinho dele pela família.

– Por que Will nunca nos apresentou? Quer dizer, sei que ele te contou muito sobre mim, mas nunca me falou sobre a amizade de vocês. Por que acha que ele fez isso?

Se ficou surpreso com a mudança repentina de assunto, Corban não demonstrou. Ele recosta na cadeira e suspira profundamente.

– Eu me fiz essa pergunta pelo menos um milhão de vezes. O Will não era exatamente um cara espontâneo, então tenho certeza de que tinha muitas razões para não ter feito isso, mas, pra mim, só há uma explicação, não consigo pensar em nenhuma outra. Talvez a nossa amizade não fosse tão importante pra ele quanto achei que era. Pensei que éramos muito próximos, mas talvez eu tenha errado.

– E, mesmo assim, você veio até aqui para aparar o meu gramado.

– Não moramos longe um do outro. Minha casa fica bem ali, a alguns quarteirões.

Sei que Corban está brincando, tentando atenuar seja lá qual for a obrigação moral que o fez se deslocar do subúrbio de Atlanta até aqui, mas alguma coisa nele me diz que não tem nada de engraçado no assunto. Corban está magoado, chateado com o fato de Will ter escondido de mim a amizade entre os dois, o que só me dá ainda mais motivos para admirá-lo.

– Obrigada, Corban. Não precisava ter feito isso, mas agradeço de todo o coração a preocupação comigo.

– Eu fico feliz em poder ajudar. Porque, sinceramente, agora que fiquei sabendo de tudo isso... – Ele desvia o olhar e noto na expressão dele certa tristeza. – Fico pensando que talvez eu fosse o problema.

Apoio a cerveja num porta-copos de pedra.

– Como assim?

– Eu já te disse que Will estava meio estranho ultimamente. Percebi um ou outro comportamento diferente dele, mas nunca reagi, nem uma vez. Nem quando ele me fez prometer que cuidaria de você. Sinceramente, ninguém pede a um amigo para cuidar da própria esposa se não está preocupado com alguma coisa que pode acontecer. Mas nem uma vez sequer eu o chamei pra conversar e perguntei: *Ei, cara, o que está acontecendo com você? Está precisando de ajuda?* – Corban ergue os ombros quase até a altura das orelhas e depois os solta como se pesassem uma tonelada. – Acho que o cara errado nessa história fui eu, não o Will.

Dou uma golada na cerveja, mas o líquido gelado não refresca a bola de fogo presa na minha garganta. Corban pode ter falhado como amigo, mas quem sou eu para julgá-lo? Que tipo de esposa não percebe que o marido está tão encrencado a ponto de forjar a própria morte? Também não sou o melhor exemplo para ninguém. Pensar nisso me deixa tonta e instável, como se estivesse flutuando. Finco os pés no chão e as mãos na cadeira em que estou sentada, procurando tocar algo que me traga de volta à realidade.

De certo modo, a confissão de Corban nos coloca no mesmo time. Em se tratando de Will, ambos fomos traídos e ambos falhamos. E é por isso, e só por isso, que resolvo contar a ele.

– Houve um desfalque nas contas da empresa em que Will trabalhava – digo e desvio o olhar, observando um esquilo balançar no galho de uma árvore da casa do vizinho. Não vou conseguir suportar a surpresa, ou, o que é pior, o julgamento estampado no rosto de Corban. – E é muito, muito dinheiro. Quatro milhões e meio ou mais, de acordo com o chefe dele. Ainda não conseguiram descobrir o responsável, mas é apenas uma questão de tempo. O pessoal da AppSec parece bem convencido de que foi o Will.

Silêncio. Por um bom tempo.

Volto a olhar para Corban, e ele me observa com a expressão imóvel, parecendo uma estátua. E assim ele permanece por mais alguns segundos, até que, de repente, leva a mão à barriga e começa a gargalhar.

– Estou falando sério, Corban. Não é piada, não.

Pelo modo como me olha, ele parece não acreditar ainda.

– O Will tinha um Toyota Camry 2004, com um buraco no assoalho e um sério problema no câmbio. Se ele tivesse colocado a mão nessa bolada, não acha que ele ostentaria um pouco, arranjaria um carro melhor? Ou, sei lá, pelo menos não andaria com uma carteira que de tão velha era remendada com uma fita adesiva?

– Ele comprou uma joia.

– Ah, fala sério. A única joia que vi Will usar foi a aliança de casamento que *você* comprou para ele. E, antes que diga mais alguma coisa, o relógio dele não conta. Tenho certeza de que aquela coisa era feita de plástico.

– Foi para mim. – Mosto a mão para Corban e o anel da Cartier brilha sob a luz do sol. – Ele comprou uma joia pra mim.

O sorriso dele desaparece feito um passe de mágica.

– Esse anel não prova nada. Will não gostava de gastar com ele, mas adorava gastar com você. Ele deve ter feito umas economias, ou talvez tenha comprado parcelado. Não importa. A questão é que ele tinha um bom trabalho. Tinha plenas condições de bancar um luxo ou outro de vez em quando.

– Ele pagou em dinheiro.

– Tudo bem, admito, pode soar meio suspeito, mas sei lá... – Corban engole em seco e a dúvida anuvia o semblante dele. – Acha que foi ele quem roubou o dinheiro?

Encolho os ombros.

– Se foi, na nossa conta conjunta o dinheiro não está. E nem em casa.

– E onde mais poderia estar?

Não respondo porque, de repente, a ausência de Will volta a me assolar. Talvez, quando eu tiver 80 anos, ainda esteja pagando as prestações dessa casa que compramos juntos, mas vou fazer isso sozinha, por minha conta. Não vou ter mais as pernas dele para aquecer meus pés gelados, nem aquele sorriso para alegrar meu coração. Por mais furiosa que eu esteja por meu marido ter preferido o dinheiro a mim, também me sinto arrasada e perdida por ele não estar mais aqui.

– Eu sei... – diz Corban com gentileza. – Também sinto muita saudade dele.

Faço que sim, tentando recobrar aquela raiva que havia despertado em mim há pouco, mas ela parece ter ido embora sem deixar rastro. A única coisa que consigo sentir é tristeza, cada vez mais e mais profunda. Por Will, por mim, por Corban sofrendo o luto de um amigo que supostamente se foi.

– Sabe, lhe devo um pedido de desculpas.

Corban traz a cabeça um pouco à frente e, com a testa meio franzida, se aproxima de mim.

– Pelo quê?

– Encontrei um bilhete. Dois, na verdade. Ambos escritos com a letra de Will, apareceram depois do acidente.

Ele fica em silêncio e demora alguns segundos para reagir.

– E o quê... o que tinha escrito nesses bilhetes?

– O primeiro continha apenas uma frase. *Sinto muito*. O segundo dizia que eu estava em perigo e que deveria parar de cutucar o passado de Will. Viajei para Seattle depois do acidente. Conversei com pessoas que o conheceram antes de mim. – Atordoada, balanço a cabeça. – Descobri muita coisa, nada de bom infelizmente.

– Que tipo de coisa? O que houve?

– Drogas. Um incêndio criminoso. E, se for para acreditar no que uns e outros me disseram, talvez até homicídios. Conheci o pai dele, que supostamente tinha morrido há algumas décadas, mas o encontrei num estado muito ruim, sem condições de me dizer nada. Ele tem Alzheimer num estágio bem avançado. Mas o meu pedido de desculpas não tem a ver com nada disso. Eu queria dizer que, quando nos encontramos naquela manhã, na cafeteria, suspeitei de você. Pensei que tinha sido você quem havia me mandado aqueles bilhetes pra... Sei lá, zombar da minha cara, me torturar, alguma coisa assim.

Corban fica indignado.

– Eu jamais...

– Eu sei. – Faço uma pausa e sorrio. – É por isso que quero pedir desculpas.

Corban retribui também com um sorriso.

– Está desculpada.

– Simples assim?

– Simples assim.

Ficamos ali, sentados por um tempo, cada um perdido em seus próprios pensamentos. Recosto na cadeira, e Corban faz o mesmo, estica as pernas e fecha os olhos sob a luz do sol. Ouvimos gritos em algumas casas mais para baixo da rua, crianças brincando em algum quintal por aqui, além do som distante e familiar do trânsito.

– Então, espere – comenta Corban, abrindo os olhos de repente, como quem acabou de se dar conta de algo –, se não fui eu quem mandou os bilhetes, quem foi?

Não respondo, ou vai ver que respondi e nem percebi. Corban me observa de um jeito intenso e, a julgar por sua expressão, pelos lábios comprimidos, penso que captou a resposta implícita no meu silêncio.

Com cara de espanto, ele diz:

– Não.

Hesito. Como dizem por aí, quem está na chuva é pra se molhar, e depois das reações que ele teve hoje, minha intuição diz que posso confiar nele.

– Também recebi umas mensagens de texto.

– Dizendo o quê?

– Várias coisas. Mas, nas últimas, Will confessou que é ele.

– Não. *Não*. Isso... – Corban leva a mão à boca e sacode a cabeça de um lado para o outro, feito um cachorro tentando devorar um osso. – Não é possível. Isso é insano!

– Claro que é insano, assim como também é insano roubar quatro milhões e meio de dólares da empresa em que você trabalha. É como você mesmo disse, o Will estava estranho nos últimos tempos. E se ele estava se sentindo encurralado, tendo de escolher entre ir para a prisão ou desaparecer do mapa? E se ele não me amava o suficiente para fazer o que era certo?

Ao dizer essas palavras, a voz vacila, os olhos se enchem de lágrimas, e eu tinha razão quando pensei que, se começasse a chorar, não conseguiria mais parar, porque é exatamente isso que acontece. Sinto a ferida aberta, escancarada mais uma vez, dolorida. Passo os braços em volta da minha cintura, inclino o tórax à frente e me debulho em lágrimas. Mas não é um choro qualquer. É o tipo que suga o ar dos pulmões, faz o meu rosto contrair, enrubescer e ferver. Afinal, essa é a mais pura verdade, não é mesmo? Will não me amava o suficiente.

Pobre Corban, parece confuso, de mãos e pés atados. Um homem que, sem ter a menor ideia do que fazer diante de uma "pseudoviúva" aos prantos, permanece ali, sentado, firme e desconfortável, perscrutando meu rosto como se estivesse procurando por algo. Provavelmente, qualquer pista do que fazer para eu parar de chorar.

Levo quase uma eternidade para me acalmar, para os seios nasais pararem de exprimir a dor que sinto, expressa não só pelas lágrimas, como também por gemidos. Quando finalmente consigo inspirar profundamente, Corban me oferece a camiseta para eu enxugar o rosto. Ela cheira a grama, perfume e homem, o que só me faz sentir ainda mais a falta do meu marido.

– Só tem uma coisa que não entendo.

Solto uma risada irônica.

– Só uma? Porque tem um milhão de coisas que eu não entendi.

Corban pega a cerveja e tomo o resto que sobrou na garrafa.

– Se o Will não morreu, onde ele está? Para onde iria?

Encolho os ombros de novo.

– Para o mesmo lugar em que o dinheiro está. Com certeza.

CAPÍTULO 25

Não preguei o olho a noite toda. O sentimento de fúria pinica minhas veias feito os espinhos de um cacto. Toda vez que tento pegar no sono, lembro do meu celular lá embaixo, enfiado no meio de um monte de garfos e facas, zunindo e tocando com as mensagens de Will que não param de chegar.

Quantas ele já deve ter enviado até agora? Dez? Vinte? Quarenta? Olho para o teto, cerro os dentes até sentir dor nas mandíbulas e digo a mim mesma que não estou nem aí.

Se Dave estivesse aqui, eu correria até o quarto dele para pegar mais uma daquelas pílulas azuis mágicas. Depois de ontem, ou melhor, depois das duas últimas semanas, eu bem que poderia dormir o sono dos justos, que serviria ao menos para esquecer que tenho celular.

De manhã, meu cérebro, sobrecarregado pela adrenalina e pela raiva, parece entorpecido. Chuto as cobertas para o lado, aliviada. Tomo um banho e escovo os dentes como em uma manhã normal de segunda-feira. Seco o cabelo e me maquio. Eu me enfio dentro de uma saia e de uma blusa, calço meu sapato de salto favorito e desço correndo para ajeitar o café. Rotina. É disso que preciso.

Uma viúva "normal" ligaria para o trabalho para avisar que faltaria hoje. Passaria o dia inteiro na cama, envolta no roupão do marido, se entupindo de biscoito Oreo e creme de amendoim, se escondendo do mundo. E um chefe "normal" entenderia. Ted responderia com uma série de frases clichês, apesar de agir com toda a boa intenção do mundo, e me diria para ficar em casa pelo tempo que fosse preciso, para não apressar as coisas, que o escritório do colégio estaria me esperando assim que eu me sentisse preparada para voltar. Mas eu não sou uma viúva "normal", certo? Meu marido – o mesmo que doze dias atrás embarcou num avião rumo ao oeste ao encontro da própria morte – não está morto, o que significa que não estou viúva.

Enquanto o café escorre pelo coador, dou uma espiadinha na gaveta dos talheres. A tela do celular está apagada. Passo o dedo no visor e não acontece nada. Acabou a bateria.

– Rá! – exclamo em meio ao vácuo da cozinha e fecho a gaveta com força. Foi uma pequena vitória.

Como Will poderia explicar isso? Que tipo de pretexto ele arranjaria para justificar essa farsa toda? E se ele se meteu em toda essa encrenca para fingir que tinha morrido, por que se preocupa em me escrever? Como ele pode ter certeza de que não vou até a primeira delegacia fazer a denúncia e entregar meu celular como prova de que ele está vivo?

Essa última possiblidade me deixa paralisada, com as costas grudadas no azulejo. Eu seria mesmo capaz de entregar o meu próprio marido? Deveria fazer isso? Sempre acreditei que roubar é algo inadmissível e que quem rouba deve responder pelo crime, mas pensar no meu marido, meu Will, atrás das grades, faz meu estômago revirar.

E aí penso na mãe dele, naquelas duas pobres crianças dormindo tranquilamente na cama quando o fogo começou a tomar conta do prédio em que moravam. E se foi Will quem provocou esse incêndio? E se ele tivesse sido preso naquela ocasião e nós nunca tivéssemos nos conhecido? Como a minha vida teria sido diferente. Como teria sido vazia.

Tenho muitas perguntas. Talvez eu deva dar uma chance para ele se explicar, ouvir o que ele tem a dizer, antes de tomar qualquer decisão.

A cafeteira apita, e coloco o café numa caneca térmica enorme. Pego uma barra de cereal na despensa, as chaves e a bolsa que estão no balcão, tiro o celular de dentro da gaveta e o levo comigo.

Depois. Vou escutar o que ele tem a dizer. Mas depois.

Um enxame de alunos do ensino médio se amontoa no estacionamento da Lake Forrest quinze minutos antes de o primeiro sinal tocar. Eles me observam passar com os meus óculos escuros e nem se incomodam em disfarçar os olhares de quem acaba de ver um animal no zoológico. Sou como um experimento psicológico, um alienígena que acabou de pousar no planeta Terra. Estão me observando para tentar encontrar algum sinal de que os ETs sugaram meu cérebro e colocaram alguma coisa de outro mundo no lugar dele.

Josh Woodruff, aluno do último ano, desce do carro, parado ao lado do meu, e me perscruta por cima do teto do seu conversível.

– Oi, senhora Griffith. Está tudo bem?

Faço uma careta, aperto o botão da trava no chaveiro, reúno forças e abro um sorriso largo.

– Bom dia, Josh. Alguma novidade?

A testa franzida dá lugar a uma expressão de falsa modéstia, e ele começa a listar todas as faculdades de que recebeu cartas – aquelas em que ele foi admitido –, e todas são instituições de alto nível, mas nenhuma delas está entre as que os pais dele desejam.

– Ainda não recebi nada de Harvard.

– Não importa qual vai ser a resposta de lá, você tem que se orgulhar. Já recebeu o "sim" de uma lista enorme de faculdades que estão louquinhas pra te ver usando o uniforme delas.

Josh encolhe os ombros, em dúvida.

– Meu pai continua fazendo os contatos dele... Espero que me respondam logo.

– Dedos cruzados! – Tento transmitir o máximo possível de incentivo por meio dessas palavras, mas, para esses alunos, a sorte não depende de nada disso. Para eles, o sucesso depende de duas coisas e somente delas: trabalho pesado e uma boa rede de relacionamentos. O dinheiro é uma certeza, e o fracasso não é uma opção.

Josh me lança um sorriso despretensioso e permanece ali, imóvel, até que me viro e começo a caminhar em direção ao prédio do ensino médio.

A brisa da manhã é fresca, mas o estacionamento parece uma montanha imensa à minha frente que preciso escalar sob uma temperatura de quase quarenta graus. Começo a caminhar, tentando me movimentar pouco para não transpirar muito, mas já sinto a blusa de seda grudada na pele.

– Oi, Bridget. Bom dia, Isabella. Vocês estão mais bonitas do que nunca hoje.

Não tem nada fora do comum nessas alunas. As duas só parecem dois zumbis que vão ter de encarar uma aula de Cálculo puxada hoje.

– Senhora Griffith, está tudo bem? – pergunta uma delas.

Inspiro e retenho o suspiro.

– Muito bem, obrigada.

Bridget aponta para o meu tórax.

– A sua blusa não está do lado avesso?

Olho para baixo e vejo que ela tem razão. A etiqueta está para fora, e dá para ver a costura interna da blusa. Cruzo os braços e não tiro os olhos de Bridget.

– Vou ao banheiro assim que entrar no prédio.

– E a senhora está usando um brinco só. A outra orelha está sem – comenta Isabella.

Levo as mãos às orelhas e sinto o lóbulo sem nada. Sinto um rubor nas bochechas. Meu Deus. Agora entendi porque os alunos ficaram me olhando no estacionamento, observando a pobre viúva que voltou de licença parecendo um espantalho. Tiro o brinco da orelha e o jogo dentro da bolsa, ao mesmo tempo em que verifico a minha saia e dou uma espiadinha nos sapatos (são da mesma cor, ufa, pelo menos isso!).

– Saí de casa correndo, hoje. Deu no que deu.

– Ah, sim, deu no que deu – dizem as duas em uníssono.

Sem nem uma palavra a mais, eu me viro e caminho até o prédio.

Planejar um treinamento de sensibilidade acaba de entrar para o topo da minha lista de afazeres.

Encontro Ava no meu escritório assim que atravesso a porta. Não fico tão surpresa de vê-la aqui – ela, melhor do que ninguém, sabe aproveitar a minha política de portas abertas –, embora eu a veja jogada numa cadeira no final do corredor com tanta frequência que não seria má ideia mandar gravar o nome dela no encosto, como se faz com a cadeira do diretor. Porém, hoje ela está em pé, no meio da sala, com o corpo firme e ao mesmo tempo irrequieto, a mochila dependurada em um dos ombros e as juntas dos dedos brancas de tanta força com que ela aperta a alça.

E ao que parece ela está ofegante.

– Me disseram que você tinha voltado, mas...

– Bom dia, Ava. Como foi o fim de semana?

Ela desloca o peso do corpo para a outra perna e cutuca um dedo com a unha pintada, olhando apreensiva para o corredor.

– O quê?

Passo por detrás dela, vou até a minha mesa, despejo a bolsa no chão e me jogo na minha cadeira. Will, num porta-retratos ao lado do computador, sorri para mim numa fotografia que tiramos no Music Midtown, ano passado. Abro a primeira gaveta e enfio dentro dela a foto, com porta-retrato e tudo.

– Perguntei como foi o seu fim de semana.

– Ah. Foi bom. Acho. – Ela morde o lábio inferior carnudo e brilhoso de tanto gloss e seu olhar flutua pela sala. – O senhor Rawlings avisou que a senhora voltaria hoje.

Sempre gostei muito do Ted, mas imaginá-lo assim, no auditório, dizendo essas coisas, em tom de piedade, com a testa franzida, explicando que eu estava em casa, arrasada, me causa agonia. Eu não mereço nada disso.

– Queria ter ligado pra você – comenta Ava –, mas não tinha seu número. – Ela se aproxima da minha mesa, um gesto nada fortuito, para poder me olhar mais de perto. – E pensei em ir até a sua casa, mas não sei qual seria a sua reação se eu aparecesse assim na sua porta, do nada.

Eu a encaro.

– Por quê?

Ava faz uma careta.

– Porque eu não sabia como a senhora se sentiria, ué, se eu aparecesse sem avisar.

– Não, você não entendeu. Por que iria à minha casa sem avisar? Por que cogitou essa possibilidade? – As perguntas soam como acusações, e sei que estou agindo de modo grosseiro e irracional, mas não consigo me conter. Há muita informação aqui, com Ava, com as mãos dela que não param de se mexer, com meu olhar acusativo, com o celular descarregado dentro da minha bolsa, enfim, estou com os nervos à flor da pele. É como se eu estivesse assistindo à TV, ouvindo rádio e conversando, tudo ao mesmo tempo. Preciso calar pelo menos um deles.

– Porque eu... – Ava fica perturbada, vacila e começa a dizer nada com nada. Depois, se afasta da mesa, deixa a mochila cair no chão e senta na ponta da cadeira com a coluna ereta. Do lado de fora da minha sala, o corredor está silencioso, os alunos já entraram em aula. – Queria saber como a senhora estava. Fiquei preocupada.

Não só pela resposta de Ava, mas pelo tom de insegurança e hesitação dela, a raiva se dissipa. Deveria me desculpar. Deveria abrir a boca e pedir desculpas por descontar a minha raiva nela, mas não consigo. O rumo que essa conversa está tomando me conforta de certo modo, então, em vez de pedir desculpas, continuo o papo.

– Agradeço pela sua preocupação. Obrigada. E como vão as coisas com a Charlotte Wilbanks? Teve algum conflito durante a minha ausência?

Ava arregala os olhos azul-celeste como quem diz "está me zoando?" e permanece em silêncio por uns dez segundos.

– Discutir com a Charlotte é perda de tempo.

– Que bom. Decisão muito madura da sua parte. E você e o Adam Nightingale? Você ainda está no páreo?

– A Charlotte pode ficar com ele. O Adam só quer saber de duas coisas na vida, tocar guitarra e fazer sexo. Sinceramente? – responde com uma careta. – Ele também não é lá essas coisas. – Ava recosta na cadeira e fica me observando com um olhar de ternura, algo que jamais esperei da parte dela. – Minha mãe saiu de casa.

A princípio, penso que não entendi direito.

– Como assim saiu de casa? Pra onde?

– Saiu, ué, largou o meu pai. Foi morar em Sandy Springs com um tal mecânico chamado Bruce – responde num tom frio e informativo, como se estivesse falando da previsão do tempo. – Parece que os dois se apaixonaram, algo assim.

Recosto na cadeira e suspiro.

– Entendi. Nossa. Deve ser... uma adaptação e tanto pra você.

– Nem me fale. Precisa ver como é o meu quarto na casa do Bruce... Parece um ovo – resmunga Ava com um sorriso amarelo, talvez para mostrar que exagerou um pouco.

– Eu me refiro à separação dos seus pais.

Ela pega uma mexa de cabelo e envolve as pontas ao redor do dedo.

– Ah, sei lá. Meu pai também não era o melhor marido do mundo. Ele mal aparece em casa e, quando aparece, ou fica ao telefone, ou de frente pro computador. Nem sei dizer se caiu a ficha dele, se ele percebeu que ela foi embora mesmo. E minha mãe parece bem mais feliz agora. Vive sorrindo o tempo todo.

– O divórcio é um processo difícil para todos os envolvidos, mas você sabe que essa é uma questão dos seus pais, certo? Não tem nada a ver com você.

Apesar de assentir, Ava parece não concordar com o que digo.

– E sabe o que é mais maluco? Minha mãe levou só as roupas dela, mais nada. Deixou as joias, o carro, não quis levar nem a bolsa Birkin dela. No Natal do ano passado, ela não podia viver sem um Rolex *rosé* com diamantes, e agora a única coisa que ela quer é guarda compartilhada.

– Parece que ela se deu conta de que tem algo muito mais valioso.

Penso em Will, no vazio da minha vida sem ele, no fato de ele ter aparecido e começado a encher meu celular com mensagens de texto e sinto como se tivesse levado um golpe certeiro no peito.

Ava encolhe um dos ombros magérrimos.

– Acho que o Bruce é um cara legalzinho.

– Não, eu me referi a você. Ela pode ter deixado o seu pai, mas, ao que parece, continua muito preocupada com você.

Pela primeira vez, Ava sorri de verdade. Ela olha para mim com outra expressão agora, muito mais viva e alegre. É uma garota muito bonita, quero dizer a ela que deveria sorrir com mais frequência, mas algo me intriga.

– Surpreendentemente, parece que você está encarando tudo isso muito bem. Como pode?

Ela solta a mecha, joga o cabelo para trás e ajeita a blusa do uniforme.

– Sinceramente? Por sua causa. Por causa do que aconteceu com o seu marido. São essas coisas que fazem a gente perceber o que importa de verdade, e que não é mais um Rolex com diamantes, entende? Você se dá conta de que a vida é muito curta pra gente se prender a essas coisas.

E, com isso, começo a chorar. Por mim, por Will, por Ava e pela mãe dela. Esse é o momento pelo qual todo orientador pedagógico trabalha, um momento de ruptura no qual o aluno se liberta de todo o peso que vem carregando nas costas, mas hoje sou eu que sinto como se estivesse carregando o peso do mundo nas costas e estou emocionalmente abalada demais para dizer qualquer coisa.

– Bom... – Ava pega a mochila do chão e começa a se levantar. – Não foi minha intenção te deixar triste. Só queria dizer que se precisar de mim, vou estar lá, naquele cubículo que me deram em Sandy Springs, e preciso agradecer a senhora por isso. – O sorriso tranquilo dá lugar a uma expressão de admiração, e, com a voz meio vacilante, Ava acrescenta: – É sério, senhora Griffith. Obrigada por tudo e sinto muito, muito mesmo pelo seu marido.

Assim que Ava sai, enxugo as lágrimas com a manga da blusa e, do telefone da minha mesa, ligo para Evan.

– Oi, sou eu.

– Até que enfim! Devo ter deixado umas doze mensagens na sua caixa postal. Esqueceu o celular em casa ou o quê?

Tateio o chão, procurando pela minha bolsa, e, com o pé, eu a arrasto até o cantinho da mesa, onde ela se enrosca com os fios do computador.

– A bateria acabou.

– É só conectar o carregador, não? Bom, conversei com a garçonete.

– E o que ela disse?

– Nada. Esse é o problema. Espero que pessoalmente ela coopere um pouco mais, por isso pretendo viajar para lá ainda nesta semana, e seria bom se você também fosse. As pessoas costumam se assustar com a minha altura, e acho que se eu aparecer acompanhado de uma mulher, ainda por cima psicóloga, as coisas podem ficar mais fáceis.

– Você deve ter razão. Fico feliz de poder ajudar de alguma forma.

– Ótimo. Minha assistente está organizando a minha agenda. Ela vai te avisar quando conseguirmos definir um dia.

– Fechado.

– Também conversei com um amigo meu que tem uma empresa especializada em fraudes corporativas e, ao que parece, está correndo um boato de que os planos da AppSec de abrir capital terão de ser adiados porque eles não estão conseguindo se organizar. Todos os FCRs recuaram. Ninguém quer saber deles.

– O que é FCR?

– Fundo de Capital de Risco. Investem em empresas como a AppSec e fecham um acordo de equidade. As empresas costumam usá-los como influxo de caixa para fazer a Oferta Pública Inicial. No caso da AppSec, mais recentemente poucos investidores se interessaram pela empresa, se comparado à situação de três anos atrás. No ano passado, só um investidor se interessou pela empresa e foi feito cem por cento em títulos, então, não houve lucro líquido.

– Sou orientadora pedagógica de uma escola, Evan. Não faço a menor ideia do que isso significa.

– Significa que o chefe do Will vai precisar tirar o cavalo da chuva se acha que a AppSec vai poder abrir o capital tão cedo. A empresa está passando por uma enorme dificuldade financeira, as contas deles estão uma bagunça. Não é de se estranhar que quatro milhões e meio tenham desaparecido sem que ninguém tenha percebido de imediato.

O sinal toca, e uma avalanche de adolescentes eufóricos sai voando das salas de aula e invade o corredor. Puxo o fio do aparelho, dou a volta pela escrivaninha e vou até a porta. Estou fazendo algo que nunca fiz antes nesses seis anos em que trabalho aqui, e o gesto não passa despercebido pelos alunos. Com cara de espanto, eles me olham no momento em que fecho a porta na cara deles.

– Entendi – digo a Evan e volto a me sentar na cadeira –, mas isso ainda não explica como um engenheiro de software conseguiu desviar uma quantia tão alta sem que ninguém percebesse. Alguém não teria que assinar algum documento, cheque, sei lá, pra ele?

– Não se ele fez tudo on-line. Provavelmente ele não teve muito o que fazer para evitar deixar rastros, o que é uma boa e má notícia. Má para o criminoso, mas boa para os investigadores, que só vão precisar rastrear a operação.

– Eu não teria tanta certeza assim. Will era um gênio e não deixaria pistas tão óbvias assim para a polícia.

Se eu estiver certa, se Will estiver escondido com o dinheiro, com certeza tomou todo o cuidado para dificultar a investigação. Na verdade, aposto que o único rastro que ele deixou fui eu e, agora, o meu celular, que está desligado dentro da bolsa.

Do outro lado da linha, Evan mexe nuns papéis.

– Tive algumas ideias. Acho que se conseguir descobrir quem a AppSec contratou para fazer a investigação, podemos ter uma ideia de onde eles estão procurando pelo dinheiro. E, você, fez o que com o cheque da Liberty Airlines?

– Rasguei no meio – respondo sem mencionar que, se eu pudesse, o enfiaria pela goela abaixo de Ann Margaret.

– E não entrou em contato com a seguradora para falar sobre aquelas apólices do seguro de vida, não é?

– Não.

– Muito bem. Nem faça isso. Como esposa do Will, vai ser a primeira pessoa a ser considerada cúmplice e é importante que não toque em nem um centavo sequer desse dinheiro que pode ter procedência duvidosa. Financeiramente, como está a sua situação? Tem como se manter pelos próximos meses?

Faço as contas mentalmente e penso no valor estimado dos gastos mensais – hipoteca, água, luz, telefone, prestação do carro e do seguro –, e o resultado não me agrada em nada. O salário oferecido pelas escolas particulares não é grandes coisas, e Will ganhava o dobro do que ganho. Eu poderia vender o carro dele, mas Corban tem razão quando diz que o veículo está velho e com vários problemas. De todo modo, eu não conseguiria muito se o vendesse.

– Não sei bem como vou dar conta da hipoteca agora que minha renda é três vezes menor, mas de uma coisa tenho certeza. Posso morrer de fome, mas não vou vender a casa com que Will e eu sonhamos tanto e que conseguimos comprar juntos.

– Iris, se precisar de ajuda, vai ser um prazer para mim...

– Estou bem – retruco com uma careta, mas procuro manter a voz firme e confiante. – Obrigada, Evan, mas não precisa se preocupar. Vou dar um jeito.

– Só não quero que haja motivos para eles virem atrás de você.

– Eu entendi – afirmo, dessa vez enfática, para mostrar que o assunto está encerrado.

– Certo. Aproveitando a ligação, tem mais alguma coisa que eu deva saber? Algum documento que Will pediu pra você assinar, ou alguma nota fiscal suspeita além daquela do anel que Will comprou pra você? Carro, férias, mobília, qualquer coisa cujo pagamento não tenha sido identificado na conta conjunta de vocês?

– Não, nada que eu me lembre. Mas te liguei para explicar por que deixei a bateria do meu celular acabar.

– Recebeu mais mensagens de textos? Precisa fazer uma captura da tela e salvá-la naquela conta na nuvem que criamos, lembra?

Recosto na cadeira e olho para a janela, em direção ao estacionamento cheio de carros tão lustrosos quanto espelhos e à fileira de árvores.

– Pra fazer isso, precisaria tocar no celular, o que não quero fazer.

– As ameaças foram tão graves assim?

– Não, não são as ameaças. Mas as mensagens que recebi do outro número, o não identificado. Agora sei quem escreveu.

– Sabe? E quem é? – Suspiro e tomo fôlego para conseguir desentalar a palavra da garganta, mas Evan está impaciente. – Jesus Cristo, é o Will, não é? – A neutralidade do advogado dá lugar ao ceticismo.

– Sim – respondo, e no mesmo instante sinto palpitação. – Isso mesmo. É ele.

– E como você sabe? Quer dizer, como pode saber que não é alguém se passando por ele?

– Porque sim. Porque é assim que a gente discute. Fico puta da vida, o ignoro, e ele começa a encher meu celular com mensagens de desculpas. Evan, não tenho dúvidas. É ele.

– E o que ele disse?

– Não sei. – Penso nas mensagens de texto e as emoções se agitam, me roubando todo o ar. – Não consigo olhar essas mensagens. Não toco no meu celular desde ontem à tarde.

Silêncio. Extenso e perturbador. Sinto que preciso fazer a minha defesa.

– Você, melhor do que ninguém, sabe o inferno que tenho vivido nos últimos doze dias, e agora, do nada, descubro que é tudo uma farsa? Que tudo não passou de um truque pro meu maridinho poder fugir com alguns milhões de dólares? Legal. Não... Não, não. Estou tão furiosa que quero esganá-lo, Evan. Estou sem chão.

Evan solta um suspiro longo e profundo.

– Estou tentando me colocar no seu lugar, Iris, juro que estou. Mas não consigo parar de pensar que se eu descobrisse de repente que a Susanna e a Emma estão vivas, não haveria nada nesse mundo que me impediria de ir ao encontro delas. É óbvio que eu ficaria furioso por minha esposa ter me feito passar pelo pior sofrimento de toda a minha vida nas últimas semanas, mas a raiva seria abafada pelo alívio de saber que ela está viva.

– É diferente. Sua filha torna a situação hipotética completamente diferente da minha realidade. Will é adulto, não uma criança inocente. – Mas, enquanto explico, algum sentimento que não sei bem qual é começa a se entranhar entre a raiva e a mágoa, e, de repente, me vejo esticando a perna, cutucando a bolsa com o pé.

– Amor é amor. E como vai saber se ele tem motivos plausíveis pra ter feito isso se você se recusa a olhar para o seu celular? – Evan faz uma pausa estratégica para eu refletir e, depois, parece se lembrar de algo. – Ei, voltando à pergunta que eu te fiz. Quem te disse que não dava para rastrear essas mensagens?

– O quê? Ah! Foi o atendente de uma assistência técnica em Seattle. Ele me disse que as mensagens foram enviadas por meio de um aplicativo, alguma coisa parecida com o Snapchat. Uma vez que o texto é enviado, qualquer vestígio da mensagem é apagado.

– Mesmo assim. Não custa nada consultar outro especialista. Que horas você sai do trabalho hoje?

– Pelo horário, às cinco. Mas posso sair a qualquer hora depois das três.

Evan me passa um endereço que fica bem perto da minha casa, em Little Five Points, e eu o anoto num post-it.

– Procure pelo Zeke. Vou ligar e avisá-lo que você vai passar lá por volta das quatro horas.

– Tá bom.

– Ah! Iris? Coloque seu celular para carregar.

CAPÍTULO 26

Checo o endereço que anotei no post-it e olho para o letreiro da Sam's Record Shop, uma loja de música localizada em Little Five Points. De acordo com as informações que Evan me passou, estou no lugar certo. Empurro a porta de vidro e olho ao redor.

É um lugar animado, com dezenas de hippies e hipsters espalhados por todos os cantos, com fones de ouvido, mexendo a cabeça de acordo com o ritmo de seja lá qual for a música que estão ouvindo, vasculhando capas de discos de vinil antigas. Eu me embrenho entre eles e caminho em direção à moça bonita que está atrás do caixa, no fundo da loja.

Ao me avistar, os lábios rocha-shocking da moça esboçam um sorriso preguiçoso.

– Ei, como vai?

Pela voz arrastada e doce, tenho certeza de que ela no mínimo fumou alguma coisa.

– Quero falar com o Zeke. Ele está me esperando.

Ela aponta para uma porta amarela, à minha direita.

– Por ali.

Agradeço a moça e sigo na direção da porta, por um corredor comprido com alguns espaços amplos e separados, parecendo salas. Caminho espreitando cada área e encontro pilhas de caixas sem identificação, outras pilhas de embalagens de comida para viagem vazias, mas não encontro ninguém.

A última sala à esquerda está abarrotada de peças de computador – consoles, placas de memória e laptops semimontados. Um emaranhado de fios semelhante a um ninho de cobra e réguas de energia espalhadas pelo chão e conectadas a uma mesa de aço inoxidável, e atrás dela encontro um homem que mais parece um surfista do que um técnico em informática. Cabelo revolto, olhos semifechados, camiseta surrada, bermuda larga e um cordão de couro e miçangas pendurado no pescoço. Mas, como ele está batendo num teclado, presumo que eu esteja no lugar certo.

Bato na porta e... nada. Bato de novo, desta vez com mais força e pigarreio.

– Olá, Zeke?

Ele ergue a cabeça e olha, mas como quem não quer nada.

– Depende.

– Foi o Evan Sheffield quem me pediu pra vir. Sou Iris Griffith. Ele disse que você poderia me ajudar com o meu celular.

Sem tirar os olhos da tela do computador no qual está mexendo, Zeke ergue uma mão, e eu ofereço a minha para cumprimentá-lo, mas logo percebo que entendi errado.

– Seu celular – pede num tom de impaciência.

– Ah. Tá legal. – Tiro o aparelho da bolsa e o entrego a ele.

Zeke pluga o celular na entrada USB do computador e começa a trabalhar sem dizer uma palavra sequer. Enquanto seus dedos exploram o teclado do aparelho, sou tomada por uma onda de nostalgia e uma saudade imensa de Will. Da habilidade dele com teclados e telas, da lista longa de símbolos e números rolando pelo visor... Eu me jogo na pontinha de uma cadeira que encontro encostada na parede.

– Numa assistência técnica, um cara me disse que as mensagens foram enviadas por um aplicativo e que por isso não poderiam ser rastreadas.

Zeke caçoa.

– E acreditou nele?

Murmuro um "claro!".

– Acha que consegue rastrear as mensagens?

– Em cinco minutos no máximo. – Meu celular apita avisando a chegada de uma nova mensagem. Zeke mantém os olhos fixos na tela. – O camarada aqui é teimoso. Deixa ele comigo.

Mordo o lábio enquanto olho ao redor e tento ler uns rabiscos sem sentido escritos numa lousa branca pendurada na parede, observo o emaranhado de fios e de carregadores num caixote no chão e faço de tudo para não olhar para o meu celular. Por enquanto. Sem me dar conta, pergunto:

– Quantas mensagens de texto novas têm aí?

Zeke para de digitar.

– Oitenta e três.

– Pode me fazer um favor? Leia a última.

O cara me olha com cara de quem não entendeu nada, mas passa o dedo pela tela do iPhone.

– Aqui diz: *se eu pudesse voltar atrás e começar tudo de novo, teria escolhido tudo diferente. Menos você.*

Um nó repentino se forma na minha garganta, mas aguento firme e engulo em seco, me concentrando na raiva que estou sentindo. Will não morreu, ele escolheu sumir do mapa. Escolheu o dinheiro em vez de mim, que era supostamente a pessoa favorita dele no mundo. Mesmo que ele pudesse voltar atrás, ainda que pudéssemos recomeçar tudo, será que eu gostaria?

Mas, mesmo com a raiva me revolvendo por dentro, me corroendo feito uma cupinzama esfomeada, sei que a resposta é sim. Deveria dizer que não, mas não o faço porque penso que talvez eu possa mudar as coisas. Talvez eu consiga fazer com que Will escolha a mim em vez do dinheiro da próxima vez. Tem sempre um otário que insiste em permanecer na fila do coração partido.

Depois de fuçar no meu aparelho por mais alguns poucos minutos, Zeke tira os olhos da tela e olha para mim.

– Tem mil maneiras de permanecer anônimo na internet hoje em dia, e esse cara aqui fez uma péssima escolha. – Zeke rabisca alguma coisa num bloco de anotações, arranca a folha e me entrega junto com o telefone. Um endereço que não conheço, mas que fica em Atlanta.

– É sério isso? Você levou o quê? Quatro minutos pra descobrir?

Pela primeira vez desde que atravessei a porta, Zeke sorri e mostra os dentes brancos feito neve.

– É por isso que me pagam uma bufunfa alta, saca?

* * *

A casa é enorme, um agigantamento de tijolos e pedras em Vinings, um bairro do subúrbio que fica fora da região do perímetro da cidade. Em Atlanta, há um milhão de casas como essa aqui, localizadas em um milhão de bairros como este – condomínios recém-construídos em que tudo se harmoniza. Gramados aparados com precisão e alinhados a árvores e mais árvores de azaleias. Duas lâmpadas externas, uma em cada lado da porta da frente e pelo menos uma janela panorâmica. Do lado de fora, vasinhos enfeitando as janelas e, na beirada da calçada, uma caixa de correio feita de cimento e bem protegida.

Passo em frente à casa do endereço que Zeke me forneceu, procurando por sinais de vida, mas, ao que parece, não há ninguém lá dentro. As luzes estão apagadas, mas, como estamos em plena primavera e o sol continua brilhando forte mesmo perto da hora do jantar, por que deixar a luz acesa? Também não vejo o menor sinal de movimento, nenhuma sombra, nem vulto nas janelas. Se Will estiver aí dentro, deve estar em algum lugar que não dá pra ver do lado de fora.

Ainda assim... Cogitar que Will esteja escondido nessa casa não tem a menor lógica. Se ele está mesmo com o dinheiro, por que viria parar num subúrbio em Atlanta? Por que não ir para algum lugar do outro lado da fronteira, ou pelo menos para a região montanhosa de algum estado vizinho daqui? Will é bem esperto, e o Vinings fica perto demais da nossa casa.

Paro o carro perto da esquina, guardo o telefone no bolso da saia e, na pontinha dos pés, ando pela calçada de um vizinho, tentando não estragar a grama perfeita. O paisagismo é tão novo quanto a casa, que não deve estar perto nem dos dez anos. As árvores plantadas por aqui ainda estão crescendo, as folhas nem brotaram ainda.

Acho que fiquei louca. Em plena luz do dia, espiando a janela dos outros. Na maior cara de pau, de saia e salto alto.

Vou até a janela da cozinha e grudo o nariz no vidro. Lá dentro, vejo uma cadeira afastada da mesa e um laptop aberto e com a tela escura, ao lado de uma caneca branca lisa. Alguém tomou café hoje de manhã ou fez um chá da tarde? Não há como saber. Além do mais, a cozinha está escura e vazia.

Dou a volta pela casa e vou para a porta dos fundos. Um par de tênis enlameados – masculino – foi deixado do lado de fora, ao lado de uma pilha de jornais. Quem quer que more aqui curte corrida e reciclagem, duas coisas que Will *não* faz. Meu marido prefere a academia e lê notícias sempre on-line. Eu me enfio entre os arbustos e vou até a outra janela.

A sala também está vazia e pelo que vejo lá dentro não há muito como deduzir quem mora aqui. Um sofá, duas cadeiras, algumas mesas e abajures. Olho todos os cantos, à procura de alguma coisa pessoal, fotografias, livros ou roupas espalhadas pelo chão, mas não vejo nada. Com exceção dos tênis e do laptop, essa casa poderia servir de exemplo de organização.

Alguém acende a luz do corredor, e meu coração para, mas depois começa a palpitar estrondosamente. E se for o Will, o que farei? Desmaio no meio dos arbustos? Quebro a janela e entro na casa? Agarro com força o peitoril da janela, prendo a respiração e espero.

Um grande sentimento de decepção é o que sinto ao ver um homem no fim do corredor. Não é Will, mas o reconheço de imediato. Alto, ombros largos e pele cor de café. A mesma pele que fiquei observando por um bom tempo ontem, enquanto ele aparava o gramado do meu jardim.

Mentalmente, começo a mexer as peças do quebra-cabeça, tentando encaixá-las. A casa. Will. Corban. Se este é o endereço do número desconhecido, número esse que Will tem utilizado para me enviar mensagens de texto desde que viajei para Seattle, o que Corban está fazendo aqui? Por mais que tente, não consigo encontrar nenhuma lógica nisso.

Corban caminha até o outro cômodo, e eu me esgueiro até a outra janela, seguindo os passos dele. Com a cabeça baixa, ele mexe num celular, deslizando o dedo pela tela. Não faço a menor ideia do que ele viu ali, mas, seja lá o que for, Corban fica paralisado e muito preocupado.

Algo dentro de mim acende um alerta feito o carro esportivo de Ava que emite um sinal toda vez que o para-choque traseiro encosta em alguma coisa sólida. O alarme dentro da minha cabeça é ensurdecedor e me adverte que estou diante de algo muito perigoso. Um barranco, talvez, ou a beira de um precipício.

De repente, Corban ergue a cabeça e olha para a janela.

A janela onde estou.

Como se soubesse exatamente para onde deveria olhar.

Abaixo o mais rápido que posso e prendo a respiração, aguardando por algum sinal, mas mal consigo ouvir meu coração bater. Será que Corban me viu? Está vindo atrás de mim? Decido não esperar. Começo a rastejar pelo chão, sentindo o coração pular pela boca. As palhas de pinho pinicam minhas mãos e minha pele, e alguns pedaços grudam nas roupas – a saia, a blusa, ou talvez ambas –, mas não paro. Mantenho a cabeça abaixada e continuo me rastejando. Mais alguns metros entre os arbustos para chegar até a calçada, e aí, o que será de mim? Assim que terminar o jardim, vou ser pega em flagrante.

Ou então, só me resta rezar para Corban não vir até aqui.

Ouço uma porta bater, o latido de um cachorro e não presto atenção em mais nada. Irrompo do meio das árvores, corro na velocidade de um raio e atravesso a distância do jardim ao meu carro.

Eu me jogo no banco do motorista, coloco a chave no contato com as mãos trêmulas e sujas. Arrisco uma espiadinha para o jardim enquanto dou a partida e lá está ele, Corban, em pé na porta da frente, protegendo os olhos da luz do sol com uma das mãos.

E sorrindo.

Alguns minutos depois, enfio o carro entre duas SUVs no estacionamento da Home Depot, uma loja que vende material de construção, reforma e decoração, e tento não hiperventilar. Apesar de ter escapado daquele jardim há alguns minutos, minha respiração continua curta e sinto como se o ar estivesse encurralado nos meus pulmões, sem querer sair. Inflo as bochechas e seguro a respiração, como Corban me ensinou naquele dia no memorial – veja só, que ironia do destino –, e funciona. Quando solto o ar, é como se meus pulmões tivessem voltado a funcionar.

Corban me viu. Ele não só me viu, como poderia ter me alcançado facilmente. Não sou nenhuma atleta, e de salto alto e saia ainda por cima, qualquer um poderia me alcançar sem o menor problema. No período que levei para atravessar o jardim e entrar no carro, Corban com todo aquele condicionamento físico teria ido e voltado duas vezes tranquilamente.

Mas ele nem sequer tentou.

E também não pareceu surpreso. E ainda sorriu!

Sinto o celular vibrar na altura do meu osso púbico. Com certa dificuldade, retiro o aparelho do bolso da saia. Fico olhando para a tela escura e me lembro de uma reunião que Ted e eu promovemos com os pais dos alunos há alguns meses. A pauta era cyberbullying, e não fazia nem meia hora que a reunião tinha começado quando alguns pais superprotetores contaram que tinham instalado rastreador de GPS no celular sem o consentimento dos filhos. Confessaram orgulhosos, como se espionar os próprios filhos fosse um direito concedido por Deus a todos os pais, e eu cometi o erro de perguntar se não era algo que ultrapassava os limites. Ted passou o resto da reunião tentando acalmar os ânimos dos pais.

A questão é que sei da existência dessa tecnologia.

O rastreador a que esses pais se referiram é invisível, trabalha num segundo plano, sem ser detectado. Tudo que você precisa fazer é "sequestrar" o celular da pessoa por dois minutos, instalar o aplicativo e pronto, vai saber por onde ela anda o tempo todo. Meu cérebro vai processando essa constatação devagar, aos poucos, e não fosse por todas essas mensagens de texto que venho recebendo de Will, eu atiraria o celular pela janela.

E aí, outra constatação me deixa sem ar.

O número desconhecido me levou ao Corban, não ao Will.

Com os dedos trêmulos, desbloqueio a tela e vasculho a lista de mensagens. Oitenta e sete novas.

Comoventes pedidos de desculpas. Explicações detalhadas e declarações de arrependimento. Tudo bate, tudo soa familiar. Menos uma coisa.

"Eu te amo" é o que ele diz dezessete vezes. Mas em nenhuma delas diz as palavras que quero ouvir. *Nossas* palavras. Nenhuma vez ele diz que sou a pessoa favorita dele. O que significa que a pessoa do outro lado da linha não é o meu Will.

E o que isso quer dizer? Que Will está morto? Por mais furiosa que eu esteja por saber que ele preferiu o dinheiro a mim, não quero acreditar nisso. E os bilhetes, as mensagens com pedidos de desculpas e me pedindo para parar de investigar o passado dele? Se é Corban quem está por trás das mensagens de texto, foi ele quem escreveu a carta e o outro bilhete também?

Encosto o ombro na janela do carro e sinto o dia recair sobre mim como uma avalanche. E ela vem aos poucos, gigante e amedrontadora. Aquela pontada familiar nas costas, o ardor ao redor dos olhos, o nó preso na garganta. Todos os sinais de que estou à beira de um colapso.

Quando os bilhetes e as mensagens de texto começaram, escolhi acreditar que era Will do outro lado. Eu *precisava* acreditar nisso. Quando precisava encarar a realidade de um avião carbonizado e aos pedaços no meio de um milharal, escolhi olhar para o outro lado, assim como fiz com o nosso casamento. Escolhi acreditar que Will não gostava de falar sobre seu passado, embora houvesse muitas lacunas que nunca foram preenchidas. Sempre que surgia uma ou outra incongruência, eu me convencia de que tinha sido algum erro bobo, dizia a mim mesma para deixar para lá. O que importava, como sempre pensei, era o nosso presente.

Mas como se pode amar uma pessoa que você não conhece de verdade?

A resposta irrompe e se multiplica dentro de mim, devorando e dissipando todo o sofrimento, ao mesmo tempo em que traz de volta o furacão devastador e impiedoso da raiva – não só pelo que Will fez comigo, pela traição dele, como também por mim, por ter acreditado em tudo isso.

Amor e sacrifício. Honestidade. Confiança. Sempre vemos o que queremos ver. Juntamos as informações e as usamos ou as ignoramos de acordo com as nossas crenças, nossas escolhas, para reter o amor ou deixá-lo livre.

Atiro o celular no banco do passageiro, engato a marcha e pego a estrada.

Meu marido está morto.

Meu coração, arrasado.

E meus olhos, bem abertos agora.

* * *

Apesar do horário de pico, consigo voltar para Little Five Points em menos de uma hora. Deve ser quase sete horas agora e, no céu, o roxo se mistura com o azul.

A loja de discos está vazia, exceto pela moça bonita detrás do balcão. Contando dinheiro, ao ouvir a campainha da porta, ela ergue a mão, pedindo para esperar. Mas não espero e saio andando em direção à porta amarela antes de ela terminar a contagem.

Encontro Zeke exatamente no mesmo lugar, ainda digitando num teclado, aos fundos, na sala de pernas para o ar.

– Você voltou – diz sem tirar os olhos do monitor.

Coloco o celular em cima da mesa dele.

– Esqueceu de ver que instalaram um rastreador.

– Não, eu vi. – Ele olha para mim, depois para o meu cabelo todo bagunçado e, na sequência, para a manga rasgada da blusa. – O que diabos aconteceu com você?

– O que aconteceu é que estão me rastreando. Você deveria ter me avisado que estavam me seguindo, não acha?

– Você não perguntou.

Tento, mas não consigo conter o suspiro preso na garganta.

– Pode desinstalar essa droga, por favor? E tem mais um número que precisa ser rastreado. É o de prefixo 678 que aparece aí no começo da lista.

Zeke desliza o dedo pela tela e vasculha as mensagens. Depois das duas primeiras, recebi mais quatro mensagens sinistras com ameaças de agressão e até de morte se eu não devolver o dinheiro.

– Essas aqui... os rastros estão bem destruídos.

– Como assim? Achei que conseguiria descobrir quem me enviou.

– O cara hospedou as mensagens num provedor temporário também, mas... – Zeke toca um ou outro botão no telefone e faz uma careta. – Hum. Que estranho. Espere aí, vai levar um minuto mais ou menos.

– Enquanto faz isso, pode me dizer se viu mais alguma coisa suspeita aí que eu deveria saber?

Com o pé, ele puxa uma das caixas do chão e tira de dentro dela um carregador.

– Jogue fora todos os seus carregadores. Melhor ainda, traga pra mim. Sempre aparece algum perdido querendo comprar.

Não sei quem são os "perdidos" a quem Zeke se refere, mas sigo a orientação dele, pego o carregador e o guardo na bolsa.

Ele volta a mexer no meu celular, desliza o dedo de um lado para o outro na tela.

– É muito importante pra você saber quem está te mandando isso?

– Questão de vida ou morte. Literalmente.

Os olhos de Zeke brilham, e ele aponta para a cadeira atrás de mim.

– Sente aí. Vai ter que esperar um pouco.

CAPÍTULO 27

Entre uma garfada e outra de ravióli no Café Intermezzo, em Midtown, atualizo Evan sobre os últimos acontecimentos. Conto que Zeke rastreou o número de telefone e identificou um endereço em Vinings, onde encontrei Corban Hayes. E que procurei Zeke de novo, para que ele removesse o rastreador que instalaram no meu celular, bem como o aplicativo que estava registrando as chamadas e as mensagens de texto que eu recebia e enviava. Também conto a Evan que Zeke continua tentando rastrear o número com prefixo 678, o mesmo que me enviou mensagens de ameaça.

– Por algum motivo, está mais difícil rastrear esse. Zeke disse que vai me ligar assim que conseguir.

Apesar de ainda estar com o terno do trabalho, um impecável risca de giz que, considerando a altura dele, deve ter sido feito sob medida, Evan deixou o paletó apoiado no encosto da cadeira, afrouxou a gola da camisa e dobrou as mangas da camisa. Somado à barba grande, seria um conjunto incrivelmente charmoso, não fosse pelos olhos tristes cujas pálpebras estão sempre murchas, caídas.

– Mas esse outro número – comenta, esticando o braço comprido na mesa para me devolver meu celular –, o não identificado que pensou ser do seu marido..., é do Corban Hayes?

– Não. Zeke rastreou o endereço em que esse número está registrado, é de uma mansão em Vinings. Quando espiei pela janela dos fundos, vi o Corban Hayes dentro da casa.

Evan faz cara de quem acabou de ver um fantasma.

– Você espiou a casa pela janela dos fundos? Ficou maluca ou o quê?!

– Boa pergunta essa sua! Sim, fiquei maluca, sim. Ou, então, meu marido voltou dos mortos pra me assombrar. Tire suas conclusões.

Evan crava os braços na mesa e traz o corpo à frente com tanta força que a mesa chega a balançar.

– Iris, não tem nada de engraçado nessa história. Se esse cara está te mandando mensagens fingindo ser o seu falecido marido, tem alguma coisa muito grave por trás disso. Você não pode nem sonhar em se aproximar dele, muito menos colocar o pé na calçada da casa dele. E se ele tivesse te visto?

– Ele me viu. – Evan fica imóvel e empalidecido, como quem está aguardando o golpe fatal. – O Corban me viu. Primeiro, pela janela, depois, quando saí correndo pelo jardim. É por isso que estou desse jeito, toda rasgada e suja. Fiquei presa no meio das plantas. – Enfio o dedo no buraco de uma das mangas e aí percebo um arranhão na pele. – Mas ele não veio correndo atrás de mim. Só ficou parado lá, me observando enquanto eu dava no pé. E a parte mais assustadora disso tudo: ele estava sorrindo.

– E acha que essa foi a parte mais assustadora da história.

Numa situação normal, eu riria da cara de bravo de Evan ou da leveza que ele adotou para me dar uma bronca, ou talvez dos dois, mas, considerando as circunstâncias, impossível achar qualquer coisa aqui engraçada. Além do que, Evan tem razão. O sorriso de Corban não foi a parte mais assustadora do que aconteceu.

Evan segura o garfo, espeta um ravióli e, em seguida, apoia o garfo com ravióli e tudo na borda do prato.

– Não estou gostando nada disso. Esse cara está fingindo ser o Will, o que significa que é perigoso e mal-intencionado, mas também que sabe demais. – O advogado parece perplexo. Com cara de preocupado, ele volta a segurar o garfo. – Não sei o que está levando esse cara a agir desse modo, mas com certeza está se sentindo ameaçado. Você não pode ir pra sua casa. Não está segura lá.

– Acabei de comprar um sistema de alarme supermoderno, o melhor do mercado, segundo o cara que o instalou. Câmeras, botões de pânico, tudo que tenho direito.

– Um alarme não faz um criminoso convicto mudar de ideia, Iris. Por tudo que já vi ao longo desse tempo em que atuo como advogado, sei que isso é fato. Vá para a casa de alguma amiga, para um hotel, ou, se não tiver condições de bancar nada agora, fique à vontade para passar o tempo que for preciso no quarto de hóspedes da minha casa.

Não digo nada, principalmente porque não tenho a menor ideia do que dizer. Um advogado e sua cliente. Dois viúvos. Dois amigos. Evan e eu já temos coisas demais em comum, há muitas fronteiras entre nós que podem ser ultrapassadas. Por mais gentil que a oferta dele seja, acrescentar "colegas de quarto" a essa lista me parece uma péssima ideia.

– Vejo que ficou assustada com o meu convite, então, deixe-me explicar direito. O quarto tem banheiro e chave, e não estou pedindo que fique lá só por você. – Evan encolhe os ombros como se não estivesse dando a menor importância para o que está dizendo, ao contrário do que diz a expressão tensa. – Quem disse que a pior coisa que pode acontecer é perder a família e os amigos não estava errado. Minha casa está muito silenciosa. Seria um alívio ter alguém por perto de novo.

Durante essa última frase, Evan fecha os olhos, mas não é em mim que ele está pensando, e, sim, em Susanna e Emma, tentando visualizar a imagem delas. Sei que ele tem a melhor das intenções ao me fazer essa oferta, mas também sei que ela é fruto de amor, perda e saudade. Já me sinto como uma intrusa sem nunca sequer ter posto um pé na casa dele.

Abro a boca para recusar o convite com polidez, mas Evan deve imaginar a minha resposta, então me interrompe a tempo.

– Não precisa responder agora, sim? O quarto está lá pra quando quiser. E se não quiser, pelo menos me prometa que vai pensar em ficar na casa de um amigo ou amiga, ou da sua família. – Faço que sim, agradecendo, e Evan volta para seu ravióli. – Então, voltando. Perguntou a Zeke se tem como saber quem instalou esse programa espião?

– Não, eu nem sabia que dá pra fazer isso.

– Também não sei se é possível, mas se tiver alguém nesse planeta que consegue fazer isso, com certeza é ele. Enquanto isso, acho que nem preciso dizer, mas não custa reforçar, fique longe de Corban Hayes. Se ele enviar alguma outra mensagem de texto fingindo ser o Will, não... Preste bem atenção, *não* responda. Se ele ligar ou aparecer na sua casa de novo, ligue pra polícia, mas não se esqueça de documentar tudo, como combinamos. Vamos precisar disso para dar entrada num pedido de ordem de restrição.

Meu celular vibra em cima da mesa e na tela aparece o rosto de Dave.

– Meu irmão. Se incomoda se eu atender?

Com a mão, Evan gesticula e responde que não.

– De modo algum, fique à vontade.

Atendo e tapo o outro ouvido para conseguir ouvir em meio ao barulho do restaurante.

– Oi, posso te ligar daqui a pouco? Estou jantando.

– Não, não pode. Sabe quantas mensagens de texto já te mandei? Treze! Sem falar que a mãe já me ligou pelo menos duas vezes, perguntando de você. Está apavorada. Onde você se meteu?

– Desculpe, foi mal. Não tem ideia de tudo que aconteceu nos últimos dias.

Resumidamente, conto a Dave tudo que houve desde que ele foi embora – o que faz apenas três dias, mas, em vista dos fatos, parece que foram três meses. Tento me ater às coisas mais importantes e conto sobre Tiffany, o outro bilhete que encontrei, a descoberta do "suposto" Will por trás das mensagens e o endereço em Vinings que obtive depois que Zeke rastreou o número.

Quando chego na parte em que Corban me viu pela janela, Dave me interrompe.

– Merda, Iris! Você ligou para a polícia?

– Evan e eu estávamos falando sobre isso quando você me ligou, por isso preciso desligar agora. Pode ligar para a mãe, por mim, por favor? Diga que estou bem e que ligo pra ela amanhã de manhã.

– Vou ligar e avisar, mas você sabe que ela vai continuar te ligando. Sugiro que faça um favor a nós dois e que ligue pra ela. Ah, espere aí, mais uma coisa. Viu o e-mail que a polícia de Seattle enviou?

– Não. O que diz? Falaram quando vão enviar o boletim de ocorrência?

– Já enviaram.

– Completo?

– Completo. O incêndio, as evidências contra Will, tudo, tudo.

– Hum, e aí? O que diz?

– Vai saber! Sinto como se tivesse lendo grego! Consegui entender uma palavra ou outra. Bom, assim que puder, dê uma lida e me ligue. Talvez juntos a gente consiga traduzir essa linguagem policial que mais parece código.

Olho para Evan, de frente para mim, passando um pedaço de pão no resquício de molho do prato.

– Acho que consigo fazer algo melhor que isso.

Evan aceita ler o boletim de ocorrência, mas sob uma condição: que seja num lugar mais discreto, no computador da minha casa. Embora nenhum de nós diga em voz alta, sabemos bem o motivo do ultimato. Evan quer ter certeza de que não tem nenhum invasor escondido em algum dos meus quartos, e, depois das descobertas de hoje e da minha fuga da casa de Corban, permito.

Contra a escuridão do céu, minha casa começa a surgir feito uma sombra enorme e tenebrosa, apesar das lâmpadas dos postes que lançam uma luz dourada ao longo da rua.

– Não vou mentir – confesso enquanto procuro a chave de casa –, me sinto bem mais confortável com você aqui. Quando saí de casa hoje de manhã, jamais imaginei que só voltaria à noite.

Evan mira a luz de seu iPhone na maçaneta para eu poder enxergar a fechadura.

– Sim. Imagino. Seria muito assustador depois de tudo que aconteceu.

Empurro a porta, e o alarme me saúda com um sinal sonoro estridente e perturbador. Corro até o quadro e digito o código no teclado, enquanto Evan tateia a parede, procurando o interruptor de luz, e logo o corredor se ilumina.

– O alarme funcionou, o que significa que não tinha ninguém aqui. – Aponto para um dos sensores instalado no alto da parede, no canto do corredor. – Tem um desse instalado em cada um dos cômodos, e o cara da empresa de segurança me disse que são capazes de identificar a presença de alguém mesmo no escuro.

Mas Evan não parece convencido. No canto da parede, ele espia a sala de estar, de um lado para o outro.

– Mesmo assim, vou dar uma olhada pela casa. Você se importa?

– Não, na verdade até agradeço se puder fazer isso. – Tranco a porta, aciono o alarme, peço a Evan que me acompanhe até a cozinha e vou acendendo as luzes ao longo do caminho. – Aceita algo para beber? Tem refrigerante, cerveja, vinho e uma bebida mais forte, se quiser.

Ele abre a porta da despensa e a fecha segundos depois.

– Uma taça de vinho, por favor. Obrigado.

Enquanto Evan vasculha a casa inteira, olhando detrás das portas, as maçanetas e as janelas, abro uma garrafa de pinot noir. Eu a levo para o balcão da cozinha, com mais duas taças, e, no meu laptop, abro o e-mail para verificar a mensagem que a delegacia de Seattle enviou. Alguns minutos depois, Evan reaparece com uma expressão bem mais relaxada.

– Tudo certo?

– Tudo certo. – Ele senta num banquinho e com a testa franzida olha para a tela. – É o boletim de ocorrência, pelo que vejo.

Puxo a taça pelo balcão e, atrás de Evan, me aproximo para conseguir olhar a tela mais de perto.

– Sim. E aí, o que acha?

– Bom, nada muito novo além do que já sabemos. Houve um incêndio que matou a mãe do Will, crianças vizinhas e a polícia encontrou catalisador no apartamento ao lado, mas o que aconteceu depois?

Dou de ombros.

– E o investigador do caso? Sabemos que ele ficou acompanhando o Will. Dave e eu achamos que talvez ele pudesse saber de mais alguma coisa.

Evan desce a barra de rolagem da tela.

– Wyatt Laurie. Já ouviu esse nome em algum lugar?

– Que eu me lembre, não.

– Vou ver se consigo verificar de quem se trata amanhã. Você e seu irmão tiveram acesso ao protocolo da Corte?

– Não.

– Nele, vai constar o que aconteceu *depois* do incêndio. Se houve mandado de busca, acusações criminais ou, melhor ainda, se o processo foi enviado para juízo. É assim que se conclui um caso.

Sinto como se tivesse acabado de levar um banho de água fria.

– Ah.

Evan tira os olhos da tela e esbarra o ombro no meu.

– Iris, isso não é ruim. As delegacias às vezes não emitem o boletim de ocorrência com tanta rapidez e são burocráticas com frequência, mas os registros judiciais são de acesso público e quase sempre estão disponíveis on-line. – Evan clica aqui e ali e com os dedos grandes praticamente esmurra o teclado. – Vamos ver. Tribunal Distrital dos Estados Unidos, Distrito de Washington. Em que ano mesmo você disse que ocorreu esse incêndio?

– Em 1998 ou 99.

– Hum... Pode ser que o arquivo digital não contenha informações da década de 1990, mas pode ser que encontremos uma pista ou outra. É provável que haja um resumo, algo desse tipo, que pelo menos oferece uma ideia geral do caso. – Evan preenche um formulário on-line e clica em "enviar". Dois segundos depois, os resultados são exibidos na tela. – Bingo! Tem impressora?

Evan e eu passamos as horas seguintes cada um numa ponta do sofá, com uma pilha de impressões espalhada no meio das almofadas entre nós. Mas não encontramos muita coisa. Alguns protocolos da Corte, notícias sobre incêndios, nada muito além disso. Por enquanto, nada de novo.

Evan tinha razão. A maioria do conteúdo que encontramos on-line é incompleto, um ou dois parágrafos resumindo o que deveria compor mais e mais páginas de informações.

Mas, além dessa constatação, o grande problema é que não existem evidências concretas de que Will provocou o incêndio. Não ficou comprovado que o galão de gasolina, comprado em 1997, pertencia a alguém que morava em Rainier Vista. O apartamento em que o fogo começou, ao lado do apartamento de Will, estava com a porta aberta e vazio, e os investigadores não conseguiram identificação de DNA. E, para piorar as coisas, o investigador do caso era um viciado em cocaína que foi visto diversas vezes por Rainier Vista na companhia de prostitutas. O caso foi arquivado antes de o júri tomar uma decisão.

Jogo a folha que estou lendo em cima do sofá, mais uma vez sentindo um balde de água cada vez mais fria na cabeça.

– Estou me sentindo uma idiota. Foi tudo perda de tempo, sabe. No começo, eu queria escavar o passado do Will, mas agora... sei lá, não sei se quero isso. Digo, nada do que eu fizer ou descobrir vai mudar o que aconteceu. Não vejo motivo para continuar fazendo tudo isso.

Evan não está tão convencido assim.

– Se tem uma coisa que aprendi com a minha profissão, foi que é preciso investigar, cutucar o fato até conseguir enxergar a situação como um todo. Se quer saber o que estava passando na cabeça do Will nos dias, ou mesmo nos anos que antecederam o acidente, precisa conhecer os fatos importantes que moldaram a personalidade dele. – Ele joga uma página para cima, entre nós. – E eu diria que esse incêndio é um desses fatos.

Dou de ombros, sem querer dar importância para a observação de Evan, e nós dois voltamos para a leitura.

Pelo conteúdo que encontramos na internet, fico sabendo que, além do velho com que Dave e eu conversamos naquele centro comunitário, a testemunha ocular apresentada pelo promotor foi uma mulher chamada Cornelia Huck, uma vizinha que morava no 47C, apartamento ao lado daquele em que o fogo começou. No início do julgamento, a senhora Huck testemunhou que ouviu os pais de Will discutindo na noite do incêndio, mas contou que ouviu a voz de mais alguém além da deles. Dois adultos e um adolescente. A senhora Huck alegou que conseguiu reconhecer a terceira voz como sendo a de um adolescente porque ela própria tinha muitos filhos, embora fizesse questão de orientá-los a se manter longe de Will.

Em algum momento depois da meia-noite, as coisas se acalmaram. Uma hora e meia depois, o edifício entrou em chamas. A senhora Huck conseguiu escapar ilesa, embora tenha perdido quase tudo e, como a maioria dos moradores, não tinha seguro residencial.

– Acha que a senhora Huck tinha algum motivo pessoal para fazer a acusação? – pergunto a Evan enquanto pego a minha taça. Ao pronunciar o nome, tenho um insight, uma lembrança distante se aproxima.

– Muito provavelmente. Ainda mais porque ela já tinha uma suposta rixa com a família, fez várias ligações para reclamar do barulho na casa dos Griffith. Nas palavras dela, "mal conseguia pensar direito com toda aquela gritaria ao lado".

– E, enquanto isso, onde estavam os filhos dela? Ela citou os filhos durante o julgamento, mas nas notícias não encontrei nada sobre a cena do crime.

– Se não foram mencionados como testemunhas nem como vítimas, só podemos presumir que eram meros espectadores.

Agora, o insight começa a fazer sentido. O amigo que cursou o ensino médio com Will, o mesmo que não conheci porque morava na Costa Rica dando aulas de surfe para os turistas. Huck. Ele se chamava Huck. Sempre achei que esse era seu primeiro nome, mas, agora, começo a duvidar. Seria ele um dos filhos dessa senhora que foi testemunha?

Jogo a cabeça para trás e a apoio no encosto do sofá. Fecho os olhos e começo a perguntar: por onde devo começar a tentar desvendar o imbróglio das últimas duas semanas? Pelo acidente? Por Rainier Vista? Pelos bilhetes e mensagens de texto? Penso na manhã em que Will partiu e o nosso casamento parecia a coisa mais normal do mundo. Como casal, fazíamos um ao outro felizes, mais leves, pessoas melhores. Se naquela circunstância eu soubesse tudo que sei sobre ele agora, me sentiria da mesma forma?

Balanço a cabeça de um lado para o outro, como se pudesse sacudir os próprios pensamentos.

– E agora?

São quinze para as dez da noite e amanhã pulo da cama cedo para trabalhar. Tudo que sinto vontade é de me jogar na cama.

– Vou passar essas informações para a minha assistente amanhã de manhã, aí veremos o que mais ela pode desenterrar que seja relevante.

– Não, me referi ao Corban. Devemos ligar para a polícia?

– E vamos dizer o quê?

– Hum... Tudo que eu te contei hoje. Sobre os bilhetes, o programa espião, o sorriso sinistro que ele me deu quando saí com o carro...

– Um sorriso sinistro não é considerado crime, e, tecnicamente, nem as mensagens de texto são.

Endireito o corpo no sofá.

– Ele está fingindo ser o meu marido! E meu marido está morto!

– Talvez. A única coisa de que temos certeza até o momento é que Zeke rastreou o número desconhecido e nos forneceu um endereço onde Corban foi encontrado. Quem pode garantir que Will não estava escondido no porão? Não temos como ter certeza de que é Corban quem está mandando essas mensagens, tampouco que ele de fato more lá naquele endereço. Você pode ser considerada criminosa por invasão de privacidade. Sei que isso é frustrante, mas o que quero dizer é que, antes de ir à polícia, precisamos conseguir mais informações.

– Tudo bem, mas e quanto ao programa espião que instalaram no meu celular?

– Mesma coisa. Não temos como provar que Corban esteja por trás disso. E, infelizmente, essa é uma área em que a tecnologia está anos-luz à frente da lei. Esses programas não são ilegais, e, a menos que Zeke consiga provar que Corban é o responsável por isso, mas provar por meios legais, não pelas artimanhas de hacker dele, dificilmente conseguiremos comprovar que o Corban é culpado de alguma coisa.

– Mas isso não é trabalho pra polícia?

– A polícia só pode agir quando houver provas suficientes, coisa que ainda não temos. Por enquanto, qualquer suspeita em relação a Corban não passa disso. Uma suspeita.

– E a ordem de restrição?

– Poderíamos dar entrada num pedido de ordem de restrição temporária, mas nada muito além isso. Teríamos de comprovar que ele tem assediado e intimidado você e que isso tem ameaçado sua integridade. E vai ser difícil provar isso depois de você ter oferecido uma cerveja pro cara por ele ter aparado o gramado do seu jardim.

Solto um suspiro longo e profundo.

– Olhe, não estou tentando dificultar as coisas, só estou sendo realista, te dizendo como as coisas funcionam. A primeira coisa que precisamos fazer é contratar um investigador particular amanhã de manhã e, a partir do que ele descobrir, saberemos qual será nosso próximo passo. Tudo bem pra você assim?

Faço que sim, mas sem ter muita certeza.

– Que bom. – Evan bate as mãos nos joelhos e estica as pernas longas, levantando do sofá. Ele sorri pra mim, os ombros prostrados e as mãos enfiadas no bolso. A versão advogado se foi e volta a dar lugar à de homem dos olhos tristes, que sempre me deixa chateada quando aparece.

– Tem certeza de que vai ficar bem aqui?

– Claro – respondo, sem conseguir esconder direito o medo que estou sentindo, mas tento abafá-lo com um sorriso de orelha a orelha. A julgar pelo modo como Evan comprime os lábios, acho que não fui muito convincente.

– Se não quiser ficar na minha casa, pode ir para um hotel.

– Vou ficar bem. Tenho um alarme supermoderno, lembra?

– Certo.

Evan me oferece a mão e me ajuda a levantar do sofá. Em seguida, eu o acompanho até a porta. Antes de segurar a maçaneta, ele hesita, vira e me olha com uma careta. – Zeke deu alguma notícia sobre o número de prefixo 678?

Tiro o celular do bolso e olho a tela.

– Não. Nenhuma.

– Por que será que está demorando tanto? Vou dar uma ligada pra ele a caminho de casa agora. Se souber de alguma novidade, te ligo. E amanhã falamos sobre o encontro com a Tiffany.

– Combinado.

– Bom, é isso. Mantenha tudo trancado e não abra a porta pra ninguém. Ao menor sinal de perigo ou suspeita, acione os botões de pânico. É pra isso que eles servem.

– Evan, é sério, pode ir tranquilo. Eu vou ficar bem.

Ele cede, puxa a maçaneta da porta da frente e aciona a sirene.

– Ai, merda! – Corro até o quadro do alarme, digito o código, e o barulho ensurdecedor para. Como já sei o que vai acontecer em seguida, corro até o telefone da cozinha, que já começou a tocar.

– Rúgbi, rúgbi, rúgbi – repito, como se fosse um grito de guerra. – Me desculpe! Prometo que foi a última vez.

– Que bom que está tudo bem, senhora Griffith. Tenha uma boa noite.

Coloco o telefone no gancho e volto para o corredor, com o coração se acalmando.

Evan continua lá, bem onde o deixei, as mãos enfiadas no bolso e um sorriso de orelha a orelha.

– Bom, pelo menos sabemos que essa coisa funciona mesmo.

– Os vizinhos devem estar com vontade de me matar.

Ele me puxa para um abraço rápido e me envolve com os braços de louva-a-deus e o aroma de xampu e de loção pós-barba que não conheço. Por uma fração de segundo, penso em considerar o convite para ficar na casa de Evan, mas no mesmo instante o abraço se torna incômodo. Apertado demais, próximo demais, cedo demais para eu me encaixar assim nele, o queixo de Evan apoiado na minha cabeça e suas mãos quentes no meu pescoço.

Eu me desvencilho e me afasto dele.

– Se cuide, sim? – Gesticulo com a cabeça confirmando. Ele sorri. – Me ligue amanhã de manhã.

E, com isso, Evan atravessa a porta e sai, mas fica parado nos degraus enquanto giro o trinco da porta. Ele aponta para o quadro do armário antes que eu feche a porta de vez, e eu reviro os olhos, brincando. Aciono o alarme e, da janela, faço um sinal de joia para Evan. Assim que se certifica de que estou segura, ele corre até o carro e vai embora.

Apago a luz da varanda, mas mudo de ideia em seguida e volto a acendê-la. Se houver algum dia na minha vida que eu tenha de dormir com a luz acessa, esse dia certamente é hoje. Encosto o rosto no vidro da janela e observo a fileira de casas vitorianas do outro lado da rua, pairando no céu em meio à escuridão. Com exceção da luz acesa de uma ou outra janela, tudo se mantém silencioso.

– Achei que ele não fosse embora nunca mais – alguém diz atrás de mim, e, nesse momento, meu coração para.

CAPÍTULO 28

Eu me mantenho imóvel, e o sentimento de pânico retumba nos meus ouvidos.

– O quê... Como conseguiu entrar aqui? Como conseguiu furar o alarme?

Corban aparece na sala, vestido feito um vilão do filme do James Bond. Calça jeans índigo, suéter preto, tênis preto, tão reluzente e sombrio quanto a escuridão lá fora. Ele tem jeito de quem poderia escalar as paredes da minha casa e pular pela janela sem fazer um barulhinho sequer. Vai saber se não foi assim que ele conseguiu entrar aqui em casa?

– Aprendi bastante coisa com o seu marido nerd, inclusive como desativar um alarme sem chamar a atenção – responde, seguido de um "tsc, tsc, tsc" irônico e com aquele sorriso familiar e assustador que agora me apavora muito mais do que quando o vi hoje à tarde, quando saí correndo do jardim daquela casa. – Não te falei? Deveria ter me levado a sério.

Em meio às palpitações, levo alguns minutos para conseguir registrar as palavras dele. *Não te falei* o quê? Segundos depois, a ficha cai. Corban está se referindo à mensagem de texto que recebi do número com prefixo 678*: P/ sua informação, eu sei como desarmar o alarme.*

– Espere aí. Foi você quem mandou aquela mensagem? É você quem está me enviando essas mensagens de texto?

Ele ergue os dois braços para indicar o espaço ao nosso redor – meu hall, minha casa – e por esse gesto entendo que sim, que é ele quem está por trás das outras mensagens. A primeira ameaça que recebi desse mesmo número me vem à mente como se eu pudesse ver todas as letras bem aqui, na minha frente: *Diga onde o Will escondeu o dinheiro, ou então vai fazer companhia pro seu marido.*

Encaro o olhar escuro, vítreo e sobretudo perturbado de Corban e penso que ele é mesmo capaz de cumprir a ameaça.

Mas por quê? Por que me enviar ameaças por um número de celular, fingindo ser o Will por meio de outro? Não faz o menor sentido. O ruído nos meus ouvidos se transforma numa sensação de vácuo, como se eu estivesse com o corpo todo submerso no mar.

– Olhe, eu não faço a menor ideia de onde esse dinheiro está. Eu nem sabia da existência dele até alguns dias.

– Claro, claro, não tem ideia – repete em tom irônico, deixando claro que não acredita no que estou dizendo, que sei muito bem onde o dinheiro está e que não vai pensar duas vezes se precisar cumprir a ameaça feita.

Sinto o suor começando a se formar entre os meus seios à medida que dou alguns passos para trás, tentando, pouco a pouco, me aproximar do quadro do alarme, distrair Corban que seja por alguns segundos apenas. Três segundos para conseguir acionar o botão de pânico! Quem foi o imbecil que inventou essa regra? Três segundos são uma eternidade quando se está em estado de pânico.

Consigo dar mais meio passo para trás enquanto digo:

– Estou sendo sincera, Corban. Virei a casa de cabeça para baixo, o dinheiro não está aqui. Pode procurar, se acha que estou mentindo.

Ele semicerra os olhos e fita o quadro do alarme, bem acima do meu ombro.

– Acha que eu sou algum idiota?

Uma pergunta retórica. Se é que alguma vez em minha vida já deparei com alguma. Não respondo.

Corban me agarra pelo pulso e me arrasta pelo corredor, indo para o fundo da casa, se afastando do quadro do alarme.

Saio tropeçando atrás dele, olhando para cintura dele à procura de arma ou faca, tentando verificar se há algo escondido debaixo de sua roupa, mas não encontro nada. Corban não trouxe nenhuma arma ao que parece, mas nem precisa. Seu corpo atlético por si já é uma arma.

Ele me arrasta até a cozinha, vira o meu corpo e me pressiona contra a beirada da pia.

– O que está tramando, Iris? Ficar de luto por um ou dois meses, receber o dinheiro do seguro e mudar de cidade num estilo *Comer, rezar, amar*, preciso me encontrar, começar uma vida nova, essas merdas? – inquire com sarcasmo, os olhos saltando para fora tamanha a raiva. – Não acha que vocês dois conseguem fazer alguma coisa melhor, não?

Não sei o que dizer, mas Corban parece esperar por uma resposta, e a única que vem à minha cabeça é:

– Não... não sei do que está falando.

Ele caçoa.

– Onde é que ele está te esperando? Na América do Sul? Na Europa Ocidental? México? – questiona, e o suor faz a testa brilhar sob as lâmpadas embutidas da cozinha. – Não, não, desconsidere essa última. A gente sabe que o Will não suporta calor.

Balanço a cabeça de um lado para outro sem conseguir entender nada, sentindo o coração palpitar mais uma vez. Estou tentando juntar as peças, entender a lógica por trás das 87 mensagens de texto que Corban me enviou fingindo ser o meu marido falecido, estou tentando entender o que ele quer me dizer agora. Corban fala como se Will estivesse vivo.

Porém, Corban já tentou me enganar uma vez.

Por um ou dois segundos, considero a possibilidade de entrar nos delírios dele. Se Corban acha que estou envolvida nos planos de Will, fazer o jogo dele pode ser uma boa estratégia.

Mas Corban dá dois passos à frente e vejo as veias espessas do seu pescoço pulsarem, entendo que de tanta raiva. Perco a coragem.

– Sei que foi você quem enviou as mensagens. Tanto as mensagens quanto os bilhetes. Não foi o Will quem me mandou, foi?

Ele ri, um sorriso vil, perverso.

– Sempre achei coincidência demais. A AppSec fechou o cerco contra Will no exato momento em que ele embarcava num avião com destino à cidade que mais detestava no mundo. – Corban faz uma pausa, surpreso com a própria conclusão. – Não, sem chance. Mas preciso te dar os parabéns. Aquela choradeira ontem foi uma cena muito convincente, fiquei comovido. Você daria uma atriz e tanto.

Ele dá uns passos para trás, e eu me afasto, indo mais para o fundo da cozinha, mas toda vez que encontro a menor brecha que seja e tento manter um ou dois passos de distância entre nós, Corban rapidamente me alcança. É como brincar de gato e rato, uma brincadeira perigosa e sem a menor graça, bem aqui, na minha cozinha. Agora, estou quase no corredor e faço uma pausa, calculando a distância até a porta dos fundos. Se conseguir chegar até lá, tudo que preciso fazer é abri-la e disparar o alarme. Será que consigo?

Corban parece ler meus pensamentos e zomba:

– Já me viu correndo? Nem ouse tentar fazer isso.

Trago a conversa de volta para um terreno mais seguro.

– Não estou fingindo nada. Sou uma viúva aflita que descobriu que o homem com quem casou é um bandido... Um bandido que roubou quatro milhões e meio de dólares da empresa em que trabalhava.

– Cinco.

– O quê?

– Cinco milhões. E fui eu que roubei. *Eu.* Eu tracei o plano. Will só o executou. – Corban estufa o peito e aponta o polegar bem no meio dele. – Tem ideia do quanto foi complicado fazer isso? Em quantas camadas tive de trabalhar para conseguir desenvolver o CSS? Só mesmo alguém altamente qualificado e absurdamente brilhante conseguiria traçar um plano tão genioso quanto esse. Graças a mim, conseguimos desviar cinco milhões de dólares.

Mesmo assim, nenhum dos dois conseguiu colocar a mão no dinheiro. Ou conseguiu? Nick conseguiu descobrir tudo.

De repente, me ocorre que Corban é narcisista. E é provável que também tenha transtorno de personalidade limítrofe. Autoelogiar-se em excesso é apenas um dos sintomas do narcisismo, mas um dos mais clássicos, e talvez por isso eu não tenha o identificado antes. É difícil detectar um narcisista, pois ele consegue esconder seu transtorno do mundo com muita habilidade.

– O que é CSS? – pergunto, deslizando as mãos dentro do bolso da saia. Um movimento casual, mas igualmente intencional. Meu telefone está lá, eu o sinto frio, sólido e confortante contra meus dedos. Consigo mover o dispositivo que deixa no modo silencioso. Com sorte, Corban nem vai perceber que o celular está no bolso.

– Crunch Security Systems. As ações que a AppSec adquiriu numa operação em 2013. Fui eu quem disse a Will para transferir as ações para uma empresa que forjei nas Bahamas e sei exatamente quando liquidá-las. Sozinho, ele jamais conseguiria fazer isso. Will pode ser o homem do computador, mas é um fiasco em se tratando de negócios.

Faço cara de surpresa, embora mal esteja escutando o que ele diz. Preciso mantê-lo ocupado, falando o máximo possível.

– Mas o Will deve ter feito alguma besteira porque a AppSec descobriu. Conversei com o chefe dele. Ele me disse que contrataram contadores forenses para rastrear o dinheiro, e tudo indica que foi o Will quem desviou o valor.

Sinto o celular vibrando no bolso, recebendo uma ligação. Será que consigo deslizar o dedo pela tela para atender sem que Corban perceba?

Ele ergue um ombro como quem diz *ah é, e daí?*.

– A gente sabia que uma hora ou outra eles iam descobrir.

Fico atônita diante da indiferença da resposta dele, tanto que meus dedos congelam na tela do celular. Observo a expressão descarada e os lábios comprimidos de Corban e me lembro das duas apólices do seguro de vida e da lista de coisas que Will tinha para fazer em casa, sobre a qual conversamos naquela última manhã, na cama. E, de repente, tudo se encaixa.

Não consigo acreditar. Como não pensei nisso antes?

– Vocês dois iam sumir do mapa, não é? Já tinham um plano pra fugir, então, quando o avião caiu na mesma ocasião em que começaram a dar por falta do dinheiro, você achou que o Will tinha embarcado e passado a mão em tudo.

No meu bolso, o celular para de vibrar. A ligação caiu na caixa-postal. Em seguida, o aparelho volta a vibrar.

– Ele embarcou com o dinheiro. Você me contou isso.

Faço uma careta, tentando me lembrar quando foi que ao menos cheguei perto de dizer uma coisa dessas.

– Eu!?

Corban assente.

– Sim, quando me contou sobre o bilhete dentro da sua gaveta, lembra? O que o Will colocou lá. – O coração volta a acelerar diante do que acabo de escutar. Mas, antes que haja tempo de processar as palavras de Corban, ele dá dois passos para se aproximar de mim. Eu recuaria, se houvesse espaço suficiente para isso. Estou imprensada contra o balcão. – Mas ele cometeu um erro fatal.

– Que erro? – pergunto com a voz trêmula e me sinto péssima por demonstrar medo.

Num sorriso, Corban exibe os dentes de lobisomem que contrastam com a pele negra feito carvão.

– Ele deixou a estimada esposa aqui, sozinha.

Sinto um arrepio percorrer o corpo e tento engolir em seco a súbita náusea.

– Sabe, agora entendo o que o Will viu em você, além do óbvio, claro. É inteligente, engraçada, e tem esse jeito... – Corban gesticula, apontando para mim, o olhar descendo cada vez mais. – Delicado. Sexy. O Will é um cara de sorte.

– Era – corrijo. Estou entorpecida pelo medo e pelo estado de choque, tanto que mal consigo ponderar minhas ações. A palavra escapa pela boca devagar, sem que eu me dê conta.

Ele cruza os braços e me observa com cara de desconfiado.

– Sabe, tive certeza de que você estava fingindo esse tempo todo, que sabia de tudo. Mas sua máscara não caiu, nem mesmo quando pensou que era ele por trás das mensagens de texto. Ou você não sabia de nada mesmo, ou, então, você e o Will estiveram um passo à minha frente esse tempo todo.

– Não estou mentindo. Eu realmente não sei de nada.

– Sim. Estou começando a acreditar. – Ele dá mais alguns passos adiante e se aproxima mais, tanto que consigo sentir o cheiro enjoativo do perfume. – Que tal a gente fazer esse ratinho sair do buraco?

– Do que está falando?

– Quero dizer que ele não vai me responder. – Corban enfia a mão no bolso e pega o celular dele. – Mas vamos ver se ele responde pra você.

Antes que eu diga qualquer coisa, ele envolve meu pescoço com um dos braços, encosta o rosto no meu, de lado, e tira uma selfie. O flash da câmera é tão forte e estou tão chocada que só consigo me manter imóvel.

Quando as manchas brancas provocadas pelo flash começam a desaparecer do meu campo de visão, vejo Corban digitando alguma coisa no celular. Ele anexa a foto a um e-mail, sem escrever nada no campo assunto, sem nenhum texto no corpo da mensagem, nada, apenas a foto em que estamos, ele, sorrindo, e eu, pálida e assustada, e clica em "enviar". Quase que no mesmo instante, o telefone dele emite um sinal sonoro.

– Temos boas notícias! – exclama, virando o telefone para mim. – Seu marido está vivo e passando muito bem.

Encoste um dedo nela e eu acabo com você.

Apesar de todos os pesares, apesar do terror lancinante que estou sentindo, apesar desse louco que conseguiu desarmar o meu alarme e que acredito ser capaz de me matar, minha euforia é instantânea.

Will está *vivo*.

Meu celular vibra, e, dessa vez, eu o arranco do bolso sem pensar. Corban não me impede, apenas encosta no balcão e fica me observando com aquele sorriso aterrorizante.

O número identificado na tela é uma sequência extensa de dígitos que parecem ser de uma chamada internacional. Deslizo o polegar na tela e levo o celular ao ouvido. Mal consigo escutar a minha voz em meio às batidas do meu coração.

– Alô?

– Iris, saia daí.

O pranto é intenso e imediato. Nas últimas duas semanas, sonhei com essa voz. Pedi a Deus, mesmo sem ter a certeza de que ele existe e de que me escutaria, supliquei por tudo que há de mais sagrado nesse mundo por uma chance de poder escutá-lo de novo, e, agora, aqui está, finalmente – *finalmente* –, ele está aqui, do outro lado dessa linha telefônica, e não consigo fazer outra coisa a não ser chorar.

– Will?

– Escutou o que eu disse? Corban é perigoso. Ele é capaz de tudo pra me pegar, inclusive te machucar. Estou indo pra casa, mas, enquanto isso, saia daí. Não sei o que precisa fazer, mas saia daí o mais rápido possível e peça ajuda. Pode fazer isso por mim?

Will está vindo para casa! Sei que ele disse outras coisas além disso, mas *estou indo pra casa* são as únicas palavras que consegui escutar. Meu marido está vindo para casa.

– An... Ande logo.

Corban arranca o celular do meu ouvido.

– É, cara... É melhor você andar logo. Sua mulherzinha está te esperando. E, ah! Não se esqueça do dinheiro. Essa sua brincadeirinha de esconde-esconde vai te custar a sua parte do que combinamos.

Estico a mão para pegar o celular de volta, me debatendo com Corban para recuperar o aparelho, mas apenas com a força de um braço ele me mantém afastada, com a facilidade de quem está tentando deter uma pena.

– Que mulherão, hein, Billy. Aposto que deve ser um furacão na cama. Ela deve ser o tipo que trepa em cima dos móveis gritando que nem atriz de filme pornô, né?

Uma náusea intensa revolve meu estômago ao ouvir o que Corban acaba de dizer, me encarando com o olhar de um lobo diante da presa. Tento me desvencilhar, mas a mão dele aperta o meu bíceps feito um parafuso.

Do outro lado da linha, Will protesta, mas não consigo entender nem uma palavra sequer. Qualquer que tenha sido a reação dele, Corban parece se divertir ainda mais.

Ele volta a me encarar, e seus olhos percorrem devagar cada parte do meu rosto.

– Não se preocupe. Tenho certeza de que vamos encontrar um jeito de resolver isso.

CAPÍTULO 29

A campainha toca menos de vinte minutos depois, e meu coração salta pela boca. Como já deu tempo de Will chegar até aqui? Onde ele estava escondido? Na estufa do jardim? E por que tocar a campainha em vez de usar a chave ou, melhor ainda, quebrar a janela e pegar Corban de surpresa? Nada disso faz sentido.

Corban olha para o relógio e faz uma careta. A julgar por sua expressão, ele está pensando o mesmo que eu.

Ouço duas ou três batidas fortes na porta e, na sequência, a voz abafada de Evan.

– Ei, Iris, ainda está acordada? Acho que esqueci minha carteira aí.

– Noite agitada – resmunga Corban com os dentes cerrados.

Olho para a sala e avisto um objeto de couro reluzente em cima da pilha de impressões na mesa de café. A carteira de Evan. A mesma que ele tirou do bolso da calça antes de sentar no sofá. Deve ter deixado em cima da mesa e esqueceu.

– E agora? – pergunto.

Corban me observa por alguns segundos, pensando no que fazer, em como resolver o problema. Não que ele esteja preocupado com Evan. Com certeza não. Está preocupado com a possibilidade de eu conseguir avisar Evan. O problema sou *eu*.

– Desative o alarme pelo celular. Nem pense em se aproximar daqueles botões de pânico.

Evan volta a bater, dessa vez mais forte.

– Iris, você está aí?

– Deixe pra lá, eu cuido disso. – Corban abre o aplicativo do alarme no celular dele (isso mesmo, no celular *dele*), e agora sei como ele conseguiu entrar em casa. Poucos segundos depois, o quadro do alarme perto da porta emite três sinais sonoros. Corban agarra meu bíceps de novo e me puxa para perto, apertando meu braço com força suficiente para deixar um hematoma. – Entregue a carteira e se livre dele, entendeu? Ou eu vou quebrar o pescoço dele enquanto você assiste.

Faço que sim e engulo em seco. Não duvido da ameaça de Corban, mesmo considerando o tamanho todo de Evan.

– Boa menina. – Corban me vira pelos ombros e me dá um empurrão. – Agora vá.

Estou diante de um impasse. Posso fazer algum sinal para alertar Evan. Usar o código de emergência quando reativar o sistema do alarme. Abrir a porta e sair correndo mais rápido que a velocidade da luz. Tenho algumas opções. Mas sei que Corban não mentiu quando disse que mataria Evan bem na minha frente, e isso eu jamais conseguiria suportar. Para piorar, fugir ou emitir um sinal para a polícia significa não voltar a encontrar o Will.

E é pensando nisso que pego a carteira, meto um sorriso na cara e saio andando pelo corredor, acenando para Evan pelo vidro da janela. Ao me ver, ele parece aliviado, embora mantenha os ombros na altura das orelhas feito duas corcovas entre o pescoço até eu abrir a porta.

– Onde você estava? – indaga Evan. – Tentei te ligar.

– Desculpe. – De canto de olho, avisto a sombra quase imperceptível de Corban na sala de visitas. – Deixei o celular no silencioso.

– Ah. – Evan faz que vai dar um passo à frente para entrar, mas não dou passagem. Eu me mantenho firme, segurando a porta, bloqueando a entrada com meu próprio corpo.

Ficamos um tempo em silêncio.

Seguro a carteira no espaço entre nós.

– Está aqui. Achei em cima da mesa.

Aparentemente intrigado, Evan pega a carteira, inclina o corpo de banda e espia pela janela da sala de visitas. Meu coração para. Com exceção do sofá bege, a sala está praticamente vazia. Se Corban estiver no mesmo lugar, encostado na parede do lado oposto da janela, Evan com certeza o verá.

Mas Evan endireita o corpo e pisca para mim, como quem não viu nada lá dentro além de um sofá.

– Conversei com o Zeke. O número com prefixo 678 é pré-pago, não tem nenhum nome nem endereço cadastrado nele. Sem chance. Não temos como rastreá-lo.

Esfrego o rosto, fingindo estar decepcionada.

– Ah. Tudo bem. Quer dizer, tudo bem não, né, fazer o quê? Agradeça a Zeke, por favor, por ter tentado. Boa noite. – Começo a fechar a porta, mas Evan a detém com a mão.

– O que deu em você?

Tomo todo o cuidado para manter os olhos fixos nos de Evan ao responder:

– Cansaço. Estou exausta. Estava me preparando pra cair na cama.

Evan inclina a cabeça para o lado e franze um pouco a testa.

– Parece que estava chorando.

– Hoje foi um dia puxado.

– Ah. Bom, se quiser conversar... – Ele faz uma pausa estratégica, esperando uma reação minha enquanto espia a sala por cima do meu ombro, esticando a cabeça o máximo que consegue para olhar lá dentro, ou seja, quase nada. Além das escadas e do corredor iluminado atrás de mim, provavelmente Evan não consegue ver muita coisa. – Bom, acho que vou indo então. Obrigado – diz, mostrando a carteira, enquanto balbucia três palavras: *Está tudo bem?*

Tento sorrir espontaneamente.

– Por nada. Te ligo amanhã.

Em seguida, fecho a porta na cara de Evan, passo o trinco e volto para o corredor.

Caminho até a cozinha tremendo. Corban aparece, apontando o dedo, ordenando para fazer silêncio. Ouvimos a batida da porta, o carro dando partida e indo embora. Evan se foi.

– E agora?

Corban abre um sorriso igual ao do gato de Cheshire Coringa.

– Agora a gente espera.

No relógio do decodificador da TV a cabo, são quase onze horas da noite. Já faz mais de uma hora que entreguei a carteira a Evan, o que significa que devo ter fingido bem. Se ele tivesse avisado a polícia, ela já teria chegado a essa hora. Mas não apareceu ninguém e continuamos esperando por Will.

– Max Talmey – diz Corban, quando por um momento para de andar de um lado para o outro e olha para mim, desolada no sofá. – Aposto que nunca ouviu esse nome na vida, não é?

Nego com a cabeça. Faz semanas que não durmo direito, ou nem durmo, e agora que a adrenalina esgotou, mal consigo me manter sentada.

Corban chega à ponta do carpete, gira o corpo e, com o punho cerrado, soca o ar.

– E Dennis Sciama? Andrea Del Verrrochio? Nunca ouviu falar?

– Não – respondo em meio a um bocejo.

– Foram os mentores de Albert Einstein, Stephen Hawking e Leonardo da Vinci respectivamente.

– Ah.

E, para piorar, Corban fala sem parar. Assuntos desconexos, sem sentido, voltas e mais voltas de uma verborragia sem fim, que não leva a lugar nenhum, a não ser um hospício. Parei de prestar atenção faz tempo.

– Por que só o Will tem que receber o crédito? Qual é o problema dessa sociedade que só sabe reconhecer o atacante e menospreza o restante do time? O vocalista e dane-se o resto da banda, quando, na realidade, somos nós quem merecemos todo o mérito. Se a gente não estivesse lá pra acender a luz, eles nunca sairiam da escuridão.

O transtorno de personalidade narcisista de Corban é bem típico. Senso de grandiosidade em relação a si mesmo, preocupação excessiva com o poder e o sucesso, senso exagerado de direito e evidente falta de empatia. Os sintomas estão muito claros. No quadro neurótico em que se encontra, Corban não está nem um pouco incomodado em disfarçar nenhum deles.

– Tipo a Neta Snook – digo. Tudo que um narcisista deseja é receber o elogio que pensa merecer.

– Quem?

– A piloto feminina que ensinou Amelia Earhart a voar.

– Exatamente! – exclama, metendo o dedo na minha cara. – Você entende do que estou falando.

O que estou entendendo aqui é que o problema não foi só o fato de Will ter roubado o dinheiro, mas, sim, de ter *fugido* com ele. Corban está se sentindo traído. Rejeitado, passado para trás, e são esses sentimentos que dispararam o gatilho da raiva.

Ele volta a andar de um lado para o outro e recomeça mais um discurso inflamado sobre como ninguém parece enxergar seu brilhantismo. Que a ideia de transferir as ações e não simplesmente o dinheiro – o que tornaria a operação mais fácil de ser rastreada – para a conta de uma empresa nas Bahamas foi *dele*. Era *ele* quem sabia o momento certo de vender as ações pelo melhor preço. E se não fosse por ele, Will ainda estaria vendendo maconha na esquina. Narcisistas adoram se fazer de vítima.

Ele para e olha para mim fazendo uma cara de desagrado.

– Estou começando a achar que o seu marido vai dar o cano na gente.

– Não, não vai – rebato com mais confiança do que realmente estou sentindo. Will já provou que ama mais o dinheiro do que a mim. Por que impedir Corban de cumprir sua ameaça de me estuprar? Por que não permitir que ele se vingue?

Mas ele me disse que viria. Disse que estava vindo para casa.

Sinto muito, ouço mentalmente a voz de Will, tão clara quanto se ele estivesse bem aqui, sentado de frente para mim, no sofá. Por um ou dois segundos, o visualizo dirigindo por uma rodovia empoeirada do México, com uma das mãos para fora da janela, acenando.

Não, Corban estava certo sobre uma coisa. Will detestaria ir para o México. É quente demais.

De repente, Corban olha para a porta dos fundos.

– Ouviu isso?

Levanto do sofá no mesmo instante, tentando prestar atenção ao barulho.

– O quê?

– Sssshhh! – exclama, empinando a cabeça, fazendo sinal com o dedo para eu me manter em silêncio.

– Escute. Ouviu?

Devo ter escutado alguma coisa, alguém ou alguma coisa se mexendo lá fora, perto da janela, ou o estalido de um galho antes de o cachorro do vizinho começar a latir feito louco. O latido dele desperta o dos outros cães da vizinhança, que começam a latir como naquele filme *Os 101 dálmatas*, quando os cachorros latem um para o outro para alertar sobre o desaparecimento de um casal de dálmatas.

Dessa vez, estão alertando Corban que há alguém bem do lado de fora da minha janela.

Dou a volta pelo sofá e, com as mãos grudadas no vidro, tento enxergar lá fora, mas me sinto como se estivesse diante de um buraco negro, escuro e infinito. Em algum lugar que a minha visão não alcança, os cães latem cada vez mais enlouquecidos.

O telefone de casa toca.

Corban faz uma cara feia e posso dizer que ele está pensando o mesmo que eu: por que Will não ligaria no meu celular como fez da última vez?

O telefone volta a tocar.

– Vou at...

– Não ouse – rebate. Ele tira o telefone sem fio da base, mas não atende, apenas olha o visor. – É um número com prefixo 770. – Em seguida, Corban diz o restante dos dígitos. – Conhece?

Nego com a cabeça.

– Acho que não.

O telefone chama até cair na caixa postal, e a pessoa do outro lado desliga. Se houver alguém escondido do outro lado da janela, não consigo ouvir por causa dos latidos dos cães e da minha palpitação. Dois segundos depois, o telefone volta a tocar.

Dessa vez, Corban aperta o botão e atende no primeiro toque.

– Alô – diz em tom firme e ríspido.

A expressão de Corban se transforma feito nuvens carregadas que, de uma hora para outra, cobrem o sol e trazem a escuridão. Quem quer que esteja do outro lado da linha o surpreende, mas não se trata de uma surpresa boa.

– Está enganado, meu camarada. Fui convidado. A Iris está...

A pessoa do outro lado interrompe Corban, e, como ele não reage, presumo que seja alguém que Corban esteja tentando acalmar. Os narcisistas são mestres na arte de manipular, e, embora o silêncio de Corban mostre que ele está ouvindo, seus gestos não aparentam nenhuma tranquilidade. Com os olhos, ele perscruta as janelas e agacha para olhar lá fora feito uma serpente se preparando para dar o bote.

– Eu adoraria fazer isso – diz Corban para a pessoa do outro lado da linha num tom persuasivo –, mas o remedinho que ela anda tomando pra insônia começou a fazer efeito. Não sei se você soube, mas ela perdeu o marido recentemente e, como deve imaginar, não tem sido fácil lidar com isso tudo.

Do outro lado da porta, uma luz acende, e vejo o vulto de pelo menos três pessoas lá fora. Num piscar de olhos, os três desaparecem.

Quando volta a falar, Corban mantém a voz tão fria quanto um bloco de gelo.

– Entendo.

Entende o quê? Não estou entendendo nada. É o Will quem está lá fora? Onde está ele? Mantenho os olhos grudados na janela, observo a expressão de Corban, mas continuo sem entender nada.

Corban segura o telefone e dá uma batida na minha cabeça com ele.

– Diga para os policiais que você está bem, que tudo não passou de um grande mal-entendido. Diga que me chamou até aqui e peça pra irem embora! – Como mal consigo abrir a boca tamanho meu estado de choque, Corban resmunga e diz: – Não se preocupe. Eu mesmo faço isso. Vão embora, idiotas! – Ele atira o aparelho no chão e suspira. – Acho que estamos com um probleminha.

Em outras circunstâncias, a tirada sarcástica de Corban poderia até ser motivo para risada, mas, na minha atual situação, me sinto mais perturbada do que nunca. Pelo que entendi até agora, a casa está cercada pela polícia, e esse bandido está olhando para minha cara como se não soubesse o que fazer comigo, o que não é nada bom. Nessa conjuntura, só há uma saída. Um homem encurralado não tem nada a perder. Seja lá quem estiver do outro lado do vidro da janela, precisa atirar e tem de ser agora.

Mas a polícia faria isso? Atiraria num homem desarmado? Como se estivesse pensando a mesma coisa que eu, Corban ergue as duas mãos e dá uma volta de 360 graus em frente à janela. *Pode ir embora, pessoal* é o que o sorriso dele parece dizer. *Não tem nada pra vocês aqui.*

Observo cada detalhe do que acontece logo em seguida, sem piscar. Como a bala atravessa o vidro da janela com um estampido, abrindo um buraco bem no meio do vitral. Como ela passa de raspão por mim com um sibilo, como um sopro veloz embalado por uma faísca prateada. E como, ao atingir Corban, a cabeça dele recai para trás e uma mistura de sangue e massa encefálica respigam em mim, provocando o mesmo efeito de uma pintura de Jackson Pollock. Como o assoalho chacoalha quando o corpo dele atinge o chão, um conjunto de ossos e músculos que somam mais de noventa quilos.

Segundos depois, a porta dos fundos é arrombada, uma explosão de madeira, vidro e coturnos, e um exército de policiais uniformizados invade a casa. Com as armas empunhadas, todos, sem exceção, miram em Corban.

Um deles ajoelha para sentir a pulsação daquele em quem acabaram de atirar, o que imagino ser um procedimento padrão para casos como esse, mas aqui é totalmente desnecessário. Apesar de os olhos de Corban continuarem abertos, há um buraco enorme na testa dele.

Uma policial agacha e vem falar comigo.

– Senhora, está tudo bem? – pergunta acariciando meu rosto e pescoço, os dedos examinando minha pele trêmula. Ao se afastar, vejo as mãos dela manchadas de sangue.

– Nã... Não é meu – digo, mas estou batendo os dentes, e as palavras são sufocadas pelo burburinho ao redor.

Um homem alto, robusto e de cabelo preto atrás dela é o responsável pela barulheira.

– Quem foi o idiota que atirou? – inquire com o rosto vermelho, gritando tanto que chega a cuspir. – O sujeito estava desarmado. Quem foi o maldito que disparou?

A policial o ignora, puxa a manta afegã do sofá e a coloca ao redor dos meus ombros.

– Precisamos aquecer você. Está em estado de choque. – Ela vira em direção aos policiais e exclama: – Um socorrista, por favor?

O pessoal da emergência aparece com uma maca, mas, assim que deparam com Corban sangrando no chão, diminuem o passo. Um deles se aproxima de mim com um estojo de primeiros socorros. Ele verifica a minha pressão sanguínea e os sinais vitais enquanto os policiais conversam entre si.

A polícia isolou a casa e montou guarda, esperando o momento certo de agir.

O policial negociador ligou para Corban no telefone de casa.

O plano era convencê-lo a se entregar.

A ordem era não atirar.

E, mesmo assim, Corban levou um tiro na têmpora esquerda.

Nenhum dos policiais assume a autoria do disparo.

O que ouço aqui e ali me faz levantar depressa, passar pela mesa de café, me embrenhar entre os homens amontoados na minha sala. Sinto duas mãos me agarrarem, me desvencilho e corro até a porta dos fundos.

– Will! – Os cachorros voltam a latir, e eu grito ainda mais alto. – Will!

Saio em disparada pelo jardim até a cerca, olho para todos os lados à procura de ao menos uma sombra dele. Estou ensandecida, histérica e desesperada para encontrar o meu marido que eu sei – eu *sei* – que atirou em Corban.

Uno as mãos, ergo a cabeça aos céus e grito pelo nome dele, embora saiba que meu marido não está aqui. A essa altura, Will já foi embora.

A constatação recai feito um chute no estômago, e eu curvo o corpo à frente, me abraçando, lamentando porque ele não está aqui. A fúria e a frustração aumentam em ondas, ganhando força conforme repasso os acontecimentos desta noite.

Duas mãos fortes seguram meus ombros, me erguendo. Essas mesmas mãos me viram de frente e me envolvem num abraço familiar.

– Está tudo bem – diz Evan, me amparando com seus braços fortes. – Estou aqui com você.

CAPÍTULO 30

– Senhora Griffith – chama uma mulher. Ergo a cabeça, até então enterrada no peito de Evan, e vejo a investigadora Johnson parada na beirada do jardim, é a mesma mulher com quem conversamos na delegacia na semana passada. – Gostaríamos de fazer algumas perguntas, assim que se sentir pronta.

Nem de longe me sinto preparada. Ainda estou tremendo, com os músculos tensos e frouxos ao mesmo tempo, além de enjoada. Uma superdose de adrenalina misturada com terror e exaustão física. Seguro com força ambos os punhos da camisa de Evan e inspiro profundamente a brisa noturna. O quintal começa a girar.

– Acho que preciso me sentar.

Evan "vira a chave" no mesmo instante e, de amigo e consolador, se transforma no advogado sério e obstinado.

– Minha cliente precisa de um tempo para se recompor.

A investigadora Johnson me encara por alguns segundos, tempo de duas ou três respirações.

– Ela tem dez minutos, mas precisa fazer isso em outro lugar. Esse quintal é parte da cena do crime, e vocês podem atrapalhar o resultado das investigações.

Evan olha para dentro da casa e avista uma dúzia, ou mais ou menos isso, de policiais aglomerados perto da janela, na sala, tirando fotografias e coletando provas.

– Vamos conversar no meu carro – sugere, me levando em direção à frente da casa.

– Tudo bem – intervém a investigadora Johnson atrás de nós –, mas não saiam. Em dez minutos, senhor Sheffield, volto para buscá-la. Entendido?

– Entendido.

Na frente de casa, deparo com uma fila de carros da polícia e ambulâncias com suas luzes azuis e vermelhas acesas, mas silenciosas. Perto da caixa do correio, há um grupo de policiais reunidos, contendo os vizinhos curiosos. Ao nos ver saindo da casa, eles fazem cara de surpresa, mas, em poucas palavras, Evan explica que já conversou com a investigadora. Depois de passar uma mensagem no rádio e de confirmar a informação transmitida por Evan, os policiais nos liberam.

– Não diga nem uma palavra antes de entrarmos no carro – murmura o advogado.

Mantenho os lábios cerrados e deixo Evan me conduzir até o banco do passageiro da Range Rover. Assim que me acomodo, ele depressa dá a volta até o lado do motorista, entra e fecha a porta.

– Deus do céu, Iris, por que não disse nada? Por que não me deu um sinal?

– Porque eu estava esperando o Will. Conversei com ele, Evan. Ele ligou no meu telefone.

– Que telefone? – Evan não parece tão surpreso, mas com certeza muito preocupado.

– No meu celular.

Enquanto explico, a minha ficha cai. Retiro o telefone do bolso depressa. Will me ligou. Isso significa que tenho o número dele. Vou ligar de volta! Vou até o registro de chamadas, seleciono o último número e faço a ligação. Alguns segundos depois, ouço três toques de um bipe e uma gravação em francês, lenta e objetiva o suficiente para eu conseguir compreender o sentido. O número está sem sinal.

– Como pode? Faz uma hora que ele me ligou desse número! – Aperto o ícone para finalizar e disco de novo, mais uma vez com lágrimas nos olhos e um misto de fúria e frustração fervilhando dentro de mim, quando, de novo, a ligação cai na caixa postal.

– Droga!

Toco na tela e tento mais uma vez.

Evan apoia a mão na minha, me interrompendo.

– Tudo bem. Nós vamos descobrir onde ele está, sim? Vamos encontrá-lo.

Faço que sim num gesto rápido e frenético, mas a sensação de alívio é instantânea. Até agora, Evan cumpriu tudo o que me prometeu e fez até mais do que deveria. Solto a respiração, e meus ombros despencam, relaxados. Se Evan disse que vai me ajudar a encontrar o meu marido, posso confiar na palavra dele.

Assim que me vê mais calma, Evan recosta no banco.

– Bom, vamos lá. Conte tudo o que aconteceu, desde o segundo em que saí da sua casa.

As palavras são desconexas, embaralhadas, e refletem meu estado de perturbação, formando uma sequência de frases soltas numa velocidade absurda. Conto a história de modo desordenado, mas Evan escuta tudo sem interrupção, sem nem sequer assentir. Os olhos dele não desviam do meu rosto.

– Foi o Will quem matou o Corban. Tenho certeza disso. Ele ligou para a polícia e, quando viu que não atirariam, ele próprio deu conta do serviço.

– O Will não ligou para a polícia, Iris. Fui eu quem liguei.

– O quê?

Evan leva a mão ao rosto, cutuca a barba e assente.

– Depois que me entregou a carteira, continuei com a sensação de que tinha alguma coisa errada. No caminho de volta pra casa, fiquei encucado, pensando que você podia ter tentado me alertar, me dado algum sinal de que estava em perigo, mas não percebi. E aí, enquanto pensava, me dei conta de uma coisa. O alarme não estava ligado. Pelo menos não quando me atendeu e abriu a porta, nem quando fechou. Você não acionou o alarme.

– Porque a gente estava esperando o Will.

– Isso é o que você diz.

– Como assim? Está duvidando de mim?

– Não, de modo nenhum. Acredito em cada coisa que me disse, mas se for mesmo verdade, se foi o Will quem efetuou o disparo, significa que ele é o culpado de muitas outras coisas além do desvio do dinheiro. Supondo que nenhum dos policiais tenha atirado, judicialmente a morte do Corban será considerada assassinato. Vão fazer de tudo para descobrir o que motivou o crime.

Depois de tudo o que aconteceu esta noite, sinto a mente exaurida de tanto tentar repelir as emoções que surgem uma atrás da outra, feito um jogo de "acerte a marmota", então, levo alguns segundos para processar o que Evan acabou de me dizer. Mas, quando o faço, quando compreendo a magnitude do que acabei de ouvir, me apavoro e volto a falar feito uma histérica.

– Mas não é certo! O Will matou o Corban porque, senão, quem morreria seria eu.

– Iris, o Corban não estava armado.

– E que diferença isso faz? As pessoas podem matar simplesmente usando a força das mãos, ainda mais se forem mãos como as do Corban. E Will o conhecia. Ele sabia do que o Corban era capaz.

– Acalme-se. Lembre que estou do seu lado, sim? E não faz ideia do quanto me sinto aliviado por alguém ter atirado naquele desgraçado antes de ele ter encostado o dedo em você, mas precisa se acalmar pra pensar no raciocínio que a polícia vai ter. Ainda mais quando souberem que Corban veio atrás do dinheiro. Isso confere ao Will motivos para cometer um assassinato.

Uma sensação desagradável e fatigante começa a me afligir, embora já esteja bem familiarizada com ela. Decepção. Que imbecil, Iris. O que estava esperando? Que o Will aparecesse na porta de casa? Que viesse pedir desculpas, implorar para que o perdoasse, que continuassem juntos e seguissem em frente como se nada tivesse acontecido? Além de todas as mentiras e traições que Will incutiu no nosso casamento, ainda não se tem notícia dos cinco milhões, e, agora, um homem – um ser asqueroso, terrível e desprezível – foi assassinado.

Evan olha pela janela do meu lado do carro e quase nem pisca. Viro para olhar lá fora e vejo a investigadora Johnson parada na porta de casa, nos observando.

– Ela já tem as suspeitas dela – comenta Evan, olhando de novo para mim. – Vai procurar inconsistências no seu depoimento. Independentemente do que você for contar.

– Está me aconselhando a mentir?

– Não! Claro que não. Estou dizendo pra pensar bem no que *vai* dizer.

Semicerro os olhos e observo Evan. Pra mim, dá no mesmo o que ele acabou de dizer.

– Não temos muito tempo. – A investigadora deve ter feito algum sinal para Evan porque ele assente enquanto conversamos. – Olhe, vou alegar esgotamento emocional, dizer que você ainda está em estado de choque, vou tentar impedir as perguntas mais capciosas, explicar que você precisa de um ou dois dias pra se recuperar, mas, mesmo assim, ela vai querer conversar com você ainda hoje. Vai querer entender pelo menos o mínimo do que aconteceu pra poder te liberar.

Solto um suspiro, tentando organizar os pensamentos, que são muitos, e para completar, estou muito cansada. A exaustão me deixa lenta, como se as células do meu cérebro estivessem tentando nadar numa substância grudenta. Apoio a cabeça no encosto do banco e fecho os olhos por um segundo apenas.

Sinto a palma quente da mão de Evan envolver meu pulso.

– Iris, você me ouviu?

– Ouvi. – Abro os olhos, suspiro e abro a porta do carro. – Vamos acabar logo com isso.

Quando se sabe o que quer encontrar, detectar uma mentira é muito fácil. Movimentos bruscos e repentinos ou, o contrário, a ausência de gestos e movimentos são sinais suspeitos. O modo como a respiração muda, ou excesso de informações, frases repetidas e detalhes irrelevantes também podem revelar uma mentira, bem como o fato de arrastar os pés enquanto fala, ou de tocar a boca, colocar a mão no pescoço... São princípios básicos da psicologia, sinais físicos de que o corpo não está concordando com as palavras que saem pela boca.

Então, quando a investigadora Johnson me pergunta qual era a minha relação com Corban Hayes, respondo olhando fundo nos olhos dela, mantendo a calma e a serenidade.

– Ele era amigo de academia do Will.

Estamos nós três na garagem, Evan e eu, ombros colados um no do outro, e a investigadora Johnson rabiscando com toda a velocidade numa caderneta. Por fim, os cachorros pararam de latir, mas esfriou e a rua está bem agitada.

A essa altura, a mídia já está sabendo do furo desta noite. As vans das emissoras já estão enfileiradas no meio-fio, as antenas parabólicas apontando para o céu. Repórteres se apinham em frente aos carros, mirando as câmeras e os microfones para o gramado. Evan mantém o corpo avantajado bem na minha frente, fazendo o possível para impedir que o meu rosto estampe as capas dos jornais de amanhã.

A investigadora Johnson prossegue como se a imprensa nem estivesse aqui.

– A que horas ele chegou?

– Umas dez mais ou menos – respondo, mantendo a voz firme e a respiração estável, e me atenho a responder o que ela me pergunta, sem diminuir nem acrescentar nada.

– E por que ele ficou tanto tempo na sua casa?

– Porque enfiou na cabeça a ideia maluca de que o meu marido está vivo. Disse que o Will estava lhe devendo dinheiro.

A investigadora faz cara de espanto ao ouvir "maluca".

– Sexta-feira passada, quando foi à delegacia para dar queixa, também me disse que o seu marido tinha desviado um dinheiro da empresa em que trabalhava. Quando perguntei se achava que o seu marido estava naquele avião que caiu, você respondeu que não. E disse que também achava que ele estava vivo.

– Tenho tido semanas emocionalmente intensas.

Estou dizendo a verdade, mas de um jeito meio desvirtuado.

A detetive Johnson rabisca alguma coisa na caderneta e faz um sinal de interrogação enorme ao lado da anotação. Sei qual é a próxima pergunta antes mesmo de ela dizer.

– E agora? Ainda acha que o seu marido está vivo?

Faço uma cara de estranheza e de medo ao mesmo tempo.

– Se eu acreditasse nisso, seria tão louca quanto Corban, não?

– Isso não responde à pergunta que lhe fiz.

O comentário dela também não é uma pergunta, mas não vou me atrever a cutucá-la.

– Senhora Griffith, seu marido tinha alguma arma?

– Não que eu saiba.

– Alguma vez ele saiu para caçar ou praticava tiro?

– Está me perguntando se ele sabia manusear uma arma?

– Sim.

– Como eu disse, não que eu saiba.

– Chega por hoje. Já está tarde. – Evan envolve o meu ombro. – Ligo amanhã de manhã para combinar o horário do depoimento, assim que a senhora Griffith estiver descansada e mais disposta.

A investigadora não parece contente, mas cede. Ela me observa sem piscar e de canto de olho quando viro em direção ao carro de Evan.

Os repórteres estão a postos, aparecem feito uma cavalaria diante do portão do curral aberto e invadem o gramado com as câmeras e os microfones ligados. Eles gritam meu nome e lançam uma série de perguntas que não consigo decifrar.

– Ela não vai falar – exclama Evan, detendo-os com um dos braços, me levando até o carro dele. Dois segundos depois, ele dá a partida no carro e vamos embora.

– Você precisa descansar – aconselha, assim que chegamos à esquina. O rádio está ligado e com o volume baixo, tocando uma música de alguma estação de country, e o carro cheira a Evan, couro e perfume amadeirado. – Te acordo quando a gente chegar lá.

Eu me acomodo no banco e bocejo de um jeito tão escancarado quanto ao de um leão.

– Lá onde?

– Minha casa. E antes que diga alguma coisa, não vou te levar para um hotel, então, nem ouse me pedir isso.

Não ouso. Estou cansada demais para argumentar. Fecho os olhos e nem me dou conta de que estou apagando.

CAPÍTULO 31

Acordo num quarto estranho e levo alguns segundos para processar onde estou. No quarto de hóspedes da casa de Evan, que tem banheiro e porta com fechadura e chave. Ele tinha razão, a cama é superconfortável. Eu me espreguiço no colchão *king size* e me pergunto: como cheguei até aqui? A última lembrança é Evan me dizendo para descansar. Quando fechei os olhos, não tínhamos nem saído do bairro de casa ainda.

Como as cenas congeladas de um filme, tudo que aconteceu ontem à noite começa a passar pela minha mente. Um vulto do lado de fora da minha sala. A voz de Will, me dizendo para fugir. O sorriso pervertido de Corban. O cérebro dele estilhaçado e um líquido espesso e pegajoso se espalhando pelo carpete da sala. Sangue, muito sangue.

De repente, sinto náusea. Levanto da cama depressa e corro até o banheiro, quase não chego a tempo. Nem me lembro quando foi a última vez que comi alguma coisa, mas, apesar de não ter praticamente nada no estômago, vomito uma, duas, três vezes, até restar apenas a bile. A náusea passa, mas a tontura não.

Will estava lá, tenho certeza disso. A uns... seis metros de distância de mim? A voz do meu marido me persegue – *Iris, saia daí. Estou indo pra casa*. Apesar das ameaças de Corban e do meu estado de pavor, a única coisa que senti naquele momento, ao ouvir a voz de Will, foi alívio. Por ele estar vivo, por estar vindo para casa, porque finalmente, depois de tudo que chorei e sofri, eu o veria de novo.

Mas e agora? Agora sinto como se tivesse dez toneladas de decepção e medo do que vem pela frente.

Escovo os dentes usando a escova nova e o minitubo de creme dental que encontro no lavatório, pego uma camiseta e uma calça legging de ioga entre a pilha de roupas de Susanna que Evan deixou na cômoda para mim e vou para o corredor.

A casa é maravilhosa. Teto alto, arquitetura generosa, cômodos espaçosos e ensolarados decorados com cores neutras, um mais lindo que o outro. Caminho sem pressa, olhando de um lado para o outro, observando cada detalhe, e chego à conclusão de que Susanna tinha um ótimo gosto, até que deparo com uma porta fechada. É o último quarto da esquerda e sei de quem é. Se abrir a porta, sei que vou dar de cara com uma decoração toda rosa.

Perto da escada, paro em frente a uma parede cheia de fotografias, registros de casamento, de viagens e também da bebê. Bem no meio, há também uma foto em preto e branco de uma mulher muito bonita, de cabelo preto, segurando uma bebê recém-nascida. Sinto um aperto no peito por essas duas pessoas que nunca conheci, mas sobretudo pelo homem que está aqui, mexendo em alguma coisa no andar debaixo. Como ele consegue passar por essas fotografias todo dia? Será que cobre os olhos para não ver? Desvia o olhar? Eu não suportaria. Seria demais para mim.

Desço as escadas, e o cheiro de alguma coisa passando do ponto no forno me deixa nauseada mais uma vez. Espero um pouco até a sensação passar e caminho em direção ao barulho que ouvi. Chego à cozinha e vejo armários escuros e eletrodomésticos cromados e reluzentes. Evan está de pé, de frente para a ilha, cortando numa tábua um pimentão vermelho em tiras compridas e finas.

– Ei! – chamo.

Ele olha para mim e, num gesto rápido e súbito, respira fundo. É um reflexo, uma das reações involuntárias à dor, o jeito como os pulmões retraem. Sei disso porque é o que sinto o tempo todo, são lembranças que aparecem quando menos espero.

– Me desculpe – peço, já voltando para a sala. – Vou trocar de roupa.

– Não, não, tudo bem. Não tem problema. – Evan pigarreia e balança a cabeça, corrigindo o que disse. – Bom, tudo bem não está, né? Mas vai ficar. Em breve.

É por isso que eu não queria ter vindo. Porque estou invadindo lembranças que não são minhas, pisando num território a que não pertenço e em que não me sinto bem-vinda.

– Tem certeza? – pergunto, puxando com o polegar e o indicador a camiseta de Susanna que estou vestindo. – Porque eu não me importo nem um pouco. Mesmo.

– Não, pode ficar com ela. Sua roupa está imunda. Imaginei que você usava mais ou menos o mesmo tamanho que ela. – Com a faca na mão, Evan aponta para o banquinho do outro do balcão. – Venha, sente-se. Estou terminando de preparar o jantar.

Jantar? Olho ao redor, procurando algum relógio.

– Que horas são?

– Seis e pouco. Você dormiu por quase dezessete horas.

Arregalo os olhos e sento no banquinho.

– Dezessete horas? Como pode? Não durmo assim desde... sei lá, desde o ensino médio, quando peguei mononucleose depois de ter beijado o Scott Smith. E consegui dormir tudo isso sem tomar nenhuma pílula mágica como a que o meu irmão me deu.

Evan resfolega.

– Se tem uma coisa que aprendi nessas duas semanas é que o luto é algo muito exaustivo.

– Preciso ligar para o meu chefe, ele...

– Não precisa, já falei com o Ted. E com a sua mãe também. Aliás, ela é uma figura. Pediu pra ligar pra ela assim que puder. E o Ted disse pra você não se preocupar, pra descansar pelo tempo que for necessário.

– E a polícia?

– Digamos que a investigadora Johnson foi a que menos compreendeu. Disse que se você não acordasse até amanhã de manhã, viria até aqui para conferir com os próprios olhos. Falei pra ela ficar tranquila, porque você não chegaria a esse ponto, e também disse que amanhã logo cedo estaríamos na delegacia para o depoimento.

– E ela tem alguma notícia da investigação?

– Algumas. Pensei em te contar enquanto jantamos e, aí, traçamos o nosso plano – responde, apontando com o polegar para trás, em direção ao fogão onde uma cortina de fumaça preta sobe de uma frigideira feito uma chaminé. – Estou fazendo *enchiladas* pra gente.

– Certo, mas... Hum... – aponto para a frigideira, e Evan vira para olhar. Ele corre até a frigideira e a tira do fogão depressa, mas já é tarde demais. As *enchiladas* viraram blocos de cimento carbonizados.

Evan atira a frigideira na cuba da pia, liga a torneira e a água bate no metal com um sibilo estrondoso.

– Mudança de planos. Que tal comermos uma pizza?

– Quero ir até aí pra ficar com você – diz minha mãe ao telefone, e eu a imagino na porta da casa dela, com uma mala e as chaves do carro na mão, pronta pra sair. – Quando posso ir?

Sentada num banquinho na cozinha de Evan, eu o observo esfregar a frigideira com uma palha de aço e todo empenho, mas, ainda assim, parece que não está adiantando muito. Toda vez que enxagua a frigideira para ver se a mancha saiu, recomeça o trabalho.

– Assim que eu puder voltar pra casa. – Ao contrário de minha mãe, que conversa com a voz estridente e histérica, tomo cuidado para me manter o mais calma possível. – Ela continua passando por perícia, e eu ainda estou na casa do Evan.

Ao ouvir o próprio nome, Evan levanta de leve o queixo.

– Que homem gentil, Iris. Por favor, diga a ele que mandei um abraço e que não sei como agradecê-lo. Diga agora – ordena.

No mesmo instante, enrubesço, porque sei que ela tem razão. Evan Sheffield é uma joia rara. Uma pessoa do bem no sentido mais genuíno da palavra. Apesar da tragédia abissal que nos uniu, conhecer Evan foi como ganhar na loteria.

– Minha mãe está dizendo que não tem como lhe agradecer.

Evan desvia o olhar da pia e sorri, depois desliga a torneira e atira a frigideira no lixo.

– Diga a ela que gosto de torta. De cereja de preferência.

Assim o faço, e minha mãe promete a ele que em breve vai lhe preparar uma. Ela suspira, aliviada.

– É tão bom saber que você está bem.

Conversamos mais um pouco, mas não conto que falei com Will ao telefone. Não me sinto preparada ainda. Primeiro, preciso combinar com Evan o que fazer e, antes de ter certeza do que vou dizer à investigadora Johnson, prefiro não envolver mais ninguém nessa história, muito menos a minha mãe. Digo que estou exausta, prometo que teremos mais tempo para conversar amanhã e desligo.

Evan desliza na mesa uma garrafa de cerveja em minha direção e senta numa cadeira.

– A polícia encontrou o dinheiro da AppSec.

– Tudo?

– Quase tudo. Parece que só usaram uma pequena parte, coisa de menos de quinhentos mil. – Ele dá um gole na cerveja. – Encontraram os extratos no computador do Corban.

É como se tirassem uma venda dos meus olhos. Tudo começa a fazer sentido no mesmo instante. Não tenho a menor dúvida de como o dinheiro foi parar lá, tampouco por quê.

– Will. Ele fez isso pra ferrar o Corban.

Evan dá de ombros, mas, pela cara, não discorda do que acabei de dizer.

– O Corban trabalhou no banco em que a AppSec mantinha contas. Ele...

– Transferiu as ações para uma empresa que ele controlava nas Bahamas e vendeu pelo preço mais alto possível. Eu sei. Corban me contou isso umas mil vezes. Mas por que Will deixaria pra trás *toda* a quantia? Se ele se meteu em toda essa encrenca pra desfalcar a empresa, por que não deixar apenas a quantia suficiente para incriminar o Corban e ficar com todo o resto do dinheiro?

– Talvez a intenção não tenha sido apenas incriminar o Corban, mas eliminar todas as suspeitas. Sem um registro formal do dinheiro, a polícia não teria nenhum motivo para procurá-lo.

– A não ser pela suspeita de assassinato.

– Talvez. Mas, pelo que pude apurar, eles conseguiram pouquíssimas provas, nada além de umas marcas de sapato no gramado perto da estufa do seu jardim e a bala que a perícia retirou do crânio, o que também não ajuda em nada, a menos que encontrem a arma da qual partiu o disparo.

– O que não vai acontecer. – Não sei o que Will deve ter feito para se livrar da arma, mas de uma coisa tenho certeza: ela jamais será encontrada.

Evan dá uma golada na cerveja e parece atordoado.

– Até ontem à noite, eu diria que isso é improvável. Que ninguém comete um crime como esses sem deixar rastros, sem cometer nenhum erro. Que ninguém é tão esperto assim. Mas o seu marido parece ser, porque, enquanto acontece tudo isso por aqui, a Liberty Airlines conseguiu recuperar a pasta dele no local do acidente. Estava bem comprometida, além de ter sofrido os danos da água da chuva desses últimos dias, mas o laptop dele foi encontrado inteiro, quer dizer, pelo menos fisicamente, não partiu ao meio nem nada e está sendo enviado para perícia num laboratório. Mas não sabemos se podem encontrar algo de útil nele, isso se conseguirem acessar o sistema operacional.

Eu sei. Eu sei o que vão encontrar no laptop do Will. Nada. Nenhuma evidência de que ele teve algum envolvimento no desfalque da AppSec. Na verdade, sou capaz de apostar que cada informaçãozinha que conseguirem extrair daquela máquina vai provar sem a menor sombra de dúvida exatamente o oposto, ou seja, que Will era o funcionário ideal, incapaz de roubar nem um centavo sequer.

– Olhe, eu a considero uma amiga, por isso tenho que ser sincero com você. Se a polícia encontrar alguma prova de que Will está vivo, se for comprovado que foi ele quem atirou no Corban, seu marido vai ser preso. Não tenho a menor dúvida disso. Sei que, depois de tudo o que passou, ver isso acontecer vai ser martirizante.

Sem dizer nada, concordo com a cabeça e espero pelo "mas" que se aproxima feito um míssil.

– *Mas*... como seu advogado, preciso te aconselhar a não mentir. Falso testemunho é considerado crime grave. Temos o respaldo do privilégio de confidência conjugal, que diz que você não tem a obrigação de revelar o conteúdo do telefonema, mas se eles perguntarem se você conversou com o Will desde o acidente e você faltar com a verdade e eu perceber, devo manter o sigilo profissional, mas não vou poder te defender mais.

– Entendo. E jamais o colocaria numa situação dessa.

– Ontem à noite, você quase fez isso – comenta com a voz firme, mas com gentileza.

– Não vou fazer de novo.

– Combinado. – Evan assente e bate as duas mãos de leve na mesa, mostrando que a questão está resolvida. – E, então, já sabe o que vai dizer? É bom pra nós dois saber o que você vai dizer antes de colocarmos o pé naquela sala amanhã.

Imagino meu marido parado, escondido detrás da estufa do jardim, furioso, apontando a arma para o homem do outro lado da janela de casa. Penso nele puxando o gatilho sem hesitar, disposto a matar, e, de imediato, sinto um gosto amargo na boca. Sim, ele fez isso por mim, para me salvar, mas mesmo assim... Will matou um homem, atirou nele também por dinheiro.

Então, imagino meu marido de joelhos no corredor daquele supermercado, tenso e ao mesmo tempo esperançoso ao me dizer aquelas três palavrinhas que há tanto eu queria ouvir. *Quer casar comigo?* Lembro da euforia que senti e das lágrimas que começaram a escorrer pelas maçãs do rosto quando respondi "sim". *Sim, sim, sim.*

Vou conseguir ser realmente sincera? Vou conseguir realmente contar à polícia que meu marido está vivo? Que ele é um assassino?

Fecho os olhos.

– Não faço ideia.

A campainha toca, anunciando que a pizza chegou.

– Pense um pouco e me avise, sim? – aconselha Evan, apertando a minha mão antes de se levantar para atender a porta. – Faça o que achar que deve fazer. Se eu não puder ser o seu advogado, serei sempre seu amigo.

CAPÍTULO 32

Ajeito a última fileira de maria-sem-vergonha roxa ao redor da minha caixa de correio e, com a mão, limpo a terra das bordas. É uma linda manhã de domingo, e a primavera em Atlanta chegou com tudo. Muito sol, baixa umidade do ar e flores por todo o lado – nos vasinhos das janelas, ladeando as ruas, colorindo os cornisos e as cerejeiras de rosa e branco. O mesmo cobertor florido que reveste a cidade com uma camada de pólen provoca minha alergia, tão intensa quanto meu sentimento de pavor.

Estamos no trigésimo quarto dia, não que eu esteja contando, mas ainda não há o menor sinal de Will.

"Há mais de doze mil câmeras de vigilância na cidade, e o número não para de crescer", comentou a investigadora Johnson comigo alguns dias atrás. "Ninguém passa um dia sequer nessa cidade sem ser registrado em algum lugar."

Mas as palavras dela soaram mais como uma promessa do que como uma advertência. Para a Liberty Airlines e o Departamento de Saúde Pública de Geórgia, William Matthew Griffith está morto. Já para a investigadora Johnson e o Departamento de Polícia de Atlanta, a questão não está tão clara assim. O assassino de Corban não foi encontrado. E o DNA de Will também não foi encontrado na cena do crime. Mas, como foi emitido um atestado de óbito, há uma série de cartas circulando entre as seguradoras e a empresa de advocacia de Evan, e na semana passada ele me entregou três cheques de quantia com zeros e mais zeros. Segui a recomendação de Evan e os depositei numa conta bancária remunerada até termos certeza de que Will está vivo – o que eu, é claro, já tenho.

Mas o problema é que, até o momento, sou a única que sabe disso.

Will apagou muito bem todos os rastros. A polícia não conseguiu identificar nenhum dos números de telefone dele. Nem a partir do meu celular, tampouco do que encontraram com Corban. Não encontraram nem um arquivo sequer no laptop que poderia comprovar o envolvimento de Will no desfalque das contas. O único motivo que a polícia tem para suspeitar que ele esteja vivo sou eu – porque contei a verdade à investigadora Johnson. Meu depoimento naquela manhã foi também um desabafo por meio do qual extravasei tudo que estava me sufocando desde a manhã do acidente aéreo. Ela não demonstrou surpresa, mas orientou que eu não toque em nenhum centavo da quantia do ressarcimento da seguradora até que ela encontre evidências concretas de que ele está vivo.

– Oi, Iris! – cumprimenta minha vizinha, Celeste, do outro lado da rua. Ela aponta para as flores que plantei para substituir as que a polícia e a impressa pisotearam. – Estão lindas!

Esfrego as mãos uma na outra para retirar a terra e me levanto.

– Obrigada! Só estou dando um trato no jardim antes de colocar a casa à venda, o que vou fazer amanhã.

Ao ouvir minhas próprias palavras, a sensação de aperto no peito é inevitável. Apesar dos milhões amontoados na conta bancária, não consigo dar conta da hipoteca sozinha, e os limites dos cartões de crédito já estão todos estourados por conta da despesa com o tratamento do pai de Will. Eu o transferi daquela casa de repouso terrível para um hospital especializado no tratamento de Alzheimer, um edifício muito bonito, com salas ensolaradas e funcionários dispostos e alegres. Os gastos mensais estão exorbitantes, e, embora Evan assegure que os problemas com dinheiro vão terminar assim que ganharmos o processo contra a Liberty Airlines – a história que Tiffany contou era verídica, e ela tinha até fotos da tal festa de despedida de solteiro que foram apresentadas como prova –, a investigação pode levar meses ou até mesmo anos. Minha corretora acredita que o melhor momento para colocar a casa à venda é agora. Segundo ela, "estamos na primavera, e o mercado imobiliário está aquecido, Iris. Vai conseguir uma bolada e tanto", mas quase a esganei quando ela disse isso.

Não estou vendendo a casa por dinheiro, imbecil. Estou vendendo por necessidade.

Repito a mim mesma que é só uma casa, uma coisa inanimada e material, e que o fato de vendê-la não vai apagar as coisas que vivi aqui. Mesmo assim, dói. Apesar da metade vazia da cama, apesar do sangue que foi derramado aqui, não quero sair. Há pouco mais de um mês, Will e eu estávamos fazendo planos para encher essa casa de filhos.

– Ah, não. Você vai se mudar? – pergunta Celeste com uma careta exagerada, esbugalhando os olhos feito um peixe. É como se pudesse ler o pensamento dela: *sobre o que vamos falar se você for embora?*

Faço que sim.

– Esse lugar é grande demais pra mim.

Mais uma fisgada no peito, tão dolorosa quanto a primeira. No dia do acidente, naquela manhã, eu queria tanto engravidar que consegui. E segurei a gravidez por quase uma semana. Acabei entrando para as estatísticas e agora sou uma entre as dez grávidas que sofrem aborto precoce. As lágrimas e a dor por ter perdido o bebê duraram quase tanto quanto a gravidez. Digo a mim mesma que foi melhor assim, que uma criança teria me unido a Will num laço inextricável e eterno, um vínculo mais complicado que o casamento. Mas isso não apaga a dor de imaginar como tudo poderia ter sido.

Com um sorriso de orelha a orelha, Celeste diz:

– Vamos sentir muito a sua falta.

Posso imaginar. A impressa finalmente perdeu o interesse pela minha história, mas não se pode dizer o mesmo da vizinhança. A campainha da minha casa toca o dia inteiro, gente que aparece me trazendo cozidos e lasanha, me enchendo de perguntas sobre o que aconteceu *naquela noite*, ansiosa para ouvir os detalhes macabros que a mídia ainda não publicou. Esses quinze minutos de fama me transformaram na moradora mais famosa de Inman Park. Mas tal como faço com Celete agora, sorrio, agradeço educadamente e me esquivo.

Enquanto estou entrando em casa, Evan liga no meu celular.

– Ei.

– Oi – digo e só de ouvir a voz dele já me pego sorrindo. Evan e eu conversamos várias vezes durante o dia, e nossas conversas sempre começam assim: – E aí?

– E aí que o Atlanta vai jogar contra o Cards às duas. Comprei dois ingressos pro camarote. Quer me encontrar lá?

Mais uma coisa que Evan e eu temos em comum, a paixão por esporte. Ao longo das últimas semanas, descobrimos que há outras coisas – mais agradáveis, mais relevantes – que nos unem do que a perda dos nossos cônjuges. É estranho pensar que aquilo que une duas pessoas pode ser exatamente o que as mantém separadas. Talvez um dia, bem lá na frente, as coisas entre mim e Evan possam se tornar algo a mais, mas ainda não. Não tão cedo. Tanto ele quanto eu ainda temos o sentimento de luto para digerir.

– Claro – digo. – Mas é a sua vez de comprar o cachor... – Ponho o pé na cozinha e lá está ele. Will. De repente, o ar desaparece dos meus pulmões.

Desgrenhado e magro. Emagreceu desde a última vez que nos vimos. As rugas do rosto estão mais profundas, atravessam a testa de um lado a outro e circulam a boca parecendo dois parênteses. Até o cabelo, castanho-escuro, está com uns fios brancos na altura das têmporas. Mas ele continua lindo como sempre. Meu corpo fica anestesiado ao vê-lo.

– O que aconteceu? – pergunta Evan ao telefone, com a voz séria. – Está tudo bem?

– Sim – respondo com a voz esganiçada, tanto que a palavra quase não atravessa as cordas vocais e soa estranha até para os meus ouvidos.

Silêncio do outro lado da linha.

– Ele está aí?

– Sim.

– Me ligue depois – pede Evan e desliga em seguida.

Sem tirar os olhos de Will, solto o telefone que bate no balcão com um baque. Agarro o mármore com força e aguardo o previsível acesso de ódio e fúria por vê-lo de novo. Mas, apesar de me preparar pra isso, o que vem é uma onda de alívio, rápida e repentina, e de amor, como se meu coração fosse envolvido por uma camada espessa de mel. Ainda amo esse homem. Merda! Ainda sou *apaixonada* por ele. E mesmo depois de todas as mentiras e traições, provavelmente eu sempre o amarei.

– Meu Deus, como senti sua falta, Iris – sussurra.

Corro até ele e me jogo em seus braços com um pulo.

Will não estava esperando essa reação. Ele recua um pouco, mas me segura num abraço e com um grunhido. Ele agarra a minha bunda, eu envolvo o pescoço dele com as duas mãos e, depois disso, perco a noção de quem faz o quê. Só sei que ele me beija uma, duas, três vezes, e eu retribuo todas elas. Trinta e quatro dias. Nunca estivemos separados tanto tempo assim.

E, de repente, recupero os sentidos.

Solto Will, me afasto um pouco e lasco um tapa na cara dele com o máximo de força possível. O impacto é tão forte que o barulho quase chega a ser ensurdecedor no silêncio da cozinha.

Will não se mexe.

Ergo o braço mais uma vez e o acerto de novo, mais uma bofetada forte na bochecha rosada e com a marca dos meus dedos carimbada na pele.

Will cambaleia um pouco para trás depois do segundo tapa, mas ergue o queixo e espera por outro. É quase como se estivesse pedindo. Como se ele aceitasse a dor.

Como o terceiro tapa não vem, ele relaxa.

– Não era pra você ter me procurado. Nem deveria ter descoberto a verdade.

– Que verdade? Porque assim, depois de tudo que aconteceu de um mês pra cá, acho que nunca saiu uma verdade da sua boca desde que nos conhecemos.

Ele nega.

– Nunca menti em relação aos meus sentimentos por você. *Nunca.* Isso é cem por cento verdade.

Sinto uma dor no peito, profunda e lancinante. Acho que estou me acostumando com ela. Olho ao redor da cozinha, ao mesmo tempo familiar e estranha, os bilhetes pendurados nos ímãs de geladeira, as fotografias ao lado do bar, o tampo de granito que escolhemos durante um fim de semana que passamos na Carolina do Sul. Meus olhos marejam.

– Mesmo assim, preferiu o dinheiro em vez de mim.

Will continua parado, não confirma nem nega, mas diz:

– Eu devolvi o dinheiro. Lembra?

– Não devolveu nada. Enfiou a grana no computador do Corban e pra quê? Pra polícia parar de te procurar, pra que pensassem que você tinha morrido?

– Fiz isso por você. Matei o Huck por *você*. A polícia não ia fazer isso, não sem antes ter a certeza de que ele estava armado, mas o Huck era um filho da puta, teria te matado com as próprias mãos e num piscar de olhos, só porque sabia que eu estava assistindo a tudo. Eu não podia permitir que ele tivesse a menor chance.

Huck?

– Pensei que Huck morasse na Costa Rica.

– O Corban é o Huck. O nome dele é Corban Huck, não Hayes.

De repente, tudo faz sentido. O garoto que morava no apartamento ao lado em Rainier Vista, o filho da mulher que testemunhou ter ouvido três vozes na noite do incêndio é Corban. E Corban é o Huck. O melhor amigo de Will que supostamente tinha uma escola de surfe na Costa Rica, quando, na verdade, estava aqui, em Atlanta, esse tempo todo.

E as mentiras não param.

Cruzo os braços, encosto o quadril no balcão e aguardo.

– Vamos lá, Will, me conte tudo. A verdade dessa vez. Preciso que me conte tudo.

Acabamos indo para a sala, onde nunca, nem mesmo nas piores brigas que tivéssemos, ficamos tão distantes um do outro. Há um mês, estaríamos os dois aqui, largados no sofá, Will no cantinho e eu aconchegada debaixo do braço dele. Estaríamos com os dedos entrelaçados, só porque as mãos estavam bem próximas, tentando reparar a troca de farpas com uma carícia ou um beijo. Mas hoje quatro almofadas e uma mesa de café formam uma cratera intransponível entre nós.

Will inclina o corpo para a frente, apoia os cotovelos nos joelhos e alisa a pilha de revistas dispostas sobre a mesa, tentando se ocupar enquanto organiza as palavras. Próximas aos periódicos, escorre gotículas de duas garrafas d'água suadas, sob um feixe da luz vespertina que entra pela janela. Meus olhos fitam uma gota espessa na parte debaixo da garrafa e observam a descida crescente e inevitável.

– Tentei me convencer de que não havia problema que você não soubesse a verdade sobre mim – explica ainda cabisbaixo. – Quer dizer, sobre essa parte da minha vida. Rainier Vista. Meus pais. Pensei que não seria problema omitir tudo isso de você porque eu mudei. Deixei esse meu passado pra trás. – Will levanta a cabeça e me observa ressabiado, tentando decifrar a minha reação, e, a julgar pela careta que faz, acho que ele não gosta do que vê. – Você precisa saber que não sou mais aquela pessoa.

Mantenho a expressão e o tom de voz firmes.

– Quem provocou o incêndio?

– Não tive nada a ver com o incêndio. Foi o Huck. – Como não digo nada, Will desvia o olhar e se mantém calado por um momento, como se estivesse conversando consigo mentalmente para criar coragem. – Mas, sim, eu sabia que ele estava armando isso. Sabia e não fiz nada para impedi-lo. Não saí batendo na porta dos vizinhos também, pra avisar sobre o que ia acontecer.

– Will... – digo com a voz vacilante.

Ficamos em silêncio por um bom tempo.

Will olha pra mim e vejo culpa nos olhos dele.

– Eu sei, eu *sei*! E vou passar o resto da minha vida ouvindo os gritos daquela mãe. Vendo aquelas duas crianças saírem do apartamento dentro de um saco de alumínio. Mas juro por tudo que é mais sagrado, não provoquei o incêndio.

– A sua mãe também morreu naquela noite.

– Aquela mulher não merecia minhas lágrimas, não depois do que ela fez. – Will não aparenta raiva nem rancor, mas resignação ante ao fato de a mulher não ter sido uma boa mãe. – Idem para o homem com quem ela se casou.

– Eu o conheci quando estive em Seattle, Will. Seu pai não está bem.

– Espera ouvir de mim que sinto muito, que fico triste por ele? Não, da minha boca não vai ouvir isso e nem você deve se sentir mal nem ter pena dele. E você não deveria pagar pelo tratamento dele. Todo homem que é capaz de acordar o filho no meio da noite só pra lhe dar um sermão não merece nem um centavo do seu dinheiro. Lavei as mãos, não só em relação a ele, mas a todo mundo de Rainier Vista.

– Todos, menos o Huck.

Will balança a cabeça, discordando, traz o corpo à frente e apoia os cotovelos nas coxas.

– Não. Não sei como ele me achou, mas o encontro não foi nada agradável. Corban não me deu escolha. Disse que ou eu transferia as ações pra ele, ou então ele te contaria tudo sobre o meu passado. Era um desgraçado, filho da puta, mas tinha uma habilidade incrível pra descobrir o ponto fraco das pessoas. Ele sabia que o meu era você e o quanto eu te amo.

Fecho os olhos por um momento, e a memória recupera as palavras, que vem acompanhadas de náusea. *Que tal a gente fazer esse ratinho sair do buraco?* Pode ter sido Corban quem mexeu os pauzinhos, mas quem cometeu o crime foi Will. Primeiro ao desviar o dinheiro das contas da AppSec, segundo, ao apertar o gatilho daquela arma. O fato de ter sido ameaçado não o isenta da culpa pelo assassinato.

Não bastasse a ânsia, aquela dor causticante me surpreende, mas engulo em seco e tento ignorá-la.

– Continue – digo, agora com os olhos abertos. – E aí, o que aconteceu?

– Você já sabe o resto da história. O Nick descobriu tudo. E eu fugi.

– Não. Quero saber o que achou que aconteceria depois de desfalcar a empresa? Ninguém rouba cinco milhões e pode achar que vai ser feliz pra sempre, Will.

– Eu sei, mas... *tive* de transferir as ações. Não havia escolha.

– Você poderia ter dito a verdade.

– Não, não podia – nega, balançando a cabeça de modo enfático, rápido. – Você não entende. Nunca conheci ninguém como você. Inteligente, engraçada, gentil. E linda. A mulher mais linda que já vi. – Ao olhar para mim, Will se ilumina. – Como não me apaixonar por você? Não bastassem todas suas qualidades, esse jeito como me olha...

– Que jeito?

– Como se eu fosse bom. Como se eu tivesse valor.

Confirmo com a cabeça, porque é verdade. Sempre *achei* que Will era uma pessoa boa. E de muito valor. Nunca passou pela minha cabeça que fosse um ladrão, mentiroso, muito menos capaz de matar alguém. Afinal, qual parte desse homem que amei era real? E quanto a nós? Que parte do que vivemos foi realidade?

Choro. Quando menos espero, estou me debulhando em lágrimas. Segurei até onde consegui e não há mais ninguém aqui além de nós dois. Não tenho motivo para conter meu choro mais.

– Huck me enviou mensagens se passando por você.

– Eu sei. Foi aí que percebi que ele tinha passado totalmente do limite. E foi por isso que voltei.

– Você não me mandou nenhuma daquelas mensagens?

– Só as primeiras, quando rastreei seu celular e vi que estava em Seattle com Dave. Sabia o que tinha ido fazer lá e precisava te impedir. Como não consegui e descobri o que Huck estava tramando, coloquei aquele bilhete na sua cômoda porque fiquei preocupado, mas foram só essas. As outras mensagens... – explica com uma careta. – Foi o Huck quem mandou.

– Por que ele fez isso?

– Pra te enlouquecer ou pra ter ideia do quanto você sabia, talvez. Mas é provável que tenha sido pelas duas coisas. Ele não era um cara muito racional, como já te disse.

– E o acidente?

Ao perceber o tom de acusação na minha fala, Will endireita o corpo no sofá.

– Não tive nada a ver com aquele acidente.

– Mas como o seu nome foi parar na lista de passageiros?

– Eu ia pra Orlando, lembra? Eu...

Ergo a palma da mão e o interrompo.

– Falei com a Jéssica. Não teve congresso nenhum.

– Não, mas fui encontrar um cara – conta. – Ele me arranjou uma identidade nova por cinquenta mil dólares. A gente ia se encontrar em Key West.

Penso naquela manhã na cama, no anel que Will me deu de presente e na surpresa que ele me fez, no rosto dele enquanto o colocava no meu dedo. É instantâneo. Lágrimas voltam a escorrer pelo meu rosto.

Gesticulo, pedindo para ele continuar.

Will respira fundo e solta o ar com força.

– Bom, acontece que perdi o voo e estava esperando pelo próximo quando o avião da Liberty Airlines caiu. Foi mais fácil do que pode imaginar. Não tem ideia de quantas falhas o sistema deles tem, no quanto foi fácil comprar uma passagem e incluir o meu nome na lista de passageiros. Só depois me liguei que um avião com destino a Seattle me traria outros problemas.

Penso em Susanna abraçando a filha contra o peito no avião em queda livre, nos olhos tristes de Evan no dia do memorial.

– Coitados daqueles passageiros! Coitadas daquelas famílias! E pensar que achei que você estava lá, que era um deles, que explodiu em pedacinhos naquele campo aberto... Tem ideia do que fez comigo?

– Tenho e peço desculpas. Se eu passasse a vida inteira te pedindo desculpas, não seria o suficiente.

Abaixo a cabeça, olho para minhas mãos apoiadas no colo, para a aliança e o anel que o meu marido me deu. Levo a mão na altura do peito e sinto a aliança dele debaixo da camiseta, pendurada no colar.

– E a sua aliança? E a pasta com o seu laptop que encontraram?

– Foi armado. As pessoas são capazes de tudo por dinheiro – conta com uma expressão de desagrado.

Pessoas como você, penso, e a angústia só aumenta. Exigi que ele contasse a verdade, mas agora sinto vontade de tapar os ouvidos e deletar tudo o que ele me contou. Tenho vontade de apertar control-alt-delete e reiniciar o sistema. A verdade é pesada demais. Meu marido é um monstro.

– Está vendo? – inquire. – Eu sabia.

– Sabia o quê?

– Que ia me olhar desse jeito diferente. Como quem está se perguntando como pôde me amar um dia.

Fico em silêncio porque Will adivinhou meus pensamentos. É exatamente isso que estou me perguntando.

Ele desvia o olhar e fita um quadro dos Rolling Stones que lhe dei de presente de aniversário.

– Você prega a ideia de natureza *versus* criação para aqueles riquinhos com quem trabalha, mas mesmo assim não consegue se colocar no meu lugar. Não consegue imaginar o que é ter um pai que vive tão ocupado te surrando que não consegue parar num emprego e uma mãe que vive bêbada demais para se preocupar com isso. Ou o que é devorar um sanduíche de pão mofado com maionese estragada e sentir um alívio imenso por conseguir encher a barriga com alguma coisa. O seu mundo está tão distante disso que você nem sequer consegue imaginar essas coisas.

As palavras de Will machucam o coração e o endurecem ao mesmo tempo. Sim, a experiência me ensinou a não culpar as crianças pelo comportamento questionável de pai ou mãe. Elas são produtos dos pais, e a negligência ou ausência dos responsáveis na criação faz com que os filhos carreguem uma culpa que não lhes pertence. Já repeti essa frase tantas vezes que Will sabe o quanto acredito nisso. Ele sabe que não vou julgá-lo pelas falhas cometidas pelos pais.

Mas ele também sabe que ensino meus alunos a transcender a herança que recebem dos pais, tornando-se indivíduos responsáveis. Ensino a eles a assumir a responsabilidade por seus próprios atos e seu comportamento, a cumprir regras e corresponder às expectativas. Will também conhece essa parte daquilo em que acredito, mas, assim como escolhi aquilo em que queria acreditar a respeito dele, ele também escolheu apenas o que queria escutar.

– Eu não sabia do seu passado porque você nunca me contou. Nem ao menos tentou. Como posso imaginar uma situação sobre a qual não sei nada?

Will mais uma vez fica na defensiva. Ele pula para o braço do sofá e franze a testa.

– Fala sério, Iris, sejamos realistas. O que você teria feito se eu tivesse te contado tudo? Como seria se, no nosso primeiro encontro, quando te convidei pra tomar um café, eu te dissesse que Huck e eu tínhamos um plano brilhante e infalível pra botar a mão numa grana que nunca, jamais sonhamos em ter na vida? Você teria me passado seu telefone? Aceitaria sair comigo de novo? – Ele faz que não. – Creio que não.

– O que você e Huck fizeram foi errado, Will. Pelos seus pais, por aquelas pobres crianças e pela mãe delas e também pela AppSec e por mim. Pelo nosso casamento. E se aquele avião não tivesse caído? Você ia embarcar pra Flórida e simplesmente desaparecer? Por acaso parou pra pensar algum momento em como eu me sentiria?

– Tudo que fiz, fiz pensando em *você*. Você nunca saiu da minha cabeça, mesmo depois de eu ter ido embora. Queria ter filhos com você, envelhecer com você, Iris. Queria que a gente ficasse junto pra sempre. Mas infelizmente não consigo voltar a fita e dar um final diferente para a história com Corban. Ele ameaçou te contar a verdade sobre mim, e aí o Nick descobriu o desfalque, e ele sabia que eu era o único que movimentava as contas. Não tive outra saída a não ser fugir.

– Porque queria o dinheiro.

Com as mãos sobre o colo, Will cerra os punhos com tanta força que as dobras dos dedos chegam a ficar brancas.

– Não! *Não* foi pelo dinheiro! Não teve nada a ver com a droga do dinheiro!

– Então, por quê? Por que não ficou?

Will cerra a mandíbula e desvia o olhar.

– Ande! Fale! Por que não ficou comigo!?

– Porque preferi que você achasse que eu estava morto.

Will atira as palavras como se fossem explosivos prestes a serem detonados e parece tão surpreso por fazer isso quanto eu estou em ouvi-las. Ele preferiu que eu achasse que ele estava morto? Aguardo por uma explicação, mas a rebeldia no rosto de Will dá lugar à angústia. É algo tão evidente que é como se ele estivesse com uma máscara bem apertada.

– Eu fiz tanta merda, mas queria que se lembrasse de mim pela única coisa boa que fiz nessa vida. Queria que você acreditasse que eu morri naquele avião, assim nunca descobriria a verdade. Queria que se lembrasse das coisas boas, dos momentos felizes que passou com o homem por quem se apaixonou, o homem que via toda vez que olhava pra mim. Eu queria *permanecer* na sua memória daquele jeito.

Fico emocionada. E me sinto mais confusa do que já estive com relação a isso tudo. Pessoas morreram. Milhões de dólares foram roubados. Will errou feio e de diferentes maneiras, e sei que eu deveria estar fervendo de raiva. Sei que deveria sentir vergonha, raiva, perturbação e, sim, ódio também.

Mesmo assim, aqui, de frente para o marido, lindo e arruinado, não consigo sentir nada além de pena. E uma tristeza profunda por um homem que preferiu forjar a própria morte a revelar a verdade.

Um misto de choro e soluço atravessa a minha garganta e surpreende nós dois.

– Eu deveria te odiar. Queria te odiar. Queria me sentir mal por estar dividindo o mesmo espaço físico que você, mas não. Não estou sentindo nada disso. Ainda te amo e me odeio por isso!

Will se aproxima mais. Ele desliza pelo sofá até ficar do meu lado e permanece assim, a menos de meio metro de mim.

– Vou te amar pra sempre.

Essa é a única coisa boa, a única, eu sei, que é verdade. Todo mundo tem pelo menos uma qualidade redentora. A de Will é a capacidade de amar.

– E agora? – As lágrimas voltam porque já sei a resposta: *Agora ele vai embora. Pra sempre.*

Will entrelaça um dedo no meu e, com o polegar, roça o anel que me deu e que continua no mesmo lugar, anel, aliás, que eu deveria devolver, embora eu saiba, bem lá no fundo, que vou usá-lo até o dia em que morrer.

– Venha comigo. A gente pode morar numa praia, bem de frente pro mar, dormir sob a luz das estrelas. A gente pode desaparecer. Só você e eu.

Mal espero Will terminar e já estou balançando a cabeça de um lado para o outro, dizendo que não posso. Não posso deixar Dave e jamais faria isso com meus pais. Mal consigo suportar a distância entre nós por ter vindo morar do outro lado do país, que o diga sumir pra sempre. Eu, melhor do que ninguém, sei o efeito disso nas pessoas que ficam para trás.

Will sorri, e o sorriso dele é a coisa mais triste que já vi em toda a minha vida.

– Valeu a pena ter tentado.

Ele acaricia meu braço e fico arrepiada. Jogo baixo. E ele sabe disso. Sempre tive a pele sensível demais.

– Pare – sussurro, mas, na verdade, quero dizer o contrário.

– Não consigo parar, não consigo te deixar. – As mãos dele envolvem a minha cintura, e as minhas, os ombros dele. O gesto é natural, como se não houvesse nenhum outro lugar no mundo em que nossas mãos devessem estar. – Não sem antes me despedir da minha pessoa favorita no mundo.

Então é isso. Uma despedida. Lembro a mim mesma de todos os motivos pelos quais eu deveria estar feliz por vê-lo partir. O dinheiro. As mentiras e a traição. O pai moribundo e a mãe morta. Corban e as duas crianças mortas. Especialmente as crianças. Este não é o homem com quem me casei. Quero odiá-lo pelo que ele fez.

Mas, quando olho em seus olhos, Will volta a ser o meu marido, o homem que dançou coladinho comigo no topo da Stone Mountain com um monte de turistas observando a gente, o homem que colocou uma aliança no meu dedo e me agradeceu quando respondi "sim" e que, no último dia em que o vi, me pediu pra ter uma menininha que se parecesse comigo. Olho para Will e me lembro de como ele era, de como costumava ser, e isso parte meu coração de novo.

Ele me beija. E não faço nada para impedi-lo. Não, é mais que isso. Ele me beija, e eu retribuo colocando toda a dor, a confusão e o alívio desses trinta e quatro dias nesse beijo. É como o primeiro e o último beijo, e todos os outros que aconteceram no meio, e, de repente, não consigo encontrar nem um motivo sequer para lutar contra isso, essa despedida entre nós dois. Não consigo recobrar nem mesmo um milésimo dessa dor atroz que há um mês me corrói. Will me deseja. E eu o desejo. Não há motivos para lutar contra isso.

Pego na mão dele, o retiro do sofá e o conduzo até o andar de cima. Deixamos nossas roupas pelo meio do caminho, largando jeans, sapato, camiseta nos degraus da escada, no corrimão, no chão perto da cama – nossa cama.

Quando estamos totalmente nus, Will me deita no colchão e me olha com ternura, admiração, amor. Acaricia a aliança – a aliança dele – pendurada no meu pescoço.

– Que linda.

Ergo e estico os braços para trás, fazendo um convite.

Fazemos amor, e parece a coisa mais natural do mundo, como também a mais dolorosa. Quantas vezes ficamos aqui, desse jeito, nos amando, transpirando, nos entregando um ao outro? Milhares de vezes, no mínimo.

Mas essa será a última.

A boca de Will percorre toda a minha pele, beijando o pescoço, os seios, se deleitando em cada centímetro do meu corpo. Sinto que estou quase lá, me reviro, me debato, fecho os olhos, agarro o lençol com as duas mãos e espero.

Talvez seja vingança, desejo de fazer com que Will sinta a mesma dor que me causou, talvez seja um modo de revidar uma traição com outra traição. Talvez seja pura e simplesmente um modo de fazer justiça, de responsabilizar Will pelo incêndio criminoso, pelo dinheiro roubado e pela vida de inocentes destruída. Ou talvez seja uma combinação disso tudo. Os motivos podem não ser tão precisos, mas meu próximo passo é tão claro quanto cristal. Nem por um segundo sequer me permito duvidar que essa é a decisão certa.

Abro os olhos e vejo meu marido por cima de mim, a cabeça para trás e os olhos fechados, e pelo que conheço dele, por todas as vezes em que fizemos amor, sei que ele está bem perto. Quase lá. Só mais algumas respirações.

Estico o braço até a parte de trás do criado-mudo, aperto o botão de pânico e o seguro.

Três segundos. É o tempo que leva.

Este livro foi impresso pela gráfica
Rettec em papel luxcream 70 g.